U0026983

經史百家雜鈔

四部備要

集部

中華書局據原刻本校刊

桐鄉陸費逵總勘

杭縣高時顯吳汝霖輯校

杭縣丁輔之監造

經史百家雜鈔序例

姚姬傳氏之纂古文辭分爲十三類余稍更易爲十一類曰論著曰詞賦曰序跋曰詔令曰奏議曰書牘曰哀祭曰傳誌曰雜記九者余與姚氏同焉者也曰贈序姚氏所有而余無焉者也曰敘記曰典志余所有而姚氏無焉者也曰頌贊曰箴銘姚氏所有余以附入詞賦之下編曰碑誌姚氏所有余以附入傳誌之下編論次微有異同大體不甚相遠後之君子以參觀焉

村塾古文有選左傳者識者或譏之近世一二知文之士纂錄古文不復上及六經以云尊經也然溯古文所以立名之始乃由屏棄六朝駢儷之文而返之於三代兩漢今舍經而降以相求是猶言孝者敬其父祖而忘其高曾言忠者曰我家臣耳焉敢知國將可乎哉余抄纂此編每類必以六經冠其端涓涓之水以海爲歸無所於讓也姚姬傳氏撰次古文不載史傳其說以爲史多不可勝錄也然吾觀其奏議類中錄漢書至三十八首詔令類中錄漢書三十四首果能屏諸史而不錄乎余今所論次采輯史傳稍多命之曰經史百家雜鈔云

著述門 三類

論著類　著作之無韻者經如洪範大學中庸樂記孟子皆是諸子曰篇曰訓曰覽古文家曰論曰辨曰議曰說曰解曰原皆是

詞賦類　著作之有韻者經如詩之賦頌書之五子作歌皆是後世曰賦曰辭曰騷曰七曰設論曰符命曰頌曰贊曰箴曰銘曰歌皆是

序跋類　他人之著作序述其意者經如易之繫辭禮記之冠義昏義皆是後世曰序曰跋曰引曰題曰讀曰傳曰注曰箋曰疏曰說曰解皆是

告語門 四類

詔令類　上告下者經如甘誓湯誓牧誓等大誥康誥酒誥等皆是後世曰誥曰詔曰諭曰令曰教曰敕曰璽書曰檄曰策命皆是

奏議類　下告上者經如皋陶謨無逸召誥及左傳季文子魏絳等諫君之辭皆是後世曰書曰疏曰議曰奏曰表曰劄子曰封事曰彈章曰牋曰對策皆是

書牘類　同輩相告者經如君奭及左傳鄭子家叔向呂相之辭皆是後世曰書曰啓曰移曰牘曰簡曰刀筆曰帖皆是

哀祭類　人告於鬼神者經如詩之黃鳥二子乘舟書之武成金縢祝辭左傳荀偃趙簡告辭皆是後世曰祭文曰弔文曰哀辭曰誄曰告祭曰祝文曰願文曰招魂皆是

記載門四類

傳誌類　所以記人者經如堯典舜典史則本紀世家列傳皆記載之公者也後世記人之私者曰墓表曰墓誌銘曰行狀曰家傳曰神道碑曰事略曰年譜皆是

敘記類　所以記事者經如書之武成金縢顧命左傳記大戰記會盟及全編皆記事之書通鑑法左傳亦記事之書也後世古文如平淮西碑等是然不多見

典志類　所以記政典者經如周禮儀禮全書禮記之王制月令明堂位孟子

之北宮錡章皆是史記之八書漢書之十志及三通皆典章之書也後世古文如趙公救菑記是然不多見

雜記類　所以記雜事者經如禮記投壺深衣內則少儀周禮之考工記皆是後世古文家修造宮室有記遊覽山水有記以及記器物記瑣事皆是

經史百家雜鈔總目

雜記之屬凡雜記類以韓柳歐陽爲宗

經史百家雜鈔卷一目錄

論著之屬一

書洪範

經史百家雜鈔卷一目錄

經史百家雜鈔卷一

湘鄉曾國藩纂　合肥李鴻章校刊

論箸之屬一

書洪範

惟十有三祀王訪于箕子王乃言曰嗚呼箕子惟天陰騭下民相協厥居我不知其彝倫攸敘箕子乃言曰我聞在昔鯀陻洪水汩陳其五行帝乃震怒不畀洪範九疇彝倫攸斁鯀則殛死禹乃嗣興天乃錫禹洪範九疇彝倫攸敘初一曰五行次二曰敬用五事次三曰農用八政次四曰協用五紀次五曰建用皇極次六曰乂用三德次七曰明用稽疑次八曰念用庶徵次九曰嚮用五福威用六極一五行一曰水二曰火三曰木四曰金五曰土水曰潤下火曰炎上木曰曲直金曰從革土爰稼穡潤下作鹹炎上作苦曲直作酸從革作辛稼穡作甘二五事一曰貌二曰言三曰視四曰聽五曰思貌曰恭言曰從視曰明聽曰聰思曰睿恭作肅從作乂明作哲聰作謀睿作聖三八政一曰食二曰貨三曰

祀。四曰司空。五曰司徒。六曰司寇。七曰賓。八曰師。四五紀。一曰歲。二曰月。三曰日。四曰星辰。五曰曆數。五皇極。皇建其有極。斂時五福。用敷錫厥庶民。惟時厥庶民于汝極。錫汝保極。凡厥庶民。無有淫朋。人無有比德。惟皇作極。凡厥庶民。有猷有爲有守。汝則念之。不協于極。不罹于咎。皇則受之。而康而色。曰予攸好德。汝則錫之福。時人斯其惟皇之極。無虐煢獨。而畏高明。人之有能有爲。使羞其行。而邦其昌。凡厥正人。既富方穀。汝弗能使有好于而家。時人斯其辜。于其無好德。汝雖錫之福。其作汝用咎。無偏無陂。遵王之義。無有作好。遵王之道。無有作惡。遵王之路。無偏無黨。王道蕩蕩。無黨無偏。王道平平。無反無側。王道正直。會其有極。歸其有極。曰皇極之敷言。是彝是訓。于帝其訓。凡厥庶民。極之敷言。是訓是行。以近天子之光。曰天子作民父母。以爲天下王。六三德。一曰正直。二曰剛克。三曰柔克。平康正直。彊弗友剛克。燮友柔克。沈潛剛克。高明柔克。惟辟作福。惟辟作威。惟辟玉食。臣無有作福作威玉食。臣之有作福作威玉食。其害于而家。凶于而國。人用側頗僻。民用僭忒。七稽疑。擇建立卜筮人。乃命卜筮。

曰雨曰霽曰蒙曰驛曰克曰貞曰悔凡七卜五占用二衍忒立時人作卜筮三人占則從二人之言汝則有大疑謀及乃心謀及卿士謀及庶人謀及卜筮汝則從龜從筮從卿士從庶民從是之謂大同身其康彊子孫其逢吉汝則從龜從筮從卿士逆庶民逆吉卿士從龜從筮從汝則逆庶民逆吉庶民從龜從筮從汝則逆卿士逆吉汝則從龜從筮逆卿士逆庶民逆作內吉作外凶龜筮共違于人用靜吉用作凶八庶徵曰雨曰暘曰燠曰寒曰風曰時五者來備各以其敘庶草蕃廡一極備凶一極無凶曰休徵曰肅時雨若曰乂時暘若曰哲時燠若曰謀時寒若曰聖時風若曰咎徵曰狂恆雨若曰僭恆暘若曰豫恆燠若曰急恆寒若曰蒙恆風若曰王省惟歲卿士惟月師尹惟日歲月日時無易百穀用成乂用明俊民用章家用平康日月歲時既易百穀用不成乂用昏不明俊民用微家用不寧庶民惟星星有好風星有好雨日月之行則有冬有夏月之從星則以風雨九五福一曰壽二曰富三曰康寧四曰攸好德五曰考終命六極一曰凶短折二曰疾三曰憂四曰貧五曰惡六曰弱

孟子齊桓晉文之事章

齊宣王問曰齊桓晉文之事可得聞乎孟子對曰仲尼之徒無道桓文之事者是以後世無傳焉臣未之聞也無以則王乎曰德何如則可以王矣曰保民而王莫之能禦也曰若寡人者可以保民乎哉曰可曰何由知吾可也曰臣聞之胡齕曰王坐於堂上有牽牛而過堂下者王見之曰牛何之對曰將以釁鐘王曰舍之吾不忍其觳觫若無罪而就死地對曰然則廢釁鐘與曰何可廢也以羊易之不識有諸曰有之曰是心足以王矣百姓皆以王爲愛也臣固知王之不忍也王曰然誠有百姓者齊國雖褊小吾何愛一牛卽不忍其觳觫若無罪而就死地故以羊易之也曰王無異於百姓之以王爲愛也以小易大彼惡知之王若隱其無罪而就死地則牛羊何擇焉王笑曰是誠何心哉我非愛其財而易之以羊也宜乎百姓之謂我愛也曰無傷也是乃仁術也見牛未見羊也君子之於禽獸也見其生不忍見其死聞其聲不忍食其肉是以君子遠庖廚也王說曰詩云他人有心予忖度之夫子之謂也夫我乃行之反而求之不得

吾心夫子言之於我心有戚戚焉此心之所以合於王者何也曰有復於王者曰吾力足以舉百鈞而不足以舉一羽明足以察秋毫之末而不見輿薪則王許之乎曰否今恩足以及禽獸而功不至於百姓者獨何與然則一羽之不舉爲不用力焉輿薪之不見爲不用明焉百姓之不見保爲不用恩焉故王之不王不爲也非不能也曰不爲者與不能者之形何以異曰挾太山以超北海語人曰我不能是誠不能也爲長者折枝語人曰我不能是不爲也非不能也故王之不王非挾太山以超北海之類也王之不王是折枝之類也老吾老以及人之老幼吾幼以及人之幼天下可運於掌詩云刑于寡妻至于兄弟以御于家邦言舉斯心加諸彼而已故推恩足以保四海不推恩無以保妻子古之人所以大過人者無他焉善推其所爲而已矣今恩足以及禽獸而功不至於百姓者獨何與權然後知輕重度然後知長短物皆然心爲甚王請度之抑王興甲兵危士臣構怨於諸侯然後快於心與王曰否吾何快於是將以求吾所大欲也曰王之所大欲可得聞與王笑而不言曰爲肥甘不足於口與輕煖不足

一珍倣宋版印

於體與抑爲采色不足視於目與聲音不足聽於耳與便嬖不足使令於前與王之諸臣皆足以供之而王豈爲是哉曰否吾不爲是也曰然則王之所大欲可知已欲辟土地朝秦楚莅中國而撫四夷也以若所爲求若所欲猶緣木而求魚也王曰若是其甚與曰殆有甚焉緣木求魚雖不得魚無後災以若所爲求若所欲盡心力而爲之後必有災曰可得聞與曰鄒人與楚人戰則王以爲孰勝曰楚人勝曰然則小固不可以敵大寡固不可以敵衆弱固不可以敵強海內之地方千里者九齊集有其一以一服八何以異於鄒敵楚哉蓋亦反其本矣今王發政施仁使天下仕者皆欲立於王之朝耕者皆欲耕於王之野商賈皆欲藏於王之市行旅皆欲出於王之塗天下之欲疾其君者皆欲赴愬於王其若是孰能禦之王曰吾惛不能進於是矣願夫子輔吾志明以教我我雖不敏請嘗試之曰無恒產而有恒心者惟士爲能若民則無恒產因無恒心苟無恒心放辟邪侈無不爲已及陷於罪然後從而刑之是罔民也焉有仁人在位罔民而可爲也是故明君制民之產必使仰足以事父母俯足以畜妻子樂

歲終身飽凶年免於死亡然後驅而之善故民之從之也輕今也制民之產仰不足以事父母俯不足以畜妻子樂歲終身苦凶年不免於死亡此惟救死而恐不贍奚暇治禮義哉王欲行之則盍反其本矣五畝之宅樹之以桑五十者可以衣帛矣雞豚狗彘之畜無失其時七十者可以食肉矣百畝之田勿奪其時八口之家可以無飢矣謹庠序之教申之以孝悌之義頒白者不負戴於道路矣老者衣帛食肉黎民不飢不寒然而不王者未之有也

孟子養氣章

公孫丑問曰夫子加齊之卿相得行道焉雖由此霸王不異矣如此則動心否乎孟子曰否我四十不動心曰若是則夫子過孟賁遠矣曰是不難告子先我不動心曰不動心有道乎曰有北宮黝之養勇也不膚撓不目逃思以一毫挫於人若撻之於市朝不受於褐寬博亦不受於萬乘之君視刺萬乘之君若刺褐夫無嚴諸侯惡聲至必反之孟施舍之所養勇也曰視不勝猶勝也量敵而後進慮勝而後會是畏三軍者也舍豈能為必勝哉能無懼而已矣孟施舍似

曾子。北宮黝似子夏。夫二子之勇。未知其孰賢。然而孟施舍守約也。昔者曾子
謂子襄曰。子好勇乎。吾嘗聞大勇於夫子矣。自反而不縮。雖褐寬博。吾不惴焉。
自反而縮。雖千萬人。吾往矣。孟施舍之守氣。又不如曾子之守約也。曰。敢問夫
子之不動心。與告子之不動心。可得聞與。告子曰。不得於言。勿求於心。不得於
心。勿求於氣。不得於心。勿求於氣。可。不得於言。勿求於心。不可。夫志。氣之帥也。
氣。體之充也。夫志至焉。氣次焉。故曰。持其志。無暴其氣。既曰志至焉。氣次焉。又
曰持其志無暴其氣者。何也。曰。志壹則動氣。氣壹則動志也。今夫蹶者趨者。是
氣也。而反動其心。敢問夫子惡乎長。曰。我知言。我善養吾浩然之氣。敢問何謂
浩然之氣。曰。難言也。其爲氣也。至大至剛。以直養而無害。則塞于天地之閑。其
爲氣也。配義與道。無是。餒也。是集義所生者。非義襲而取之也。行有不慊於心。
則餒矣。我故曰。告子未嘗知義。以其外之也。必有事焉而勿正。心勿忘。勿助長
也。無若宋人然。宋人有閔其苗之不長而揠之者。芒芒然歸。謂其人曰。今日病
矣。予助苗長矣。其子趨而往視之。苗則槁矣。天下之不助苗長者寡矣。以爲無

益而舍之者不耘苗者也助之長者揠苗者也非徒無益而又害之何謂知言曰詖辭知其所蔽淫辭知其所陷邪辭知其所離遁辭知其所窮生於其心害於其政發於其政害於其事聖人復起必從吾言矣宰我子貢善爲說辭冉牛閔子顏淵善言德行孔子兼之曰我於辭命則不能也然則夫子既聖矣乎曰惡是何言也昔者子貢問於孔子曰夫子聖矣乎孔子曰聖則吾不能我學不厭而教不倦也子貢曰學不厭智也教不倦仁也仁且智夫子既聖矣夫聖孔子不居是何言也昔者竊聞之子夏子游子張皆有聖人之一體冉牛閔子顏淵則具體而微敢問所安曰姑舍是曰伯夷伊尹何如曰不同道非其君不事非其民不使治則進亂則退伯夷也何事非君何使非民治亦進亂亦進伊尹也可以仕則仕可以止則止可以久則久可以速則速孔子也皆古聖人也吾未能有行焉乃所願則學孔子也伯夷伊尹於孔子若是班乎曰否自有生民以來未有孔子也曰然則有同與曰有得百里之地而君之皆能以朝諸侯有天下行一不義殺一不辜而得天下皆不爲也是則同曰敢問其所以異曰宰

我子貢有若智足以知聖人。汙不至阿其所好。宰我曰。以予觀於夫子。賢於堯舜遠矣。子貢曰。見其禮而知其政。聞其樂而知其德。由百世之後。等百世之王。莫之能違也。自生民以來。未有夫子也。有若曰。豈惟民哉。麒麟之於走獸。鳳凰於之飛鳥。泰山之於丘垤。河海之於行潦。類也。聖人之於民。亦類也。出於其類。拔乎其萃。自生民以來。未有盛於孔子也。

孟子神農之言章

有爲神農之言者許行。自楚之滕。踵門而告文公曰。遠方之人聞君行仁政。願受一廛而爲氓。文公與之處。其徒數十人。皆衣褐。捆屨織席以爲食。陳良之徒陳相與其弟辛。負耒耜而自宋之滕。曰。聞君行聖人之政。是亦聖人也。願爲聖人氓。陳相見許行而大悅。盡棄其學而學焉。陳相見孟子。道許行之言曰。滕君則誠賢君也。雖然。未聞道也。賢者與民並耕而食。饔飧而治。今也滕有倉廩府庫。則是厲民而以自養也。惡得賢。孟子曰。許子必種粟而後食乎。曰。然。許子必織布而後衣乎。曰。否。許子衣褐。許子冠乎。曰。冠。曰。奚冠。曰。冠素。曰。自織之與。曰。

否以粟易之曰許子奚爲不自織曰害於耕曰許子以釜甑爨以鐵耕乎曰然自爲之與曰否以粟易之以粟易械器者不爲厲陶冶陶冶亦以其械器易粟者豈爲厲農夫哉且許子何不爲陶冶舍皆取諸其宮中而用之何爲紛紛然與百工交易何許子之不憚煩曰百工之事固不可耕且爲也然則治天下獨可耕且爲與有大人之事有小人之事且一人之身而百工之所爲備如必自爲而後用之是率天下而路也故曰或勞心或勞力勞心者治人勞力者治於人治於人者食人治人者食於人天下之通義也當堯之時天下猶未平洪水橫流氾濫於天下草木暢茂禽獸繁殖五穀不登禽獸偪人獸蹄鳥跡之道交於中國堯獨憂之舉舜而敷治焉舜使益掌火益烈山澤而焚之禽獸逃匿禹疏九河瀹濟漯而注諸海決汝漢排淮泗而注之江然後中國可得而食也當是時也禹八年於外三過其門而不入雖欲耕得乎后稷教民稼穡樹藝五穀五穀熟而民人育人之有道也飽食煖衣逸居而無教則近於禽獸聖人有憂之使契爲司徒教以人倫父子有親君臣有義夫婦有別長幼有序朋友有信

放勳曰勞之來之匡之直之輔之翼之使自得之又從而振德之聖人之憂民如此而暇耕乎堯以不得舜爲己憂舜以不得禹皐陶爲己憂夫以百畝之不易爲己憂者農夫也分人以財謂之惠教人以善謂之忠爲天下得人者謂之仁是故以天下與人易爲天下得人難孔子曰大哉堯之爲君惟天爲大惟堯則之蕩蕩乎民無能名焉君哉舜也巍巍乎有天下而不與焉堯舜之治天下豈無所用其心哉亦不用於耕耳吾聞用夏變夷者未聞變於夷者也陳良楚產也悅周公仲尼之道北學於中國北方之學者未能或之先也彼所謂豪傑之士也子之兄弟事之數十年師死而遂倍之昔者孔子沒三年之外門人治任將歸入揖於子貢相嚮而哭皆失聲然後歸子貢反築室於場獨居三年然後歸他日子夏子張子游以有若似聖人欲以所事孔子事之彊曾子曾子曰不可江漢以濯之秋陽以暴之皜皜乎不可尚已今也南蠻鴃舌之人非先王之道子倍子之師而學之亦異於曾子矣吾聞出於幽谷遷於喬木者未聞下喬木而入於幽谷者魯頌曰戎狄是膺荆舒是懲周公方且膺之子是之學亦

爲不善變矣從許子之道則市賈不貳國中無僞雖使五尺之童適市莫之或欺布帛長短同則賈相若麻縷絲絮輕重同則賈相若五穀多寡同則賈相若屨大小同則賈相若曰夫物之不齊物之情也或相倍蓰或相什伯或相千萬子比而同之是亂天下也巨屨小屨同賈人豈爲之哉從許子之道相率而爲僞者也惡能治國家

孟子好辯章

公都子曰外人皆稱夫子好辯敢問何也孟子曰予豈好辯哉予不得已也天下之生久矣一治一亂當堯之時水逆行氾濫於中國蛇龍居之民無所定下者爲巢上者爲營窟書曰洚水警余洚水者洪水也使禹治之禹掘地而注之海驅蛇龍而放之菹水由地中行江淮河漢是也險阻既遠鳥獸之害人者消然後人得平土而居之（以上駁）堯舜既沒聖人之道衰暴君代作壞宮室以爲汙池民無所安息棄田以爲園囿使民不得衣食邪說暴行又作園囿汙池沛澤多而禽獸至及紂之身天下又大亂周公相武王誅紂伐奄三年討其君驅飛

廉於海隅而戮之滅國者五十驅虎豹犀象而遠之天下大悅書曰丕顯哉文王謨丕承哉武王烈佑啓我後人咸以正無缺（以上周公）世衰道微邪說暴行有作臣弒其君者有之子弒其父者有之孔子懼作春秋春秋天子之事也是故孔子曰知我者其惟春秋乎罪我者其惟春秋乎（以上孔子）聖王不作諸侯放恣處士橫議楊朱墨翟之言盈天下天下之言不歸楊則歸墨楊氏爲我是無君也墨氏兼愛是無父也無父無君是禽獸也公明儀曰庖有肥肉廏有肥馬民有飢色野有餓莩此率獸而食人也楊墨之道不息孔子之道不著是邪說誣民充塞仁義也仁義充塞則率獸食人人將相食吾爲此懼閑先聖之道距楊墨放淫辭邪說者不得作作於其心害於其事作於其事害於其政聖人復起不易吾言矣（以上孟子自敘）昔者禹抑洪水而天下平周公兼夷狄驅猛獸而百姓甯孔子成春秋而亂臣賊子懼詩云戎狄是膺荊舒是懲則莫我敢承無父無君是周公所膺也我亦欲正人心息邪說距詖行放淫辭以承三聖者豈好辯哉予不得已也能言距楊墨者聖人之徒也

孟子離婁之明章

孟子曰。離婁之明。公輸子之巧。不以規矩。不能成方圓。師曠之聰。不以六律。不能正五音。堯舜之道。不以仁政。不能平治天下。今有仁心仁聞。而民不被其澤。不可法於後世者。不行先王之道也。故曰。徒善不足以爲政。徒法不能以自行。詩云。不愆不忘。率由舊章。遵先王之法而過者。未之有也。聖人既竭目力焉。繼之以規矩準繩。以爲方員平直。不可勝用也。既竭耳力焉。繼之以六律。正五音。不可勝用也。既竭心思焉。繼之以不忍人之政。而仁覆天下矣。故曰。爲高必因丘陵。爲下必因川澤。爲政不因先王之道。可謂智乎。（以下言爲政宜遵先王之法）是以惟仁者宜在高位。不仁而在高位。是播其惡於衆也。上無道揆也。下無法守也。朝不信道。工不信度。君子犯義。小人犯刑。國之所存者幸也。故曰。城郭不完。兵甲不多。非國之災也。田野不辟。貨財不聚。非國之害也。上無禮。下無學。賊民興。喪無日矣。（以上言上下皆當納於法度之中）詩曰。天之方蹶。無然泄泄。泄泄猶沓沓也。事君無義。進退無禮。言則非先王之道者。猶沓沓也。故曰。責難於君謂之恭。陳善閉邪謂之

敬吾君不能謂之賊以上言爲臣者當以道事君

孟子魚我所欲也章

孟子曰魚我所欲也熊掌亦我所欲也二者不可得兼舍魚而取熊掌者也生亦我所欲也義亦我所欲也二者不可得兼舍生而取義者也生亦我所欲所欲有甚於生者故不爲苟得也死亦我所惡所惡有甚於死者故患有所不辟也如使人之所欲莫甚於生則凡可以得生者何不用也使人之所惡莫甚於死者則凡可以辟患者何不爲也由是則生而有不用也由是則可以辟患而有不爲也以上言欲有甚於生惡有甚於死是故所欲有甚於生者所惡有甚於死者非獨賢者有是心也人皆有之賢者能勿喪耳一簞食一豆羹得之則生弗得則死嘑爾而與之行道之人弗受蹴爾而與之乞人不屑也萬鍾則不辨禮義而受之萬鍾於我何加焉爲宮室之美妻妾之奉所識窮乏者得我與鄉爲身死而不受今爲宮室之美爲之鄉爲身死而不受今爲妻妾之奉爲之鄉爲身死而不受今爲所識窮乏者得我而爲之是亦不可以已乎此之謂失其本心以上就惡有甚

於死指出人之本心

孟子舜發於畎畝章

孟子曰舜發於畎畝之中傅說舉於版築之閒膠鬲舉於魚鹽之中管夷吾舉於士孫叔敖舉於海百里奚舉於市故天將降大任於是人也必先苦其心志勞其筋骨餓其體膚空乏其身行拂亂其所爲所以動心忍性曾益其所不能人恆過然後能改困於心衡於慮而後作徵於色發於聲而後喻入則無法家拂士出則無敵國外患者國恆亡然後知生於憂患而死於安樂也

孟子孔子在陳章

萬章問曰孔子在陳曰盍歸乎來吾黨之士狂簡進取不忘其初孔子在陳何思魯之狂士孟子曰孔子不得中道而與之必也狂獧乎狂者進取獧者有所不爲也孔子豈不欲中道哉不可必得故思其次也以上由中行引入狂獧敢問何如斯可謂狂矣曰如琴張曾皙牧皮者孔子之所謂狂矣何以謂之狂也曰其志嘐嘐然曰古之人古之人夷考其行而不掩焉者也以上狂狂者又不可得欲得不

屑不潔之士而與之是獧也是又其次也(以上獧)孔子曰過我門而不入我室我不憾焉者其惟鄉原乎鄉原德之賊也曰何如斯可謂之鄉原矣曰何以是嘐嘐也言不顧行行不顧言則曰古之人古之人行何爲踽踽涼涼生斯世也爲斯世也善斯可矣閹然媚於世也者是鄉原也(以上鄉原與狂狷互說)萬章曰一鄉皆稱原人焉無所往而不爲原人孔子以爲德之賊何哉曰非之無舉也刺之無刺也同乎流俗合乎汙世居之似忠信行之似廉潔衆皆悅之自以爲是而不可與入堯舜之道故曰德之賊也(以上鄉原之可惡)孔子曰惡似而非者惡莠恐其亂苗也惡佞恐其亂義也惡利口恐其亂信也惡鄭聲恐其亂樂也惡紫恐其亂朱也惡鄉原恐其亂德也君子反經而已矣經正則庶民興庶民興斯無邪慝矣

莊子逍遙遊篇

北冥有魚其名爲鯤鯤之大不知其幾千里也化而爲鳥其名爲鵬鵬之背不知其幾千里也怒而飛其翼若垂天之雲是鳥也海運則將徙於南冥南冥者天池也齊諧者志怪者也諧之言曰鵬之徙於南冥也水擊三千里搏扶搖而

上者九萬里去以六月息者也野馬也塵埃也生物之以息相吹也天之蒼蒼其正色邪其遠而無所至極邪其視下也亦若是則已矣且夫水之積也不厚則負大舟也無力覆杯水於坳堂之上則芥爲之舟置杯焉則膠水淺而舟大也風之積也不厚則其負大翼也無力故九萬里則風斯在下矣而後乃今培風背負青天而莫之夭閼者而後乃今將圖南蜩與學鳩笑之曰我決起而飛槍榆枋時則不至而控於地而已矣奚以之九萬里而南爲適莽蒼者三飡而反腹猶果然適百里者宿舂糧適千里者三月聚糧之二蟲又何知小知不及大知小年不及大年奚以知其然也朝菌不知晦朔蟪蛄不知春秋此小年也楚之南有冥靈者以五百歲爲春五百歲爲秋上古有大椿者以八千歲爲春八千歲爲秋而彭祖乃今以久特聞衆人匹之不亦悲乎湯之問棘也是已窮髮之北有冥海者天池也有魚焉其廣數千里未有知其脩者其名爲鯤有鳥焉其名爲鵬背若泰山翼若垂天之雲搏扶搖羊角而上者九萬里絕雲氣負青天然後圖南且適南冥也斥鴳笑之曰彼且奚適也我騰躍而上不過數仞

而下翱翔蓬蒿之閒此亦飛之至也而彼且奚適也此小大之辯也故夫知效一官行比一鄉德合一君而徵一國者其自視也亦若此矣而宋榮子猶然笑之且舉世而譽之而不加勸舉世而非之而不加沮定乎內外之分辯乎榮辱之竟斯已矣彼其於世未數數然也雖然猶有未樹也夫列子御風而行泠然善也旬有五日而後反彼於致福者未數數然也此雖免乎行猶有所待者也若夫乘天地之正而御六氣之辯以遊無窮者彼且惡乎待哉故曰至人無己神人無功聖人無名堯讓天下於許由曰日月出矣而爝火不息其於光也不亦難乎時雨降矣而猶浸灌其於澤也不亦勞乎夫子立而天下治而我猶尸之吾自視缺然請致天下許由曰子治天下天下既已治也而我猶代子吾將爲名乎名者實之賓也吾將爲賓乎鷦鷯巢於深林不過一枝偃鼠飲河不過滿腹歸休乎君予無所用天下爲庖人雖不治庖尸祝不越樽俎而代之矣肩吾問於連叔曰吾聞言於接輿大而無當往而不反吾驚怖其言猶河漢而無極也大有逕庭不近人情焉連叔曰其言謂何哉曰藐姑射之山有神人居焉

肌膚若冰雪淖約若處子不食五穀吸風飲露乘雲氣御飛龍而游乎四海之外其神凝使物不疵癘而年穀熟吾以是狂而不信也連叔曰然瞽者無以與乎文章之觀聾者無以與乎鐘鼓之聲豈唯形骸有聾盲哉夫知亦有之是其言也猶時女也之人也之德也將旁礴萬物以爲一世蘄乎亂孰弊弊焉以天下爲事之人也物莫之傷大浸稽天而不溺大旱金石流土山焦而不熱是其塵垢粃糠將猶陶鑄堯舜者也孰肯以物爲事宋人資章甫而適諸越越人斷髮文身無所用之堯治天下之民平海內之政往見四子藐姑射之山汾水之陽窅然喪其天下焉惠子謂莊子曰魏王貽我大瓠之種我樹之成而實五石以盛水漿其堅不能自舉也剖之以爲瓢則瓠落無所容非不呺然大也吾爲其無用而掊之莊子曰夫子固拙於用大矣宋人有善爲不龜手之藥者世世以洴澼絖爲事客聞之請買其方百金聚族而謀曰我世世爲洴澼絖不過數金今一朝而鬻技百金請與之客得之以說吳王越有難吳王使之將冬與越人水戰大敗越人裂地而封之能不龜手一也或以封或不免於洴澼絖則所

用之異也今子有五石之瓠何不慮以爲大樽而浮乎江湖而憂其瓠落無所容則夫子猶有蓬之心也夫惠子謂莊子曰吾有大樹人謂之樗其大本擁腫而不中繩墨其小枝卷曲而不中規矩立之塗匠者不顧今子之言大而無用衆所同去也莊子曰子獨不見狸狌乎卑身而伏以候敖者東西跳梁不避高下中於機辟死於罔罟今夫斄牛其大若垂天之雲此能爲大矣而不能執鼠今子有大樹患其無用何不樹之於無何有之鄉廣莫之野彷徨乎無爲其側逍遙乎寢臥其下不夭斤斧物無害者無所可用安所困苦哉

莊子養生主篇

吾生也有涯而知也無涯以有涯隨無涯殆已已而爲知者殆而已矣爲善無近名爲惡無近刑緣督以爲經可以保身可以全生可以養親可以盡年庖丁爲文惠君解牛手之所觸肩之所倚足之所履膝之所踦砉然嚮然奏刀騞然莫不中音合於桑林之舞乃中經首之會文惠君曰譆善哉技蓋至此乎庖丁釋刀對曰臣之所好者道也進乎技矣始臣之解牛之時所見無非牛者三年

之後未嘗見全牛也方今之時臣以神遇而不以目視官知止而神欲行依乎天理批大郤導大窾因其固然技經肯綮之未嘗而況大軱乎良庖歲更刀割也族庖月更刀折也今臣之刀十九年矣所解數千牛矣而刀刃若新發於硎彼節者有閒而刀刃者無厚以無厚入有閒恢恢乎其於游刃必有餘地矣是以十九年而刀刃若新發於硎雖然每至於族吾見其難爲怵然爲戒視爲止行爲遲動刀甚微謋然已解如土委地提刀而立爲之四顧爲之躊躇滿志善刀而藏之文惠君曰善哉吾聞庖丁之言得養生焉公文軒見右師而驚曰是何人也惡乎介也天與其人與曰天也非人也天之生是使獨也人之貌有與也以是知其天也非人也澤雉十步一啄百步一飲不蘄畜乎樊中神雖王不善也老聃死秦失弔之三號而出弟子曰非夫子之友邪曰然然則弔焉若此可乎曰然始也吾以爲其人也而今非也向吾入而弔焉有老者哭之如哭其子少者哭之如哭其母彼其所以會之必有不蘄言而言不蘄哭而哭者是遁天倍情忘其所受古者謂之遁天之刑適來夫子時也適去夫子順也安時而

處順哀樂不能入也古者謂是帝之縣解指窮於爲薪火傳也不知其盡也

莊子駢拇篇

駢拇枝指出乎性哉而侈於德附贅縣疣出乎形哉而侈於性多方乎仁義而用之者列於五藏哉而非道德之正也是故駢於足者連無用之肉也枝於手者樹無用之指也多方駢枝於五藏之情者淫僻於仁義之行而多方於聰明之用也是故駢於明者亂五色淫文章青黃黼黻之煌煌非乎而離朱是已多於聽者亂五聲淫六律金石絲竹黃鐘大呂之聲非乎而師曠是已枝於仁者擢德塞性以收名聲使天下簧鼓以奉不及之法非乎而曾史是已駢於辯者纍瓦結繩竄句遊心於堅白同異之閒而敝跬譽無用之言非乎而楊墨是已故此皆多駢旁枝之道非天下之至正也彼正正者不失其性命之情故合者不爲駢而枝者不爲跂長者不爲有餘短者不爲不足是故鳧脛雖短續之則憂鶴脛雖長斷之則悲故性長非所斷性短非所續無所去憂也意仁義其非人情乎彼仁人何其多憂也且夫駢於拇者決之則泣枝於手者齕之則啼二

者或有餘於數或不足於數其於憂一也今世之仁人蒿目而憂世之患不仁之人決性命之情而饕富貴故意仁義其非人情乎自三代以下者天下何其囂囂也且夫待鉤繩規矩而正者是削其性也待繩約膠漆而固者是侵其德也屈折禮樂呴俞仁義以慰天下之心者此失其常然也天下有常然常然者曲者不以鉤直者不以繩圓者不以規方者不以矩附離不以膠漆約束不以纆索故天下誘然皆生而不知其所以生同焉皆得而不知其所以得故古今不二不可虧也則仁義又奚連連如膠漆纆索而遊乎道德之閒爲哉使天下惑也夫小惑易方大惑易性何以知其然邪自虞氏招仁義以撓天下也天下莫不奔命於仁義是非以仁義易其性與故嘗試論之自三代以下者天下莫不以物易其性矣小人則以身殉利士則以身殉名大夫則以身殉家聖人則以身殉天下故此數子者事業不同名聲異號其於傷性以身爲殉一也臧與穀二人相與牧羊而俱亡其羊問臧奚事則挾筴讀書問穀奚事則博塞以遊二人者事業不同其於亡羊均也伯夷死名於首陽之下盜跖死利於東陵之

上二人者所死不同其於殘生傷性均也奚必伯夷之是而盜跖之非乎天下盡殉也彼其所殉仁義也則俗謂之君子其所殉貨財也則俗謂之小人其殉一也則有君子焉有小人焉若其殘生損性則盜跖亦伯夷已又惡取君子小人於其閒哉且夫屬其性乎仁義者雖通如曾史非吾所謂臧也屬其性於五味雖通如俞兒非吾所謂臧也屬其性乎五聲雖通如師曠非吾所謂聰也屬其性乎五色雖通如離朱非吾所謂明也吾所謂臧非仁義之謂也臧於其德而已矣吾所謂臧者非所謂仁義之謂也任其性命之情而已矣吾所謂聰者非謂其聞彼也自聞而已矣吾所謂明者非謂其見彼也自見而已矣夫不自見而見彼不自得而得彼者是得人之得而不自得其得者也適人之適而不自適其適者也夫適人之適而不自適其適雖盜跖與伯夷是同爲淫僻也余愧乎道德是以上不敢爲仁義之操而下不敢爲淫僻之行也

莊子馬蹏篇

馬蹏可以踐霜雪毛可以禦風寒齕草飲水翹足而陸此馬之眞性也雖有義

臺路寢無所用之及至伯樂曰我善治馬燒之剔之刻之雒之連之以羈馽編之以阜棧馬之死者十二三矣飢之渴之馳之驟之整之齊之前有橛飾之患而後有鞭筴之威而馬之死者已過半矣陶者曰我善治埴圓者中規方者中矩匠人曰我善治木曲者中鉤直者應繩夫埴木之性豈欲中規矩鉤繩哉然且世世稱之曰伯樂善治馬而陶匠善治埴木此亦治天下者之過也吾意善治天下者不然彼民有常性織而衣耕而食是謂同德一而不黨命曰天放故至德之世其行塡塡其視顚顚當是時也山無蹊隧澤無舟梁萬物羣生連屬其鄉禽獸成羣草木遂長是故禽獸可係羈而遊烏鵲之巢可攀援而闚夫至德之世同與禽獸居族與萬物並惡乎知君子小人哉同乎無知其德不離同乎無欲是謂素樸素樸而民性得矣及至聖人蹩躠爲仁踶跂爲義而天下始疑矣澶漫爲樂摘僻爲禮而天下始分矣故純樸不殘孰爲犧樽白玉不毀孰爲珪璋道德不廢安取仁義性情不離安用禮樂五色不亂孰爲文采五聲不亂孰應六律夫殘樸以爲器工匠之罪也毀道德以爲仁義聖人之過也夫馬

陸居則食草飲水喜則交頸相靡怒則分背相踶馬知已此矣夫加之以衡扼齊之以月題而馬知介倪闉扼鷙曼詭銜竊轡故馬之知而能至盜者伯樂之罪也夫赫胥氏之時民居不知所爲行不知所之含哺而熙鼓腹而遊民能已此矣及至聖人屈折禮樂以匡天下之形縣跂仁義以慰天下之心而民乃始踶跂好知爭歸於利不可止也此亦聖人之過也

莊子胠篋篇

將爲胠篋探囊發匱之盜而爲守備則必攝緘縢固扃鐍此世俗之所謂知也然而巨盜至則負匱揭篋擔囊而趨唯恐緘縢扃鐍之不固也然則鄉之所謂知者不乃爲大盜積者也故嘗試論之世俗所謂知者有不爲大盜積者乎所謂聖者有不爲大盜守者乎何以知其然邪昔者齊國鄰邑相望雞狗之音相聞罔罟之所布耒耨之所刺方二千餘里闔四竟之內所以立宗廟社稷治邑屋州閭鄉曲者曷嘗不法聖人哉然而田成子一旦殺齊君而盜其國所盜者豈獨其國邪并與其聖知之法而盜之故田成子有乎盜賊之名而身處堯舜

之安小國不敢非大國不敢誅十二世有齊國則是不乃竊齊國并與其聖知之法以守其盜賊之身乎嘗試論之世俗之所謂至知者有不爲大盜積者乎所謂至聖者有不爲大盜守者乎何以知其然邪昔者龍逢斬比干剖萇弘胣子胥靡故四子之賢而身不免乎戮故跖之徒問於跖曰盜亦有道乎跖曰何適而無有道邪夫妄意室中之藏聖也入先勇也出後義也知可否知也分均仁也五者不備而能成大盜者天下未之有也由是觀之善人不得聖人之道不立跖不得聖人之道不行天下之善人少而不善人多則聖人之利天下也少而害天下也多故曰脣竭則齒寒魯酒薄而邯鄲圍聖人生而大盜起掊擊聖人縱舍盜賊而天下始治矣夫川竭而谷虛丘夷而淵實聖人已死則大盜不起天下平而無故矣聖人不死大盜不止雖重聖人而治天下則是重利盜跖也爲之斗斛以量之則并與斗斛而竊之爲之權衡以稱之則并與權衡而竊之爲之符璽以信之則并與符璽而竊之爲之仁義以矯之則并與仁義而竊之何以知其然邪彼竊鉤者誅竊國者爲諸侯諸侯之門而仁義存焉則是

非竊仁義聖知邪故逐於大盜揭諸侯竊仁義并斗斛權衡符璽之利者雖有軒冕之賞弗能勸斧鉞之威弗能禁此重利盜跖而使不可禁者是乃聖人之過也故曰魚不可脫於淵國之利器不可以示人彼聖知者天下之利器也非所以明天下也故絕聖棄知大盜乃止擿玉毀珠小盜不起焚符破璽而民樸鄙掊斗折衡而民不爭殫殘天下之聖法而民始可與論議擢亂六律鑠絕竽瑟塞瞽曠之耳而天下始人含其聰矣滅文章散五采膠離朱之目而天下始人含其明矣毀絕鉤繩而棄規矩攦工倕之指而天下始人有其巧矣故曰大巧若拙削曾史之行鉗楊墨之口攘棄仁義而天下之德始玄同矣彼人含其明則天下不鑠矣人含其聰則天下不累矣人含其知則天下不惑矣人含其德則天下不僻矣彼曾史楊墨師曠工倕離朱者皆外立其德而以爚亂天下者也法之所無用也子獨不知至德之世乎昔者容成氏大庭氏伯皇氏中央氏栗陸氏驪畜氏軒轅氏赫胥氏尊盧氏祝融氏伏戲氏神農氏當是時也民結繩而用之甘其食美其服樂其俗安其居鄰國相望雞狗之音相聞民至老

死而不相往來若此之時則至治已今遂至使民延頸舉踵曰某所有賢者贏糧而趣之則內棄其親而外去其主之事足迹接乎諸侯之境車軌結乎千里之外則是上好知之過也上誠好知而無道則天下大亂矣何以知其然邪夫弓弩畢弋機變之知多則鳥亂於上矣鉤餌網罟罾笱之知多則魚亂於水矣削格羅落罝罘之知多則獸亂於澤矣知詐漸毒頡滑堅白解垢同異之變多則俗惑於辯矣故天下每每大亂罪在於好知故天下皆知求其所不知而莫知求其所已知者皆知非其所不善而莫知非其所已善者是以大亂故上悖日月之明下爍山川之精中墮四時之施惴耎之蟲肖翹之物莫不失其性甚矣夫好知之亂天下也自三代以下者是已舍夫種種之民而悅夫役役之佞釋夫恬淡無爲而悅夫啍啍之意啍啍已亂天下矣

莊子達生篇

達生之情者不務生之所無以爲達命之情者不務知之所無奈何養形必先之物物有餘而形不養者有之矣有生必先無離形形不離而生亡者有之矣

生之來不能卻其去不能止悲夫世之人以爲養形足以存生而養形果不足
以存生則世奚足爲哉雖不足爲而不可不爲者其爲不免矣夫欲免爲形者
莫如棄世棄世則無累無累則正平正平則與彼更生更生則幾矣事奚足棄
而生奚足遺棄事則形不勞遺生則精不虧夫形全精復與天爲一天地者萬
物之父母也合則成體散則成始形精不虧是謂能移精而又精反以相天子
列子問關尹曰至人潛行不窒蹈火不熱行乎萬物之上而不慄請問何以至
於此關尹曰是純氣之守也非知巧果敢之列居予語汝凡有貌象聲色者皆
物也物何以相遠夫奚足以至乎先是色而已則物之造乎不形而止乎無所
化夫得是而窮之者物焉得而止焉彼將處乎不淫之度而藏乎無端之紀遊
乎萬物之所終始壹其性養其氣合其德以通乎物之所造夫若是者其天守
全其神無郤物奚自入焉夫醉者之墜車雖疾不死骨節與人同而犯害與人
異其神全也乘亦不知也墜亦不知也死生驚懼不入乎其胸中是故遻物而
不慴彼得全於酒而猶若是而況得全於天乎聖人藏於天故莫之能傷也復

讎者不折鏌干雖有忮心者不怨飄瓦是以天下平均故無攻戰之亂無殺戮之刑者由此道也不開人之天而開天之天開天者德生開人者賊生不厭其天不忽於人民幾乎以其眞仲尼適楚出於林中見痀僂者承蜩猶掇之也仲尼曰子巧乎有道邪曰我有道也五六月累丸二而不墜則失者錙銖累三而不墜則失者十一累五而不墜猶掇之也吾處身也若橛株枸吾執臂也若槁木之枝雖天地之大萬物之多而唯蜩翼之知吾不反不側不以萬物易蜩之翼何爲而不得孔子顧謂弟子曰用志不分乃凝於神其痀僂丈人之謂乎顏淵問仲尼曰吾嘗濟乎觴深之淵津人操舟若神吾問焉曰操舟可學邪曰可善游者數能若乃夫沒人則未嘗見舟而便操之也吾問焉而不吾告敢問何謂也仲尼曰善游者數能忘水也若乃夫沒人之未嘗見舟而便操之也彼視淵若陵視舟之覆猶其車卻也覆卻萬方陳乎前而不得入其舍惡往而不暇以瓦注者巧以鉤注者憚以黃金注者殙其巧一也而有所矜則重外也凡外重者內拙田開之見周威公威公曰吾聞祝腎學生吾子與祝腎遊亦何聞焉

田開之曰開之操拔篲以侍門庭亦何聞於夫子威公曰田子無讓寡人願聞之開之曰聞之夫子曰善養生者若牧羊然視其後者而鞭之威公曰何謂也田開之曰魯有單豹者岩居而水飲不與民共利行年七十而猶有嬰兒之色不幸遇餓虎餓虎殺而食之有張毅者高門縣薄無不走也行年四十而有內熱之病以死豹養其內而虎食其外毅養其外而病攻其內此二子者皆不鞭其後者也仲尼曰無入而藏無出而陽柴立其中央三者若得其名必極夫畏塗者十殺一人則父子兄弟相戒也必盛卒徒而後敢出焉不亦知乎人之所取畏者袵席之上飲食之閒而不知爲之戒者過也祝宗人玄端以臨牢筴說彘曰汝奚惡死吾將三月豢汝十日戒三日齊藉白茅加汝肩尻乎彫俎之上則汝爲之乎爲彘謀曰不如食以糠糟而錯之牢筴之中自爲謀則苟生有軒冕之尊死於腞楯之上聚僂之中則爲之爲彘謀則去之自爲謀則取之所異彘者何也桓公田於澤管仲御見鬼焉公撫管仲之手曰仲父何見對曰臣無所見公反誒詒爲病數日不出齊士有皇子告敖者曰公則自傷鬼惡能傷公

夫忿滀之氣散而不反則爲不足上而不下則使人善怒下而不上則使人善忘不上不下中身當心則爲病桓公曰然則有鬼乎曰有沈有履竈有髻戶內之煩壤雷霆處之東北方之下者倍阿鮭蠪躍之西北方之下者則泆陽處之水有罔象邱有峷山有夔野有彷徨澤有委蛇公曰請問委蛇之狀如何皇子曰委蛇其大如轂其長如轅紫衣而朱冠其爲物也惡聞雷車之聲則捧其首而立見之者殆乎霸桓公辴然而笑曰此寡人之所見者也於是正衣冠與之坐不終日而不知病之去也紀渻子爲王養鬬雞十日而問雞已乎曰未也方虛憍而恃氣十日又問曰未也猶應嚮景十日又問曰未也猶疾視而盛氣十日又問曰幾矣雞雖有鳴者已無變矣望之似木雞矣其德全矣異雞無敢應者反走矣孔子觀於呂梁縣水三十仞流沫四十里黿鼉魚鼈之所不能游也見一丈夫游之以爲有苦而欲死也使弟子並流而拯之數百步而出被髮行歌而游於塘下孔子從而問焉曰吾以子爲鬼察子則人也請問蹈水有道乎曰亡吾無道吾始乎故長乎性成乎命與齊俱入與汩偕出從水之道而不爲

私焉此吾所以蹈之也孔子曰何謂始乎故長乎性成乎命曰吾生於陵而安於陵故也長於水而安於水性也不知吾所以然而然命也梓慶削木爲鐻鐻成見者驚猶鬼神魯侯見而問焉曰子何術以爲焉對曰臣工人何術之有雖然有一焉臣將爲鐻未嘗敢以耗氣也必齊以靜心齊三日而不敢懷慶賞爵祿齊五日不敢懷非譽巧拙齊七日輒然忘吾有四枝形體也當是時也無公朝其巧專而外骨消然後入山林觀天性形軀具矣然後成見鐻然後加手焉不然則已則以天合天器之所以疑神者其是與東野稷以御見莊公進退中繩左右旋中規莊公以爲文弗過也使之鉤百而反顏闔遇之入見曰稷之馬將敗公密而不應少焉果敗而反公曰子何以知之曰其馬力竭矣而猶求焉故曰敗工倕旋而蓋規矩指與物化而不以心稽故其靈臺一而不桎忘足屨之適也忘要帶之適也知忘是非心之適也不內變不外從事會之適也始乎適而未嘗不適者忘適之適也有孫休者踵門而詫子扁慶子曰休居鄉不見謂不修臨難不見謂不勇然而田原不遇歲事君不遇世賓於鄉里逐於州部

則胡罪乎天哉。休惡遇此命也。扁子曰。子獨不聞夫至人之自行邪。忘其肝膽。遺其耳目。芒然彷徨乎塵垢之外。逍遙乎無事之業。是謂爲而不恃。長而不宰。今汝飾知以驚愚。脩身以明汚。昭昭乎若揭日月而行也。汝得全而形軀。具而九竅。無中道夭於聾盲跛蹇而比於人數。亦幸矣。又何暇乎天之怨哉。子往矣。孫子出。扁子入坐。有閒。仰天而歎。弟子問曰。先生何爲歎乎。扁子曰。向者休來。吾告之以至人之德。吾恐其驚而遂至於惑也。弟子曰。不然。孫子之所言是邪。先生之所言非邪。非固不能惑。是孫子所言非邪。先生所言是邪。彼固惑而來矣。又奚罪焉。扁子曰。不然。昔者有鳥止於魯郊。魯君說之。爲具太牢以饗之。奏九韶以樂之。鳥乃始憂悲眩視。不敢飲食。此之謂以己養養鳥也。若夫以鳥養養鳥者。宜棲之深林。浮之江湖。食之以委蛇。則平陸而已矣。今休款啓寡聞之民也。吾告以至人之德。譬之若載鼷以車馬。樂鴳以鐘鼓也。彼又惡能無驚乎哉。

莊子山木篇

莊子行於山中見大木枝葉盛茂伐木者止其旁而不取也問其故曰無所可用莊子曰此木以不材得終其天年夫子出於山舍於故人之家故人喜命豎子殺鴈而烹之豎子請曰其一能鳴其一不能鳴請奚殺主人曰殺不能鳴者明日弟子問於莊子曰昨日山中之木以不材得終其天年今主人之鴈以不材死先生將何處莊子笑曰周將處夫材與不材之閒材與不材之閒似之而非也故未免乎累若夫乘道德而浮遊則不然無譽無訾一龍一蛇與時俱化而無肯專爲一上一下以和爲量浮遊乎萬物之祖物物而不物於物則胡可得而累邪此神農黃帝之法則也若夫萬物之情人倫之傳則不然合則離成則毀廉則挫尊則議有爲則虧賢則謀不肖則欺胡可得而必乎哉悲夫弟子志之其唯道德之鄉乎市南宜僚見魯侯魯侯有憂色市南子曰君有憂色何也魯侯曰吾學先王之道修先君之業吾敬鬼尊賢親而行之無須臾離居然不免於患吾是以憂市南子曰君之除患之術淺矣夫豐狐文豹棲於山林伏於巖穴靜也夜行晝居戒也雖飢渴隱約猶且胥疏於江湖之上而求食焉定

也。然且不免於罔羅機辟之患。是何罪之有哉。其皮爲之災也。今魯國獨非君之皮邪。吾願君刳形去皮。洒心去欲。而遊於無人之野。南越有邑焉。名爲建德之國。其民愚而樸。少私而寡欲。知作而不知藏。與而不求其報。不知義之所適。不知禮之所將。猖狂妄行。乃蹈乎大方。其生可樂。其死可葬。吾願君去國捐俗。與道相輔而行。君曰。彼其道遠而險。又有江山。我無舟車。奈何。市南子曰。君無形倨。無留居。以爲君車。君曰。彼其道幽遠而無人。吾誰與爲鄰。吾無糧。我無食。安得而至焉。市南子曰。少君之費。寡君之欲。雖無糧而乃足。君其涉於江而浮於海。望之而不見其崖。愈往而不知其所窮。送君者皆自崖而反。君自此遠矣。故有人者累。見有於人者憂。故堯非有人。非見有於人也。吾願去君之累。除君之憂。而獨與道遊於大莫之國。方舟而濟於河。有虛船來觸舟。雖有惼心之人不怒。有一人在其上。則呼張歙之。一呼而不聞。再呼而不聞。於是三呼邪。則必以惡聲隨之。向也不怒而今也怒。向也虛而今也實。人能虛己以遊世。其孰能害之。北宮奢爲衛靈公賦斂以爲鍾。爲壇乎郭門之外。三月而成上下之縣。王子慶忌見而問焉曰子何術之設奢曰一之閒無敢設也奢聞之既雕既琢復歸於樸侗乎其無識儻乎其怠疑萃乎芒乎其送往而迎來來者勿禁往者勿止從其彊梁隨其曲傳因其自窮故朝夕賦斂而毫毛不挫而況有大塗者乎

孔子圍於陳蔡之閒七日不火食大公任往弔之曰子幾死乎曰然子惡死乎曰然任曰予嘗言不死之道東海有鳥焉名曰意怠其爲鳥也翂翂翐翐而似無能引援而飛迫脅而棲進不敢爲前退不敢爲後食不敢先嘗必取其緒是故其行列不斥而外人卒不得害是以免於患直木先伐甘井先竭子其意者飾智以驚愚脩身以明污昭昭乎如揭日月而行故不免也昔吾聞之大成之人曰自伐者無功功成者墮名成者虧孰能去功與名而還與衆人道流而不名居德行而不名處純純常常乃比於狂削跡捐勢不爲功名是故無責於人人亦無責焉至人不聞子何喜哉孔子曰善哉辭其交遊去其弟子逃於大澤衣裘褐食杼栗入獸不亂羣入鳥不亂行鳥獸不惡而況人乎孔子問子桑雽曰吾再逐於魯伐樹於宋削跡於衛窮於商周圍於陳蔡之閒吾犯此數患親

交益疏徒友益散何與子桑雽曰子獨不聞假人之亡與林回棄千金之璧負赤子而趨或曰爲其布與赤子之布寡矣爲其累與赤子之累多矣棄千金之璧負赤子而趨何也林回曰彼以利合此以天屬也夫以利合者迫窮禍患害相棄也以天屬者迫窮禍患害相收也夫相收之與相棄亦遠矣且君子之交淡若水小人之交甘若醴君子淡以親小人甘以絕彼無故以合者則無故以離孔子曰敬聞命矣徐行翔佯而歸絕學捐書弟子無挹於前其愛益加進異日桑雽又曰舜之將死真泠禹曰汝戒之哉形莫若緣情莫若率緣則不離率則不勞不離不勞則不求文以待形不求文以待形固不待物莊子衣大布而補之正緳係履而過魏王魏王曰何先生之憊邪莊子曰貧也非憊也士有道德不能行憊也衣弊履穿貧也非憊也此所謂非遭時也王獨不見夫騰猨乎其得柟梓豫章也攬蔓其枝而王長其閒雖羿逢蒙不能眄睨也及其得柘棘枳枸之閒也危行側視振動悼慄此筋骨非有加急而不柔也處勢不便未足以逞其能也今處昏上亂相之閒而欲無憊奚可得邪此比干之見剖心徵也

夫孔子窮於陳蔡之間七日不火食左據槁木右擊槁枝而歌猋氏之風有其具而無其數有其聲而無宮角木聲與人聲犂然有當於人之心顏回端拱還目而窺之仲尼恐其廣己而造大也愛己而造哀也曰回無受天損易無受人益難無始而非卒也人與天一也夫今之歌者其誰乎回曰敢問無受天損易仲尼曰飢渴寒暑窮桎不行天地之行也運物之泄也言與之偕逝之謂也爲人臣者不敢去之執臣之道猶若是而況乎所以待天乎何謂無受人益難仲尼曰始用四達爵祿並至而不窮物之所利乃非己也吾命有在外者也君子不爲盜賢人不爲竊吾若取之何哉故曰鳥莫知於鷾鴯目之所不宜處不給視雖落其實棄之而走其畏人也而襲諸人閒社稷存焉爾何謂無始而非卒仲尼曰化其萬物而不知其禪之也焉知其所終焉知其所始正而待之而已耳何謂人與天一邪仲尼曰有人天也有天亦天也人之不能有天性也聖人晏然體逝而終矣莊周遊乎雕陵之樊覩一異鵲自南方來者翼廣七尺目大運寸感周之顙而集於栗林莊周曰此何鳥哉翼殷不逝目大不覩蹇裳躩步

執彈而留之覩一蟬方得美蔭而忘其身螳螂執翳而搏之見得而忘其形異鵲從而利之見利而忘其真莊周怵然曰噫物固相累二類相召也捐彈而反走虞人逐而誶之莊周反入三月不庭藺且從而問之夫子何爲頃間甚不庭乎莊周曰吾守形而忘身觀於濁水而迷於清淵且吾聞諸夫子曰入其俗從其俗今吾遊於雕陵而忘吾身異鵲感吾顙遊於栗林而忘真栗林虞人以吾爲戮吾所以不庭也楊子之宋宿於逆旅逆旅人有妾二人其一人美其一人惡惡者貴而美者賤楊子問其故逆旅小子對曰其美者自美吾不知其美也其惡者自惡吾不知其惡也楊子曰弟子記之行賢而去自賢之行安往而不愛哉

莊子外物篇

外物不可必故龍逢誅比干戮箕子狂惡來死桀紂亡人主莫不欲其臣之忠而忠未必信故伍員流於江萇弘死於蜀藏其血三年而化爲碧人親莫不欲其子之孝而孝未必愛故孝己憂而曾參悲木與木相摩則然金與火相守則

流。陰陽錯行。則天地大絯。於是乎有雷有霆。水中有火。乃焚大槐。有甚憂兩陷而無所逃。螴蜳不得成。心若縣於天地之閒。慰暋沈屯。利害相摩。生火甚多。衆人焚和。月固不勝火。於是乎有僓然而道盡。莊周家貧。故往貸粟於監河侯。監河侯曰。諾。我將得邑金。將貸子三百金。可乎。莊周忿然作色曰。周昨來。有中道而呼者。周顧視車轍中有鮒魚焉。周問之曰。鮒魚來。子何爲者邪。對曰。我東海之波臣也。君豈有斗升之水而活我哉。周曰。諾。我且南遊吳越之王。激西江之水而迎子。可乎。鮒魚忿然作色曰。吾失我常與。我無所處。吾得斗升之水然活耳。君乃言此。曾不如早索我於枯魚之肆。任公子爲大鉤巨緇。五十犗以爲餌。蹲乎會稽。投竿東海。旦旦而釣。期年不得魚。已而大魚食之。牽巨鉤。錎沒而下。鶩揚而奮鬐。白波若山。海水震蕩。聲侔鬼神。憚赫千里。任公子得若魚。離而腊之。自淛河以東。蒼梧已北。莫不厭若魚者。已而後世輇才諷說之徒。皆驚而相告也。夫揭竿累。趣灌瀆。守鯢鮒。其於得大魚難矣。飾小說以干縣令。其於大達亦遠矣。是以未嘗聞任氏之風俗。其不可與經於世亦遠矣。儒以詩禮發冢。大儒臚傳曰。東方作矣。事之何若。小儒曰。未解裙襦。口中有珠。詩固有之曰。青青之麥。生於陵陂。生不布施。死何含珠爲。接其鬢。壓其顪。儒以金椎控其頤。徐別其頰。無傷口中珠。老萊子之弟子出薪。遇仲尼。反以告。曰。有人於彼。修上而趨下。末僂而後耳。視若營四海。不知其誰氏之子。老萊子曰。是丘也。召而來。仲尼至。曰。丘去汝躬矜與汝容知。斯爲君子矣。仲尼揖而退。蹙然改容而問曰。業可得進乎。老萊子曰。夫不忍一世之傷。而驁萬世之患。抑固窶邪。亡其略弗及邪。惠以歡爲驁。終身之醜。中民之行進焉耳。相引以名。相結以隱。與其譽堯而非桀。不如兩忘而閉其所譽。反無非傷也。動無非邪也。聖人躊躇以興事。以每成功。奈何哉其載焉終矜爾。宋元君夜半而夢人被髮闚阿門。曰。予自宰路之淵。予爲清江使河伯之所。漁者余且得予。元君覺。使人占之。曰。此神龜也。君曰。漁者有余且乎。左右曰。有。君曰。令余且會朝。明日。余且朝。君曰。漁何得。對曰。且之網得白龜焉。箕圓五尺。君曰。獻若之龜。龜至。君再欲殺之。再欲活之。心疑。卜之曰。殺龜以卜吉。乃刳龜。七十二鑽而無遺筴。仲尼曰。神龜能見夢於元君。而不能避余且之網知能七十二鑽而無遺筴不能避刳腸之患如是則知有所困神有所不及也雖有至知萬人謀之魚不畏網而畏鵜鶘去小知而大知明去善而自善矣嬰兒生無石師而能言與能言者處也惠子謂莊子曰子言無用莊子曰知無用而始可與言用矣夫地非不廣且大也人之所用容足耳然則側足而墊之致黃泉人尚有用乎惠子曰無用莊子曰然則無用之爲用也亦明矣莊子曰人有能遊且得不遊乎人而不能遊且得遊乎夫流遁之志決絕之行噫其非至知厚德之任與覆墜而不反火馳而不顧雖相與爲君臣時也易世而無以相賤故曰至人不留行焉夫尊古而卑今學者之流也且以狶韋氏之流觀今之世夫孰能不波唯至人乃能遊於世而不僻順人而不失己彼教不學承意不彼目徹爲明耳徹爲聽鼻徹爲顫羶同口徹爲甘心徹爲知知徹爲德凡道不欲壅壅則哽哽而不止則跈跈則衆害生物之有知者恃息其不殷非天之罪天之穿之日夜無降人則顧塞其竇胞有重閬心有天遊室無空虛則婦姑勃谿心無天遊則六鑿相攘大林邱山之善於人也亦神者不勝德

溢乎名名溢乎暴謀稽乎誸知出乎爭柴生乎守官事果乎衆宜春雨日時草木怒生銚鎒於是乎始修草木之到植者過半而不知其然靜然可以補病眥㓕可以休老寧可以止遽雖然若是勞者之務也非佚者之所未嘗過而問焉聖人之所以駴天下神人未嘗過而問焉賢人所以駴世聖人未嘗過而問焉君子所以駴國賢人未嘗過而問焉小人所以合時君子未嘗過而問焉演門有親死者以善毀爵爲官師其黨人毀而死者半堯與許由天下許由逃之湯與務光務光怒之紀他聞之帥弟子而踆於窾水諸侯弔之三年申徒狄因以踣河筌者所以在魚得魚而忘筌蹏者所以在兔得兔而忘蹏言者所以在意得意而忘言吾安得夫忘言之人而與之言哉

莊子秋水篇

秋水時至百川灌河涇流之大兩涘渚崖之間不辨牛馬於是焉河伯欣然自喜以天下之美爲盡在己順流而東行至於北海東面而視不見水端於是焉河伯始旋其面目望洋向若而歎曰野語有之曰聞道百以爲莫己若者我之

謂也。且夫我嘗聞少仲尼之聞而輕伯夷之義者。始吾弗信。今我睹子之難窮
也。吾非至於子之門。則殆矣。吾長見笑於大方之家。北海若曰。井鼃不可以語
於海者。拘於虛也。夏蟲不可以語於冰者。篤於時也。曲士不可以語於道者。束
於教也。今爾出於崖涘。觀於大海。乃知爾醜。爾將可與語大理矣。天下之水。莫
大於海。萬川歸之。不知何時止而不盈。尾閭泄之。不知何時已而不虛。春秋不
變。水旱不知。此其過江河之流。不可爲量數。而吾未嘗以此自多者。自以比形
於天地。而受氣於陰陽。吾在於天地之閒。猶小石小木之在大山也。方存乎見
少。又奚以自多。計四海之在天地之閒也。不似礨空之在大澤乎。計中國之在
海內。不似稊米之在太倉乎。號物之數謂之萬。人處一焉。人卒九州。穀食之所
生。舟車之所通。人處一焉。此其比萬物也。不似豪末之在於馬體乎。五帝之所
連。三王之所爭。仁人之所憂。任士之所勞。盡此矣。伯夷辭之以爲名。仲尼語之
以爲博。此其自多也。不似爾向之自多於水乎。河伯曰。然則吾大天地而小豪
末可乎。北海若曰。否。夫物量無窮。時無止。分無常。終始無故。是故大知觀於遠

近故小而不寡大而不多知量無窮證曏今故故遙而不悶掇而不跂知時無止察乎盈虛故得而不喜失而不憂知分之無常也明乎坦途故生而不說死而不禍知終始之不可故也計人之所知不若其所不知其生之時不若未生之時以其至小求窮其至大之域是故迷亂而不能自得也由此觀之又何以知豪末之足以定至細之倪又何以知天地之足以窮至大之域河伯曰世之議者皆曰至精無形至大不可圍是信情乎北海若曰夫自細視大者不盡自大視細者不明夫精小之微也垺大之殷也故異便此勢之有也夫精麤者期於有形者也無形者數之所不能分也不可圍者數之所不能窮也可以言論者物之麤也可以意致者物之精也言之所不能論意之所不能察致者不期精麤焉是故大人之行不出乎害人不多仁恩動不爲利不賤門隸貨財弗爭不多辭讓事焉不借人不多食乎力不賤貪污行殊乎俗不多辟異爲在從衆不賤佞諂世之爵祿不足以爲勸戮恥不足以爲辱知是非之不可爲分細大之不可爲倪聞曰道人不聞至德不得大人無己約分之至也河伯曰若物之

外若物之內惡至而倪貴賤惡至而倪小大北海若曰以道觀之物無貴賤以物觀之自貴而相賤以俗觀之貴賤不在己以差觀之因其所大而大之則萬物莫不大因其所小而小之則萬物莫不小知天地之爲稊米也知豪末之爲邱山也則差數覩矣以功觀之因其所有而有之則萬物莫不有因其所無而無之則萬物莫不無知東西之相反而不可以相無則功分定矣以趣觀之因其所然而然之則萬物莫不然因其所非而非之則萬物莫不非知堯桀之自然而相非則趣操覩矣昔者堯舜讓而帝之噲讓而絕湯武爭而王白公爭而滅由此觀之爭讓之禮堯桀之行貴賤有時未可以爲常也梁麗可以衝城而不可以窒穴言殊器也騏驥驊騮一日而馳千里捕鼠不如狸狌言殊技也鴟鵂夜撮蚤察毫末晝出瞋目而不見邱山言殊性也故曰蓋師是而無非師治而無亂乎是未明天地之理萬物之情者也是猶師天而無地師陰而無陽其不可行明矣然且語而不舍非愚則誣也帝王殊禪三代殊繼差其時逆其俗者謂之簒夫當其時順其俗者謂之義之徒默默乎河伯女惡知貴賤之門小

大之家河伯曰然則我何爲乎何不爲乎吾辭受趣舍吾終奈何北海若曰以道觀之何貴何賤是謂反衍無拘而志與道大蹇何少何多是謂謝施無一而行與道參差嚴乎若國之有君其無私德繇繇乎若祭之有社其無私福泛泛乎若四方之無窮其無所畛域兼懷萬物其孰承翼是謂無方萬物一齊孰短孰長道無終始物有死生不恃其成一虛一滿不位乎其形年不可舉時不可止消息盈虛終則有始是所以語大義之方論萬物之理也物之生也若驟若馳無動而不變無時而不移何爲乎何不爲乎夫固將自化河伯曰然則何貴於道邪北海若曰知道者必達於理達於理者必明於權明於權者不以物害己至德者火弗能熱水弗能溺寒暑弗能害禽獸弗能賊非謂其薄之也言察乎安危甯於禍福謹於去就而莫之能害也故曰天在內人在外德在乎天知天人之行本乎天位乎得蹢躅而屈伸反要而語極曰何謂天何謂人北海若曰牛馬四足是謂天落馬首穿牛鼻是謂人故曰無以人滅天無以故滅命無以得殉名謹守而勿失是謂反其真夔憐蚿蚿憐蛇蛇憐風風憐目目憐心夔

謂蚿曰吾以一足趻踔而行予無如矣今子之使萬足獨奈何蚿曰不然子不見夫唾者乎噴則大者如珠小者如霧雜而下者不可勝數也今予動吾天機而不知其所以然蚿謂蛇曰吾以衆足行而不及子之無足何也蛇曰夫天機之所動何可易邪吾安用足哉蛇謂風曰予動吾脊脅而行則有似也今子蓬蓬然起於北海蓬蓬然入於南海而似無有何也風曰然予蓬蓬然起於北海而入於南海也然而指我則勝我鰌我亦勝我雖然夫折大木蜚大屋者唯我能也故以衆小不勝爲大勝也爲大勝者唯聖人能之孔子遊於匡宋人圍之數帀而弦歌不輟子路入見曰何夫子之娛也孔子曰來吾語女我諱窮久矣而不免命也求通久矣而不得時也當堯舜而天下無窮人非知得也當桀紂而天下無通人非知失也時勢適然夫水行不避蛟龍者漁父之勇也陸行不避兕虎者獵夫之勇也白刃交於前視死若生者烈士之勇也知窮之有命知通之有時臨大難而不懼者聖人之勇也由處矣吾命有所制矣無幾何將甲者進辭曰以爲陽虎也故圍之今非也請辭而退公孫龍問於魏牟曰龍少學

先王之道長而明仁義之行合同異離堅白然不然可不可困百家之知窮衆口之辯吾自以爲至達已今吾聞莊子之言汒焉異之不知論之不及與知之弗若與今吾無所開吾喙敢問其方公子牟隱机大息仰天而笑曰子獨不聞夫埳井之鼃乎謂東海之鼈曰吾樂與吾跳梁乎井幹之上入休乎缺甃之崖赴水則接腋持頤蹶泥則沒足滅跗還虷蟹與科斗莫吾能若也且夫擅一壑之水而跨跱埳井之樂此亦至矣夫子奚不時來入觀乎東海之鼈左足未入而右膝已縶矣於是逡巡而卻告之海曰夫千里之遠不足以舉其大千仞之高不足以極其深禹之時十年九潦而水弗爲加益湯之時八年七旱而崖不爲加損夫不爲頃久推移不以多少進退者此亦東海之大樂也於是埳井之鼃聞之適適然驚規規然自失也且夫知不知是非之竟而猶欲觀於莊子之言是猶使蚊負山商蚷馳河也必不勝任矣且夫知不知論極妙之言而自適一時之利者是非埳井之鼃與且彼方跐黃泉而登大皇無南無北奭然四解淪於不測無東無西始於玄冥反於大通子乃規規然而求之以察索之以辯

是直用管闚天用錐指地也不亦小乎子往矣且子獨不聞夫壽陵餘子之學行於邯鄲與未得國能又失其故行矣直匍匐而歸耳今子不去將忘子之故失子之業公孫龍口呿而不合舌舉而不下乃逸而走莊子釣於濮水楚王使大夫二人往先焉曰願以竟內累矣莊子持竿不顧曰吾聞楚有神龜死已三千歲矣王巾笥而藏之廟堂之上此龜者寧其死為留骨而貴乎寧其生而曳尾於塗中乎二大夫曰寧生而曳尾塗中莊子曰往矣吾將曳尾於塗中惠子相梁莊子往見之或謂惠子曰莊子來欲代子相於是惠子恐搜於國中三日三夜莊子往見之曰南方有鳥其名鵷鶵子知之乎夫鵷鶵發於南海而飛於北海非梧桐不止非練實不食非醴泉不飲於是鴟得腐鼠鵷鶵過之仰而視之曰嚇今子欲以子之梁國而嚇我邪莊子與惠子遊於濠梁之上莊子曰儵魚出遊從容是魚樂也惠子曰子非魚安知魚之樂莊子曰子非我安知我不知魚之樂惠子曰我非子固不知子矣子固非魚也子之不知魚之樂全矣莊子曰請循其本子曰女安知魚樂云者既已知吾知之而問我我知之濠上也

荀子榮辱篇

憍泄者。人之殃也。恭儉者。偋五兵也。雖有戈矛之刺。不如恭儉之利也。故與人善言。煖於布帛。傷人之言。深於矛戟。故薄薄之地。不得履之。非地不安也。危足無所履者。凡在言也。巨涂則讓。小涂則殆。雖欲不謹。若云不使。（以上以言取辱）快快而亡者。怒也。察察而殘者。忮也。博而窮者。訾也。清之而俞濁者。口也。豢之而俞瘠者。交也。辯而不說者。爭也。直立而不見知者。勝也。廉而不見貴者。劌也。勇而不見憚者。貪也。信而不見敬者。好剸行也。此小人之所務。而君子之所不爲也。（以上美德中亦有取辱之禍）鬭者。忘其身者也。忘其親者也。忘其君者也。行其少頃之怒。而喪終身之軀。然且爲之。是忘其身也。室家立殘。親戚不免乎刑戮。然且爲之。是忘其親也。君上之所惡也。刑法之所大禁也。然且爲之。是忘其君也。憂忘其身。內忘其親。上忘其君。是刑法之所不舍也。聖王之所不畜也。乳彘觸虎。乳狗不遠遊。不忘其親也。人也憂忘其身。內忘其親。上忘其君。則是人也。而曾狗彘之不若也。凡鬭者。必自以爲是。而以人爲非也。己誠是也。人誠非也。則是己君子而人小人也。以君子與小人相賊害也。憂以忘其身。內以忘其親。上以忘其君。豈不過甚矣哉。是人也。所謂以狐父之戈钃牛矢也。將以爲智邪，則愚莫大焉，將以爲利邪，則害莫大焉，將以爲榮邪，則辱莫大焉，將以爲安邪，則危莫大焉，人之有鬬，何哉，我欲屬之狂惑疾病邪，則不可，聖王又誅之，我欲屬之鳥鼠禽獸邪，則不可，其形體又人，而好惡多同，人之有鬬，何哉，我甚醜之，（以上好鬬取辱）有狗彘之勇者，有賈盜之勇者，有小人之勇者，有士君子之勇者，爭飲食，無廉耻，不知是非，不辟死傷，不畏衆強，恈恈然唯利飲食之見，是狗彘之勇也，爲事利，爭貨財，無辭讓，果敢而振，猛貪而戾，恈恈然唯利之見，是賈盜之勇也，輕死而暴，是小人之勇也，義之所在。不傾於權。不顧其利，舉國而與之。不爲改視，重死持義而不撓。是士君子之勇也。儵鉢者，浮陽之魚也，胠於沙而思水，則無逮矣，挂於患而欲謹，則無益矣，自知者不怨人，知命者不怨天，怨人者窮，怨天者無志，失之己，反之人，豈不迂乎哉，榮辱之大分，安危利害之常體，先義而後利者榮，先利而後義者辱，榮者常通，辱者常窮，通者常制人，窮者常制於人，是榮辱之大分也。材愨者常安利。蕩悍者常危害。安利者常樂易。危害者常憂險。樂易者常壽長。憂險者常夭折。是安危利害之常體也。夫天生烝民。有所以取之。志意致修。德行致厚。智慮致明。是天子之所以取天下也。政令法。舉措時。聽斷公。上則能順天子之命。下則能保百姓。是諸侯之所以取國家也。志行修。臨官治。上則能順上。下則能保其職。是士大夫之所以取田邑也。循法則度量刑辟圖籍。不知其義。謹守其數。愼不敢損益也。父子相傳。以持王公。是故三代雖亡。治法猶存。是官人百吏之所以取祿秩也。孝弟原愨。軥錄疾力。以敦比其事業。而不敢怠傲。是庶人之所以取煖衣飽食。長生久視。以免於刑戮也。飾邪說。文姦言。爲倚事。陶誕突盜。惕悍憍暴。以偷生反側於亂世之閒。是姦人之所以取危辱死刑也。其慮之不深。其擇之不謹。其定取舍楛僈。是其所以危也。材性知能。君子小人一也。好榮惡辱。好利惡害。是君子小人之所同也。若其所以求之之道則異矣。小人也者。疾爲誕而欲人之信己也。疾爲詐而欲人之親己也。禽獸之行而欲人之善己也。慮之難知也。行之難安也。持之難立也。成則必不得其所好。

必遇其所惡焉故君子者信矣而亦欲人之信己也忠矣而亦欲人之親己也修正治辨矣而亦欲人之善己也慮之易知也行之易安也持之易立也成則必得其所好必不遇其所惡焉是故窮則不隱通則大明身死而名彌白小人莫不延頸舉踵而願曰知慮材性固有以賢人矣夫不知其與己無以異也則君子注錯之當而小人注錯之過也故孰察小人之知能足以知其有餘可以爲君子之所爲也譬之越人安越楚人安楚君子安雅是非知能材性然也是注錯習俗之節異也仁義德行常安之術也然而未必不危也污僈突盜常危之術也然而未必不安也故君子道其常而小人道其怪以上言榮辱在人之自取材性智能本同因注錯異而榮辱亦殊凡人有所一同飢而欲食寒而欲煖勞而欲息好利而惡害是人之所生而有也是無待而然者也是禹桀之所同也目辨白黑美惡耳辨音聲清濁口辨酸鹹甘苦鼻辨芬芳腥臊骨體膚理辨寒暑疾養是又人之所常生而有也是無待而然者也是禹桀之所同也可以爲堯禹可以爲桀跖可以爲工匠可以爲農賈在埶注錯習俗之所積耳是又人之所生而有也是無待而

然者也是禹桀之所同也爲堯禹則常安榮爲桀跖則常危辱爲堯禹則常愉佚爲工匠農賈則常煩勞然而人力爲此而寡爲彼何也曰陋也堯禹者非生而具者也夫起於變故成乎修修之爲待盡而後備者也人之生固小人無師無法則惟利之見耳人之生固小人又以遇亂世得亂俗是以小重小也以亂得亂也君子非得埶以臨之則無由得開內焉今是人之口腹安知禮義安知辭讓安知廉恥隅積亦呥呥而噍鄉鄉而飽已矣人無師無法則其心正其口腹也今使人生而未嘗睹芻豢稻粱也惟菽藿糟糠之爲睹則以至足爲在此也俄而粲然有秉芻豢稻粱而至者則瞲然視之曰此何怪也彼臭之而無嗛於鼻嘗之而甘於口食之而安於體則莫不弃此而取彼矣今以夫先王之道仁義之統以相羣居以相持養以相藩飾以相安固邪以夫桀跖之道是其爲相縣也幾直夫芻豢稻粱之縣糟糠爾哉然而人力爲此而寡爲彼何也曰陋也陋也者天下之公患也人之大殃大害也故曰仁者好告示人告之示之靡之儇之鉛之重之則夫塞者俄且通也陋者俄且僩也愚者俄且知也是若不

行則湯武在上曷益桀紂在上曷損湯武存則天下從而治桀紂存則天下從而亂如是者豈非人之情固可與如此可與如彼也哉人之情食欲有芻豢衣欲有文繡行欲有輿馬又欲夫餘財蓄積之富也然而窮年累世不知不足是人之情也今人之生也方知蓄雞狗猪彘又蓄牛羊然而食不敢有酒肉餘刀布有囷窌然而衣不敢有絲帛約者有筐篋之藏然而行不敢有輿馬是何也非不欲也幾不長慮顧後而恐無以繼之故也於是又節用御欲收斂蓄藏以繼之也是於己長慮顧後幾不甚善矣哉今夫偷生淺知之屬曾此而不知也糧食大侈不顧其後俄則屈安窮矣是其所以不免於凍餓操瓢囊爲溝壑中瘠者也況夫先王之道仁義之統詩書禮樂之分乎彼固天下之大慮也將爲天下生民之屬長慮顧後而保萬世也其㳅長矣其温厚矣其功盛姚遠矣非孰修爲之君子莫之能知也故曰短綆不可以汲深井之泉知不幾者不可與及聖人之言夫詩書禮樂之分固非庸人之所知也故曰一之而可再也有之而可久也廣之而可通也慮之而可安也反鉛察之而俞可好也以治情則利

以爲名則榮以羣則和以獨則足樂意者其是邪夫貴爲天子富有天下是人情之所同欲也然則從人之欲則埶不能容物不能贍也故先王案爲之制禮義以分之使有貴賤之等長幼之差知賢愚能不能之分皆使人載其事而各得其宜然後使慤祿多少厚薄之稱是夫羣居和一之道也故仁人在上則農以力盡田賈以察盡財百工以巧盡械器士大夫以上至於公侯莫不以仁厚知能盡官職夫是之謂至平故或祿天下而不自以爲多或監門御旅抱關擊柝而不自以爲寡故曰斬而齊枉而順不同而一夫是之謂人倫詩曰受小共大共爲下國駿蒙此之謂也

荀子議兵篇

臨武君與孫卿子議兵於趙孝成王前王曰請問兵要臨武君對曰上得天時下得地利觀敵之變動後之發先之至此用兵之要術也孫卿子曰不然臣所聞古之道凡用兵攻戰之本在乎壹民弓矢不調則羿不能以中微六馬不和則造父不能以致遠士民不親附則湯武不能以必勝也故善附民者是乃善

用。兵。者。也。故兵要在乎善附民而已，臨武君曰，不然，兵之所貴者埶利也，所行
者，變詐也，善用兵者，感忽悠闇，莫知其所從出，孫吳用之無敵於天下，豈必待
附民哉，孫卿子曰，不然，臣之所道，仁人之兵，王者之志也，君之所貴，權謀埶利
也，所行攻奪變詐也，諸侯之事也，仁人之兵不可詐也，彼可詐者，怠慢者也，路
亶者也，君臣上下之閒，滑然有離德者也，故以桀詐桀，猶巧拙有幸焉，以桀詐
堯，譬之若以卵投石，以指撓沸，若赴水火，入焉焦沒耳，故仁人上下，百將一心
三軍同力，臣之於君也，下之於上也，若子之事父，弟之事兄，若手臂之扞頭目
而覆胸腹也，詐而襲之，與先驚而後擊之，一也，且仁人之用十里之國，則將有
百里之聽，用百里之國，則將有千里之聽，用千里之國，則將有四海之聽，必將
聰明警戒和傳而一，故仁人之兵，聚則成卒，散則成列，延則若莫邪之長刃，嬰
之者斷，兌則若莫邪之利鋒，當之者潰，圜居而方止，則若盤石然，觸之者角摧，
案角鹿埵隴種東籠而退耳，且夫暴國之君，將誰與至哉，彼其所與至者，必其
民也。而其民之親我。歡若父母。其好我。芬若椒蘭。彼反顧其上。則若灼黥。若仇

讎人之情雖桀跖豈又肯爲其所惡賊其所好者哉是猶使人之子孫自賊其父母也彼必將來告之夫又何可詐也故仁人用國日明諸侯先順者安後順者危慮敵之者削反之者亡詩曰武王載發有虔秉鉞如火烈烈則莫我敢遏此之謂也孝成王臨武君曰善以上用兵貴附民請問王者之兵設何道何行而可孫卿子曰凡在大王將率末事也臣請遂道王者諸侯彊弱存亡之效安危之埶君賢者其國治君不能者其國亂隆禮貴義者其國治簡禮賤義者其國亂治者彊亂者弱是彊弱之本也上足卬則下可用也上不足卬則下不可用也下可用則彊下不可用則弱是彊弱之常也隆禮效功上也重祿貴節次也上功賤節下也是彊弱之凡也好士者彊不好士者弱愛民者彊不愛民者弱政令信者彊政令不信者弱民齊者彊不齊者弱賞重者彊賞輕者弱刑威者彊刑侮者弱械用兵革攻完便利者彊械用兵革窳楛不便利者弱重用兵者彊輕用兵者弱權出一者彊權出二者弱是彊弱之常也齊人隆技擊其技也得一首者則賜贖錙金無本賞矣是事小敵毳則偷可用也事大敵堅則渙焉離耳

若飛鳥然傾側反覆無日是亡國之兵也兵莫弱是矣是其去賃市傭而戰之幾矣魏氏之武卒以度取之衣三屬之甲操十二石之弩負服矢五十个置戈其上冠軸帶劍贏三日之糧日中而趨百里中試則復其戶利其田宅是數年而衰而未可奪也改造則不易周也是故地雖大其稅必寡是危國之兵也秦人其生民也陿阸其使民也酷烈劫之以埶隱之以阸忸之以慶賞鰌之以刑罰使天下之民所以要利於上者非鬭無由也阸而用之得而後功之功賞相長也五甲首而隸五家是最爲衆強長久多地以正故四世有勝非幸也數也故齊之技擊不可以遇魏氏之武卒魏氏之武卒不可以遇秦之銳士秦之銳士不可以當桓文之節制桓文之節制不可以敵湯武之仁義有遇之者若以焦熬投石焉兼是數國者皆干賞蹈利之兵也傭徒鬻賣之道也未有貴上安制綦節之理也諸侯有能微妙之以節則作而兼殆之耳故招近募選隆埶詐尚功利是漸之也禮義教化是齊之也故以詐遇詐猶有巧拙焉以詐遇齊辟之猶以錐刀墮太山也非天下之愚人莫敢試故王者之兵不試湯武之誅桀

紂也拱揖指麾而彊暴之國莫不趨使誅桀紂若誅獨夫故泰誓曰獨夫紂此之謂也故兵大齊則制天下小齊則制鄰敵若夫招近募選隆埶詐尚功利之兵則勝不勝無常代翕代張代存代亡相爲雌雄耳矣夫是之謂盜兵君子不由也故齊之田單楚之莊蹻秦之衛鞅燕之繆蟣是皆世俗之所謂善用兵者也是其巧拙強弱則未有以相君也若其道一也未及和齊也掎契司詐權謀傾覆未免盜兵也齊桓晉文楚莊吳闔閭越句踐是皆和齊之兵也可謂入其域矣然而未有本統也故可以霸而不可以王是強弱之效也以上王者之兵尚仁義齊教化

孝成王臨武君曰善請問爲將孫卿子曰知莫大乎棄疑行莫大乎無過事莫大乎無悔事至無悔而止矣成不可必也故制號政令欲嚴以威慶賞刑罰欲必以信處舍收藏欲周以固徙舉進退欲安以重欲疾以速窺敵觀變欲潛以深欲伍以參遇敵決戰必道吾所明無道吾所疑夫是之謂六術無欲將而惡廢無急勝而忘敗無威內而輕外無見其利而不顧其害凡慮事欲孰而用財欲泰夫是之謂五權所以不受命於主有三可殺而不可使處不完可殺而不

可使擊不勝可殺而不可使欺百姓夫是之謂三至凡受命於主而行三軍三軍既定百官得序羣物皆正則主不能喜敵不能怒夫是之謂至臣慮必先事而申之以敬慎終如始終始如一夫是之謂大吉凡百事之成也必在敬之其敗也必在慢之故敬勝怠則吉怠勝敬則滅計勝欲則從欲勝計則凶戰如守行如戰有功如幸敬謀無壙敬事無壙敬吏無壙敬衆無壙敬敵無壙夫是之謂五無壙慎行此六術五權三至而處之以恭敬無壙夫是之謂天下之將則通於神明矣以上論將

臨武君曰善請問王者之軍制孫卿子曰將死鼓御死轡百吏死職士大夫死行列聞鼓聲而進聞金聲而退順命爲上有功次之令不進而進猶令不退而退也其罪惟均不殺老弱不獵禾稼服者不禽格者不舍犇命者不獲凡誅非誅其百姓也誅其亂百姓者也百姓有扞其賊則是亦賊也以故順刃者生蘇刃者死犇命者貢微子開封於宋曹觸龍斷於軍殷之服民所以養生之者也無異周人故近者歌謳而樂之遠者竭蹶而趨之無幽閒辟陋之國莫不趨使而安樂之四海之內若一家通達之屬莫不從服夫是之謂

人師詩曰自西自東自南自北無思不服此之謂也王者有誅而無戰城守不攻兵格不擊上下相喜則慶之不屠城不潛軍不留衆師不越時故亂者樂其政不安其上欲其至也臨武君曰善（以上論軍制）陳囂問孫卿子曰先生議兵常以仁義爲本仁者愛人義者循理然則又何以兵爲凡所爲有兵者爲爭奪也孫卿子曰非女所知也彼仁者愛人愛人故惡人之害之也義者循理循理故惡人之亂之也彼兵者所以禁暴除害也非爭奪也故仁人之兵所存者神所過者化若時雨之降莫不說喜是以堯伐驩兜舜伐有苗禹伐共工湯伐有夏文王伐崇武王伐紂此四帝兩王皆以仁義之兵行於天下也故近者親其善遠方慕其德兵不血刃遠邇來服德盛於此施及四極詩曰淑人君子其儀不忒此之謂也李斯問孫卿子曰秦四世有勝兵強海內威行諸侯非以仁義爲之也以便從事而已孫卿子曰非女所知也女所謂便者不便之便也吾所謂仁義者大便之便也彼仁義者所以修政者也政修則民親其上樂其君而輕爲之死故曰凡在於君將率末事也秦四世有勝諰諰然常恐天下之一合而軋

已也此所謂末世之兵未有本統也故湯之放桀也非其逐之鳴條之時也武王之誅紂也非以甲子之朝而後勝之也皆前行素修也此所謂仁義之兵也今女不求之於本而索之於末此世之所以亂也以上節申言以仁義爲本

禮者治辨之極也強國之本也威行之道也功名之總也王公由之所以得天下也不由所以隕社稷也故堅甲利兵不足以爲勝高城深池不足以爲固嚴令繁刑不足以爲威由其道則行不由其道則廢楚人鮫革犀兕以爲甲鞈如金石宛鉅鐵釶慘如蠭蠆輕利僄遬卒如飄風然而兵殆於垂沙唐蔑死莊蹻起楚分而爲三四是豈無堅甲利兵也哉其所以統之者非其道故也汝潁以爲險江漢以爲池限之以鄧林緣之以方城然而秦師至而鄢郢舉若振槁然是豈無固塞隘阻也哉其所以統之者非其道故也紂刳比干囚箕子爲炮烙刑殺戮無時臣下懍然莫必其命然而周師至而令不行乎下不能用其民是豈令不嚴刑不繁也哉其所以統之者非其道故也古之兵戈矛弓矢而已矣然而敵國不待試而詘城郭不辨溝池不拑固塞不樹機變不張然而國晏然不畏外而明

內者無宅故焉明道而分鈞之時使而誠愛之下之和上也如影響有不由令者然後誅之以刑故刑一人而天下服罪人不郵其上知罪之在己也是故刑罰省而威流無宅故焉由其道故也古者帝堯之治天下也蓋殺一人刑二人而天下治傳曰威厲而不試刑錯而不用此之謂也凡人之動也為賞慶為之則見害傷焉止矣故賞慶刑罰埶詐不足以盡人之力致人之死為人主上者也其所以接下之百姓者無禮義忠信焉慮率用賞慶刑罰埶詐除阸其下獲其功用而已矣大寇則至使之持危城則必畔遇敵處戰則必北勞苦煩辱則必犇霍焉離耳下反制其上故賞慶刑罰埶詐之為道者傭徒鬻賣之道也不足以合大衆美國家故古之人羞而不道也故厚德音以先之明禮義以道之致忠信以愛之尚賢使能以次之爵服慶賞以申之時其事輕其任以調齊之長養之如保赤子政令以定風俗以一有離俗不順其上則百姓莫不敦惡莫不毒孽若祓不祥然後刑於是起矣是大刑之所加也辱孰大焉將以為利邪則大刑加焉身苟不狂惑戇陋誰睹是而不改也哉然後百姓曉然皆知修上

之法像上之志而安樂之於是有能化善修身正行積禮義尊道德百姓莫不貴敬莫不親譽然後賞於是起矣是高爵豐祿之所加也榮孰大焉將以爲害邪則高爵豐祿以持養之生民之屬孰不願也雕雕焉縣貴爵重賞於其前縣明刑大辱於其後雖欲無化能乎哉故民歸之如流水所存者神所爲者化而順暴悍勇力之屬爲之化而愿旁辟曲私之屬爲之化而公矜糾收繚之屬爲之化而調夫是之謂大化至一詩曰王猷允塞徐方其來此之謂也以上言治國以禮爲本不以賞罰爲先

凡兼人者有三術有以德兼人者有以力兼人者有以富兼人者彼貴我名聲美我德行欲爲我民故辟門除涂以迎吾入因其民襲其處而百姓皆安立法施令莫不順比是故得地而權彌重兼人而兵俞強是以德兼人者也非貴我名聲也非美我德行也彼畏我威劫我埶故民雖有離心不敢有畔慮若是則戎甲俞衆奉養必費是故得地而權彌輕兼人而兵俞弱是以力兼人者也非貴我名聲也非美我德行也用貧求富用飢求飽虛腹張口來歸我食若是則必發夫掌窌之粟以食之委之財貨以富之立良有司以接之已朞

三年然後民可信也是故得地而權彌輕兼人而國俞貧是以富兼人者也故曰以德兼人者王以力兼人者弱以富兼人者貧古今一也兼幷易能也唯堅凝之難焉齊能幷宋而不能凝也故魏奪之燕能幷齊而不能凝也故田單奪之韓之上地方數百里完全富足而趨趙趙不能凝也故秦奪之故能幷之而不能凝則必奪不能幷之又不能凝其有則必亡能凝之則必能幷之矣得之則凝兼幷無強古者湯以薄武王以滈皆百里之地也天下為一諸侯為臣無它故焉能凝之也故凝士以禮凝民以政禮修而士服政平而民安士服民安夫是之謂大凝以守則固以征則強令行禁止王者之事畢矣以上論兼人三篇

韓非子說難篇

凡說之難非吾知之有以說之難也又非吾辯之難能明吾意之難也又非吾敢橫失能盡之難也凡說之難在知所說之心可以吾說當之所說出於為名高者也而說之以厚利則見下節而遇卑賤必棄遠矣所說出於厚利者也而說之以名高則見無心而遠事情必不收矣所說實為厚利而顯為名高者也

而說之以名高則陽收其身而實疏之若說之以厚利則陰用其言而顯棄其身此之不可不知也夫事以密成語以泄敗未必其身泄之也而語及其所匿之事如是者身危貴人有過端而說者明言善議以推其惡者則身危周澤未渥也而語極知說行而有功則德亡說不行而有敗則見疑如是者身危夫貴人得計而欲自以爲功說者與知焉則身危彼顯有所出事迺自以爲也故說者與知焉則身危強之以其所必不爲止之以其所不能已者身危故曰與之論大人則以爲閒己與之論細人則以爲鬻權論其所愛則以爲借資論其所憎則以爲嘗己徑省其辭則不知而屈之汎濫博文則多而久之順事陳意則曰怯懦而不盡慮事廣肆則曰草野而倨侮此說之難不可不知也凡說之務在知飾所說之所敬而滅其所醜彼自知其計則無以其失窮之自勇其斷則無以其敵怒之自多其力則無以其難概之規異事與同計譽異人與同行者則以飾之無傷也有與同失者則明飾其無失也大忠無所拂悟辭言無所擊排迺後申其辯知焉此所以親近不疑知盡之難也得曠日彌久而周澤既渥

深計而不疑交爭而不罪迺明計利害以致其功直指是非以飾其身以此相持此說之成也伊尹爲庖百里奚爲虜皆所由干其上也故此二子者皆聖人也猶不能無役身而涉世如此其汚也則非能仕之所設也宋有富人天雨牆壞其子曰不築且有盜其鄰人之父亦云暮而果大亡其財其家甚知其子而疑鄰人之父昔者鄭武公欲伐胡乃以其子妻之因問羣臣曰吾欲用兵誰可伐者關其思曰胡可伐迺戮關其思曰胡兄弟之國也子言伐之何也胡君聞之以鄭爲親己而不備鄭鄭人襲胡取之此二說者其知皆當矣然而甚者爲戮薄者見疑非知之難也處知則難矣昔者彌子瑕見愛於衞君衞國之法竊駕君車者罪至刖既而彌子之母病人聞往夜告之彌子矯駕君車而出君聞之而賢之曰孝哉爲母之故而犯刖罪與君遊果園彌子食桃而甘不盡而奉君君曰愛我哉忘其口而念我及彌子色衰而愛弛得罪於君君曰是嘗矯駕吾車又嘗食我以其餘桃故彌子之行未變於初也前見賢而後獲罪者愛憎之至變也故有愛於主則知當而加親見憎於主則罪當而加疏故諫說之士

不可不察愛憎之主而後說之矣夫龍之爲蟲也可擾狎而騎也然其喉下有逆鱗徑尺人有嬰之則必殺人人主亦有逆鱗說之者能無嬰人主之逆鱗則幾矣

賈誼過秦論上

秦孝公據殽函之固擁雍州之地君臣固守以窺周室有席卷天下包舉宇內囊括四海之意幷吞八荒之心當是時商君佐之內立法度務耕織修守戰之備外連衡而鬬諸侯於是秦人拱手而取西河之外孝公既沒惠王武王蒙故業因遺冊南兼漢中西舉巴蜀東割膏腴之地北收要害之郡諸侯恐懼會盟而謀弱秦不愛珍器重寶肥美之地以致天下之士合從締交相與爲一當是時齊有孟嘗趙有平原楚有春申魏有信陵此四君者皆明知而忠信寬厚而愛人尊賢重士約從離橫幷韓魏燕楚齊趙宋衛中山之衆於是六國之士有寧越徐尙蘇秦杜赫之屬爲之謀齊明周最陳軫昭滑樓緩翟景蘇厲樂毅之徒通其意吳起孫臏帶佗兒良王廖田忌廉頗趙奢之朋制其兵嘗以十倍之

地百萬之衆叩關而攻秦秦人開關延敵九國之師逡巡遁逃而不敢進秦無亡矢遺鏃之費而天下諸侯已困矣於是從散約解爭割地而奉秦秦有餘力而制其敝追亡逐北伏尸百萬流血漂鹵因利乘便宰割天下分裂河山彊國請服弱國入朝延及孝文王莊襄王享國日淺國家無事及至秦王續六世之餘烈振長策而御宇內吞二周而亡諸侯履至尊而制六合執棰拊以鞭笞天下威振四海南取百越之地以爲桂林象郡百越之君俛首係頸委命下吏乃使蒙恬北築長城而守藩籬卻匈奴七百餘里胡人不敢南下而牧馬士不敢彎弓而報怨於是廢先王之道焚百家之言以愚黔首隳名城殺豪俊收天下之兵聚之咸陽銷鋒鑄鐻以爲金人十二以弱黔首之民然後斬華爲城因河爲池據億丈之城臨不測之谿以爲固良將勁弩守要害之處信臣精卒陳利兵而誰何天下已定秦王之心自以爲關中之固金城千里子孫帝王萬世之業也秦王既沒餘威震於殊俗陳涉甕牖繩樞之子甿隸之人而遷徙之徒也才能不及中人非有仲尼墨翟之賢陶朱倚頓之富躡足行伍之閒而倔起什

伯之中。率罷散之卒。將數百之衆。轉而攻秦。斬木爲兵。揭竿爲旗。天下雲集響應。贏糧而景從。山東豪俊遂竝起而亡秦族矣。且夫天下非小弱也。雍州之地。殽函之固自若也。陳涉之位。非尊於齊楚燕趙韓魏宋衛中山之君。鉏櫌棘矜。非銛於句戟長鎩也。適戍之衆。非抗於九國之師。深謀遠慮。行軍用兵之道。非及鄉時之士也。然而成敗異變。功業相反也。試使山東之國。與陳涉度長絜大。比權量力。則不可同年而語矣。然秦以區區之地。致萬乘之權。招八州而朝同列。百有餘年矣。然後以六合爲家。殽函爲宮。一夫作難而七廟墮。身死人手。爲天下笑者何也。仁義不施。而攻守之勢異也。

賈誼過秦論中

秦幷海內。兼諸侯。南面稱帝。以養四海。天下之士。斐然鄉風。若是者何也。曰近古之無王者久矣。周室卑微。五霸既沒。令不行於天下。是以諸侯力政。彊侵弱。衆暴寡。兵革不休。士民罷敝。今秦南面而王天下。是上有天子也。既元元之民冀得安其性命。莫不虛心而仰上。當此之時。守威定功。安危之本。在於此矣。秦王懷貪鄙之心行自奮之智不信功臣不親士民廢王道立私權禁文書而酷刑法先詐力而後仁義以暴虐爲天下始夫幷兼者高詐力安定者貴順權此言取與守不同術也秦離戰國而王天下其道不易其政不改是其所以取之守之者異也孤獨而有之故其亡可立而待借使秦王計上世之事並殷周之迹以制御其政後雖有淫驕之主而未有傾危之患也故三王之建天下名號顯美功業長久今秦二世立天下莫不引領而觀其政夫寒者利裋褐而飢者甘糟糠天下之嗷嗷新主之資也此言勞民之易爲仁也鄉使二世有庸主之行而任忠賢臣主一心而憂海內之患縞素而正先帝之過裂地分民以封功臣之後建國立君以禮天下虛囹圄而免刑戮除去收帑污穢之罪使各反其鄉里發倉廩散財幣以振孤獨窮困之士輕賦少事以佐百姓之急約法省刑以持其後使天下之人皆得自新更節修行各慎其身塞萬民之望而以威德與天下天下集矣卽四海之內皆讙然各自安樂其處惟恐有變雖有狡猾之民無離上之心則不軌之臣無以飾其智而暴亂之姦止矣二世不行此術而

重之以無道壞宗廟與民更始作阿房宮繁刑嚴誅吏治刻深賞罰不當賦斂無度天下多事吏弗能紀百姓困窮而主弗收卹然後姦僞並起而上下相遁蒙罪者衆刑戮相望於道而天下苦之自君卿以下至於衆庶人懷自危之心親處窮苦之實咸不安其位故易動也是以陳涉不用湯武之賢不藉公侯之尊奮臂於大澤而天下響應者其民危也故先王見始終之變知存亡之機是以牧民之道務在安之而已天下雖有逆行之臣必無響應之助矣故曰安民可與行義而危民易與爲非此之謂也貴爲天子富有天下身不免於戮殺者正傾非也是二世之過也

賈誼過秦論下

秦幷兼諸侯山東三十餘郡繕津關據險塞修甲兵而守之然陳涉以戍卒散亂之衆數百奮臂大呼不用弓戟之兵鉏櫌白梃望屋而食橫行天下秦人阻險不守關梁不闔長戟不刺彊弩不射楚師深入戰於鴻門曾無藩籬之艱於是山東大擾諸侯並起豪傑相立秦使章邯將而東征章邯因以三軍之衆要

市於外以謀其上羣臣之不信可見於此矣子嬰立遂不寤藉使子嬰有庸主之才僅得中佐山東雖亂秦之地可全而有宗廟之祀未當絕也秦地被山帶河以爲固四塞之國也自繆公以來至於秦王二十餘君常爲諸侯雄豈世世賢哉其勢居然也且天下嘗同心并力而攻秦矣當此之世賢智並列良將行其師賢相通其謀然困於阻險而不能進秦乃延入戰而爲之開關百萬之徒逃北而遂壞豈勇力智慧不足哉形不利勢不便也秦小邑并大城守險塞而軍高壘毋戰閉關據阸荷戟而守之諸侯起於匹夫以利合非有素王之行也其交未親其下未附名爲亡秦其實利之也彼見秦阻之難犯也必退師安土息民以待其敝收弱扶罷以令大國之君不患不得意於海內貴爲天子富有天下而身爲禽者其救敗非也秦王足己不問遂過而不變二世受之因而不改暴虐以重禍子嬰孤立無親危弱無輔三主惑而終身不悟亡不亦宜乎當此時也世非無深慮知化之士也然所以不敢盡忠拂過者秦俗多忌諱之禁忠言未卒於口而身爲戮沒矣故使天下之士傾耳而聽重足而立鉗口而不

言。是以三主失道。忠臣不敢諫。知士不敢謀。天下已亂。姦不上聞。豈不哀哉。先王知壅蔽之傷國也。故置公卿大夫士。以飾法設刑而天下治。其彊也。禁暴誅亂而天下服。其弱也。五伯征而諸侯從。其削也。內守外附而社稷存。故秦之盛也。繁法嚴刑而天下震。及其衰也。百姓怨望而海內畔矣。故周五序得其道。而千餘歲不絕。秦本末並失。故不長久。由此觀之。安危之統。相去遠矣。野諺曰。前事之不忘。後事之師也。是以君子爲國。觀之上古。驗之當世。參以人事。察盛衰之理。審權勢之宜。去就有序。變化有時。故曠日長久而社稷安矣。

經史百家雜鈔卷一

經史百家雜鈔卷二目錄

蘇洵易論　書論　詩論　樂論　諫論二首　辨奸論

蘇軾魯隱公論　戰國任俠論　韓非論

經史百家雜鈔卷二

湘鄉曾國藩纂　合肥李鴻章校刊

論箸之屬二

班彪王命論

昔在帝堯之禪曰。咨爾舜。天之曆數在爾躬。舜亦以命禹。曁于稷契。咸佐唐虞。光濟四海。奕世載德。至於湯武而有天下。雖其遭遇異時。禪代不同。至於應天順人。其揆一焉。是故劉氏承堯之祚。氏族之世。著於春秋。唐據火德而漢紹之。始起沛澤。則神母夜號。以彰赤帝之符。由是言之。帝王之祚。必有明聖顯懿之德。豐功厚利積累之業。然後精誠通於神明。流澤加於生民。故能為鬼神所福饗。天下所歸往。未見運世無本。功德不紀。而得倔起在此位者也。世俗見高祖興於布衣。不達其故。以為適遭暴亂。得奮其劍。遊說之士。至比天下於逐鹿。幸捷而得之。不知神器有命。不可以智力求。悲夫。此世之所以多亂臣賊子者也。若然者。豈徒闇於天道哉。又不覩之於人事矣。夫餓饉流隸。飢寒道路。思有短禍之襲擔石之蓄所願不過一金終於轉死溝壑何則貧窮亦有命也況乎天子之貴四海之富神明之祚可得而妄處哉故雖遭罹厄會竊其權柄勇如信布彊如梁籍成如王莽然卒潤鑊伏鑕烹醢分裂又況么麼不及數子而欲闇干天位者也是故駑蹇之乘不騁千里之塗燕雀之疇不奮六翮之用楶梲之材不荷棟梁之任斗筲之子不秉帝王之重易曰鼎折足覆公餗不勝其任也當秦之末豪傑共推陳嬰而王之嬰母止之曰自吾爲子家婦而世貧賤今卒富貴不祥不如以兵屬人事成少受其利不成禍有所歸嬰從其言而陳氏以甯王陵之母亦見項氏之必亡而劉氏之將興也是時陵爲漢將而母獲於楚有漢使來陵母見之謂曰願告吾子漢王長者必得天下子謹事之無有二心遂對漢使伏劍而死以固勉陵其後果定於漢陵爲宰相封侯夫以匹婦之明猶能推事理之致探禍福之機全宗祀於無窮垂策書於春秋而況大丈夫之事乎是故窮達有命吉凶由人嬰母知廢陵母知興審此二者帝王之分決矣蓋在高祖其興也有五一曰帝堯之苗裔二曰體貌多奇異三曰神武有徵應

四曰寬明而仁恕五曰知人善任使加之以信誠好謀達於聽受見善如不及用人如由己從諫如順流趣時如嚮赴當食吐哺納子房之策拔足揮洗揖酈生之說悟戍卒之言斷懷土之情高四皓之名割肌膚之愛舉韓信於行陣收陳平於亡命英雄陳力羣策畢舉此高祖之大略所以成帝業也若乃靈瑞符應又可略聞矣初劉媼妊高祖而夢與神遇震電晦冥有龍蛇之怪及長而多靈有異於衆是以王武感物而折契呂公覩形而進女秦皇東遊以厭其氣呂后望雲而知所處始受命則白蛇分西入關則五星聚故淮陰留侯謂之天授非人力也歷古今之得失驗行事之成敗稽帝王之世運考五者之所謂取舍不厭斯位符瑞不同斯度而苟昧權利越次妄據外不量力內不知命則必喪保家之主失天年之壽遇折足之凶伏斧鉞之誅英雄誠知覺寤畏若禍戒超然遠覽淵然深識收陵嬰之明分絕信布之覬覦距逐鹿之瞽說審神器之有授毋貪不可冀爲二母之所笑則福祚流於子孫天祿其永終矣

陸機辯亡論上

昔漢氏失御。姦臣竊命。禍基京畿。毒徧宇內。皇綱弛紊。王室遂卑。於是羣雄蜂駭。義兵四合。吳武烈皇帝慷慨下國。電發荆南。權略紛紜。忠勇伯世。威稜則夷羿震盪。兵交則醜虜授馘。遂掃清宗祊。蒸禋皇祖。于時雲興之將帶州。飈起之師跨邑。哮闞之羣風驅。熊羆之衆霧集。雖兵以義合。同盟戮力。然皆苞藏禍心。阻兵怙亂。或師無謀律。喪威稔寇。忠規武節。未有如此其著者也。武烈既沒。長沙桓王逸才命世。弱冠秀發。招攬遺老。與之述業。神兵東驅。奮寡犯衆。攻無堅城之將。戰無交鋒之虜。誅叛柔服。而江外底定。飾法修師。則威德翕赫。賓禮名賢。而張昭爲之雄。交御豪俊。而周瑜爲之傑。彼二君子。皆弘敏而多奇。雅達而聰哲。故同方者以類附。等契者以氣集。而江東蓋多士矣。將北伐諸華。誅鉏干紀。旋皇輿於夷庚。反帝座乎紫闥。挾天子以令諸侯。清天步而歸舊物。戎車既次。羣凶側目。大業未就。中世而殞。用集我大皇帝。以奇蹤襲於逸軌。叡心因於令圖。從政咨於故實。播憲稽乎遺風。而加之以篤固。申之以節儉。疇咨俊茂。好謀善斷。束帛旅於邱園。旌命交於塗巷。故豪彥尋聲而響臻。志士希光而景騖。

異人輻湊猛士如林於是張昭爲師傅周瑜陸公魯肅呂蒙之儔入爲腹心出作股肱甘甯淩統程普賀齊朱桓朱然之徒奮其威韓當潘璋黃蓋蔣欽周泰之屬宣其力風雅則諸葛瑾張承步騭以名聲光國政事則顧雍潘濬呂範呂岱以器任幹職奇偉則虞翻陸績張溫張惇以諷議舉正奉使則趙咨沈珩以敏達延譽術數則吳範趙達以禨祥協德董襲陳武殺身以衞主駱統劉基彊諫以補過謀無遺諝舉不失策故遂割據山川跨制荊吳而與天下爭衡矣魏氏嘗藉戰勝之威率百萬之師浮鄧塞之舟下漢陰之衆羽檝萬計龍躍順流銳騎千旅虎步原隰謨臣盈室武將連衡喟然有吞江滸之志一宇宙之氣而周瑜驅我偏師黜之赤壁喪旗亂轍僅而獲免收迹遠遁漢王亦憑帝王之號帥巴漢之民乘危騁變結壘千里志報關羽之敗圖收湘西之地而陸公亦挫之西陵覆師敗績困而後濟絕命永安續以濡須之寇臨川摧銳蓬籠之戰子輪不返由是二邦之將喪氣挫鋒勢衄財匱而吳莞然坐乘其弊故魏人請好漢氏乞盟遂躋天號鼎跱而立西屠庸益之郊北裂淮漢之涘東包百越之地

南括羣蠻之表。於是講八代之禮。蒐三王之樂。告類上帝。拱揖羣后。虎臣毅卒循江而守。長棘勁鎩。望飆而奮。庶尹盡規於上。四民展業於下。化協殊裔。風衍遐圻。乃俾一介行人。撫巡外域。巨象逸駿。擾於外閑。明珠瑋寶。耀於內府。珍瑰重跡而至。奇玩應響而赴。輶軒騁於南荒。衝輣息於朔野。齊民免干戈之患。戎馬無晨服之虞。而帝業固矣。大皇既沒。幼主涖朝。姦回肆虐。景皇聿興。虔修遺憲。政無大闕。守文之良主也。降及歸命之初。典刑未滅。故老猶存。大司馬陸公以文武熙朝。左丞相陸凱以謇諤盡規。而施績范愼以威重顯。丁奉離斐以武毅稱。孟宗丁固之徒爲公卿。樓玄賀劭之屬掌機事。元首雖病。股肱猶存。爰及末葉。羣公既喪。然後黔首有瓦解之志。皇家有土崩之釁。曆命應化而微。王師躡運而發。卒散於陣。民奔於邑。城池無藩籬之固。山川無溝阜之勢。非有工輸雲梯之械。智伯灌激之害。楚子築室之圍。燕人濟西之隊。軍未浹辰而社稷夷矣。雖忠臣孤憤。烈士死節。將奚救哉。夫曹劉之將。非一世所選。向時之師。無曩日之衆。戰守之道。抑有前符。險阻之利。俄然未改。而成敗貿理。古今詭趣。何哉彼此之化殊。授任之才異也。

陸機辯亡論下

昔三方之王也。魏人據中夏。漢氏有岷益。吳制荆揚而奄交廣。曹氏雖功濟諸華。虐亦深矣。其民怨矣。劉公因險以飾智。功已薄矣。其俗陋矣。夫吳桓王基之以武。太祖成之以德。聰明叡達。懿度弘遠矣。其求賢如不及。卹民如稚子。接士盡盛德之容。親仁罄丹府之愛。拔呂蒙於戎行。識潘濬於係虜。推誠信士。不恤人之我欺。量能授器。不患權之我逼。執鞭鞠躬。以重陸公之威。悉委武衞。以濟周瑜之師。卑宮菲食。以豐功臣之賞。披懷虛己。以納謨士之筭。故魯肅一面而自託。士燮蒙險而致命。高張公之德而省遊田之娛。賢諸葛之言而割情欲之歡。感陸公之規而除刑法之煩。奇劉基之議而作三爵之誓。屏氣跼蹐以伺子明之疾。分滋損甘以育淩統之孤。登壇慷慨歸魯子之功。削投惡言信子瑜之節。是以忠臣競盡其謨。志士咸得肆力。洪規遠略。固不厭夫區區者也。故百官苟合。庶務未遑。初都建業。羣臣請備禮秩。天子辭而不許。曰天下其謂朕何。宮室輿服蓋慊如也爰及中葉天人之分既定百度之缺粗修雖醲化懿綱未齒乎上代抑其體國經邦之具亦足以為政矣地方幾萬里帶甲將百萬其野沃其兵練其器利其財豐東負滄海西阻險塞長江制其區宇峻山帶其封域國家之利未見有弘於茲者矣借使中才守之以道善人御之有術敦率遺典勤民謹政循定策守常險則可以長世永年未有危亡之患也或曰吳蜀脣齒之國蜀滅則吳亡理則然矣夫蜀蓋藩援之與國而非吳人之存亡也何則其郊境之接重山積險陸無長轂之徑川阨流迅水有驚波之艱雖有銳師百萬啓行不過千夫舳艫千里前驅不過百艦故劉氏之伐陸公喻之長蛇其勢然也昔蜀之初亡朝臣異謀或欲積石以險其流或欲機械以御其變天子總羣議而諮之大司馬陸公公以四瀆天地之所以節宣其氣固無可遏之理而機械則彼我之所共彼若棄長技以就所屈即荊揚而爭舟楫之用是天贊我也將謹守峽口以待禽耳逮步闡之亂憑寶城以延彊寇重資幣以誘羣蠻于時大邦之衆雲翔電發懸旍江介築壘遵渚襟帶要害以止吳人之西而巴漢舟師

沿江東下。陸公以偏師三萬。北據東阬。深溝高壘。案甲養威。反虜踠跡待戮。而不敢北窺生路。彊寇敗績宵遁。喪師大半。分命銳師五千。西禦水軍。東西同捷。獻俘萬計。信哉賢人之謀。豈欺我哉。自是烽燧罕警。封域寡虞。陸公沒而潛謀兆。吳釁深而六師駭。夫太康之役。衆未盛乎曩日之師。廣州之亂。禍有愈乎向時之難。而邦家顛覆。宗廟爲墟。嗚呼。人之云亡。邦國殄瘁。不其然與。易曰。湯武革命順乎天。玄曰。亂不極則治不形。言帝王之因天時也。古人有言曰。天時不如地利。易曰。王侯設險以守其國。言爲國之恃險也。又曰。地利不如人和。在德不在險。言守險之由人也。吳之興也。參而由焉。孫卿所謂合其參者也。及其亡也。恃險而已。又孫卿所謂舍其參者也。夫四州之萌。非無衆也。大江之南。非乏俊也。山川之險易守也。勁利之器易用也。先政之策易循也。功不興而禍遘者何哉。所以用之者失也。是故先王達經國之長規。審存亡之至數。謙己以安百姓。敦惠以致人和。寬沖以誘俊乂之謀。慈和以結士民之愛。是以其安也。則黎元與之同慶。及其危也。則兆庶與之共患。安與衆同慶。則其危不可得也。危與

下共患則其難不足恤也夫然故能保其社稷而固其土宇麥秀無悲殷之思黍離無愍周之感矣

李康運命論

夫治亂運也窮達命也貴賤時也故運之將隆必生聖明之君聖明之君必有忠賢之臣其所以相遇也不求而自合其所以相親也不介而自親唱之而必和謀之而必從道德玄同曲折合符得失不能疑其志讒構不能離其交然後得成功也其所以得然者豈徒人事哉授之者天也告之者神也成之者運也夫黃河清而聖人生里社鳴而聖人出羣龍見而聖人用故伊尹有莘氏之媵臣也而阿衡於商太公渭濱之賤老也而尚父於周百里奚在虞而虞亡在秦而秦霸非不才於虞而才於秦也張良受黃石之符誦三略之說以遊於羣雄其言也如以水投石莫之受也及其遭漢祖其言也如以石投水莫之逆也非張良之拙說於陳項而巧言於沛公也然則張良之言一也不識其所以合離合離之由神明之道也故彼四賢者名載於籙圖事應乎天人其可格之賢愚

哉孔子曰清明在躬氣志如神嗜欲將至有開必先天降時雨山川出雲詩云惟嶽降神生甫及申惟申及甫惟周之翰運命之謂也豈惟興主亂亡者亦如之焉幽王之惑褒女也妖始於夏庭曹伯陽之獲公孫彊也徵發於社宮叔孫豹之暱豎牛也禍成於庚宗吉凶成敗各以數至咸皆不求而自合不介而自親矣昔者聖人受命河洛曰以文命者七九而衰以武興者六八而謀及成王定鼎於郟鄏卜世三十卜年七百天所命也故自幽厲之間周道大壞二霸之後禮樂陵遲文薄之弊漸於靈景辯詐之僞成於七國酷烈之極積於亡秦文章之貴棄於漢祖雖仲尼至聖顏冉大賢揖讓於規矩之內誾誾於洙泗之上不能遏其端孟軻孫卿體二希聖從容正道不能維其末天下卒至於溺而不可援夫以仲尼之才也而器不周於魯衛以仲尼之辯也而言不行於定哀以仲尼之謙也而見忌於子西以仲尼之仁也而取讎於桓魋以仲尼之智也而屈厄於陳蔡以仲尼之行也而招毁於叔孫夫道足以濟天下而不得貴於人言足以經萬世而不見信於時行足以應神明而不能彌綸於俗應聘七十國

而不一獲其主驅驟於蠻夏之域屈辱於公卿之門其不遇也如此及其孫子思希聖備體而未之至封己養高勢動人主其所游歷諸侯莫不結駟而造門雖造門猶有不得賓者焉其徒子夏升堂而未入於室者也退老於家魏文侯師之西河之人肅然歸德比之於夫子而莫敢閒其言故曰治亂運也窮達命也貴賤時也而後之君子區區於一主歎息於一朝屈原以之沈湘賈誼以之發憤不亦過乎然則聖人所以爲聖者蓋在乎樂天知命矣故遇之而不怨居之而不疑也其身可抑而道不可屈其位可排而名不可奪譬如水也通之斯爲川焉塞之斯爲淵焉升之於雲則雨施沈之於地則土潤體清以洗物不亂於濁受濁以濟物不傷於清是以聖人處窮達如一也夫忠直之迕於主獨立之負於俗理勢然也故木秀於林風必摧之堆出於岸流必湍之行高於人衆必非之前監不遠覆車繼軌然而志士仁人猶蹈之而弗悔操之而弗失何哉將以遂志而成名也求遂其志而冒風波於險塗求成其名而歷謗議於當時彼所以處之蓋有算矣子夏曰死生有命富貴在天故道之將行也命之將貴

也則伊尹呂尚之興於商周百里子房之用於秦漢不求而自得不徼而自遇矣道之將廢也命之將賤也豈獨君子恥之而弗爲乎蓋亦知爲之而弗得矣凡希世苟合之士籧篨戚施之人俛仰尊貴之顏逶迤勢利之間意無是非讚之如流言無可否應之如響以闚看爲精神以向背爲變通勢之所集從之如歸市勢之所去棄之如脫遺其言曰名與身孰親也得與失孰賢也榮與辱孰珍也故遂絜其衣服矜其車徒冒其貨賄淫其聲色脈脈然自以爲得矣蓋見龍逢比干之亡其身而不惟飛廉惡來之滅其族也蓋知伍子胥之屬鏤於吳而不戒費無極之誅夷於楚也蓋譏汲黯之白首於主爵而不懲張湯牛車之禍也蓋笑蕭望之跋躓於前而不懼石顯之絞縊於後也故夫達者之算也亦各有盡矣曰凡人之所以奔競於富貴何爲者哉若夫立德必須貴乎則幽厲之爲天子不如仲尼之爲陪臣也必須勢乎則王莽董賢之爲三公不如揚雄仲舒之闃其門也必須富乎則齊景之千駟不如顏回原憲之約其身也其爲實乎則執杓而飲河者不過滿腹棄室而灑雨者不過濡身過此以往弗能受

也其爲名乎則善惡書於史冊毀譽流於千載賞罰懸於天道吉凶灼乎鬼神固可畏也將以娛耳目樂心意乎譬命駕而遊五都之市則天下之貨畢陳矣褰裳而涉汶陽之邱則天下之稼如雲矣椎紒而守敖庾海陵之倉則山坻之積在前矣扱衽而登鍾山藍田之上則夜光璵璠之珍可觀矣夫如是也爲物甚衆爲己甚寡不愛其身而嗇其神風驚塵起散而不止六疾待其前五刑隨其後利害生其左攻奪出其右而自以爲見身名之親疏分榮辱之客主哉天地之大德曰生聖人之大寶曰位何以守位曰仁何以正人曰義故古之王者蓋以一人治天下不以天下奉一人也古之仕者蓋以官行其義不以利冒其官也古之君子蓋恥得之而弗能治也不恥能治而弗得也原乎天人之性核乎邪正之分權乎禍福之門終乎榮辱之算其昭然矣故君子舍彼取此若夫出處不違其時默語不失其人天動星迴而辰極猶居其所璣旋輪轉而衡軸猶執其中既明且哲以保其身貽厥孫謀以燕翼子者昔吾先友嘗從事於斯矣

江統徙戎論

夫夷蠻戎狄地在要荒禹平九土而西戎卽敘其性氣貪婪凶悍不仁四夷之中戎狄爲甚弱則畏服彊則侵叛當其彊也以漢高祖困於白登孝文軍於霸上及其弱也以元成之微而單于入朝此其已然之效也是以有道之君牧夷狄也惟以待之有備禦之有常雖稽顙執贄而邊城不弛固守彊暴爲寇而兵甲不加遠征期令境內獲安疆場不侵而已（以上論禦戎狄之道）及至周室失統諸侯專征封疆不固利害異心戎狄乘閒得入中國或招誘安撫以爲己用自是四夷交侵與中國錯居及秦始皇幷天下兵威旁達攘胡走越當是時中國無復四夷也（以上馭秦）漢建武中馬援領隴西太守討叛羌徙其餘種於關中居馮翊河東空地數歲之後族類蕃息既恃其肥彊且苦漢人侵之永初之元羣羌叛亂覆沒將守屠破城邑鄧騭敗北侵及河內十年之中夷夏俱敝任尚馬賢僅乃克之自此之後餘燼不盡小有際會輒復侵叛中世之寇惟此爲大魏興之初與蜀分隔疆場之戎一彼一此武帝徙武都氐於秦川欲以弱寇彊國扞禦蜀虜

此蓋權宜之計非萬世之利也以上漢魏之世氐羌得居關中今者當之已受其敝矣夫關中
土沃物豐帝王所居未聞戎狄宜在此土也非我族類其心必異而因其衰敝
遷之畿服士庶翫習侮其輕弱使其怨恨之氣毒於骨髓至於蕃育衆盛則坐
生其心以貪悍之性挾忿怒之情候隙乘便輒爲橫逆而居封域之內無障塞
之隔掩不備之人收散野之積故能爲禍滋蔓暴害不測此必然之勢已驗之
事也當今之宜宜及兵威方盛衆事未罷徙馮翊北地新平安定界內諸羌著
先零罕幵析支之地徙扶風始平京兆之氐出還隴右著陰平武都之界廩其
道路之糧令足自致各附本種反其舊土使屬國撫夷就安集之戎晉不雜並
得其所縱有猾夏之心風塵之警則絕遠中國隔閡山河雖有寇暴所害不廣
矣以上言氐羌之敝宜徙於外難者曰氐寇新平關中饑疫百姓愁苦咸望寧息而欲使疲
悴之衆徙自猜之寇恐勢盡力屈緒業不卒前害未及弭而後變復橫出矣答
曰子以今者羣氐爲尙挾餘資悔惡反善懷我德惠而來柔附乎將勢窮道盡
智力俱困懼我兵誅以至於此乎曰無有餘力勢窮道盡故也然則我能制其

短長之命而令其進退由己矣夫樂其業者不易事安其居者無遷志方其自疑危懼畏怖促遽故可制以兵威使之左右無違也迨其死亡流散離逷未鳩與關中之人戶皆爲讎故可遐遷遠處令其心不懷土也夫聖賢之謀事也爲之於未有治之於未亂道不著而平德不顯而成其次則能轉禍爲福因敗爲功值困必濟遇否能通今子遭敝事之終而不圖更制之始愛易轍之勤而遵覆車之軌何哉（以上言羣氐勢窮兵威可制）

且關中之人百餘萬口率其少多戎狄居半處之與遷必須口實若有窮乏糝粒不繼者故當傾關中之穀以全其生生之計必無擠於溝壑而不爲侵掠之害也我今遷之傳食而至附其種族自使相贍而秦地之人得其半穀此爲濟行者以廩糧遺居者以積倉寬關中之逼去盜賊之原除旦夕之損建終年之益若憚蹔舉之小勞而忘永逸之弘策惜日月之煩苦而遺累世之寇敵非所謂能創業垂統謀及子孫者也（以上秦地之人得其半穀）

幷州之胡本實匈奴桀惡之寇也建安中使右賢王去卑誘質呼廚泉聽其部落散居六郡咸熙之際以一部太彊分爲三率泰始之初又增爲四於是劉猛內

叛連結外虜近者郝散之變發於轂遠今五部之衆戶至數萬人口之盛過於西戎其天性驍勇弓馬便利倍於氐羌若有不虞風塵之虞則并州之域可爲寒心正始中毋丘儉討句驪徙其餘種於滎陽始徙之時戶落百數子孫孳息今以千計數世之後必至殷熾今百姓失職猶或亡叛犬馬肥充則有噬齧況於夷狄能不爲變但顧其微弱勢力不逮耳夫爲邦者憂不在寡而在不安以四海之廣士民之富豈須夷虜在內然後爲足哉此等皆可申諭發遣還其本域慰彼羈旅懷土之思釋我華夏纖介之憂惠此中國以綏四方德施永世於計爲長也以上并州之胡滎陽之夷皆宜並徙

韓愈原道

博愛之謂仁行而宜之之謂義由是而之焉之謂道足乎己無待於外之謂德仁與義爲定名道與德爲虛位故道有君子小人而德有凶有吉老子之小仁義非毀之也其見者小也坐井而觀天曰天小者非天小也彼以煦煦爲仁孑孑爲義其小之也則宜其所謂道道其所道非吾所謂道也其所謂德德其所

德非吾所謂德也凡吾所謂道德云者合仁與義言之也天下之公言也老子
之所謂道德云者去仁與義言之也一人之私言也周道衰孔子沒火於秦黃
老於漢佛於晉魏梁隋之閒其言道德仁義者不入於楊則入於墨不入於老
則入於佛入於彼必出於此入者主之出者奴之入者附之出者汚之噫後之
人其欲聞仁義道德之說孰從而聽之（以上正仁義道德之名）老者曰孔子吾師之弟子
也佛者曰孔子吾師之弟子也爲孔子者習聞其說樂其誕而自小也亦曰吾
師亦嘗師之云爾不惟舉之於其口而又筆之於其書噫後之人雖欲聞仁義
道德之說其孰從而求之甚矣人之好怪也不求其端不訊其末惟怪之欲聞
古之爲民者四今之爲民者六古之教者處其一今之教者處其三農之家一
而食粟之家六工之家一而用器之家六賈之家一而資焉之家六奈之何民
不窮且盜也（以上言舉世習聞佛道之說而莫知其非）古之時人之害多矣有聖人者立然後教之
以相生相養之道爲之君爲之師驅其蟲蛇禽獸而處之中土寒然後爲之衣
飢然後爲之食木處而顛土處而病也然後爲之宮室爲之工以贍其器用爲

之賈以通其有無。爲之醫藥以濟其夭死。爲之葬埋祭祀以長其恩愛爲之禮以次其先後。爲之樂以宣其湮鬱爲之政以率其怠勸。爲之刑以鋤其彊梗相欺也。爲之符璽斗斛權衡以信之。相奪也爲之城郭甲兵以守之。害至而爲之備。患生而爲之防。今其言曰。聖人不死。大盜不止。剖斗折衡而民不爭。嗚呼。其亦不思而已矣。如古之無聖人。人之類滅久矣。何也。無羽毛鱗介以居寒熱也。無爪牙以爭食也。是故君者出令者也。臣者行君之令而致之民者也。民者出粟米麻絲作器皿通貨財以事其上者也。君不出令則失其所以爲君。臣不行君之令而致之民則失其所以爲臣。民不出粟米麻絲作器皿通貨財以事其上則誅。今其法曰。必棄而君臣去而父子禁而相生相養之道以求其所謂清靜寂滅者。嗚呼。其亦幸而出於三代之後。不見黜於禹湯文武周公孔子也。其亦不幸而不出於三代之前。不見正於禹湯文武周公孔子也。以上言聖人所作爲皆切於民生不得已之事帝之與王。其號雖殊。其所以爲聖一也。夏葛而冬裘。渴飲而飢食。其事雖殊。其所以爲智一也。今其言曰。曷不爲太古之無事。是亦責冬之裘者曰。曷不爲葛之之易也責飢之食者曰曷不爲飲之之易也（以上言聖人因時立法不必慕太古之無事）傳曰古之欲明明德於天下者先治其國欲治其國者先齊其家欲齊其家者先修其身欲修其身者先正其心欲正其心者先誠其意然則古之所謂正心而誠意者將以有爲也今也欲治其心而外天下國家滅其天常子焉而不父其父臣焉而不君其君民焉而不事其事孔子之作春秋也諸侯用夷禮則夷之進於中國則中國之經曰夷狄之有君不如諸夏之亡也詩曰戎狄是膺荊舒是懲今也舉夷狄之法而加之先王之教之上幾何其不胥而爲夷也（以上言不宜離事而求心）夫所謂先王之教者何也博愛之謂仁行而宜之之謂義由是而之焉之謂道足乎己無待於外之謂德其文詩書易春秋其法禮樂刑政其民士農工賈其位君臣父子師友賓主昆弟夫婦其服麻絲其居宮室其食粟米果蔬魚肉其爲道易明而其爲教易行也是故以之爲己則順而祥以之爲人則愛而公以之爲心則和而平以之爲天下國家無所處而不當是故生則得其情死則盡其常郊焉而天神假廟焉而人鬼饗曰斯道也何道也曰斯吾所謂道

也。非向所謂老與佛之道也。堯以是傳之舜。舜以是傳之禹。禹以是傳之湯。湯以是傳之文武周公。文武周公傳之孔子。孔子傳之孟軻。軻之死。不得其傳焉。荀與揚也。擇焉而不精。語焉而不詳。由周公而上。上而爲君。故其事行。由周公而下。下而爲臣。故其說長。然則如之何而可也。曰。不塞不流。不止不行。人其人。火其書。廬其居。明先王之道以道之。鰥寡孤獨廢疾者有養也。其亦庶乎其可也。

韓愈原性

性也者。與生俱生也。情也者。接於物而生也。性之品有三。而其所以爲性者五。情之品者三。而其所以爲情者七。曰何也。曰性之品有上中下三。上焉者善焉而已矣。中焉者可導而上下也。下焉者惡焉而已矣。其所以爲性者五。曰仁。曰禮。曰信。曰義。曰智。上焉者之於五也。主於一而行於四。中焉者之於五也。一不少有焉。則少反焉。其於四也混。下焉者之於五也。反於一而悖於四。性之於情視其品。情之品有上中下三。其所以爲情者七。曰喜。曰怒。曰哀。曰懼。曰愛。曰惡曰欲上焉者之於七也動而處其中中焉者之於七也有所甚有所亡然而求合其中者也下焉者之於七也亡與甚直情而行者也情之於性視其品孟子之言性曰人之性善荀子之言性曰人之性惡揚子之言性曰人之性善惡混夫始善而進惡與始惡而進善與始也混而今也善惡皆舉其中而遺其上下者也得其一而失其二者也叔魚之生也其母視之知其必以賄死楊食我之生也叔向之母聞其號也知必滅其宗越椒之生也子文以爲大戚知若敖氏之鬼不食也人之性果善乎后稷之生也其母無災其始匍匐也則岐岐然嶷嶷然文王之在母也母不憂既生也傅不勤既學也師不煩人之性果惡乎堯之朱舜之均文王之管蔡習非不善也而卒爲姦瞽叟之舜鯀之禹習非不惡也而卒爲聖人人之性善惡果混乎故曰三子之言性也舉其中而遺其上下者也得其一而失其二者也曰然則性之上下者其終不可移乎曰上之性就學而愈明下之性畏威而寡罪是故上者可教而下者可制也其品則孔子謂不移也曰今之言性者異於此何也曰今之言者雜佛老而言也雜佛老而言

也者奚言而不異

韓愈原毀

古之君子其責己也重以周其待人也輕以約重以周故不怠輕以約故人樂爲善聞古之人有舜者其爲人也仁義人也求其所以爲舜者責於己曰彼人也予人也彼能是而我乃不能是早夜以思去其不如舜者就其如舜者聞古之人有周公者其爲人也多才與藝人也求其所以爲周公者責於己曰彼人也予人也彼能是而我乃不能是早夜以思去其不如周公者就其如周公者舜大聖人也後世無及焉周公大聖人也後世無及焉是人也乃曰不如舜不如周公吾之病也是不亦責於身者重以周乎其於人也曰彼人也能有是是足爲良人矣能善是是足爲藝人矣取其一不責其二卽其新不究其舊恐恐然惟懼其人之不得爲善之利一善易修也一藝易能也其於人也乃曰能有是是亦足矣曰能善是是亦足矣不亦待於人者輕以約乎今之君子則不然其責人也詳其待己也廉詳故人難於爲善廉故自取也少己未有善曰我善

是是亦足矣己未有能曰我能是是亦足矣外以欺於人內以欺於心未少有得而止矣不亦待其身者已廉乎其於人也曰彼雖能是其人不足稱也彼雖善是其用不足稱也舉其一不計其十究其舊不圖其新恐恐然惟懼其人之有聞也是不亦責於人者已詳乎夫是之謂不以衆人待其身而以聖人望於人吾未見其尊己也雖然爲是者有本有原怠與忌之謂也怠者不能修而忌者畏人修吾嘗試之矣嘗試語於衆曰某良士某良士其應者必其人之與也不然則其所疏遠不與同其利者也不然則其畏也不若是彊者必怒於言懦者必怒於色矣又嘗語於衆曰某非良士某非良士其不應者必其人之與也不然則其所疏遠不與同其利者也不然則其畏也不若是彊者必說於言懦者必說於色矣是故事修而謗興德高而毀來嗚呼士之處此世而望名譽之光道德之行難已將有作於上者得吾說而存之其國家可幾而理歟

韓愈伯夷頌

士之特立獨行適於義而已不顧人之是非皆豪傑之士信道篤而自知明者

也一家非之力行而不惑者寡矣至於一國一州非之力行而不惑者蓋天下一人而已矣若至於舉世非之力行而不惑者則千百年乃一人而已耳若伯夷者窮天地亙萬世而不顧者也昭乎日月不足爲明崒乎太山不足爲高巍乎天地不足爲容也當殷之亡周之興微子賢也抱祭器而去之武王周公聖也從天下之賢士與天下之諸侯而往攻之未嘗聞有非之者也彼伯夷叔齊者乃獨以爲不可殷既滅矣天下宗周彼二子乃獨恥食其粟餓死而不顧由是而言夫豈有求而爲哉信道篤而自知明也今世之所謂士者一凡人譽之則自以爲有餘一凡人沮之則自以爲不足彼獨非聖人而自是如此夫聖人乃萬世之標準也余故曰若伯夷者特立獨行窮天地亙萬世而不顧者也雖然微二子亂臣賊子接迹於後世矣

韓愈獲麟解

麟之爲靈昭昭也詠於詩書於春秋雜出於傳記百家之書雖婦人小子皆知其爲祥也然麟之爲物不畜於家不恆有於天下其爲形也不類非若馬牛犬

豕豺狼麋鹿然然則雖有麟不可知其爲麟也角者吾知其爲牛鬣者吾知其爲馬犬豕豺狼麋鹿吾知其爲犬豕豺狼麋鹿唯麟也不可知不可知則其謂之不祥也亦宜雖然麟之出必有聖人在乎位麟爲聖人出也聖人者必知麟麟之果不爲不祥也又曰麟之所以爲麟者以德不以形若麟之出不待聖人則謂之不祥也亦宜麟韓文公自況也聖人必知麟猶云惟湯知伊尹也出不以時猶云處昏主亂相之間也

韓愈雜說四首

龍噓氣成雲雲固弗靈於龍也然龍乘是氣茫洋窮乎玄閒薄日月伏光景感震電神變化水下土汩陵谷雲亦靈怪矣哉雲龍之所能使爲靈也若龍之靈則非雲之所能使爲靈也然龍弗得雲無以神其靈矣失其所憑依信不可與異哉其所憑依乃其所自爲也易曰雲從龍既曰龍雲從之矣龍以自喻其身雲以喻其文章憑依乃其所自爲猶曰文書自傳道不依史筆垂

善醫者不視人之瘠肥察其脈之病否而已矣善計天下者不視天下之安危察其紀綱之理亂而已矣天下者人也安危者肥瘠也紀綱者脈也脈不病雖

瘠不害脈病而肥者死矣通於此說者其知所以爲天下乎夏殷周之衰也諸侯作而戰伐日行矣傳數十王而天下不傾者紀綱存焉耳秦之王天下也無分勢於諸侯聚兵而焚之傳二世而天下傾者紀綱亡焉耳是故四支雖無故不足恃也脈而已矣四海雖無事不足矜也紀綱而已矣憂其所可恃懼其所可矜善醫善計者謂之天扶與之易曰視履考祥善醫善計者爲之

談生之爲崔山君傳稱鶴言者豈不怪哉然吾觀於人其能盡吾性而不類於禽獸異物者希矣將憤世嫉邪長往而不來者之所爲乎昔之聖者其首有若牛者其形有若蛇者其喙有若鳥者其貌有若蒙倛者彼皆貌似而心不同焉可謂之非人邪即有平脅曼膚顏如渥丹美而很者貌則人其心則禽獸又惡可謂之人邪然則觀貌之是非不若論其心與其行事之可否爲不失也怪神之事孔子之徒不言余將特取其憤世嫉邪而作之故題之云爾

世有伯樂然後有千里馬千里馬常有而伯樂不常有故雖有名馬祇辱於奴隸人之手駢死於槽櫪之閒不以千里稱也馬之千里者一食或盡粟一石食

馬者不知其能千里而食也是馬也雖有千里之能食不飽力不足才美不外見且欲與常馬等不可得安求其能千里也策之不以其道食之不能盡其材鳴之而不能通其意執策而臨之曰天下無馬嗚呼其真無馬邪其真不知馬也

韓愈改葬服議

經曰改葬緦春秋穀梁傳亦曰改葬之禮緦舉下緬也此皆謂子之於父母其他則皆無服何以識其必然經次五等之服小功之下然後著改葬之制更無輕重之差以此知惟記其最親者其他無服則不記也若主人當服斬衰其餘親各服其服則經亦言之不當惟云緦也傳稱舉下緬者緬猶遠也下謂服之最輕者也以其遠故其服輕也江熙曰禮天子諸侯易服而葬以爲交於神明者不可以純凶況其緬者乎是故改葬之禮其服惟輕以此而言則亦明矣衞司徒文子改葬其叔父問服於子思子思曰禮父母改葬緦既葬而除之不忍無服送至親也非父母無服無服則弔服而加麻此又其著者也文子又曰喪

服既除然後乃葬則其服何服子思曰三年之喪未葬服不變除何有焉然則改葬與未葬者有異矣古者諸侯五月而葬大夫三月而葬士踰月無故未有過時而不葬者也過時而不葬謂之不能葬春秋譏之若有故而未葬雖出三年子之服不變此孝子之所以著其情先王之所以必其時之道也雖有其文未有著其人者以是知其至少也改葬者爲山崩水涌毀其墓及葬而禮不備者若文王之葬王季以水齧其墓魯隱公之葬惠公以有宋師太子少葬故有闕之類是也喪事有進而無退有易以輕服無加以重服殯於堂則謂之殯瘞於野則謂之葬近代以來事與古異或遊或仕在千里之外或子幼妻稚而不能自還甚者拘以陰陽畏忌遂葬於其土及其反葬也遠者或至數十年近者亦出三年其吉服而從於事也久矣又安可取未葬不變服之例而反爲之重服與在喪當葬猶宜易以輕服況既遠而反純凶以葬乎若果重服是所謂未可除而除不當重而更重也或曰喪與其易也甯戚雖重服不亦可乎曰不然易之與戚則易固不如戚矣雖然未若合禮之爲懿也儉之與奢則儉固愈於

奢矣雖然未若合禮之爲懿也過猶不及其此類之謂乎或曰經稱改葬緦而不著其月數則似三月而後除也子思之對文子則曰既葬而除之今宜如何曰自啓至於既葬而三月則除之未三月則服以終三月也曰妻爲夫何如曰如子無弔服而加麻則何如曰今之弔服猶古之弔服也

韓愈爭臣論

或問諫議大夫陽城於愈可以爲有道之士乎哉學廣而聞多不求聞於人也行古人之道居於晉之鄙晉之鄙人薰其德而善良者幾千人大臣聞而薦之天子以爲諫議大夫人皆以爲華陽子不色喜居於位五年矣視其德如在野彼豈以富貴移易其心哉愈應之曰是易所謂恆其德貞而夫子凶者也惡得爲有道之士乎哉在易蠱之上九云不事王侯高尚其事蹇之六二則曰王臣蹇蹇匪躬之故夫亦以所居之時不一而所蹈之德不同也若蠱之上九居無用之地而致匪躬之節以蹇之六二在王臣之位而高不事之心則冒進之患生曠官之刺興志不可則而尤不終無也今陽子在位不爲不久矣聞天下之

得失不爲不熟矣天子待之不爲不加矣而未嘗一言及於政視政之得失若越人視秦人之肥瘠忽焉不加喜戚於其心問其官則曰諫議也問其祿則曰下大夫之秩也問其政則曰我不知也有道之士固如是乎哉且吾聞之有官守者不得其職則去有言責者不得其言則去今陽子以爲得其言乎哉得其言而不言與不得其言而不去無一可者也陽子將爲祿仕乎古之人有云仕不爲貧而有時乎爲貧謂祿仕者也宜乎辭尊而居卑辭富而居貧若抱關擊柝者可也蓋孔子嘗爲委吏矣嘗爲乘田矣亦不敢曠其職必曰會計當而已矣必曰牛羊遂而已矣若陽子之秩祿不爲卑且貧章章明矣而如此其可乎哉或曰否非若此也夫陽子惡訕上者惡爲人臣招其君之過而以爲名者故雖諫且議使人不得而知焉書曰爾有嘉謀嘉猷則入告爾后于內爾乃順之于外曰斯謀斯猷惟我后之德夫陽子之用心亦若此者愈應之曰若陽子之用心如此滋所謂惑者矣入則諫其君出不使人知者大臣宰相者之事非陽子之所宜行也夫陽子本以布衣隱於蓬蒿之下主上嘉其行誼擢在此位官

以諫爲名誠宜有以奉其職使四方後代知朝廷有直言骨鯁之臣天子有不僭賞從諫如流之美庶巖穴之士聞而慕之束帶結髮願進於闕下而伸其辭說致吾君於堯舜熙鴻號於無窮也若書所謂則大臣宰相之事非陽子之所宜行也且陽子之心將使君人者惡聞其過乎是啓之也或曰陽子之不求聞而人聞之不求用而君用之不得已而起守其道而不變何子過之深也愈曰自古聖人賢士皆非有求於聞用也閔其時之不平人之不乂得其道不敢獨善其身而必以兼濟天下也孜孜矻矻死而後已故禹過家門不入孔席不暇暖而墨突不得黔彼二聖一賢者豈不知自安逸之爲樂哉誠畏天命而悲人窮也夫天授人以賢聖才能豈使自有餘而已誠欲以補其不足者也耳目之於身也耳司聞而目司見聽其是非視其險易然後身得安焉聖賢者時人之耳目也時人者聖賢之身也且陽子之不賢則將役於賢以奉其上矣若果賢則固畏天命而閔人窮也惡得以自暇逸乎哉或曰吾聞君子不欲加諸人而惡訐以爲直者若吾子之論直則直矣無乃傷於德而費於辭乎好盡言以招

人過。國武子之所以見殺於齊也。吾子其亦聞乎。愈曰。君子居其位。則思死其官。未得位。則思修其辭以明其道。我將以明道也。非以爲直而加人也。且國武子不能得善人。而好盡言於亂國。是以見殺。傳曰。惟善人能受盡言。謂其聞而能改之也。子告我曰。陽子可以爲有道之士也。今雖不能及已。陽子將不得爲善人乎哉。

韓愈師說

古之學者必有師。師者。所以傳道授業解惑也。人非生而知之者。孰能無惑。惑而不從師。其爲惑也。終不解矣。生乎吾前。其聞道也。先乎吾。吾從而師之。生乎吾後。其聞道也。亦先乎吾。吾從而師之。吾師道也。夫庸知其年之先後生於吾乎。是故無貴無賤。無長無少。道之所存。師之所存也。嗟乎。師道之不傳也久矣。欲人之無惑也難矣。古之聖人。其出人也遠矣。猶且從師而問焉。今之衆人。其下聖人也亦遠矣。而恥學於師。是故聖益聖。愚益愚。聖人之所以爲聖。愚人之所以爲愚。其皆出於此乎。愛其子。擇師而教之。於其身也。則恥師焉。惑矣。彼童子之師授之書而習其句讀者非吾所謂傳其道解其惑者也句讀之不知惑之不解或師焉或不焉小學而大遺吾未見其明也巫醫樂師百工之人不恥相師士大夫之族曰師曰弟子云者則羣聚而笑之問之則曰彼與彼年相若也道相似也位卑則足羞官盛則近諛嗚呼師道之不復可知矣巫醫樂師百工之人君子不齒今其智乃反不能及其可怪也歟聖人無常師孔子師郯子萇弘師襄老聃郯子之徒其賢不及孔子孔子曰三人行則必有我師是故弟子不必不如師師不必賢於弟子聞道有先後術業有專攻如是而已李氏子蟠年十七好古文六藝經傳皆通習之不拘於時學於余余嘉其能行古道作師說以貽之

柳宗元封建論

天地果無初乎吾不得而知之也生人果有初乎吾不得而知之也然則孰爲近曰有初爲近孰明之由封建而明之也彼封建者更古聖王堯舜禹湯文武而莫能去之蓋非不欲去之也勢不可也勢之來其生人之初乎不初無以有

封建。封建非聖人意也。彼其初與萬物皆生。草木榛榛。鹿豕狉狉。人不能搏噬。而且無毛羽。莫克自奉自衞。荀卿有言。必將假物以爲用者也。夫假物者必爭。爭而不已。必就其能斷曲直者而聽命焉。其智而明者。所伏必衆。告之以直而不改。必痛之而後畏。由是君長刑政生焉。故近者聚而爲羣。羣之分。其爭必大。大而後有兵有德。又大者。衆羣之長又就而聽命焉。以安其屬。於是有諸侯之列。則其爭又有大者焉。德又大者。諸侯之列又就而聽命焉。以安其封。於是有方伯連帥之類。則其爭又有大者焉。德又大者。方伯連帥之類又就而聽命焉。以安其人。然後天下會於一。是故有里胥而後有縣大夫。有縣大夫而後有諸侯。有諸侯而後有方伯連帥。有方伯連帥而後有天子。自天子至於里胥。其德在人者死。必求其嗣而奉之。故封建非聖人意也。勢也。（以上封建之初）夫堯舜禹湯之事遠矣。及有周而甚詳。周有天下。裂土田而瓜分之。設五等。邦羣后。布履星羅。四周於天下。輪運而輻集。合爲朝覲會同。離爲守臣扞城。然後降於夷王。害禮傷尊。下堂而迎覲者。歷於宣王。挾中興復古之德。雄南征北伐之威。卒不能定魯侯之嗣。陵夷迄於幽厲。王室東徙。而自列為諸侯。厥後問鼎之輕重者有之。射王中肩者有之。伐凡伯誅萇弘者有之。天下乖戾。無君君之心。余以為周之喪久矣。徒建空名於公侯之上耳。得非諸侯之盛彊。末大不掉之咎歟。遂判為十二。合為七國。威分於陪臣之邦。國殄於後封之秦。則周之敗端。其在乎此矣。以上周

秦有天下。裂都會而為之郡邑。廢侯衛而為之守宰。據天下之雄圖。都六合之上游。攝制四海。運於掌握之內。此其所以為得也。不數載而天下大壞。其有由矣。亟役萬人。暴其威刑。竭其貨賄。負鋤梃謫戍之徒。圜視而合從。大呼而成羣。時則有叛民而無叛吏。人怨於下。而吏畏於上。天下相合。殺守劫令而並起。咎在人怨。非郡邑之制失也。以上秦

漢有天下。矯秦之枉。徇周之制。剖海內而立宗子。封功臣。數年之間。奔命扶傷而不暇。困平城。病流矢。陵遲不救者三代。後乃謀臣獻畫。而離削自守矣。然而封建之始。郡國居半。時則有叛國而無叛郡。秦制之得。亦以明矣。以上漢

繼漢而帝者。雖百代可知也。唐興。制州邑。立守宰。此其所以為宜也。然猶桀猾時起。虐害方域者。失不在於州而在於兵。時則有

叛將而無叛州州縣之設固不可革也（以上唐）或者曰封建者必私其土子其人適其俗修其理施化易也守宰者苟其心思遷其秩而已何能理乎余又非之周之事跡斷可見矣列侯驕盈黷貨事戎大凡亂國多理國寡侯伯不得變其政天子不得變其君私土子人者百不有一失在於制不在於政周事然也秦之事跡亦斷可見矣有理人之制而不委郡邑是矣有理人之臣而不使守宰是矣郡邑不得正其制守宰不得行其理酷刑苦役而萬人側目失在於政不在於制秦事然也漢興天子之政行於郡不行於國制其守宰不制其侯王侯王雖亂不可變也國人雖病不可除也及夫大逆不道然後掩捕而遷之勒兵而夷之耳大逆未彰姦利浚財怙勢作威大刻於民者無如之何及夫郡邑可謂理且安矣何以言之且漢知孟舒於田叔得魏尚於馮唐聞黃霸之明審覩汲黯之簡靖拜之可也復其位可也臥而委之以輯一方可也有罪得以黜有能得以賞朝拜而不道夕斥之矣夕受而不法朝斥之矣設使漢室盡城邑而侯王之縱令其亂人戚之而已孟舒魏尚之術莫得而施黃霸汲黯之化莫得

而行明譴而導之拜受而退已違矣下令而削之締交合從之謀周於同列則相顧裂眦勃然而起幸而不起則削其半削其半民猶瘁矣曷若舉而移之以全其人乎漢事然也今國家盡制郡邑連置守宰其不可變也固矣善制兵謹擇守則理平矣（以上較論封建與郡縣之治亂）或者又曰夏商周漢封建而延秦郡邑而促尤非所謂知理者也魏之承漢也封爵猶建晉之承魏也因循不革而二姓陵替不聞延祚今矯而變之垂二百祀大業彌固何繫於諸侯哉（以上校論封建與郡邑祚之久暫）或者又以爲殷周聖王也而不革其制固不當復議也是大不然夫殷周之不革者是不得已也蓋以諸侯歸殷者三千焉資以黜夏湯不得而廢歸周者八百焉資以勝殷武王不得而易徇之以爲安仍之以爲俗湯武之所不得已也夫不得已非公之大者也私其力於己也私其衛於子孫也秦之所以革之者其爲制公之大者也其情私也私其一己之威也私其盡臣畜於我也然而公天下之端自秦始夫天下之道治安斯得人者也使賢者居上不肖者居下而後可以治安今夫封建者繼世而理繼世而理者上果賢乎下果不肖乎則生

人之理亂未可知也將欲利其社稷以一其人之視聽則又有世大夫世食祿邑以盡其封略聖賢生於其時亦無以立於天下封建者爲之也豈聖人之制使至於是乎吾固曰非聖人之意也勢也以上論公私

柳宗元桐葉封弟辨

古之傳者有言成王以桐葉與小弱弟戲曰以封女周公入賀王曰戲也周公曰天子不可戲乃封小弱弟於唐吾意不然王之弟當封邪周公宜以時言於王不待其戲而賀以成之也不當封邪周公乃成其不中之戲以地以人與小弱者爲之主其得爲聖乎且周公以王之言不可苟焉而已必從而成之邪設有不幸王以桐葉戲婦寺亦將舉而從之乎凡王者之德在行之何若設未得其當雖十易之不爲病要於其當不可使易也而況以其戲乎若戲而必行之是周公教王遂過也吾意周公輔成王宜以道從容優樂要歸之大中而已必不逢其失而爲之辭又不當束縛之馳驟之使若牛馬然急則敗矣且家人父子尙不能以此自克況號爲君臣者邪是直小丈夫缺缺者之事非周公所宜

用故不可信或曰封唐叔史佚成之

歐陽修本論

佛法爲中國患千餘歲世之卓然不惑而有力者莫不欲去之已嘗去矣而復大集攻之暫破而愈堅撲之未滅而愈熾遂至於無可奈何是果不可去邪蓋亦未知其方也夫醫者之於疾也必推其病之所自來而治其受病之處病之中人乘乎氣虛而入焉則善醫者不攻其疾而務養其氣氣實則病去此自然之效也故救天下之患者亦必推其患之所自來而治其受患之處佛爲夷狄去中國最遠而有佛固已久矣堯舜三代之際王政修明禮義之教充於天下於此之時雖有佛無由而入及三代衰王政闕禮義廢後二百餘年而佛至乎中國由是言之佛所以爲吾患者乘其闕廢之時而來此其受患之本也補其闕修其廢使王政明而禮義充則雖有佛無所施於吾民矣此亦自然之勢也以上政教闕廢患所由生昔堯舜三代之爲政設爲井田之法籍天下之人計其口而皆授之田凡人之力能勝耕者莫不有田而耕之斂以什一差其征賦以督其不勤

使天下之人力皆盡於南畝而不暇乎其他然又懼其勞且怠而入於邪僻也於是爲制牲牢酒醴以養其體弦匏俎豆以悅其耳目於其不耕休力之時而教之以禮故因其田獵而爲蒐狩之禮因其嫁娶而爲婚姻之禮因其死葬而爲喪祭之禮因其飮食羣聚而爲鄉射之禮非徒以防其亂又因而教之使知尊卑長幼凡人之大倫也故凡養生送死之道皆因其欲而爲之制飾之物采而文焉所以悅之使其易趣也順其情性而節焉所以防之使其不過也然猶懼其未也又爲立學以講明之故上自天子之郊下至鄉黨莫不有學擇民之聰明者而習焉使相告語而誘勸其愚惰嗚呼何其備也蓋堯舜三代之爲政如此其慮民之意甚精治民之具甚備防民之術甚周誘民之道甚篤行之以勤而被於物者洽浸之以漸而入於人者深故民之生也不用力乎南畝則從事於禮樂之際不在其家則在乎庠序之閒耳聞目見無非仁義樂而趣之不知其倦終身不見異物又奚暇夫外慕哉故曰雖有佛無由而入者謂有此具也（以上古者政教言明佛不得入）及周之衰秦幷天下盡去三代之法而王道中絕後之有天

下者不能勉強其爲治之具不備防民之漸不周佛於此時乘閒而出千有餘歲之閒佛之來者日益衆吾之所爲者日益壞井田最先廢而兼幷游惰之姦起其後所謂蒐狩婚姻喪祭鄉射之禮凡所以教民之具相次而盡廢然後民之姦者有暇而爲他其良者泯然不見禮義之及己夫姦民有餘力則思爲邪僻良民不見禮義則莫知所趣佛於此時乘其隙方鼓其雄誕之說而牽之則民不得不從而歸矣又況王公大人往往倡而驅之曰佛是眞可歸依者然則吾民何疑而不歸焉幸而有一不惑者方艴然而怒曰佛何爲者吾將操戈而逐之又曰吾將有說以排之夫千歲之患徧於天下豈一人一日之可爲民之沈酣入於骨髓非口舌之可勝然則將奈何曰莫若修其本以勝之昔戰國之時楊墨交亂孟子患之而專言仁義故仁義之說勝則楊墨之學廢漢之時百家並興董生患之而退修孔氏故孔氏之道明而百家息此所謂修其本以勝之之效也今八尺之夫被甲荷戟勇蓋三軍然而見佛則拜聞佛之說則有畏慕之誠者何也彼誠壯佼其中心茫然無所守而然也一介之士眇然柔懦進

趨畏怯然而聞有道佛者則義形於色非徒不爲之屈又欲驅而絕之者何也彼無他焉學問明而禮義熟中心有所守以勝之也然則禮義者勝佛之本也今一介之士知禮義者尚能不爲之屈使天下皆知禮義則勝之矣此自然之勢也以上修禮義以勝之

歐陽修朋黨論

臣聞朋黨之說自古有之惟幸人君辨其君子小人而已大凡君子與君子以同道爲朋小人與小人以同利爲朋此自然之理也然臣謂小人無朋惟君子則有之其故何哉小人所好者祿利也所貪者財貨也當其同利之時暫相黨引以爲朋者僞也及其見利而爭先或利盡而交疏則反相賊害雖其兄弟親戚不能相保故臣謂小人無朋其暫爲朋者僞也君子則不然所守者道義所行者忠信所惜者名節以之修身則同道而相益以之事國則同心而共濟終始如一此君子之朋也故爲人君者但當退小人之僞朋用君子之真朋則天下治矣堯之時小人共工驩兜等四人爲一朋君子八元八凱十六人爲一朋

舜佐堯退四凶小人之朋而進元凱君子之朋堯之天下大治及舜自爲天子而皐夔稷契等二十二人並列於朝更相稱美更相推讓凡二十二人爲一朋而舜皆用之天下亦大治書曰紂有臣億萬惟億萬心周有臣三千惟一心紂之時億萬人各異心可謂不爲朋矣然紂以亡國周武王之臣三千人爲一大朋而周用以興後漢獻帝時盡取天下名士囚禁之目爲黨人及黃巾賊起漢室大亂後方悔悟盡解黨人而釋之然已無救矣唐之晚年漸起朋黨之論及昭宗時盡殺朝之名士咸投之黃河曰此輩清流可投濁流而唐遂亡矣夫前世之主能使人人異心不爲朋莫如紂能禁絕善人爲朋莫如漢獻帝能誅戮清流之朋莫如唐昭宗之世然皆亂亡其國更相稱美推讓而不自疑莫如舜之二十二臣舜亦不疑而皆用之然而後世不誚舜爲二十二人朋黨所欺而稱舜爲聰明之聖者以能辨君子與小人也周武之世舉其國之臣三千人共爲一朋自古爲朋之多且大莫如周然周用此以興者善人雖多而不厭也夫興亡治亂之迹爲人君者可以鑒矣

周惇頤通書

誠上第一

誠者。聖人之本。大哉乾元。萬物資始。誠之源也。乾道變化。各正性命。誠斯立焉。純粹至善者也。故曰一陰一陽之謂道。繼之者善也。成之者性也。元亨誠之通。利貞誠之復。大哉易也。性命之源乎。

誠下第二

聖。誠而已矣。誠五常之本。百行之源也。靜無而動有。至正而明達也。五常百行。非誠非也。邪暗塞也。故誠則無事矣。至易而行難。果而確。無難焉。故曰。一日克己復禮。天下歸仁焉。

誠幾德第三

誠無爲。幾善惡。德愛曰仁。宜曰義。理曰禮。通曰智。守曰信。性焉安焉之謂聖。復焉執焉之謂賢。發微不可見。充周不可窮之謂神。

聖第四

寂然不動者誠也感而遂通者神也動而未形有無之閒者幾也誠精故明神應故妙幾微故幽誠神幾曰聖人

慎動第五

動而正曰道用而和曰德匪仁匪義匪禮匪智匪信悉邪也邪動辱也甚焉害也故君子愼動

道第六

聖人之道仁義中正而已矣守之貴行之利廓之配天地豈不易簡豈爲難知不守不行不廓耳

師第七

或問曰曷爲天下善曰師曰何謂也曰性者剛柔善惡中而已矣不達曰剛善爲義爲直爲斷爲嚴毅爲幹固惡爲猛爲隘爲彊梁柔善爲慈爲順爲巽惡爲懦弱爲無斷爲邪佞惟中也者和也中節也天下之達道也聖人之事也故聖人立教俾人自易其惡自至其中而止矣故先覺覺後覺闇者求於明而師道

立矣師道立則善人多善人多則朝廷正而天下治矣

幸第八

人之生不幸不聞過大不幸無恥必有恥則可教聞過則可賢

思第九

洪範曰思曰睿睿作聖無思本也思通用也幾動於彼誠動於此無思而無不通爲聖人不思則不能通微不睿則不能無不通是則無不通生於通微通微生於思故思者聖功之本而吉凶之機也易曰君子見幾而作不俟終日又曰知幾其神乎

志學第十

聖希天賢希聖士希賢伊尹顏淵大賢也伊尹恥其君不爲堯舜一夫不得其所若撻於市顏淵不遷怒不貳過三月不違仁志伊尹之所志學顏子之所學過則聖及則賢不及則亦不失於令名

順化第十一

天以陽生萬物以陰成萬物生仁也成義也故聖人在上以仁育萬物以義正萬民天道行而萬物順聖德修而萬民化大順大化不見其迹莫知其然之謂神故天下之衆本在一人道豈遠乎哉術豈多乎哉

治第十二

十室之邑人人提耳而教且不及況天下之廣兆民之衆哉曰純其心而已矣仁義禮智四者動靜言貌視聽無違之謂純心純則賢才輔賢才輔則天下治純心要矣用賢急焉

禮樂第十三

禮理也樂和也陰陽理而後和君君臣臣父父子子兄兄弟弟夫夫婦婦萬物各得其理然後和故禮先而樂後

務實第十四

實勝善也名勝恥也故君子進德修業孳孳不息務實勝也德業有未著則恐恐然畏人知遠恥也小人則僞而已故君子日休小人日憂

愛敬第十五

有善不及。曰不及則學焉。問曰有不善。曰不善則告之不善。且勸曰庶幾有改乎。斯爲君子有善一不善二則學其一而勸其二有語曰斯人有是之不善非大惡也。則曰孰無過焉。知其不能改。改則爲君子矣。不改爲惡。惡者天惡之。彼豈無畏耶。烏知其不能改故君子悉有衆善。無弗愛且敬焉。

動靜第十六

動而無靜。靜而無動。物也。動而無動。靜而無靜。神也。動而無動。靜而無靜。非不動不靜也。物則不通。神妙萬物。水陰根陽。火陽根陰。五行陰陽。陰陽太極。四時運行。萬物終始。混兮闢兮。其無窮兮。

樂上第十七

古者聖王制禮法。修教化。三綱正。九疇敘。百姓大和。萬物咸若。乃作樂以宣八風之氣。以平天下之情。故樂聲淡而不傷。和而不淫。入其耳。感其心。莫不淡且和焉。淡則欲心平。和則躁心釋。優柔平中。德之盛也。天下化中。治之至也。是謂道配天地古之極也後世禮法不修政刑苛紊縱欲敗度下民困苦謂古樂不足聽也代變新聲妖淫愁怨導欲增悲不能自止故有賊君棄父輕生敗倫不可禁者矣嗚呼樂者古以平心今以助欲古以宣化今以長怨不復古禮不變今樂而欲至治者遠矣

樂中第十八

樂者本乎政也政善民安則天下之心和故聖者作樂以宣暢其和心達於天地天地之氣感而大和焉天地和則萬物順故神祇格鳥獸馴

樂下第十九

樂聲淡則聽心平樂辭善則歌者慕故風移而俗易矣妖聲豔辭之化也亦然

聖學第二十

聖可學乎曰可曰有要乎曰有請聞焉曰一爲要一者無欲也無欲則靜虛動直靜虛則明明則通動直則公公則溥明通公溥庶矣乎

公明第二十一

公於己者公於人。未有不公於己而能公於人也。明不至則疑生。明無疑也。謂能疑爲明。何啻千里。

理性命第二十二

厥彰厥微。匪靈弗瑩。剛善剛惡。柔亦如之。中焉止矣。二氣五行。化生萬物。五殊二實。二本則一。是萬爲一。一實萬分。萬一各正。小大有定。

顏子第二十三

顏子一簞食。一瓢飲。在陋巷。人不堪其憂。而不改其樂。夫富貴人所愛也。顏子不愛不求。而樂乎貧者。獨何心哉。天地閒有至貴至愛可求而異乎彼者。見其大而忘其小焉爾。見其大則心泰。心泰則無不足。無不足則富貴貧賤處之一也。處之一。則能化而齊。故顏子亞聖。

師友上第二十四

天地閒至尊者道。至貴者德而已矣。至難得者人。人而至難得者。道德有於身而已矣。求人至難得者有於身。非師友則不可得也已。

師友下第二十五

道義者身有之則貴且尊人生而蒙長無師友則愚是道義由師友有之而得貴且尊其義不亦重乎其聚不亦樂乎

過第二十六

仲由喜聞過令名無窮焉今人有過不喜人規如護疾而忌醫甯滅其身而無悟也噫

勢第二十七

天下勢而已矣勢輕重也極重不可反識其重而亟反之可也反之力也識不早力不易也力而不競天也不識不力人也天乎人也何尤

文辭第二十八

文所以載道也輪轅飾而人弗庸徒飾也況虛車乎文辭藝也道德實也篤其實而藝者書之美則愛愛則傳焉賢者得以學而至之是爲教故曰言之無文行之不遠然不賢者雖父兄臨之師保勉之不學也強之不從也不知務道德

而第以文辭爲能者藝焉而已噫弊也久矣

聖蘊第二十九

不憤不啓不悱不發舉一隅不以三隅反則不復也子曰予欲無言天何言哉四時行焉百物生焉然則聖人之蘊微顏子殆不可見發聖人之蘊教萬世無窮者顏子也聖同天不亦深乎常人有一聞知恐人不速知其有也急人知而名也薄亦甚矣

精蘊第三十

聖人之精畫卦以示聖人之蘊因卦以發卦不畫聖人之精不可得而見微卦聖人之蘊殆不可悉得而聞易何止五經之源其天地鬼神之奧乎

乾損益動第三十一

君子乾乾不息於誠然必懲忿窒慾遷善改過而後至乾之用其善是損益之大莫是過聖人之旨深哉吉凶悔吝生乎動噫吉一而已動可不愼乎

家人睽復无妄第三十二

治天下有本身之謂也治天下有則家之謂也本必端端本誠心而已矣則必善善則和親而已矣家難而天下易家親而天下疏也家人離必起於婦人故睽次家人以二女同居而志不同行也堯所以釐降二女于嬀汭舜可禪乎吾茲試矣是治天下觀於家治家觀身而已矣身端心誠之謂也誠心復其不善之動而已矣不善之動妄也妄復則无妄矣无妄則誠矣故无妄次復而曰先王以茂對時育萬物深哉

富貴第三十三

君子以道充爲貴身安爲富故常泰無不足而銖視軒冕塵視金玉其重無加焉耳

陋第三十四

聖人之道入乎耳存乎心蘊之爲德行行之爲事業彼以文辭而已者陋矣

擬議第三十五

至誠則動動則變變則化故曰擬之而後言議之而後動擬議以成其變化

刑第三十六

天以春生萬物止之以秋物之生也既成矣不止則過焉故得秋以成聖人之法天以政養萬民肅之以刑民之盛也欲動情勝利害相攻不止則賊滅無倫焉故得刑以治情僞微曖其變千狀苟非中正明達果斷者不能治也訟卦曰利見大人以剛得中也噬嗑曰利用獄以動而明也嗚呼天下之廣主刑者民之司命也任用可不慎乎

公第三十七

聖人之道至公而已矣或曰何謂也曰天地至公而已矣

孔子上第三十八

春秋正王道明大法也孔子爲後世王者而修也亂臣賊子誅死者於前所以懼生者於後也宜乎萬世無窮王祀夫子報德報功之無盡焉

孔子下第三十九

道德高厚教化無窮實與天地參而四時同其惟孔子乎

蒙艮第四十

童蒙求我我正果行如筮焉筮叩神也再三則瀆矣瀆則不告也山下出泉靜而清也汨則亂亂不決也愼哉其惟時中乎艮其背背非見也靜則止止非爲也爲不止矣其道也深乎

張載西銘

乾稱父坤稱母予茲藐焉乃混然中處故天地之塞吾其體天地之帥吾其性民吾同胞物吾與也大君者吾父母宗子其大臣宗子之家相也尊高年所以長其長慈孤弱所以幼其幼聖其合德賢其秀也凡天下疲癃殘疾惸獨鰥寡皆吾兄弟之顚連而無告者也于時保之子之翼也樂且不憂純乎孝者也違曰悖德害仁曰賊濟惡者不才其踐形惟肖者也知化則善述其事窮神則善繼其志不愧屋漏爲無忝存心養性爲匪懈惡旨酒崇伯子之顧養育英才潁封人之錫類不施勞而底豫舜其功也無所逃而待烹申生其恭也體其受而歸全者參乎勇於從而順令者伯奇也富貴福澤將厚吾之生也貧賤憂戚庸

玉女於成也存吾順事沒吾寧也

張載東銘

戲言出於思也戲動作於謀也發乎聲見乎四支謂非己心不明也欲人無己疑不能也過言非心也過動非誠也失於聲繆迷其四體謂己當然自誣也欲他人己從誣人也或者以出於心者歸咎爲己戲失於思者自誣爲己誠不知戒其出汝者歸咎其不出汝者長傲且遂非不知孰甚焉

司馬光漢中王卽皇帝位論

天生烝民其勢不能自治必相與戴君以治之苟能禁暴除害以保全其生賞善罰惡使不至於亂斯可謂之君矣是以三代之前海內諸侯何啻萬國有民人社稷者通謂之君合萬國而君之立灋度班號令而天下莫敢違者乃謂之王王德既衰彊大之國能帥諸侯以尊天子者則謂之霸故自古天下無道諸侯力爭或曠世無王者固亦多矣秦焚書坑儒漢興學者始推五德生勝以秦爲閏位在木火之閒霸而不王於是正閏之論興矣及漢室顛覆三國鼎峙晉

氏失馭五胡雲擾宋魏以降南北分治各有國史互相排黜南謂北為索虜北謂南為島夷朱氏代唐四方幅裂朱邪入汴比之窮新運曆年紀皆棄而不數此皆私己之偏辭非大公之通論也臣愚誠不足以識前代之正閏竊以為苟不能使九州合為一統皆有天子之名而無其實者也雖華夏仁暴大小彊弱或時不同要皆與古之列國無異豈得獨尊奬一國謂之正統而其餘皆為僭僞哉若以自上相授受者為正邪則陳氏何所受拓拔氏何所受若以居中夏者為正邪則劉石慕容苻姚赫連所得之土皆五帝三王之舊都也若以有道德者為正邪則蕞爾之國必有令主三代之季豈無僻王是以正閏之論自古及今未有能通其義確然使人不可移奪者也臣今所述止欲敘國家之興衰著生民之休戚使觀者自擇其善惡得失以為勸戒非若春秋立褒貶之法撥亂世反諸正也正閏之際非所敢知但據其功業之實而言之周秦漢晉隋唐皆嘗混壹九州傳祚於後子孫雖微弱播遷猶承祖宗之業有紹復之望四方與之爭衡者皆其故臣也故全用天子之制以臨之其餘地醜德齊莫能相壹

名號不異。本非君臣者。皆以列國之制處之。彼此均敵。無所抑揚。庶幾不誣事實。近於至公。然天下離析之際。不可無歲時日月。以識事之先後。據漢傳於魏而晉受之。晉傳於宋。以至於陳。而隋取之。唐傳於梁。以至於周。而大宋承之。故不得不取魏宋齊梁陳後梁後唐後晉後漢後周年號。以紀諸國之事。非尊此而卑彼。有正閏之辨也。昭烈之於漢。雖云中山靖王之後。而族屬疏遠。不能紀其世數名位。亦猶宋高祖稱楚元王後。南唐烈祖稱吳王恪後。是非難辨。故不敢以光武及晉元帝爲比。使得紹漢氏之遺統也。

蘇洵易論

聖人之道。得禮而信。得易而尊。信之而不可廢。尊之而不敢廢。故聖人之道所以不廢者。禮爲之明。而易爲之幽也。生民之初。無貴賤。無尊卑。無長幼。不耕而不飢。不蠶而不寒。故其民逸。民之苦勞而樂逸也。若水之走下。而聖人者。獨爲之君臣。而使天下貴役賤。爲之父子。而使天下尊役卑。爲之兄弟。而使天下長役幼。蠶而後衣。耕而後食。率天下而勞之。一聖人之力。固非足以勝天下之民之衆而其所以能奪其樂而易之以其所苦而天下之民亦遂肯棄逸而即勞欣然戴之以爲君師而遵蹈其法制者禮則使然也聖人之始作禮也其說曰天下無貴賤無尊卑無長幼是人之相殺無已也不耕而食鳥獸之肉不蠶而衣鳥獸之皮是鳥獸與人相食無已也有貴賤有尊卑有長幼則人不相殺食吾之所耕而衣吾之所蠶則鳥獸與人不相食人之好生也甚於逸而惡死也甚於勞聖人奪其逸死而與之勞生此雖三尺豎子知所趨避矣故其道之所以信於天下而不可廢者禮爲之明也雖然明則易達易達則褻褻則易廢聖人懼其道之廢而天下復於亂也然後作易觀天地之象以爲爻通陰陽之變以爲卦考鬼神之情以爲辭探之茫茫索之冥冥童而習之白首而不得其源故天下視聖人如神之幽如天之高尊其人而其教亦隨而尊故其道之所以尊於天下而不敢廢者易爲之幽也凡人之所以見信者以其中無所不可測者也人之所以獲尊者以其中有所不可窺者也是以禮無所不可測而易有所不可窺故天下之人信聖人之道而尊之不然則易者豈聖人務爲新奇祕

怪以誇後世邪。聖人不因天下之至神。則無所施其教。卜筮者天下之至神也。而卜者聽乎天而人不預焉者也。筮者。決之天而營之人者也。龜漫而無理者也。灼荆而鑽之方功義弓惟其所爲而人何預焉。聖人曰是純乎天技耳技何所施吾教。於是取筮。夫筮之所以或爲陽或爲陰者。必自分而爲二。始掛一。吾知其爲一而掛之也。揲之以四。吾知其爲四而揲之也。歸奇於扐。吾知其爲一爲二。爲三。爲四而歸之也。人也。分而爲二。吾不知其爲幾而分之也。天也。聖人曰。是天人參焉。道也。道有所施吾教矣。於是因而作易以神天下之耳目。而其道遂尊而不廢。此聖人用其機權以持天下之心。而濟其道於無窮也。

蘇洵書論

風俗之變。聖人爲之也。聖人因風俗之變而用其權。聖人之權用於當世。而風俗之變益甚。以至於不可復反。幸而又有聖人焉。承其後而維之。則天下可以復治。不幸其後無聖人。其變窮而無所復入則已矣。昔者吾嘗欲觀古之變而不可得也。於詩見商與周焉而不詳。及今觀書。然後見堯舜之時。與三代之相變如此之極也自堯而至於商其變也皆得聖人而承之故無憂至於周而天下之變窮矣忠之變而入於質質之變而入於文其勢便也及夫文之變而又欲反之於忠也是猶欲移江河而行之山也人之喜文而惡質與忠也猶水之不肯避下而就高也彼其始未嘗文焉故忠質而不辭今吾日食之以太牢而欲使之復茹其菽哉嗚呼其後無聖人其變窮而無所復入則已矣周之後而無王焉固也其始之制其風俗也固不容爲其後者計也而又適不值乎聖人固也後之無王者也當堯之時舉天下而授之舜舜得堯之天下而又授之禹方堯之未授天下於舜也天下未嘗聞有如此之事也度其當時之民莫不以爲大怪也然而舜與禹也受而居之安然若天下固其所有而其祖宗既已爲之累數十世者未嘗與其民道其所以當得天下之故也又未嘗悅之以利而開之以丹朱商均之不肖也其意以爲天下之民以我爲當在此位也則亦不俟乎援天以神之謩己以固之也湯之伐桀也囂囂然數其罪而以告人如曰彼有罪我伐之宜也既又懼天下之民不己悅也則又囂囂然以言柔之曰萬

方有罪在予一人予一人有罪無以爾萬方如曰我如是而爲爾之君爾可以許我焉爾吁亦既薄矣至於武王而又自言其先祖父皆有顯功既已受命而死其大業不克終今我奉承其志舉兵而東伐而東國之士女束帛以迎我紂之兵倒戈以納我吁又甚矣如曰吾家之當爲天子久矣如此乎民之欲我速入商也伊尹之在商也如周公之在周也伊尹攝位三年而無一言以自解周公爲之紛紛乎急於自疏其非簒也夫固由風俗之變而後用其權權用而風俗成吾安坐而鎮之夫孰知風俗之變而不復反也

蘇洵詩論

人之嗜欲好之有甚於生而憤憾怨怒有不顧其死於是禮之權又窮禮之法曰好色不可爲也爲人臣爲人子爲人弟不可以有怨於其君父兄也使天下之人皆不好色皆不怨其君父兄夫豈不善使人之情皆泊然而無思和易而優柔以從事於此則天下固亦大治而人之情又不能皆然好色之心驅諸其中是非不平之氣攻諸其外炎炎而生不顧利害趨死而後已噫禮之權止於

死生天下之事不至乎可以博生者則人不敢觸死以違吾法今也人之好色與人之是非不平之心勃然而發於中以爲可以博生也而先以死自處其身則死生之機固已去矣死生之機去則禮爲無權區區舉無權之禮以彊人之所不能則亂益甚而禮益敗今吾告人曰必無好色必無怨而君父兄彼將遂從吾言而忘其中心所自有之情邪將不能也彼既已不能純用吾法將遂大棄而不顧吾法既已大棄而不顧則人之好色與怨其君父兄之心將遂蕩然無所隔限而易內竊妻之變與弒其君父兄之禍必反公行於天下聖人憂焉曰禁人之好色而至於淫禁人之怨其君父兄而至於叛患生於責人太詳好色之不絕而怨之不禁則彼將反不至於亂故聖人之道嚴於禮而通於詩禮曰必無好色必無怨而君父兄詩曰好色而不至於淫怨而君父兄而無至於叛嚴以待天下之賢人通以全天下之中人吾觀國風婉孌柔媚而卒守以正好色而不至於淫者也小雅悲傷詬讟而君臣之情卒不忍去怨而不至於叛者也故天下觀之曰聖人固許我以好色而不尤我之怨吾君父兄也許我以

好色不淫可也不尤我之怨吾君父兄則彼雖以虐遇我我明譏而明怨之使天下明知之則吾之怨亦得當焉不叛可也夫背聖人之法而自棄於淫叛之地者非斷之不能也斷之始生於不勝人不自勝其忿然後忍棄其身故詩之教不使人之情至於不勝也夫橋之所以爲安於舟者以有橋而言也水潦大至橋必解而舟不至於必敗故舟者所以濟橋之所不及也吁禮之權窮於易達而有易焉窮於後世之不信而有樂焉窮於彊人而有詩焉吁聖人之慮事也蓋詳

蘇洵樂論

禮之始作也難而易行既行也易而難久天下未知君之爲君父之爲父兄之爲兄而聖人爲之君父兄天下未有以異其君父兄而聖人爲之拜起坐立天下未肯靡然以從我拜起坐立而聖人身先之以恥嗚呼其亦難矣天下惡夫死也久矣聖人招之曰來吾生爾既而其法果可以生天下之人天下之人視其嚮也如此之危而今也如此之安則宜何從故當其時雖難而易行既行也

天下之人視君父兄如頭足之不待別白而後識視拜起坐立如寢食之不待告語而後從事雖然百人從之一人不從則其勢不得遽至乎死天下之人不知其初之無禮而死而見其今之無禮而不至乎死也則曰聖人欺我故當其時雖易而難久嗚呼聖人之所恃以勝天下之勞逸者獨有死生之說耳死生之說不信於天下則勞逸之說將出而勝之勞逸之說勝則聖人之權去矣酒有鴆肉有菫然後人不敢飲食藥可以生死然後人不以苦口爲諱去其鴆徹其菫則酒肉之權固勝於藥聖人之始作禮也其亦逆知其勢之將必如此也曰告人以誠而後人信之幸今之時吾之所以告人者其理誠然而其事亦然故人以爲信吾知其理而天下之人知其事事有不必然者則吾之理不足以折天下之口此告語之所不及也告語之所不及必有以陰驅而潛率之於是觀之天地之閒得其至神之機而竊之以爲樂雨吾見其所以溼萬物也日吾見其所以燥萬物也風吾見其所以動萬物也隱隱谹谹而謂之雷者彼何用也陰凝而不散物蹙而不遂雨之所不能溼日之所不能燥風之所不能動雷

一震焉而凝者散蟄者遂曰雨者曰日者曰風者以形用曰雷者以神用用莫神於聲故聖人因聲以爲樂爲之君臣父子兄弟者禮也禮之所不及而樂及焉正聲入乎耳而人皆有事君事父事兄之心則禮者固吾心之所有也而聖人之說又何從而不信乎

蘇洵諫論二首

古今論諫常與諷而少直其說蓋出於仲尼吾以爲諷直一也顧用之之術何如耳伍舉進隱語楚王淫益甚茅焦解衣危論秦帝立悟諷固不可盡與直亦未易少之吾故曰顧用之之術何如耳然則仲尼之說非乎曰仲尼之說純乎經者也吾之說參乎權而歸乎經者也如得其術則人君有少不爲桀紂者吾百諫而百聽矣況虛己者乎不得其術則人君有少不若堯舜者吾百諫而百不聽矣況逆忠者乎然則奚術而可曰機智勇辨如古游說之士而已夫游說之士以機智勇辨濟其詐吾欲諫者以機智勇辨濟其忠請備論其效周衰游說熾於列國自是世有其人吾獨怪夫諫而從者百一說而從者十九諫而死

者皆是說而死者未嘗聞然而抵觸忌諱說或甚於諫由是知不必乎諷諫而必乎術也說之術可爲諫法者五理諭之勢禁之利誘之激怒之隱諷之之謂也觸讋以趙后愛女賢於愛子未旋踵而長安君出質甘羅以杜郵之死詰張唐而相燕之行有日趙卒以兩賢王之意語燕而立歸武臣此理而諭之也子貢以內憂教田常而齊不得伐魯武公以麋鹿脅頃襄而楚不敢圖周魯連以烹醢懼垣衍而魏不果帝秦此勢而禁之也田生以萬戶侯啓張卿而劉澤封朱建以富貴餌閎孺而辟陽赦鄒陽以愛幸悅長君而梁王釋此利而誘之也蘇秦以牛後羞韓而惠王按劍太息范雎以無王恥秦而昭王長跪請教酈生以助秦陵漢而沛公輟洗聽計此激而怒之也蘇代以土偶笑田文楚人以弓繳感襄王蒯通以娶婦悟齊相此隱而諷之也五者相傾險詖之論雖然施之忠臣足以成功何則理而諭之主雖昏必悟勢而禁之主雖驕必懼利而誘之主雖怠必奮激而怒之主雖懦必立隱而諷之主雖暴必容悟則明懼則恭奮則勤立則勇容則寬致君之道盡於此矣吾觀昔之臣言必從理必濟莫若唐

魏鄭公其初實學縱橫之說此所謂得其術者與噫龍逄比干不獲稱良臣無蘇秦張儀之術也蘇秦張儀不免爲游說無龍逄比干之心也是以龍逄比干吾取其心不取其術蘇秦張儀吾取其術不取其心以爲諫法

夫臣能諫不能使君必納諫非真能諫之臣君能納諫不能使臣必諫非真能納諫之君欲君必納乎嚮之論備矣欲臣必諫乎吾其言之夫君之大天也其尊神也其威雷霆也人之不能抗天觸神忤雷霆亦明矣聖人知其然故立賞以勸之傳曰興王賞諫臣是也猶懼其選耎阿諛使一日不得聞其過故制刑以威之書曰臣下不正其刑墨是也人之情非病風喪心未有避賞而就刑者何苦而不諫哉賞與刑不設則人之情又何苦而抗天觸神忤雷霆哉自非性忠義不悅賞不畏罪誰欲以言博死者人君又安能盡得性忠義者而任之今有三人焉一人勇一人勇怯半一人怯有與之臨乎淵谷者且告之曰能跳而越此謂之勇不然爲怯彼勇者恥怯必跳而越焉其勇怯半者與怯者則不能也又告之曰跳而越者與千金不然則否彼勇怯半者奔利必跳而越焉其怯

者猶未能也須臾顧見猛虎暴然向逼則怯者不待告跳而越之如康莊矣然則人豈有勇怯哉要在以勢驅之耳君之難犯猶淵谷之難越也所謂性忠義不悅賞不畏罪者勇者也故無不諫焉悅賞者勇怯半者也故賞而後諫焉畏罪者怯者也故刑而後諫焉先王知勇者不可常得故以賞為千金以刑為猛虎使其前有所趨後有所避其勢不得不極言規失此三代所以興也末世不然遷其賞於不諫遷其刑於諫宜乎臣之噤口卷舌而亂亡隨之也閒或賢君欲聞其過亦不過賞之而已嗚呼不有猛虎彼怯者肯越淵谷乎此無他墨刑之廢耳三代之後如霍光誅昌邑不諫之臣者不亦鮮哉今之諫賞時或有之不諫之刑缺然無矣苟增其所有有其所無則諛者直佞者忠況忠直者乎誠如是欲聞讜言而不獲吾不信也

蘇洵辨姦論

事有必至理有固然惟天下之靜者乃能見微而知著月暈而風礎潤而雨人人知之人事之推移理勢之相因其疏闊而難知變化而不可測者孰與天地

陰陽之事而賢者有不知其故何也好惡亂其中而利害奪其外也昔者山巨源見王衍曰誤天下蒼生者必此人也郭汾陽見盧杞曰此人得志吾子孫無遺類矣自今而言之其理固有可見者以吾觀之王衍之爲人容貌言語固有以欺世而盜名者然不忮不取與物浮沈使晉無惠帝僅得中主雖衍百千何從而亂天下乎盧杞之姦固足以敗國然而不學無文容貌不足以動人言語不足以欺世非德宗之鄙暗亦何從而用之由是言之二公之料二子亦容有未必然也今有人口誦孔老之言身履夷齊之行收召好名之士不得志之人相與造作言語私立名字以爲顏淵孟軻復出而陰賊險很與人異趣是王衍盧杞合而爲一人也其禍豈可勝言哉夫面垢不忘洗衣垢不忘澣此人之至情也今也不然衣臣虜之衣食犬彘之食囚首喪面而談詩書此豈其情也哉凡事之不近人情者鮮不爲大姦慝豎刁易牙開方是也以蓋世之名而濟其未形之患雖有願治之主好賢之相猶將舉而用之則其爲天下患必然而無疑者非特二子之比也孫子曰善用兵者無赫赫之功使斯人而不用也則吾

言爲過而斯人有不遇之歎孰知禍之至於此哉不然天下將被其禍而吾獲知言之名悲夫

蘇軾魯隱公論

公子翬請殺桓公以求太宰隱公曰爲其少故也吾將授之矣使營菟裘吾將老焉翬懼反譖公於桓公而弑之蘇子曰盜以兵擬人人必殺之夫豈獨其所擬塗之人皆捕擊之矣塗之人與盜非仇也以爲不擊則盜且幷殺己也隱公之智曾不若是塗之人也哀哉隱公惠公繼室之子也其爲非嫡與桓均爾而長於桓隱公追先君之志而授國焉可不謂仁乎惜乎其不敏於智也使隱公誅翬而讓桓雖夷齊何以尚茲驪姬欲殺申生而難里克則優施來之二世欲殺扶蘇而難李斯則趙高來之此二人之智若出一人而其受禍亦不少異里克不免於惠公之誅李斯不免於二世之虐皆無足哀者吾獨表而出之以爲世戒君子之爲仁義也非有計於利害然君子之所爲義利常兼而小人反是李斯聽趙高之謀非其本意獨畏蒙氏之奪其位故勉而聽高使斯聞高之言

卽召百官陳六師而斬之其德於扶蘇豈有旣乎何蒙氏之足憂釋此不爲而具五刑於市非下愚而何嗚呼亂臣賊子猶蝮蛇也其所螫草木猶足以殺人況其所噬嚙者歟鄭小同爲高貴鄉公侍中嘗詣司馬師師有密疏未屏也如廁還問小同見吾疏乎曰不見師曰甯我負卿無卿負我遂酖之王允之從王敦夜飲辭醉先寢敦與錢鳳謀逆允之已醒悉聞其言慮敦疑己遂大吐衣面皆汚敦果照視之見允之臥吐中乃已哀哉小同殆哉岌岌乎允之也孔子曰危邦不入亂邦不居有以也夫吾讀史得魯隱公晉里克秦李斯鄭小同王允之五人感其所遇禍福如此故特書其事後之君子可以覽觀焉

蘇軾戰國任俠論

春秋之末至於戰國諸侯卿相皆爭養士自謀夫說客談天雕龍堅白同異之流下至擊劍扛鼎雞鳴狗盜之徒莫不賓禮靡衣玉食以館於上者何可勝數越王句踐有君子六千人魏無忌齊田文趙勝黃歇呂不韋皆有客三千人而田文招致任俠姦人六萬家於薛齊稷下談者亦千人魏文侯燕昭王太子丹

皆致客無數下至秦漢之閒張耳陳餘號多士賓客廝養皆天下豪傑而田橫亦有士五百人其略見於傳記者如此度其餘當倍官吏而半農夫也此皆姦民蠹國者民何以支而國何以堪乎蘇子曰此先王之所不能免也國之有姦也猶鳥獸之有猛鷙昆蟲之有毒螫也區處條理使各安其處則有之矣鋤而盡去之則無是道也吾考之世變知六國之所以久存而秦之所以速亡者蓋出於此不可以不察也夫智勇辨力此四者皆天民之秀傑者也類不能惡衣食以養人皆役人以自養者也故先王分天下之富貴與此四者共之此四者不失職則民靖矣四者雖異先王因俗設法使出於一三代以上出於學戰國至秦出於客漢以後出於郡縣吏魏晉以來出於九品中正隋唐至今出於科舉雖不盡然取其多者論之六國之君虐用其民不減始皇二世然當是時百姓無一人叛者以凡民之秀傑者多以客養之不失職也其力耕以奉上皆椎魯無能為者雖欲怨叛而莫為之先此其所以少安而不即亡也始皇初欲逐客用李斯之言而止既并天下則以客為無用於是任法而不任人謂民可以

恃法而治。謂吏不必才。取能守吾法而已。故墮名城殺豪傑。民之秀異者。散而歸田畝。向之食於四公子呂不韋之徒者。皆安歸哉。不知其能槁項黃馘以老死於布褐乎。抑將輟耕太息以俟時也。秦之亂雖成於二世。然使始皇知畏此四人者。有以處之。使不失職。秦之亡不至若是速也。縱百萬虎狼於山林而飢渴之。不知其將噬人。世以始皇爲智。吾不信也。楚漢之禍。生民盡矣。豪傑宜無幾。而代相陳豨從車千乘。蕭曹爲政。莫之禁也。至文景武之世。法令至密。然吳濞淮南梁王魏其武安之流。皆爭致賓客。世主不問也。豈懲秦之禍。以爲爵祿不能盡縻天下士。故少寬之。使得或出於此也邪。若夫先王之政。則不然。曰君子學道則愛人。小人學道則易使也。嗚呼。此豈秦漢之所及也哉。

蘇軾韓非論

聖人之所爲惡夫異端。盡力而排之者。非異端之能亂天下。而天下之亂所由出也。昔周之衰。有老聃莊周列禦寇之徒。更爲虛無淡泊之言。而治其猖狂浮游之說。紛紜顛倒。而卒歸於無有。由其道者。蕩然莫得其當。是以忘乎富貴之樂而齊乎死生之分此不得志於天下高世遠舉之人所以放心而無憂雖非聖人之道而其用意固亦無惡於天下自老聃之死百餘年有商鞅韓非著書言治天下無若刑名之賢及秦用之終於勝廣之亂教化不足而法有餘秦以不祀而天下被其毒後世之學者知申韓之罪而不知老聃莊周之使然何者仁義之道起於夫婦父子兄弟相愛之閒而禮法刑政之原出於君臣上下相忌之際相愛則有所不忍相忌則有所不敢不敢與不忍之心合而後聖人之道得存乎其中今老聃莊周論君臣父子之閒汎汎乎若萍游於江湖而適相值也夫是以父不足愛而君不足忌不忌其君不愛其父則仁不足以懷義不足以勸禮樂不足以化此四者皆不足用而欲置天下於無有夫無有豈誠足以治天下哉商鞅韓非求爲其說而不得得其所以輕天下而齊萬物之術是以敢爲殘忍而無疑今夫不忍殺人而不足以爲仁而仁亦不足以治民則是殺人不足以爲不仁而不仁亦不足以亂天下如此則舉天下惟吾之所爲刀鋸斧鉞何施而不可昔者夫子未嘗一日易其言雖天下之小物亦莫不有所

畏今其視天下眇然若不足爲者此其所以輕殺人與太史遷曰申子卑卑施於名實韓子引繩墨切事情明是非其極慘礉少恩皆原於道德之意嘗讀而思之事固有不相謀而相感者莊老之後其禍爲申韓自三代之衰至於今凡所以亂聖人之道者其弊固已多矣而未知其所終奈何其不爲之所也

經史百家雜鈔卷二

經史百家雜鈔卷三目錄

詞賦之屬上編一

珍倣宋版印

經史百家雜鈔卷三

湘鄉曾國藩纂　合肥李鴻章校刊

詞賦之屬上編一

詩七月

七月流火九月授衣一之日觱發二之日栗烈無衣無褐何以卒歲三之日于耜四之日舉趾同我婦子饁彼南畝田畯至喜七月流火九月授衣春日載陽有鳴倉庚女執懿筐遵彼微行爰求柔桑春日遲遲采蘩祁祁女心傷悲殆及公子同歸七月流火八月萑葦蠶月條桑取彼斧斨以伐遠揚猗彼女桑七月鳴鵙八月載績載玄載黃我朱孔陽爲公子裳四月秀葽五月鳴蜩八月其穫十月隕蘀一之日于貉取彼狐狸爲公子裘二之日其同載纘武功言私其豵獻豜于公五月斯螽動股六月莎雞振羽七月在野八月在宇九月在戶十月蟋蟀入我牀下穹窒熏鼠塞向墐戶嗟我婦子曰爲改歲入此室處六月食鬱及薁七月亨葵及菽八月剝棗十月穫稻爲此春酒以介眉壽七月食瓜八月

斷壺九月叔苴采荼薪樗食我農夫九月築場圃十月納禾稼黍稷重穋禾麻菽麥嗟我農夫我稼既同上入執宮功晝爾于茅宵爾索綯亟其乘屋其始播百穀二之日鑿冰冲冲三之日納于凌陰四之日其蚤獻羔祭韭九月肅霜十月滌場朋酒斯饗曰殺羔羊躋彼公堂稱彼兕觥萬壽無疆

詩東山

我徂東山慆慆不歸我來自東零雨其濛我東曰歸我心西悲制彼裳衣勿士行枚蜎蜎者蠋烝在桑野敦彼獨宿亦在車下我徂東山慆慆不歸我來自東零雨其濛果臝之實亦施于宇伊威在室蠨蛸在戶町畽鹿場熠燿宵行亦可畏也伊可懷也我徂東山慆慆不歸我來自東零雨其濛鸛鳴于垤婦歎于室洒埽穹窒我征聿至有敦瓜苦烝在栗薪自我不見於今三年我徂東山慆慆不歸我來自東零雨其濛倉庚于飛熠燿其羽之子于歸皇駁其馬親結其縭九十其儀其新孔嘉其舊如之何

詩六月

六月棲棲戎車既飭四牡騤騤載是常服玁狁孔熾我是用急王于出征以匡王國比物四驪閑之維則維此六月既成我服我服既成于三十里王于出征以佐天子四牡修廣其大有顒薄伐玁狁以奏膚公有嚴有翼共武之服共武之服以定王國玁狁匪茹整居焦穫侵鎬及方至於涇陽織文鳥章白旆央央元戎十乘以先啓行戎車既安如輊如軒四牡既佶既佶且閑薄伐玁狁至于大原文武吉甫萬邦爲憲吉甫燕喜既多受祉來歸自鎬我行永久飲御諸友炰鼈膾鯉侯誰在矣張仲孝友

詩采芑

薄言采芑于彼新田于此菑畝方叔涖止其車三千師干之試方叔率止乘其四騏四騏翼翼路車有奭簟茀魚服鉤膺鞗革薄言采芑于彼新田于此中鄉方叔涖止其車三千旂旐央央方叔率止約軧錯衡八鸞瑲瑲服其命服朱芾斯皇有瑲蔥珩駁彼飛隼其飛戾天亦集爰止方叔涖止其車三千師干之試方叔率止鉦人伐鼓陳師鞠旅顯允方叔伐鼓淵淵振旅闐闐蠢爾蠻荊大邦

爲雖方叔元老克壯其猶方叔率止執訊獲醜戎車嘽嘽嘽嘽焞焞如霆如雷
顯允方叔征伐玁狁蠻荊來威

詩車攻

我車既攻我馬既同四牡龐龐駕言徂東田車既好四牡孔阜東有甫草駕言
行狩之子于苗選徒囂囂建旐設旄搏獸于敖駕彼四牡四牡奕奕赤芾金舄
會同有繹決拾既佽弓矢既調射夫既同助我舉柴四黃既駕兩驂不猗不失
其馳舍矢如破蕭蕭馬鳴悠悠旆旌徒御不驚大庖不盈之子于征有聞無聲
允矣君子展也大成

詩吉日

吉日維戊既伯既禱田車既好四牡孔阜升彼大阜從其羣醜吉日庚午既差
我馬獸之所同麀鹿麌麌漆沮之從天子之所瞻彼中原其祁孔有儦儦俟俟
或羣或友悉率左右以燕天子既張我弓既挾我矢發彼小豝殪此大兕以御
賓客且以酌醴

詩節南山

節彼南山。維石巖巖。赫赫師尹。民具爾瞻。憂心如惔。不敢戲談。國既卒斬。何用不監。節彼南山。有實其猗。赫赫師尹。不平謂何。天方薦瘥。喪亂弘多。民言無嘉。憯莫懲嗟。尹氏大師。維周之氐。秉國之均。四方是維。天子是毗。俾民不迷。不弔昊天。不宜空我師。弗躬弗親。庶民弗信。弗問弗仕。勿罔君子。式夷式已。無小人殆。瑣瑣姻亞。則無膴仕。昊天不傭。降此鞠訩。昊天不惠。降此大戾。君子如屆。俾民心闋。君子如夷。惡怒是違。不弔昊天。亂靡有定。式月斯生。俾民不寧。憂心如酲。誰秉國成。不自為政。卒勞百姓。駕彼四牡。四牡項領。我瞻四方。蹙蹙靡所騁。方茂爾惡。相爾矛矣。既夷既懌。如相醻矣。昊天不平。我王不寧。不懲其心。覆怨其正。家父作誦。以究王訩。式訛爾心。以畜萬邦。

詩正月

正月繁霜。我心憂傷。民之訛言。亦孔之將。念我獨兮。憂心京京。哀我小心。癙憂以痒。父母生我。胡俾我瘉。不自我先。不自我後。好言自口。莠言自口。憂心愈愈。

是以有侮憂心惸惸念我無祿民之無辜并其臣僕哀我人斯于何從祿瞻烏爰止于誰之屋瞻彼中林侯薪侯蒸民今方殆視天夢夢既克有定靡人弗勝有皇上帝伊誰云憎謂山蓋卑爲岡爲陵民之訛言寧莫之懲召彼故老訊之占夢具曰予聖誰知烏之雌雄謂天蓋高不敢不局謂地蓋厚不敢不蹐維號斯言有倫有脊哀今之人胡爲虺蜴瞻彼阪田有菀其特天之扤我如不我克彼求我則如不我得執我仇仇亦不我力心之憂矣如或結之今茲之正胡然厲矣燎之方揚寧或滅之赫赫宗周褒姒烕之終其永懷又窘陰雨其車既載乃棄爾輔載輸爾載將伯助予無棄爾輔員于爾輻屢顧爾僕不輸爾載終踰絕險曾是不意魚在于沼亦匪克樂潛雖伏矣亦孔之炤憂心慘慘念國之爲虐彼有旨酒又有嘉殽洽比其鄰昏姻孔云念我獨兮憂心慇慇佌佌彼有屋蔌蔌方有穀民今之無祿天夭是椓哿矣富人哀此惸獨

詩緜

緜緜瓜瓞民之初生自土沮漆古公亶父陶復陶穴未有家室古公亶父來朝

走馬率西水滸至於岐下爰及姜女聿來胥宇周原膴膴堇荼如飴爰始爰謀爰契我龜曰止曰時築室于茲迺慰迺止迺左迺右迺疆迺理迺宣迺畝自西徂東周爰執事乃召司空乃召司徒俾立室家其繩則直縮版以載作廟翼翼捄之陾陾度之薨薨築之登登削屢馮馮百堵皆興鼛鼓弗勝迺立皋門皋門有伉迺立應門應門將將迺立冢土戎醜攸行肆不殄厥慍亦不隕厥問柞棫拔矣行道兌矣混夷駾矣維其喙矣虞芮質厥成文王蹶厥生予曰有疏附予曰有先後予曰有奔奏予曰有禦侮

詩皇矣

皇矣上帝臨下有赫監觀四方求民之莫維此二國其政不獲維彼四國爰究爰度上帝耆之憎其式廓乃眷西顧此維與宅作之屏之其菑其翳修之平之其灌其栵啓之辟之其檉其椐攘之剔之其檿其柘帝遷明德串夷載路天立厥配受命既固帝省其山柞棫斯拔松柏斯兌帝作邦作對自大伯王季維此王季因心則友則友其兄則篤其慶載錫之光受祿無喪奄有四方維此王季

帝度其心貊其德音其德克明克明克類克長克君王此大邦克順克比比於文王其德靡悔既受帝祉施于孫子帝謂文王無然畔援無然歆羨誕先登于岸密人不恭敢距大邦侵阮徂共王赫斯怒爰整其旅以按徂旅以篤周祜以對於天下依其在京侵自阮疆陟我高岡無矢我陵我陵我阿無飲我泉我泉我池度其鮮原居岐之陽在渭之將萬邦之方下民之王帝謂文王予懷明德不大聲以色不長夏以革不識不知順帝之則帝謂文王詢爾仇方同爾兄弟以爾鉤援與爾臨衝以伐崇墉臨衝閑閑崇墉言言執訊連連攸馘安安是類是禡是致是附四方以無侮臨衝茀茀崇墉仡仡是伐是肆是絕是忽四方以無拂

詩崧高

崧高維嶽駿極于天維嶽降神生甫及申維申及甫維周之翰四國于蕃四方于宣亹亹申伯王纘之事于邑于謝南國是式王命召伯定申伯之宅登是南邦世執其功王命申伯式是南邦因是謝人以作爾庸王命召伯徹申伯土田

王命傅御。遷其私人。申伯之功。召伯是營。有俶其城。寢廟既成。既成藐藐。王錫申伯。四牡蹻蹻。鉤膺濯濯。王遣申伯。路車乘馬。我圖爾居。莫如南土。錫爾介圭。以作爾寶。往近王舅。南土是保。申伯信邁。王餞于郿。申伯還南。謝于誠歸。王命召伯。徹申伯土疆。以峙其粻。式遄其行。申伯番番。既入于謝。徒御嘽嘽。周邦咸喜。戎有良翰。不顯申伯。王之元舅。文武是憲。申伯之德。柔惠且直。揉此萬邦。聞于四國。吉甫作誦。其詩孔碩。其風肆好。以贈申伯。

詩烝民

天生烝民。有物有則。民之秉彝。好是懿德。天監有周。昭假于下。保茲天子。生仲山甫。仲山甫之德。柔嘉維則。令儀令色。小心翼翼。古訓是式。威儀是力。天子是若。明命使賦。王命仲山甫。式是百辟。纘戎祖考。王躬是保。出納王命。王之喉舌。賦政于外。四方爰發。肅肅王命。仲山甫將之。邦國若否。仲山甫明之。既明且哲。以保其身。夙夜匪解。以事一人。人亦有言。柔則茹之。剛則吐之。維仲山甫。柔亦不茹。剛亦不吐。不侮矜寡。不畏彊禦。人亦有言。德輶如毛。民鮮克舉之。我儀圖之維仲山甫舉之愛莫助之袞職有闕維仲山甫補之仲山甫出祖四牡業業征夫捷捷每懷靡及四牡彭彭八鸞鏘鏘王命仲山甫城彼東方四牡騤騤八鸞喈喈仲山甫徂齊式遄其歸吉甫作誦穆如清風仲山甫永懷以慰其心

荀子賦篇

爰有大物非絲非帛文理成章非日非月爲天下明生者以壽死者以葬城郭以固三軍以強粹而王駁而伯無一焉而亡臣愚不識敢請之王王曰此夫文而不采者與簡然易知而致有理者與君子所敬而小人所不者與性不得則若禽獸性得之則甚雅似者與匹夫隆之則爲聖人諸侯隆之則一四海者與致明而約甚順而體請歸之禮右禮賦

皇天隆物以示下民或厚或薄帝不齊均桀紂以亂湯武以賢涽涽淑淑皇皇穆穆周流四海曾不崇日君子以脩跖以穿室大參乎天精微而無形行義以正事業以成可以禁暴足窮百姓待之而後寧泰臣愚不識願問其名曰此夫安寬平而危險隘者邪脩潔之爲親而雜汙之爲狄者邪甚深藏而外勝敵者邪法禹舜而能弇迹者邪行爲動靜待之

而後適者邪。血氣之精也。志意之榮也。百姓待之而後甯也。天下待之而後平也。明達純粹而無疵也。夫是之謂君子之知。右知賦

有物於此。居則周靜致下。動則綦高以鉅。圓者中規。方者中矩。大參天地。德厚堯禹。精微乎毫毛。而大盈乎大寓。忽兮其極之遠也。攭兮其相逐而返也。卬卬兮天下之咸蹇也。德厚而不捐。五采備而成文。往來惛憊。通于大神。出入甚極。莫知其門。天下失之則滅。得之則存。弟子不敏。此之願陳。君子設辭。請測意之。曰此夫大而不塞者與。充盈大宇而不窕。入郄穴而不偪者與。行遠疾速而不可託訊者與。往來惛憊而不可爲固塞者與。暴至殺傷而不億忌者與。功被天下而不私置者與。託地而游宇。友風而子雨。冬日作寒。夏日作暑。廣大精神。請歸之雲。右雲賦

有物於此。儳儳兮其狀。屢化如神。功被天下。爲萬世文。禮樂以成。貴賤以分。養老長幼。待之而後存。名號不美。與暴爲鄰。功立而身廢。事成而家敗。弃其耆老。收其後世。人屬所利。飛鳥所害。臣愚而不識。請占之五泰。五泰占之曰。此夫身女好而頭馬首者與。屢化而不壽者與。善壯而拙老者與。有父母而無牝牡者與。冬伏而夏游

食桑而吐絲。前亂而後治。夏生而惡暑。喜溼而惡雨。蛹以爲母。蛾以爲父。三俯三起。事乃大已。夫是之謂蠶理。右蠶賦

有物於此。生於山阜。處於室堂。無知無巧。善治衣裳。不盜不竊。穿窬而行。日夜合離。以成文章。以能合從。又善連衡。下覆百姓。上飾帝王。功業甚博。不見賢良。時用則存。不用則亡。臣愚不識。敢請之王。王曰。此夫始生鉅。其成功小者邪。長其尾而銳其剽者邪。頭銛達而尾趙繚者邪。一往一來。結尾以爲事。無羽無翼。反覆甚極。尾生而事起。尾邅而事已。簪以爲父。管以爲母。既以縫表。又以連裏。夫是之謂箴理。右箴賦

天下不治。請陳佹詩。天地易位。四時易鄉。列星殞墜。旦暮晦盲。幽晦登昭。日月下藏。公正無私。反見從橫。志愛公利。重樓疏堂。無私罪人。憼革貳兵。道德純備。讒口將將。仁人絀約。敖暴擅彊。天下幽險。恐失世英。螭龍爲蝘蜓。鴟梟爲鳳凰。比干見刳。孔子拘匡。昭昭乎其知之明也。郁郁乎其遇時之不祥也。拂乎其欲禮義之大行也。闇乎天下之晦盲也。皓天不復。憂無疆也。千歲必反。古之常也。弟子勉學。天不忘也。聖人共手。時幾將矣。與愚以疑。願聞反辭。其小歌曰。念彼遠方。何其塞矣。仁人

紲約纍人衍矣忠臣危殆讒人服矣璇玉瑤珠不知佩也雜布與錦不知異也閭娵子奢莫之媒也嫫母力父是之嘉也以盲爲明以聾爲聰以危爲安以吉爲凶嗚呼上天曷維其同

屈原離騷

帝高陽之苗裔兮朕皇考曰伯庸攝提貞于孟陬兮惟庚寅吾以降皇覽揆余于初度兮肇錫余以嘉名名余曰正則兮字余曰靈均紛吾既有此內美兮又重之以脩能扈江離與辟芷兮紉秋蘭以爲佩汨余若將不及兮恐年歲之不吾與朝搴阰之木蘭兮夕攬洲之宿莽日月忽其不淹兮春與秋其代序惟草木之零落兮恐美人之遲暮不撫壯而棄穢兮何不改乎此度也乘騏驥以馳騁兮來吾導夫先路昔三后之純粹兮固衆芳之所在雜申椒與菌桂兮豈惟紉夫蕙茝彼堯舜之耿介兮既遵道而得路何桀紂之昌披兮夫惟捷徑以窘步惟黨人之偷樂兮路幽昧以險隘豈余身之憚殃兮恐皇輿之敗績忽奔走以先後兮及前王之踵武荃不察余之中情兮反信讒而齊怒余固知謇謇之

爲患兮忍而不能舍也指九天以爲正兮夫惟靈脩之故也初既與余成言兮後悔遯而有佗余既不難夫離別兮傷靈脩之數化余既滋蘭之九畹兮又樹蕙之百畞畦留夷與揭車兮雜杜衡與芳芷冀枝葉之峻茂兮願竢時乎吾將刈雖萎絶其亦何傷兮哀衆芳之蕪穢（以上言以道事君見疑而不改）衆皆競進以貪婪兮憑不厭乎求索羌內恕己以量人兮各興心而嫉妒忽馳騖以追逐兮非余心之所急老冉冉其將至兮恐脩名之不立朝飲木蘭之墜露兮夕餐秋菊之落英苟余情其信姱以練要兮長顑頷亦何傷擥木根以結茝兮貫薜荔之落蕊矯菌桂以紉蕙兮索胡繩之纚纚謇吾法夫前脩兮非時俗之所服雖不周於今之人兮願依彭咸之遺則長太息以掩涕兮哀人生之多艱余雖好脩姱以鞿羈兮謇朝誶而夕替既替余以蕙纕兮又申之以攬茝亦余心之所善兮雖九死其猶未悔怨靈脩之浩蕩兮終不察夫人心衆女嫉余之蛾眉兮謠諑謂余以善淫固時俗之工巧兮偭規矩而改錯背繩墨以追曲兮競周容以爲度忳鬱邑余侘傺兮吾獨窮困乎此時也寧溘死以流亡兮余不忍爲此態也鷙鳥

之不羣兮自前代而固然何方圓之能周兮夫孰異道而相安屈心而抑志兮忍尤而攘詬伏清白以死直兮固前聖之所厚以上言讒人之害而辨擠於死悔相道之不察兮延佇乎吾將反回朕車以復路兮及行迷之未遠步余馬於蘭皋兮馳椒邱且焉止息進不入以離尤兮退將復脩吾初服製芰荷以爲衣兮集芙蓉以爲裳不吾知其亦已兮苟余情其信芳高余冠之岌岌兮長余佩之陸離芳與澤其雜糅兮唯昭質其猶未虧忽反顧以游目兮將往觀乎四荒佩繽紛其繁飾兮芳菲菲其彌章人生各有所樂兮余獨好脩以爲常雖體解吾猶未變兮豈余心之可懲以上言欲退隱不涉世患而不能女嬃之嬋媛兮申申其詈予曰鮌婞直以亡身兮終然夭乎羽之野汝何博謇而好脩兮紛獨有此姱節薋菉葹以盈室兮判獨離而不服衆不可戶說兮孰云察余之中情世並舉而好朋兮夫何煢獨而不予聽以上說爲女嬃辭勸其和光同塵依前聖以節中兮喟憑心而歷茲濟沅湘以南征兮就重華而陳辭啓九辯與九歌兮夏康娛以自縱不顧難以圖後兮五子用失乎家巷羿淫遊以佚田兮又好射夫封狐固亂流其鮮終兮浞又貪夫厥家澆

身被服強圉兮縱欲而不忍日康娛而自忘兮厥首用夫顛隕夏桀之常違兮乃遂焉而逢殃后辛之葅醢兮殷宗用而不長湯禹嚴而祇敬兮周論道而莫差舉賢而授能兮修繩墨而不頗皇天無私阿兮覽民德焉錯輔夫維聖哲以茂行兮苟得用此下土瞻前而顧後兮相觀民之計極夫孰非義而可用兮孰非善而可服阽余身而危死兮覽余初其猶未悔不量鑿而正枘兮固前脩以葅醢（以上言質之於舜而又不敢不爲善不敢與世俗和同）曾歔欷余鬱邑兮哀朕時之不當攬茹蕙以掩涕兮霑余襟之浪浪跪敷衽以陳辭兮耿吾既得此中正駟玉虬以乘鷖兮溘埃風余上征朝發軔於蒼梧兮夕余至乎縣圃欲少留此靈瑣兮日忽忽其將暮吾令羲和弭節兮望崦嵫而勿迫路漫漫其脩遠兮吾將上下而求索飲余馬於咸池兮總余轡乎扶桑折若木以拂日兮聊須臾以相羊前望舒使先驅兮後飛廉使奔屬鸞皇爲余先戒兮雷師告余以未具吾令鳳皇飛騰兮又繼之以日夜飄風屯其相離兮帥雲霓而來御紛總總其離合兮班陸離其上下吾令帝閽開關兮倚閶闔而望予時曖曖其將罷兮結幽蘭而延佇世溷濁

而不分兮好蔽美而嫉妒朝吾將濟於白水兮登閬風而緤馬忽反顧以流涕兮哀高邱之無女溘吾遊此春宮兮折瓊枝以繼佩及榮華之未落兮相下女之可貽吾令豐隆乘雲兮求虙妃之所在解佩纕以結言兮吾令蹇脩以爲理紛總總其離合兮忽緯繣其難遷夕歸次於窮石兮朝濯髮乎洧槃保厥美以驕傲兮日康娛以淫遊雖信美而無禮兮來違棄而改求覽相觀於四極兮周流乎天余乃下望瑤臺之偃蹇兮見有娀之佚女吾令鴆爲媒兮鴆告余以不好雄鳩之鳴逝兮余猶惡其佻巧心猶豫而狐疑兮欲自適而不可鳳皇既受詒兮恐高辛之先我欲遠集而無所止兮聊浮遊以逍遙及少康之未家兮留有虞之二姚理弱而媒拙兮恐導言之不固時溷濁而嫉賢兮好蔽美而稱惡閨中既以邃遠兮哲王又不寤懷朕情而不發兮余焉能忍與此終古（以上涉出世之遐想即遠遊之意也宓妃有娀二姚皆有所遇合而皇皇爾）索瓊茅以筳篿兮命靈氛爲余占之曰兩美其必合兮孰信脩而慕之思九州之博大兮豈唯是其有女曰勉遠逝而無狐疑兮孰求美而釋汝何所獨無芳草兮爾何懷乎故宇世幽昧以眩曜兮孰云察

余之美惡人好惡其不同兮惟此黨人其獨異戶服艾以盈要兮謂幽蘭其不可佩覽察草木其猶未得兮豈珵美之能當蘇糞壤以充幃兮謂申椒其不芳欲從靈氛之吉占兮心猶豫而狐疑以上兩美必合至何懷故宇靈氛之詞幽昧昡曜至猶豫狐疑屈子答靈氛之詞

巫咸將夕降兮懷椒糈而要之百神翳其備降兮九疑繽其並迎皇剡剡其揚靈兮告余以吉故曰勉升降以上下兮求矩矱之所同湯禹儼而求合兮摯咎繇而能調苟中情其好脩兮何必用夫行媒說操築於傅巖兮武丁用而不疑呂望之鼓刀兮遭周文而得舉甯戚之謳歌兮齊桓聞以該輔及年歲之未晏兮時亦猶其未央恐鵜鴂之先鳴兮使百草爲之不芳何瓊佩之偃蹇兮衆薆然而蔽之惟此黨人之不亮兮恐嫉妒而折之時繽紛其變易兮又何可以淹留蘭芷變而不芳兮荃蕙化而爲茅何昔日之芳草兮今直爲此蕭艾也豈其有他故兮莫好脩之害也余以蘭爲可恃兮羌無實而容長委厥美以從俗兮苟得列乎衆芳椒專佞以慢慆兮樧又欲充其佩幃既干進而務入兮又何芳之能祗固時俗之從流兮又孰能無變化覽椒蘭其若茲兮又況揭車與江離

以上升降上下起至百草不芳止巫咸之詞瓊佩偃蹇起至揭車江離止屈子答巫咸之詞惟玆佩之可貴兮委厥美而歷玆芳菲菲而難虧兮芬至今猶未沬和調度以自娛兮聊浮游而求女及余飾之方壯兮周流觀乎上下靈氛既告余以吉占兮歷吉日乎吾將行折瓊枝以爲羞兮精瓊靡以爲粻爲余駕飛龍兮雜瑤象以爲車何離心之可同兮吾將遠逝以自疏邅吾道夫崑崙兮路脩遠以周流揚雲霓之晻藹兮鳴玉鸞之啾啾朝發軔於天津兮夕余至乎西極鳳皇翼其承旂兮高翺翔之翼翼忽吾行此流沙兮遵赤水而容與麾蛟龍使梁津兮詔西皇使涉予路脩遠以多艱兮騰衆車使徑待路不周以左轉兮指西海以爲期屯余車其千乘兮齊玉軑而並馳駕八龍之婉婉兮載雲旗之委移抑志而弭節兮神高馳之邈邈奏九歌而舞韶兮聊假日以婾樂陟升皇之赫戲兮忽臨睨夫舊鄉僕夫悲余馬懷兮蜷局顧而不行以上欲遠逝以自疏有浩然長往之意末言蜷局不行則睠睠君國不能忘也亂曰已矣哉國無人莫我知兮又何懷乎故都既莫足與爲美政兮吾將從彭咸之所居

屈原九歌

東皇太一

吉日兮辰良。穆將愉兮上皇。撫長劍兮玉珥，璆鏘鳴兮琳琅，瑤席兮玉瑱，盍將把兮瓊芳，蕙肴蒸兮蘭藉，奠桂酒兮椒漿，揚枹兮拊鼓。疏緩節兮安歌。陳竽瑟兮浩倡，靈偃蹇兮姣服，芳菲菲兮滿堂，五音紛兮繁會，君欣欣兮樂康，

雲中君

浴蘭湯兮沐芳，華采衣兮若英，靈連蜷兮既留，爛昭昭兮未央，蹇將憺兮壽宮，與日月兮齊光，龍駕兮帝服，聊翱遊兮周章，靈皇皇兮既降，猋遠舉兮雲中。覽冀州兮有餘。橫四海兮焉窮。思夫君兮太息。極勞心兮忡忡。

湘君

君不行兮夷猶，蹇誰留兮中洲，美要眇兮宜修，沛吾乘兮桂舟，令沅湘兮無波，使江水兮安流，望夫君兮未來，吹參差兮誰思，駕飛龍兮北征，邅吾道兮洞庭，薜荔柏兮蕙綢，蓀橈兮蘭旌，望涔陽兮極浦，橫大江兮揚靈，揚靈兮未極。女嬋媛兮爲予太息。橫流涕兮潺湲。隱思君兮陫側。桂櫂兮蘭枻，斲冰兮積雪，采薜

荔兮水中搴芙蓉兮木末心不同兮媒勞恩不甚兮輕絕石瀨兮淺淺飛龍兮翩翩交不忠兮怨長期不信兮告余以不閒朝騁騖兮江皋夕弭節兮北渚鳥次兮屋上水周兮堂下捐余玦兮江中遺余佩兮澧浦采芳洲兮杜若將以遺兮下女時不可兮再得聊逍遙兮容與

湘夫人

帝子降兮北渚目眇眇兮愁予嫋嫋兮秋風洞庭波兮木葉下登白蘋兮騁望與佳期兮夕張鳥何萃兮蘋中罾何爲兮木上沅有芷兮澧有蘭思公子兮未敢言荒忽兮遠望觀流水兮潺湲麋何爲兮庭中蛟何爲兮水裔朝馳余馬兮江皋夕濟兮西澨聞佳人兮召予將騰駕兮偕逝築室兮水中葺之兮荷蓋荃壁兮紫壇播芳椒兮成堂桂棟兮蘭橑辛夷楣兮藥房罔薜荔兮爲帷擗蕙櫋兮既張白玉兮爲鎮疏石蘭兮爲芳芷葺兮荷屋繚之兮杜衡合百草兮實庭建芳馨兮廡門九嶷繽兮並迎靈之來兮如雲捐余袂兮江中遺余褋兮澧浦搴汀洲兮杜若將以遺兮遠者時不可兮驟得聊逍遙兮容與

大司命

廣開兮天門紛吾乘兮玄雲令飄風兮先驅使涷雨兮灑塵君回翔兮以下踰空桑兮從女紛總總兮九州何壽夭兮在予高飛兮安翔乘清氣兮御陰陽吾與君兮齊速導帝之兮九阬靈衣兮披披玉佩兮陸離壹陰兮壹陽衆莫知兮余所爲折疏麻兮瑤華將以遺兮離居老冉冉兮既極不寖近兮愈疏乘龍兮轔轔高馳兮沖天結桂枝兮延竚羌愈思兮愁人愁人兮奈何願若今兮無虧固人命兮有當孰離合兮可爲

少司命

秋蘭兮麋蕪羅生兮堂下綠葉兮素枝芳菲菲兮襲予夫人兮自有美子荃何以兮愁苦秋蘭兮青青綠葉兮紫莖滿堂兮美人忽獨與予兮目成入不言兮出不辭乘回風兮載雲旗悲莫悲兮生別離樂莫樂兮新相知荷衣兮蕙帶儵而來兮忽而逝夕宿兮帝郊君誰須兮雲之際與女沐兮咸池晞女髮兮陽之阿望美人兮未來臨風怳兮浩歌孔蓋兮翠旍登九天兮撫彗星竦長劍兮擁

珍倣宋版印

幼艾荃獨宜兮爲民正

東君

暾將出兮東方照吾檻兮扶桑撫余馬兮安驅夜皎皎兮既明駕龍輈兮乘雷載雲旗兮委蛇長太息兮將上心低徊兮顧懷羌聲色兮娛人觀者憺兮忘歸縆瑟兮交鼓簫鐘兮瑤虡鳴鯱兮吹竽思靈保兮賢姱翾飛兮翠曾展詩兮會舞應律兮合節靈之來兮蔽日青雲衣兮白蜺裳舉長矢兮射天狼操余弧兮反淪降援北斗兮酌桂漿撰余轡兮高馳翔杳冥冥兮以東行

河伯

與女遊兮九河衝風起兮橫波乘水車兮荷蓋駕兩龍兮驂螭登昆侖兮四望心飛揚兮浩蕩日將暮兮悵忘歸惟極浦兮寤懷魚鱗屋兮龍堂紫貝闕兮朱宮靈何爲兮水中乘白黿兮逐文魚與女遊兮河之渚流澌紛兮將來下子交手兮東行送美人兮南浦波滔滔兮來迎魚鄰鄰兮媵予

山鬼

若有人兮山之阿被薜荔兮帶女蘿既含睇兮又宜笑子慕予兮善窈窕乘赤豹兮從文貍辛夷車兮結桂旗被石蘭兮帶杜蘅折芳馨兮遺所思余處幽篁兮終不見天路險難兮獨後來表獨立兮山之上雲容容兮而在下杳冥冥兮羌晝晦東風飄飄兮神靈雨留靈修兮澹忘歸歲既晏兮孰華予采三秀兮於山閒石磊磊兮葛蔓蔓怨公子兮悵忘歸君思我兮不得閒山中人兮芳杜若飲石泉兮蔭松柏君思我兮然疑作雷填填兮雨冥冥猿啾啾兮狖夜鳴風颯颯兮木蕭蕭思公子兮徒離憂

國殤

操呉戈兮被犀甲車錯轂兮短兵接旌蔽日兮敵若雲矢交墜兮士爭先陵余陣兮躐余行左驂殪兮右刃傷霾兩輪兮縶四馬援玉枹兮擊鳴鼓天時懟兮威靈怒嚴殺盡兮棄原野出不入兮往不返平原忽兮路超遠帶長劍兮挾秦弓首雖離兮心不懲誠既勇兮又以武終剛強兮不可陵身既死兮神以靈魂魄毅兮爲鬼雄

禮魂

成禮兮會鼓。傳芭兮代舞。姱女倡兮容與。春蘭兮秋菊。長無絕兮終古。

屈原九章

惜誦

惜誦以致愍兮。發憤以抒情。所非忠而言之兮。指蒼天以爲正。令五帝以折中兮。戒六神以鄉服。俾山川以備御兮。命咎繇以聽直。竭忠誠以事君兮。反離羣而贅肬。忘儇媚以背衆兮。待明君其知之。言與行其可迹兮。情與貌其不變。故相臣莫若君兮。所以證之不遠。吾誼先君而後身兮。羌衆人之所仇也。專惟君而無他兮。又衆兆之所讎也。壹心而不豫兮。羌不可保也。疾親君而無他兮。有招禍之道也。思君其莫我忠兮。忽忘身之賤貧。事君而不貳兮。迷不知寵之門。忠何罪以遇罰兮。亦非予心之所志也。行不羣以顛越兮。又衆兆之所咍也。紛逢尤以離謗兮。謇不可釋也。情沈抑而不達兮。又蔽而莫之白也。心鬱邑予侘傺兮。又莫察予之中情。固煩言不可結詒兮。願陳志而無路。退靜默而莫予知兮進號呼又莫吾聞申侘傺之煩惑兮中悶瞀之忳忳昔子夢登天兮魂中道而無杭吾使厲神占之兮曰有志極而無旁終危獨以離異兮曰君可思而不可恃故衆口其鑠金兮初若是而逢殆懲於羹而吹韲兮何不變此志也欲釋階而登天兮猶有曩之態也衆駭遽以離心兮又何以爲此伴也同極而異路兮又何以爲此援也晉申生之孝子兮父信讒而不好行婞直而不豫兮鮌功用而不就吾聞作忠以造怨兮忽謂之過言九折臂而成醫兮吾至今而知其信然矰弋機而在上兮罻羅張而在下設張辟以娛君兮願側身而無所欲儃佪以干傺兮恐重患而離尤欲高飛而遠集兮君罔謂女何之欲橫奔而失路兮蓋堅志而不忍背膺牉以交痛兮心菀結而紆軫今拼憂慮過甚有背癰者有膺痛者牉者兩體若分割而仍交痛也擣木蘭以矯蕙兮糳申椒以爲糧播江離與滋菊兮願春日以爲糗芳恐情質之不信兮故重著以自明矯茲媚以私處兮願曾思而遠身

涉江

余幼好此奇服兮年既老而不衰帶長鋏之陸離兮冠切雲之崔嵬被明月兮

佩寶璐世溷濁而莫予知兮吾方高馳而不顧駕青虬兮驂白螭吾與重華遊兮瑤之圃登崑崙兮食玉英與天地兮比壽與日月兮齊光哀南夷之莫吾知兮旦予濟於江湘乘鄂渚而反顧兮欸秋冬之緒風步余馬兮山皋邸予車兮方林乘舲船予上沅兮齊吳榜以擊汰船容與而不進兮淹回水而疑滯朝發枉渚兮夕宿辰陽苟余心其端直兮雖僻遠之何傷入漵浦予儃回兮迷不知吾所如深林杳以冥冥兮乃猨狖之所居山峻高而蔽日兮下幽晦以多雨霰雪紛其無垠兮雲霏霏而承宇哀吾生之無樂兮幽獨處乎山中吾不能變心而從俗兮固將愁苦而終窮接輿髡首兮桑扈臝行忠不必用兮賢不必以伍子逢殃兮比干菹醢與前世而皆然兮吾又何怨乎今之人予將董道而不豫兮固將重昏而終身亂曰鸞鳥鳳皇日以遠兮燕雀烏鵲巢堂壇兮露申辛夷死林薄兮腥臊並御芳不得薄兮陰陽易位時不當兮懷信侘傺忽乎吾將行兮

哀郢

皇天之不純命兮何百姓之震愆民離散而相失兮方仲春而東遷去故鄉而就遠兮遵江夏以流亡出國門而軫懷兮甲之鼂吾以行發郢都而去閭兮荒忽其焉極楫齊揚以容與兮哀見君而不再得望長楸而太息兮涕淫淫其若霰過夏首而西浮兮顧龍門而不見心嬋媛而傷懷兮眇不知余所蹠順風波以從流兮焉洋洋而爲客淩陽侯之氾濫兮忽翺翔而焉薄心絓結而不解兮思蹇產而不釋將運舟而下浮兮上洞庭而下江去終古之所居兮今逍遙而來東羌靈魂之欲歸兮何須臾而忘反背夏浦而西思兮哀故都之日遠登大墳以遠望兮聊以舒吾憂心哀州土之平樂兮悲江介之遺風當陵陽之焉至兮淼南度之焉如曾不知夏之爲丘兮孰兩東門之可蕪心不怡之長久兮憂與愁其相接惟郢路之遼遠兮江與夏之不可涉忽若去不信兮至今九年而不復慘鬱鬱而不通兮蹇侘傺而含感外承歡之汋約兮諶荏弱而難持忠湛湛而願進兮妒被離而鄣之堯舜之抗行兮瞭（一無瞭字）杳杳而薄天衆讒人之嫉妒兮被以不慈之僞名憎慍惀之脩美兮好夫人之忼慨衆踥蹀而日進兮美超

遠而逾邁亂曰曼予目以流觀兮冀壹反之何時鳥飛反故鄉兮狐死必首邱信非吾罪而棄逐兮何日夜而忘之

抽思

心鬱鬱之憂思兮獨永歎乎增傷思蹇產之不釋兮曼遭夜之方長悲秋風之動容兮何回極之浮浮數惟荃之多怒兮傷予心之懮懮願搖起而橫奔兮覽民尤以自鎮結微情以陳辭兮矯以遺夫美人昔君與我成言兮曰黃昏以爲期羌中道而回畔兮反既有此他志憍吾以其美好兮覽予以其脩姱與予言而不信兮蓋爲予而造怒願承閒而自察兮心震悼而不敢悲夷猶而冀進兮心怛傷之憺憺歷茲情以陳辭兮荃詳聾而不聞固切人之不媚兮衆果以我爲患初吾所陳之耿著兮豈至今其庸亡何獨樂斯之謇謇兮願荃美之可完望三五以爲像兮指彭咸以爲儀夫何極而不至兮故遠聞而難虧譱不由外來兮名不可以虛作孰無施而有報兮孰不實而有穫少歌曰與美人抽怨兮幷日夜而無正憍吾以其美好兮敖朕辭而不聽倡曰有鳥自南兮來集漢北

好姱佳麗兮牉獨處此異域既惸獨而不羣兮又無良媒在其側道逴遠而日忘兮願自申而不得望南山而流涕兮臨流水而太息望孟夏之短夜兮何晦明之若歲惟郢路之遼遠兮魂一夕而九逝曾不知路之曲直兮南指月與列星願徑逝而不得兮魂識路之營營何靈魂之信直兮人之心不與吾心同理弱而媒不通兮尚不知予之從容亂曰長瀨湍流泝江潭兮狂顧南行聊以娛心兮軫石崴嵬蹇吾願兮超回志度行隱進兮低徊夷猶宿北姑兮煩冤瞀容實沛徂兮愁歎苦神靈遙思兮路遠處幽又無行媒兮道思作頌聊自救兮憂心不遂斯言誰告兮

懷沙

滔滔孟夏兮草木莽莽傷懷永哀兮汩徂南土眴兮窈窈孔靜幽默菀結紆軫兮離慜而長鞠撫情効志兮俛屈而自抑刓方以爲圜兮常度未替易初本迪兮君子所鄙章畫職墨兮前圖未改內直質重兮大人所盛巧倕不斲兮孰察其揆正玄文處幽兮矇謂之不章離婁微睇兮瞽以爲無明變白而爲黑兮倒

上以爲下鳳皇在笯兮雞鶩翔舞同糅玉石兮一概而相量夫惟黨人之鄙固兮羌不知吾所臧任重載盛兮陷滯而不濟懷瑾握瑜兮窮不知所示邑犬羣吠兮吠所怪也誹駿疑桀兮固庸態也文質疏內兮衆不知吾之異采材樸委積兮莫知予之所有重仁襲義兮謹厚以爲豐重華不可遌兮孰知予之從容古固有不並兮豈知其故也湯禹久遠兮邈不可慕也懲違改忿兮抑心而自彊離慜而不遷兮願志之有像進路北次兮日昧昧其將莫舒憂娛哀兮限之以大故亂曰浩浩沅湘分流汨兮修路幽蔽道遠忽兮曾吟恆悲永歎喟兮世既莫吾知人心不可謂兮懷情抱質獨無匹兮伯樂既沒驥將焉程兮民生稟命各有所錯兮定心廣志予何畏懼兮知死不可讓願勿愛兮明告君子吾將以爲類兮

思美人

思美人兮擥涕而竚眙媒絕路阻兮言不可結而詒蹇蹇之煩冤兮陷滯而不發申旦以舒中情兮志沈菀而莫達願寄言於浮雲兮遇豐隆而不將因歸鳥

而致辭兮羌迅高而難當（難當不相值也）高辛之靈晟兮遭玄鳥而致詒欲變節以從俗兮媿易初而屈志獨歷年而離愍兮羌馮心猶未化甯隱閔而壽考兮何變易之可爲知前轍之不遂兮未改此度車既覆而馬顚兮蹇獨懷此異路勒騏驥而更駕兮造父爲我操之遷逡次而勿驅兮聊假日以須時指嶓冢之西隈兮與纁黃以爲期開春發歲兮白日出之悠悠吾將蕩志而愉樂兮遵江夏以娛憂擥大薄之芳茝兮搴長洲之宿莽惜吾不及古人兮吾誰與玩此芳草解萹薄與雜菜兮備以爲交佩佩繽紛其繚轉兮遂萎絕而離異吾且儃回以娛憂兮觀南人之變態竊快在中心兮揚厥馮而不竢芳與澤其雜糅兮羌芳華自中出紛郁郁其遠蒸兮滿內而外揚情與質信可保兮羌居蔽而聞章令薜荔以爲理兮憚舉趾而緣木因芙蓉而爲媒兮憚蹇裳而濡足登高吾不說兮入下吾不能固朕形之不服兮然容與而狐疑廣遂前畫兮未改此度也命則處幽吾將罷兮願及白日之未莫也獨煢煢而南行兮思彭咸之故也

惜往日

（此首不似屈子之詞疑後人僞託也淺句以△識之）

惜往日之曾信兮受命詔以昭時奉先功以照下兮明法度之嫌疑國富強而法立兮屬貞臣而日娭祕密事之載心兮雖過失猶弗治心純厖而不泄兮遭讒人而嫉之君含怒而待臣兮不清澂其然否蔽晦君之聰明兮虛惑誤又以欺弗參驗以考實兮遠遷臣而弗思信讒諛之溷濁兮盛氣志而過之何貞臣之無辠兮被讒謗而見尤慙光景之誠信兮身幽隱而備之臨江湘之玄淵兮遂自忍而沈流卒沒身而絕名兮惜壅君之不昭君無度而弗察兮使芳草爲藪幽焉舒情而抽信兮恬死亡而不聊獨鄣壅而蔽隱兮使貞臣爲無由聞百里之爲虜兮伊尹烹于庖廚呂望屠於朝歌兮甯戚歌而飯牛不逢湯武與桓繆兮世孰云而知之吳信讒而弗味兮子胥死而後憂介子忠而立枯兮文君寤而追求封介山而爲之禁兮報大德之優游思久故之親身兮因縞素而哭之或忠信而死節兮或訑謾而不疑弗省察而按實兮聽讒人之虛辭芳與澤其雜糅兮孰申旦而別之何芳草之早夭兮微霜降而下戒諒聰不明而蔽壅兮使讒諛而自得自前世之嫉賢兮謂蕙若其不可佩妒娃冶之芬芳兮嫫母

姣而自好雖有西施之美容兮讒妒入以自代願陳情以白行兮得罪過之不意情冤見之日明兮如列宿之錯置乘騏驥而馳騁兮無轡銜而自載乘氾泭以下流兮無舟檝而自備背法度而心治兮辟與此其無異寧溘死而流亡兮恐禍殃之有再不畢辭而赴淵兮惜壅君之不識

橘頌

后皇嘉樹橘徠服兮受命不遷生南國兮深固難徙更壹志兮緑葉素榮紛其可喜兮曾枝剡棘圜實摶兮青黃雜糅文章爛兮精色內白類任道兮紛緼宜修姱而不醜兮嗟爾幼志有以異兮獨立不遷豈不可喜兮深固難徙廓其無求兮蘇世獨立橫而不流兮閉心自慎終不失過兮秉德無私參天地兮願歲并謝與長友兮淑離不淫梗其有理兮年歲雖少可師長兮行比伯夷置以爲象兮

悲回風

悲回風之搖蕙兮心菀結而內傷物有微而隕性兮聲有隱而先倡夫何彭咸

之造思兮暨志介而不忘萬變其情豈可蓋兮孰虛僞之可長鳥獸鳴以號羣兮草苴比而不芳魚葺鱗以自別兮蛟龍隱其文章故荼薺不同畝兮蘭茝幽而獨芳惟佳人之永都兮更統世而自貺眇遠志之所及兮憐浮雲之相羊介眇志之所惑兮竊賦詩之所明惟佳人之獨懷兮折芳椒以自處曾歔欷之嗟嗟兮獨隱伏而思慮涕泣交而淒淒兮思不眠而極曙終長夜之曼曼兮掩此哀而不去寤從容以周流兮聊逍遙以自恃傷太息之愍憐兮氣於邑而不可止糾思心以爲纕兮編愁苦以爲膺折若木以蔽光兮隨飄風之所仍存髣髴而不見兮心踊躍其若湯撫佩衽以案志兮超惘惘而遂行歲曶曶其若頹兮時亦冉冉而將至蘋衡槁而節離兮芳已歇而不比憐思心之不可懲兮證此言之不可聊甯溘死而流亡兮不忍此心之常愁孤子吟而抆淚兮放子出而不還孰能思而不隱兮昭彭咸之所聞登石巒以遠望兮路眇眇之默默入景響之無應兮聞省想而不可得愁鬱鬱之無快兮居戚戚而不可解心鞿羈而不開兮氣繚轉而自締穆眇眇之無垠兮莽芒芒之無儀聲有隱而相感兮物

有純而不可爲。藐蔓蔓之不可量兮。縹綿綿之不可紆。愁悄悄之常悲兮。翩冥冥之不可娛。陵大波而流風兮，託彭咸之所居，上高巖之峭岸兮。處雌蜺之標顛。據青冥而攄虹兮。遂儵忽而捫天。吸湛露之浮涼兮。漱凝霜之雰雰。依風穴以自息兮。忽傾寤以嬋媛。馮崑崙以瞰霧兮。隱岐山以清江。憚涌湍之礚礚兮。聽波聲之洶洶。紛容容之無經兮。罔芒芒之無紀。軋洋洋之無從兮。馳委移之焉止。飄翻翻其上下兮。翼遙遙其左右。氾潏潏其前後兮，伴張弛之信期，觀炎氣之相仍兮，窺煙液之所積，悲霜雪之俱下兮，聽潮水之相擊，借光景以往來兮，施黃棘之枉策，求介子之所存兮，見伯夷之放迹，心調度而不去兮，刻著志之無適，曰吾怨往昔之所冀兮，悼來者之悐悐，浮江淮而入海兮，從子胥而自適，望大河之洲渚兮，悲申徒之抗迹，驟諫君而不聽兮，任重石之何益，心絓結而不解兮，思蹇產而不釋，

屈原卜居

屈原既放，三年不得復見，竭智盡忠，蔽鄣於讒，心煩意亂，不知所從，乃往見太

卜鄭詹尹曰。余有所疑。願因先生決之。詹尹乃端策拂龜曰。君將何以教之。屈原曰。吾甯悃悃款款。朴以忠乎。將送往勞來。斯無窮乎。甯誅鋤草茅。以力耕乎。將遊大人。以成名乎。甯正言不諱。以危身乎。將從俗富貴。以媮生乎。甯超然高舉。以保真乎。將哫訾慄斯。喔咿嚅唲。以事婦人乎。甯廉潔正直。以自清乎。將突梯滑稽。如脂如韋。以絜楹乎。甯昂昂若千里之駒乎。將氾氾若水中之鳧。與波上下。偷以全吾軀乎。甯與騏驥抗軛乎。將隨駑馬之迹乎。甯與黃鵠比翼乎。將與雞鶩爭食乎。此孰吉孰凶。何去何從。世溷濁而不清。蟬翼為重。千鈞為輕。黃鐘毀棄。瓦釜雷鳴。讒人高張。賢士無名。吁嗟默默兮。誰知吾之廉貞。詹尹乃釋策而謝曰。夫尺有所短。寸有所長。物有所不足。智有所不明。數有所不逮。神有所不通。用君之心。行君之意。龜策誠不能知此事。

屈原遠遊

悲時俗之迫阨兮。願輕舉而遠遊。質菲薄而無因兮。焉託乘而上浮。遭沈濁之汙穢兮。獨菀結其誰語。夜耿耿而不寐兮。魂營營而至曙。惟天地之無窮兮。哀人生之長勤往者予弗及兮來者予弗聞步徙倚而遙思兮怊惝怳而乖懷意荒忽而流蕩兮心愁悽而增悲以上因時俗迫阨人生勤勞思出世而遠遊神儵忽而不反兮形枯槁而獨留內惟省以端操兮求正氣之所由漠虛靜以恬愉兮澹無爲而自得聞赤松之清塵兮願承風乎遺則貴至人之休德兮美往世之登仙與化去而不見兮名聲著而日延奇傅說之託辰星兮羨韓衆之得一形穆穆以浸遠兮離人羣而遁逸因氣變而遂曾舉兮忽神奔而鬼怪時髣髴以遙見兮精皎皎而往來絕氛埃而淑郵兮終不反乎故都免衆患而不懼兮世莫知其所如以上思鍊氣以登仙恐天時之代序兮曜靈曄而西征微霜降而下淪兮悼芳草之先零聊仿佯而逍遙兮永歷年而無成誰可與玩斯遺芳兮長鄉風而舒情高陽邈已遠兮予將焉所程重曰春秋忽其不淹兮奚久留此故居軒轅不可攀援兮吾將從王喬而戲娛以上惡人生勤勞思出世而戲娛餐六氣而飲沆瀣兮漱正陽而含朝霞保神明之清澂兮精氣入而麤穢除順凱風以從遊兮至南巢而壹息見王子而宿之兮審壹氣之和德曰道可受兮不可傳其小無內兮其大無垠無滑而魂

兮彼將自然壹氣孔神兮於中夜存虛以待之兮無爲之先庶類以成兮此德之門（以上思鍊氣而上升）聞至貴而遂徂兮忽乎吾將行仍羽人於丹邱兮留不死之舊鄉朝濯髮於湯谷兮夕晞予身乎九陽吸飛泉之微液兮懷琬琰之華英玉色頩以脕顔兮精醇粹而始壯質銷鑠以汋約兮神要眇以淫放嘉南州之炎德兮麗桂樹之冬榮山蕭條而無獸兮野寂漠其無人載營魄而登霞兮掩浮雲而上征（以上渾寫遠遊）命天閽其開關兮排閶闔而望予召豐隆使先導兮問太微之所居集重陽入帝宮兮造旬始而觀清都朝發軔於太儀兮夕始臨乎於微閭屯予車之萬乘兮紛容與而並馳駕八龍之婉婉兮載雲旗之委移建雄虹之采旄兮五色雜而炫耀服偃蹇以低昂兮驂連蜷以驕驁（以上升天）騎膠葛以雜亂兮班曼衍而方行撰予轡而正策兮吾將過乎句芒歷太皞以右轉兮前飛廉以啓路陽杲杲其未光兮陵天地以徑度（以上東）風伯爲予先驅兮氛埃辟而清涼鳳皇翼其承旂兮遇蓐收乎西皇攬彗星以爲旍兮舉斗柄以爲麾叛陸離其上下兮遊驚霧之流波時曖曃其曭莽兮召玄武而奔屬後文昌使掌行兮

選署衆神以並轂路曼曼其修遠兮徐弭節而高厲左雨師使徑侍兮右雷公以爲衞欲度世以忘歸兮意恣睢以担撟內欣欣而自美兮聊媮娛以淫樂(以上西)

涉青雲以汎濫兮忽臨睨夫舊鄉僕夫懷予心悲兮邊馬顧而不行思故舊而想象兮長太息而掩涕汎容與而遐舉兮聊抑志而自弭指炎帝而直馳兮吾將往乎南疑覽方外之荒忽兮沛罔瀁而自浮祝融戒而蹕御兮騰告鸞鳥迎宓妃張咸池奏承雲兮二女御九韶歌使湘靈鼓瑟兮令海若舞馮夷列螭象而並進兮形蟉虯而委移雌蜺便娟以曾撓兮鸞鳥軒翥而翔飛音樂博衍無終極兮焉乃逝以裴回(以上南)

舒并節以馳騖兮逴絕垠乎寒門軼迅風於清原兮從顓頊乎曾冰歷玄冥以邪徑兮乘閒維以反顧召黔嬴而見之兮爲予先乎平路(以上北)

經營四荒兮周流六漠上至列缺兮降望大壑下崢嶸而無地兮上寥闊而無天視儵忽而無見兮聽惝怳而無聞超無爲以至清兮與太初而爲鄰

宋玉九辯

悲哉秋之爲氣也蕭瑟兮草木搖落而變衰憭慄兮若在遠行登山臨水兮送將歸泬寥兮天高而氣清寂漻兮收潦而水清憯悽增欷兮薄寒之中人愴怳懭悢兮去故而就新坎壈兮貧士失職而志不平廓落兮羇旅而無友生惆悵兮而私自憐燕翩翩其辭歸兮蟬寂寞而無聲雁廱廱而南遊兮鵾雞啁哳而悲鳴獨申旦而不寐兮哀蟋蟀之宵征時亹亹而過中兮蹇淹留而無成

悲憂窮蹙兮獨處廓有美一人兮心不繹去鄉離家兮來遠客超逍遙兮今焉薄專思君兮不可化君不知兮可奈何蓄怨兮積思心煩憺兮忘食事願一見兮道余意君之心兮與余異車駕兮朅而歸不得見兮心悲倚結軨兮太息涕潺湲兮霑軾慷慨絕兮不得中瞀亂兮迷惑私自憐兮何極心怦怦兮諒直

皇天平分四時兮竊獨悲此凜秋白露既下降百草兮奄離披此梧楸去白日之昭昭兮襲長夜之悠悠離芳藹之方壯兮余萎約而悲愁秋既先戒以白露兮冬又申之以嚴霜收恢台之孟夏兮然欿傺而沈藏葉菸邑而無色兮枝煩挐而交橫顏淫溢而將罷兮柯彷彿而萎黃萷櫹槮之可哀兮形銷鑠而瘀傷

惟其紛糅而將落兮。憾其失時而無當。擥騑轡而下節兮。聊逍遙以相羊。歲忽忽而遒盡兮。恐余壽之弗將。悼余生之不時兮。逢此世之俇攘。澹容與而獨倚兮。蟋蟀鳴此西堂。心怵惕而震盪兮。何所憂之多方。仰明月而太息兮。步列星而極明。

竊悲夫蕙華之曾敷兮。紛旖旎乎都房。何曾華之無實兮。從風雨而飛颺。以為君獨服此蕙兮。羌無以異於衆芳。閔奇思之不通兮。將去君而高翔。心閔憐之慘悽兮。願一見而有明。重無怨而生離兮。中結軫而增傷。豈不鬱陶而思君兮。君之門以九重。猛犬狺狺而迎吠兮。關梁閉而不通。皇天淫溢而秋霖兮。后土何時兮得乾。塊獨守此無澤兮。仰浮雲而永歎。

何時俗之工巧兮。背繩墨而改錯。卻騏驥而不乘兮。策駑駘而取路。當世豈無騏驥兮。誠莫之能善御。見執轡者非其人兮。故駶跳而遠去。鳧雁皆唼夫粱藻兮。鳳愈飄翔而高舉。圓鑿而方枘兮。吾固知其鉏鋙而難入。衆鳥皆有所登棲兮。鳳獨遑遑而無所集。願銜枚而無言兮。常被君之渥洽。太公九十乃顯榮兮

誠未遇其匹合謂騏驥兮安歸謂鳳凰兮安棲變古易俗兮世衰今之相者兮
舉肥騏驥伏匿而不見兮鳳凰高飛而不下鳥獸猶知懷德兮何云賢士之不
處驥不驟進而求服兮鳳亦不貪餧而妄食君棄遠而不察兮雖願忠其焉得
欲寂寞而絕端兮竊不敢忘初之厚德獨悲愁其傷人兮馮鬱鬱其何極
霜露慘悽而交下兮心尚幸其弗濟霰雪雰糅其增加兮乃知遭命之將至願
徼幸而有待兮泊莽莽與壄草同死願自直而徑往兮路壅絕而不通欲循
道而平驅兮又未知其所從然中路而迷惑兮自厭按而學誦性愚陋以褊淺
兮信未達乎從容竊美申包胥之氣晟兮恐時世之不固何時俗之工巧兮滅
規矩而改鑿獨耿介而不隨兮願慕先聖之遺教處濁世而顯榮兮非予心之
所樂與其無義而有名兮甯窮處而守高食不媮而爲飽兮衣不苟而爲溫竊
慕詩人之遺風兮願託志乎素餐蹇充倔而無端兮泊莽莽而無垠無衣裘以
御冬兮恐溘死不得見乎陽春
靚杪秋之遙夜兮心繚悷而有哀春秋逴逴而日高兮然惆悵而自悲四時遞

來而卒歲兮陰陽不可與儷偕白日晼晚其將入兮明月銷鑠而減毀歲忽忽而遒盡兮老冉冉而愈弛心搖悅而日幸兮然怊悵而無冀中憯惻之悽愴兮長太息而增欷年洋洋以日往兮老嵺廓而無處事亹亹而覬進兮蹇淹留而躊躇

何氾濫之浮雲兮猋壅蔽此明月忠昭昭而願見兮然露曀而莫達願皓日之顯行兮雲蒙蒙而蔽之竊不自料而願忠兮或黕點而汙之堯舜之抗行兮瞭冥冥而薄天何險巇之嫉妒兮被以不慈之僞名彼日月之照明兮尚黯黮而有瑕何況一國之事兮亦多端而膠加被荷裯之晏晏兮然潢洋而不可帶既驕美而伐武兮負左右之耿介憎慍惀之脩美兮好夫人之慷慨衆踥蹀而日進兮美超遠而逾邁農夫輟耕而容與兮恐田野之蕪穢事綿綿而多私兮竊悼後之危敗世雷同而炫曜兮何毀譽之昧昧今修飾而窺鏡兮後尚可以竄藏願寄言夫流星兮羌儵忽而難當卒壅蔽此浮雲兮下暗漠而無光

堯舜皆有所舉任兮故高枕而自適諒無怨於天下兮心焉取此怵惕乘騏驥

之劉劉兮馭安用夫強策諒城郭之不足恃兮雖重介之何益邅翼翼而無終兮忳惛惛而愁約生天地之若過兮功不成而無效願沈滯而不見兮尚欲布名乎天下然潢洋而不遇兮直怐愗而自苦莽洋洋而無極兮忽翺翔之焉薄國有驥而不知乘兮焉皇皇而更索甯戚謳於車下兮桓公聞而知之無伯樂之善相兮今誰使乎譽之罔流涕以聊慮兮惟著意而得之紛忳忳之願忠兮妒被離而鄣之願賜不肖之軀而別離兮放遊志乎雲中乘精氣之摶摶兮騖諸神之湛湛驂白霓之習習兮歷羣靈之豐豐左朱雀之茇茇兮右蒼龍之躍躍屬雷師之闐闐兮通飛廉之衙衙前輕輬之鏘鏘兮後輜乘之從從載雲旗之委蛇兮扈屯騎之容容計專專之不可化兮願遂推而為臧賴皇天之厚德兮還及君之無恙

賈誼鵩鳥賦 有序

誼為長沙王傅三年有鵩鳥飛入誼舍止於坐隅鵩似鴞不祥鳥也誼既以謫居長沙長沙卑溼誼自傷悼以為壽不得長迺為賦以自廣其辭曰

單閼之歲兮四月孟夏庚子日斜兮鵩集予舍止于坐隅兮貌甚閑暇異物來
萃兮私怪其故發書占之兮讖言其度曰野鳥入室主人將去請問於鵩予去
何之吉乎告我凶言其災淹速之度兮語余其期鵩乃歎息舉首奮翼口不能
言請對以臆曰萬物變化兮固無休息斡流而遷兮或推而還形氣轉續兮變
化而蟺沕穆無窮兮胡可勝言禍兮福所倚福兮禍所伏憂喜聚門兮吉凶同
域彼吳彊大兮夫差以敗越棲會稽兮句踐霸世斯遊遂成兮卒被五刑傅說
胥靡兮乃相武丁夫禍之與福兮何異糾纆命不可說兮孰知其極水激則旱
兮矢激則遠萬物迴薄兮振盪相轉雲蒸雨降兮糾錯相紛大鈞播物兮坱圠
無垠天不可預慮兮道不可預謀遲速有命兮焉識其時且夫天地爲鑪兮造
化爲工陰陽爲炭兮萬物爲銅合散消息兮安有常則千變萬化兮未始有極
忽然爲人兮何足控摶化爲異物兮又何足患小智自私兮賤彼貴我達人大
觀兮物無不可貪夫徇財兮烈士徇名夸者死權兮品庶每生怵迫之徒兮或
趨西東大人不曲兮意變齊同愚士繫俗兮窘若囚拘至人遺物兮獨與道俱

衆人惑惑兮好惡積億真人恬漠兮獨與道息釋智遺形兮超然自喪寥廓忽荒兮與道翺翔乘流則逝兮得坻則止縱軀委命兮不私與己其生兮若浮其死兮若休澹乎若深淵之靜泛乎若不繫之舟不以生故自寶兮養空而浮德人無累兮知命不憂細故蔕芥兮何足以疑

賈誼惜誓

惜余年老而日衰兮歲忽忽而不反登蒼天而高舉兮歷衆山而日遠觀江河之紆曲兮離四海之霑濡攀北極而一息兮吸沆瀣以充虛飛朱鳥使先驅兮駕太乙之象輿蒼龍蚴虬於左驂兮白虎騁而為右騑建日月以為蓋兮載玉女於後車馳騖於杳冥之中兮休息虖崑崙之墟樂窮極而不厭兮願從容乎神明涉丹水而馳騁兮右大夏之遺風黃鵠之一舉兮知山川之紆曲再舉兮睹天地之圜方臨中國之衆人兮託回飆乎尚羊乃至少原之壄兮赤松王喬皆在旁二子擁瑟而調均兮予因稱乎清商澹然而自樂兮吸衆氣而翺翔念我長生而久僊兮不如反予之故鄉黃鵠後時而寄處兮鴟梟羣而制之神龍

失水而陸居兮爲螻蟻之所裁夫黃鵠神龍猶如此兮況賢者之逢亂世哉壽冉冉而日衰兮固儃回而不息俗流從而不止兮衆枉聚而矯直或偷合而苟進兮或隱居而深藏苦稱量之不審兮同權槪而就衡或推迻而苟容兮或直言之諤諤傷誠是之不察兮並紉茅絲以爲索方世俗之幽昏兮眩白黑之美惡放山淵之龜玉兮相與貴夫礫石梅伯數諫而至醢兮來革順志而用國悲仁人之盡節兮反爲小人之所賊比干忠諫而剖心兮箕子被髮而佯狂水背流而源竭兮木去根而不長非重軀以慮難兮惜傷身之無功已矣哉獨不見夫鸞鳳之高翔兮乃集大皇之壄循四極而回周兮見盛德而後下彼聖人之神德兮遠濁世而自藏使騏驎可得羈而係兮又何以異乎犬羊

枚乘七發

楚太子有疾而吳客往問之曰伏聞太子玉體不安亦少閒乎太子曰憊謹謝客客因稱曰今時天下安甯四宇和平太子方富於年意者久耽安樂日夜無極邪氣襲逆中若結轖紛屯澹淡嘘唏煩酲惕惕怵怵臥不得瞑虛中重聽惡

聞人聲。精神越渫。百病咸生。聰明眩矅。悅怒不平。久執不廢。大命乃傾。太子豈有是乎。太子曰。謹謝客。賴君之力。時時有之。然未至於是也。客曰。今夫貴人之子。必宮居而閨處。內有保母。外有傅父。欲交無所。飲食則溫淳甘膬。腥醲肥厚。衣裳則雜遝曼煖。燂爍熱暑。雖有金石之堅。猶將銷鑠而挺解也。況其在筋骨之間乎哉。故曰。縱耳目之欲。恣支體之安者。傷血脈之和。且夫出輿入輦。命曰蹷痿之機。洞房清宮。命曰寒熱之媒。皓齒蛾眉。命曰伐性之斧。甘脃肥醲。命曰腐腸之藥。今太子膚色靡曼。四支委隨。筋骨挺解。血脈淫濯。手足惰窳。越女侍前。齊姬奉後。往來遊讌。縱恣乎曲房隱間之中。此甘餐毒藥。戲猛獸之爪牙也。所從來者至深遠。淹滯永久而不廢。雖令扁鵲治內。巫咸治外。尚何及哉。今如太子之病者。獨宜世之君子。博聞彊識。承閒語事。變度易意。常無離側。以為羽翼。淹沈之樂。浩唐之心。遁佚之志。其奚由至哉。太子曰。諾。病已。請事此言。客曰。今太子之病。可無藥石鍼刺灸療而已。可以要言妙道說而去也。不欲聞之乎。

太子曰。僕願聞之。

客曰龍門之桐高百尺而無枝中鬱結之輪菌根扶疏以分離上有千仞之峯下臨百丈之谿湍流遡波又澹淡之其根半死半生冬則烈風漂霰飛雪之所激也夏則雷霆霹靂之所感也朝則鸝黃鳱鴠鳴焉莫則羇雌迷鳥宿焉獨鵠晨號乎其上鵾雞哀鳴翔乎其下於是背秋涉冬使琴摯斫斬以爲琴野繭之絲以爲弦孤子之鉤以爲隱九寡之珥以爲約使師堂操暢伯子牙爲之歌歌曰麥秀蔪兮雉朝飛向虛壑兮背槁槐依絕區兮臨迴溪飛鳥聞之翕翼而不能去野獸聞之垂耳而不能行蚑蟜螻蟻聞之拄喙而不能前此亦天下之至悲也太子能彊起聽之乎太子曰僕病未能也

客曰犓牛之腴菜以筍蒲肥狗之和冒以山膚楚苗之實安胡之飯摶之不解一啜而散於是使伊尹煎熬易牙調和熊蹯之臑勺藥之醬薄耆之炙鮮鯉之鱠秋黃之蘇白露之茹蘭英之酒酌以滌口山梁之餐豢豹之胎小飯大歠如湯沃雪此亦天下之至美也太子能彊起嘗之乎太子曰僕病未能也

客曰鍾岱之牡齒至之車前似飛鳥後類距虛穱麥服處躁中煩外羈堅轡附

易路於是伯樂相其前後王良造父為之御秦缺樓季為之右此兩人者馬佚能止之車覆能起之於是使射千鎰之重爭千里之逐此亦天下之至駿也太子能彊起乘之乎太子曰僕病未能也

客曰既登景夷之臺南望荊山北望汝海左江右湖其樂無有於是使博辯之士原本山川極命草木比物屬事離辭連類浮游覽觀乃下置酒於虞懷之宮連廊四注臺城層構紛紜玄綠輦道邪交黃池紆曲溷章白鷺孔雀鶤鵠鵷鶵鵁鶄翠鬣紫纓螭龍德牧邕邕羣鳴陽魚騰躍奮翼振鱗漃漻薵蓼蔓草芳苓女桑河柳素葉紫莖苗松豫章條上造天梧桐并櫚極望成林衆芳芬鬱亂於五風從容猗靡消息陽陰列坐縱酒蕩樂娛心景春佐酒杜連理音滋味雜陳肴糅錯該練色娛目流聲悅耳於是乃發激楚之結風揚鄭衛之皓樂使先施徵舒陽文段干吳娃閭娵傅予之徒雜裾垂髾目窕心與揄流波雜杜若蒙清塵被蘭澤嬿服而御此亦天下之靡麗皓侈廣博之樂也太子能彊起游乎太子曰僕病未能也

客曰將爲太子馴騏驥之馬駕飛軨之輿乘牡駿之乘右夏服之勁箭左烏號之雕弓游涉乎雲林周馳乎蘭澤弭節乎江潯掩青蘋游清風陶陽氣蕩春心逐狡獸集輕禽於是極犬馬之才困野獸之足窮相御之智巧恐虎豹慴鷙鳥逐馬鳴鑣魚跨麋角履游麕兔蹈踐麖鹿汗流沫墜寃伏陵窘無創而死者固足充後乘矣此校獵之至壯也太子能彊起游乎太子曰僕病未能也然陽氣見於眉宇之間侵淫而上幾滿大宅客見太子有悅色也遂推而進之曰冥火薄天兵車雷運旌旗偃蹇羽旄肅紛馳騁角逐慕味爭先徼墨廣博望之有圻純粹全犧獻之公門太子曰善願復聞之客曰未既於是榛林深澤煙雲闇莫兕虎並作毅武孔猛袒裼身薄白刃磑磑矛戟交錯收獲掌功賞賜金帛掩蘋肆若爲牧人席旨酒嘉肴羞炰膾炙以御賓客涌觴並起動心驚耳誠必不悔決絶以諾貞信之色形於金石高歌陳唱萬歲無斁此真太子之所喜也能彊起而游乎太子曰僕甚願從直恐爲諸大夫累耳然而有起色矣

客曰將以八月之望與諸侯遠方交遊兄弟並往觀濤乎廣陵之曲江至則未

見濤之形也徒觀水力之所到則卹然足以駭矣觀其所駕軼者所擢拔者所揚汩者所溫汾者所滌汔者雖有心略辭給固未能縷形其所由然也怳兮忽兮聊兮慓兮混汩汩兮忽兮慌兮俶兮儻兮浩瀇瀁兮慌曠曠兮秉意乎南山通望乎東海虹洞兮蒼天極慮乎崖涘流攬無窮歸神日母汩乘流而下降兮或不知其所止或紛紜其流折兮忽繆往而不來臨朱汜而遠逝兮中虛煩而益怠莫離散而發曙兮內存心而自持於是澡概胸中灑練五藏澹澉手足頮濯髮齒揄棄恬怠輸寫淟濁分決狐疑發皇耳目當是之時雖有淹病滯疾猶將伸傴起躄發瞽披聾而觀望之也況直眇小煩懣酲醲病酒之徒哉故曰發蒙解惑不足以言也太子曰善然則濤何氣哉客曰不記也然聞於師曰似神而非者三疾雷聞百里江水逆流海水上潮山出內雲日夜不止衍溢漂疾波湧而濤起其始起也洪淋淋焉若白鷺之下翔其少進也浩浩溰溰如素車白馬帷蓋之張其波涌而雲亂擾擾焉如三軍之騰裝其旁作而奔起也飄飄焉如輕車之勒兵六駕蛟龍附從太白純馳浩蜺前後絡繹顒顒卬卬椐椐彊彊

莘莘將將。壁壘重堅。沓雜似軍行。訇隱匈磕。軋盤涌裔。原不可當。觀其兩旁。則滂勃怫鬱。闇漠感突。上擊下硉。有似勇壯之卒。突怒而無畏。蹈壁衝津。窮曲隨隈。踰岸出追。遇者死。當者壞。初發乎或圍之津涯。荄軫谷分。迴翔青篾。銜枚檀桓。弭節伍子之山。通厲胥母之場。陵赤岸。篲扶桑。橫奔似雷行。誠奮厥武。如振如怒。沌沌渾渾。狀如奔馬。混混庉庉。聲如雷鼓。發怒庢沓。清升踰跇。侯波奮振。合戰於藉藉之口。鳥不及飛。魚不及迴。獸不及走。紛紛翼翼。波涌雲亂。蕩取南山。背擊北岸。覆虧丘陵。平夷西畔。險險戲戲。崩壞陂池。決勝乃罷。瀄汩潺湲。披揚流灑。橫暴之極。魚鼈失勢。顛倒偃側。沈沈湲湲。蒲伏連延。神物怪疑。不可勝言。直使人踣焉。洄闇悽愴焉。此天下怪異詭觀也。太子能彊起觀之乎。太子曰。僕病未能也。客曰。將爲太子奏方術之士有資略者。若莊周魏牟楊朱墨翟便蜎詹何之倫。使之論天下之精微。理萬物之是非。孔老覽觀。孟子持籌而算之。萬不失一。此亦天下要言妙道也。太子豈欲聞之乎。於是太子據几而起曰。渙乎若一聽聖人辯士之言。涊然汗出。霍然病已。

東方朔答客難

客難東方朔曰。蘇秦張儀。一當萬乘之主而都卿相之位。澤及後世。今子大夫修先王之術。慕聖人之義。諷誦詩書百家之言不可勝數著於竹帛脣腐齒落服膺而不釋好學樂道之效明白甚矣自以智能海內無雙則可謂博聞辯智矣。然悉力盡忠以事聖帝曠日持久。官不過侍郎。位不過執戟意者尚有遺行邪同胞之徒無所容居其故何也東方先生喟然長息仰而應之曰是固非子之所能備。彼一時也此一時也。豈可同哉夫蘇秦張儀之時周室大壞諸侯不朝力政爭權相禽以兵幷爲十二國未有雌雄得士者彊失士者亡故談說行焉。身處尊位。珍寶充內。外有廩倉。澤及後世。子孫長享。今則不然聖帝流德。天下震懾諸侯賓服連四海之外以爲帶安於覆盂動猶運之掌賢不肖何以異哉。遵天之道順地之理物無不得其所故綏之則安動之則苦尊之則爲將卑之則爲虜抗之則在青雲之上抑之則在深泉之下用之則爲虎不用則爲鼠雖欲盡節效情。安知前後。夫天地之大。士民之衆。竭精談說。並進輻湊者。不可勝數悉力慕之困於衣食或失門戶使蘇秦張儀與僕並生於今之世曾不得掌故安敢望侍郎乎傳曰天下無害雖有聖人無所施才上下和同雖有賢者無所立功故曰時異事異以上言天下太平賢才亦無所用之雖然安可以不務修身乎哉詩曰鼓鐘于宮聲聞于外鶴鳴于九皐聲聞于天苟能修身何患不榮太公體行仁義七十有二乃設用於文武得信厥說封於齊七百歲而不絕此士所以日夜孳孳修學敏行而不敢怠也辟若鶺鴒飛且鳴矣傳曰天不爲人之惡寒而輟其冬地不爲人之惡險而輟其廣君子不爲小人之匈匈而易其行天有常度地有常形君子有常行君子道其常小人計其功以上言無論見用與否總宜好學修身詩云禮義之不愆何恤人之言故曰水至清則無魚人至察則無徒冕而前旒所以蔽明黈纊充耳所以塞聰明有所不見聰有所不聞舉大德赦小過無求備於一人之義也枉而直之使自得之優而柔之使自求之揆而度之使自索之蓋聖人之教化如此欲其自得之自得之則敏且廣矣今世之處士魁然無徒廓然獨居上觀許由下察接輿計同范蠡忠合子胥天下和平與義相扶寡耦少徒

固其宜也子何疑於我哉以上言人言不足長解尚有遺行一句若夫燕之用樂毅秦之用李斯酈食其之下齊說行如流曲從如環所欲必得功若邱山海內定國家安是遇其時也子又何怪之邪語曰以筦闚天以蠡測海以莛撞鐘豈能通其條貫考其文理發其音聲哉繇是觀之譬猶鼱鼩之襲狗孤豚之咋虎至則靡耳何功之有今以下愚而非處士雖欲勿困固不得已此適足以明其不知權變而終惑於大道也

司馬相如子虛賦

楚使子虛使於齊王悉發車騎與使者出畋畋罷子虛過奼烏有先生亡是公存焉坐定烏有先生問曰今日畋樂乎子虛曰樂獲多乎曰少然則何樂對曰僕樂齊王之欲夸僕以車騎之衆而僕對以雲夢之事也曰可得聞乎子虛曰可王車駕千乘選徒萬騎畋於海濱列卒滿澤罘網彌山揜兔轔鹿射麋腳麟騖於鹽浦割鮮染輪射中獲多矜而自功顧謂僕曰楚亦有平原廣澤遊獵之地饒樂若此者乎楚王之獵孰與寡人乎僕下車對曰臣楚國之鄙人也幸得

宿衛十有餘年時從出遊遊於後園覽於有無然猶未能徧覩也又焉足以言其外澤乎齊王曰雖然略以子之所聞見而言之僕對曰唯唯臣聞楚有七澤嘗見其一未覩其餘也臣之所見蓋特其小小者耳名曰雲夢雲夢者方九百里其中有山焉其山則盤紆岪鬱隆崇嵂崒岑崟參差日月蔽虧交錯糾紛上干青雲罷池陂陀下屬江河其土則丹青赭堊雌黃白坿錫碧金銀衆色炫燿照爛龍鱗其石則赤玉玫瑰琳瑉昆吾瑊玏玄厲瑌石碔砆（以上敘山土石）其東則有蕙圃衡蘭芷若芎藭菖蒲江離蘪蕪諸柘巴苴其南則有平原廣澤登降陁靡案衍壇曼緣以大江限以巫山其高燥則生葴菥苞荔薛莎青薠其埤溼則生藏莨蒹葭東蘠雕胡蓮藕觚盧菴閭軒于衆物居之不可勝圖（此敘南有平原廣澤似最宜畋獵之地而下文敘獵但在東西北三處而不及南之廣澤蓋虛實互相備也）其西則有湧泉清池激水推移外發芙蓉蔆華內隱鉅石白沙其中則有神龜蛟鼉瑇瑁鼈黿其北則有陰林其樹楩枏豫章桂椒木蘭蘗離朱楊樝棃梬栗橘柚芬芳其上則有鵷雛孔鸞騰遠射干其下則有白虎玄豹蟃蜒貙犴於是乎乃使剸諸之倫手格此獸（以上東西南北開下）

畋獵之地楚王乃駕馴駮之駟乘彫玉之輿靡魚須之橈旃曳明月之珠旗建干將
之雄戟左烏號之雕弓右夏服之勁箭陽子驂乘纖阿爲御案節未舒卽陵狡
獸蹵蛩蛩轔距虛軼野馬轊騊駼乘遺風射游騏儵眒倩浰雷動猋至星流霆
擊弓不虛發中必決眦洞胷達掖絕乎心繫獲若雨獸揜草蔽地於是楚王乃
弭節徘徊翱翔容與覽乎陰林觀壯士之暴怒與猛獸之恐懼徼谻受詘殫覩
衆物之變態以上獵於陰林卽上文北有陰林也於是鄭女曼姬被阿緆揄紵縞雜纖羅垂霧縠
襞積褰縐紆徐委曲鬱橈谿谷衯衯裶裶揚袘戍削蜚纖垂髾襞積至谿谷三句衯衯至垂髾
三句皆下句用韻扶輿猗靡翕呷萃蔡下靡蘭蕙上拂羽蓋錯翡翠之威蕤繆繞玉綏
眇眇忽忽若神僊之髣髴於是乃相與獠於蕙圃媻姍勃窣上下金隄揜翡翠
射鵕鸃微矰出纖繳施弋白鵠連駕鵝雙鶬下玄鶴加怠而後發游於清池浮
文鷁揚旌栧張翠帷建羽蓋罔瑇瑁鉤紫貝摐金鼓吹鳴籟榜人歌聲流喝水
蟲駭波鴻沸涌泉起奔揚會礧石相擊硠硠礚礚若雷霆之聲聞乎數百里之
外以上與衆女獵於蕙圃游於清池卽上文東有蕙圃西有清池也將息獠者擊靈鼓起烽燧車按行騎就隊

纚乎淫淫。般乎裔裔。於是楚王乃登雲陽之臺。怕乎無為。憺乎自持。勺藥之和具而後御之。不若大王終日馳騁。曾不下輿。脟割輪焠。自以為娛。臣竊觀之。齊殆不如。於是齊王無以應僕也。（以上誇獵）烏有先生曰。是何言之過也。足下不遠千里來貺齊國。王悉發境內之士。備車騎之衆。與使者出畋。乃欲戮力致獲。以娛左右。何名為夸哉。問楚地之有無者。願聞大國之風烈。先生之餘論也。今足下不稱楚王之德厚。而盛推雲夢以為高。奢言淫樂而顯侈靡。竊為足下不取也。必若所言。固非楚國之美也。無而言之。是害足下之信也。彰君惡。傷私義。二者無一可。而先生行之。必且輕於齊而累於楚矣。且齊東陼鉅海。南有瑯邪。觀乎成山。射乎之罘。浮渤澥。游孟諸。邪與肅慎為鄰。右以湯谷為界。秋田乎青邱。徬徨乎海外。吞若雲夢者八九。於其胸中。曾不蔕芥。若乃俶儻瑰瑋。異方殊類。珍怪鳥獸。萬端鱗崪。充牣其中。不可勝記。禹不能名。卨不能計。然在諸侯之位。不敢言游戲之樂。苑囿之大。先生又見客。是以王辭不復。何為無以應哉。（以上烏有折子

司馬相如上林賦

亡是公听然而笑曰楚則失矣而齊亦未爲得也夫使諸侯納貢者非爲財幣所以述職也封疆畫界者非爲守禦所以禁淫也今齊列爲東藩而外私肅愼捐國踰限越海而田其於義固未可也且二君之論不務明君臣之義正諸侯之禮徒事爭於游戲之樂苑囿之大欲以奢侈相勝荒淫相越此不可以揚名發譽而適足以貶君自損也且夫齊楚之事又烏足道乎君未覩夫巨麗也獨不聞天子之上林乎左蒼梧右西極丹水更其南紫淵徑其北終始灞滻出入涇渭酆鎬潦潏紆餘委蛇經營乎其內蕩蕩乎八川分流相背而異態東西南北馳騖往來出乎椒丘之闕行乎洲淤之浦經乎桂林之中過乎泱漭之壄汩乎混流順阿而下赴隘陿之口觸穹石激堆埼沸乎暴怒洶涌彭湃滭弗宓汩偪側泌瀄橫流逆折轉騰潎洌滂濞沆溉穹隆雲橈宛潬膠盭踰波趨浥涖涖下瀨批巖衝擁奔揚滯沛臨坻注壑瀺灂霣墜沈沈隱隱砰磅訇礚潏潏淈淈湁潗鼎沸馳波跳沫汩濦漂疾悠遠長懷寂漻無聲肆乎永歸然後灝溔潢漾

安翔徐回翯乎滈滈東注太湖衍溢陂池以上水○觸穹石四句始言水之變態有力滭弗五句極言其有力穹隆
四句言其自然批巖二句承上言有力臨坻二句承上言自然沈沈二句又言有力潏潏二句又言自然馳波十句皆言自然脈絡極分明也○湃瀣瀨沛墜
礚沸為韻懷歸回池為韻而一韻之中上有數句又各私自為韻如滯折洌私自為韻盭涖私自為韻古人平去通用則湃至池本為一韻矣於是乎
蛟龍赤螭䱭䲛漸離鰅鰫鰬魠禺禺魼鰨揵鰭掉尾振鱗奮翼潛處乎深巖魚
鼈讙聲萬物衆夥明月珠子的皪江靡蜀石黃碝水玉磊砢磷磷爛爛采色澔
汗藂積乎其中鴻鷫鵠鴇駕鵝屬玉交精旋目煩鶩庸渠箴疵鵁盧羣浮乎其
上汎淫泛濫隨風澹淡與波搖蕩奄薄水渚唼喋菁藻咀嚼菱藕以上水中之物於是
乎崇山矗矗巃嵸崔巍深林巨木嶄巖參差九嵕巀嶭南山峨峨巖陁甗錡摧
崣崛崎振溪通谷蹇產溝瀆谽呀豁閜阜陵別隝崴磈嵔廆丘虛堀礨隱轔鬱
壘登降施靡陂池貏豸沇溶淫鬻散渙夷陸亭皋千里靡不被築以上山揜以綠
蕙被以江離糅以蘪蕪雜以留夷布結縷攢戾莎揭車衡蘭槀本射干茈薑蘘
荷葴持若蓀鮮支黃礫蔣苧青薠布濩閎澤延曼太原離靡廣衍應風披靡吐
芳揚烈郁郁菲菲衆香發越肸蠁布寫晻薆咇茀以上山上之草於是乎周覽泛觀縝

紛軋芴芒芒怳忽視之無端察之無涯日出東沼入乎西陂其南則隆冬生長踊水躍波其獸則獼旄貘犛沈牛麈麋赤首圜題窮奇象犀其北則盛夏含凍裂地涉冰揭河其獸則麒麟角端騊駼橐駝蛩蛩驒騱駃騠驢騾以上總寫苑中氣象點出各獸即篇下文畋獵張本於是乎離宮別館彌山跨谷高廊四注重坐曲閣華榱璧璫輦道纚屬步櫚周流長途中宿夷嵕築堂累臺增成巖窔洞房頫杳眇而無見仰扳橑而捫天奔星更於閨闥宛虹拖於楯軒青龍蚴蟉於東廂象輿婉僤於西清靈圄燕於閒館偓佺之倫暴於南榮醴泉涌於清室通川過於中庭盤石振崖嶔巖倚傾嵯峨嶕嶫刻削崢嶸玫瑰碧琳珊瑚叢生瑉玉旁唐玢豳文鱗赤瑕駁犖雜臿其閒晁采琬琰和氏出焉以上說宮室於是乎盧橘夏熟黃甘橙楱枇杷橪柿亭柰厚朴梬棗楊梅櫻桃蒲陶隱夫薁棣荅遝離支羅乎後宮列乎北園貤丘陵下平原揚翠葉杌紫莖發紅華垂朱榮煌煌扈扈照曜鉅野沙棠櫟櫧華楓枰櫨留落胥邪仁頻幷閭欃檀木蘭豫章女貞長千仞大連抱夸條直暢實葉葰楙攢立叢倚連卷欐佹崔錯癹骫坑衡閜砢垂條扶疏落英幡纚紛溶箾

蔘猗狔從風藰莅卉歙蓋象金石之聲管籥之音偨池茈虒旋還乎後宮雜襲絫輯被山緣谷循阪下隰視之無端究之無窮（以上宮中草木）於是乎玄猨素雌蜼玃飛蠝蛭蜩蠼猱獑胡豰蛫棲息乎其間長嘯哀鳴翩幡互經夭蟜枝格偃蹇杪顛隃絕梁騰殊榛捷垂條掉希閒牢落陸離爛漫遠遷若此者數百千處娛遊往來宮宿館舍庖廚不徙後宮不移百官備具（以上宮中畜獸及離宮之多處舍具爲韻）於是乎背秋涉冬天子校獵乘鏤象六玉虯拖蜺旌靡雲旗前皮軒後道游孫叔奉轡衛公參乘扈從橫行出乎四校之中鼓嚴簿縱獵者江河爲阹泰山爲櫓車騎靁起殷天動地先後陸離離散別追淫淫裔裔緣陵流澤雲布雨施（施讀上聲地裔施爲韻而離追起亦平上與去爲韻）生貔豹搏豺狼手熊羆足壄羊蒙鶡蘇絝白虎被班文跨壄馬淩三嵕之危下磧歷之坻徑峻赴險越壑厲水椎蜚廉弄獬豸格蝦蛤鋋猛氏羂騕褭射封豕箭不苟害解脰陷腦弓不虛發應聲而倒（以上天子校各部曲將帥之獵）於是乘輿弭節徘徊翱翔往來睨部曲之進退覽將帥之變態然後侵淫促節儵夐遠去流離輕禽蹴履狡獸轊白鹿捷狡兔軼赤電遺光耀追怪物出宇宙彎蕃弱

滿白羽射游梟櫟蜚遽擇肉而後發先中而命處弦矢分藝殪仆然后揚節而上浮凌驚風歷駭猋乘虛無與神俱躪玄鶴亂昆雞遒孔鸞促鵕鸃拂翳鳥捎鳳皇捷鵷雛揜焦明道盡塗殫迴車而還消搖乎襄羊降集乎北紘率乎直指晻乎反鄉以上天子親獵而還蹷石闕歷封巒過鳷鵲望露寒下棠梨息宜春西馳宣曲濯鷁牛首登龍臺掩細柳觀士大夫之勤略均獵者之所得獲徒車之所轥轢步騎之所蹂若人臣之所蹈藉與其窮極倦谻驚憚讋伏不被創刃而死者他他藉藉塡阬滿谷掩平彌澤以上天子還歷各處數獵者之所獲於是乎游戲懈怠置酒乎顥天之臺張樂乎膠葛之寓撞千石之鐘立萬石之虡建翠華之旗樹靈鼉之鼓奏陶唐氏之舞聽葛天氏之歌千人唱萬人和山陵爲之震動川谷爲之蕩波巴渝宋蔡淮南干遮文成顚歌族居遞奏金鼓迭起鏗鎗闛鞈洞心駭耳荊吳鄭衛之聲韶濩武象之樂陰淫案衍之音鄢郢繽紛激楚結風俳優侏儒狄鞮之倡所以娛耳目樂心意者麗靡爛漫於前靡曼美色於後若夫青琴宓妃之徒絕殊離俗妖冶嫺都靚妝刻飾便嬛綽約柔橈嫚嫚嫵媚孅弱曳獨繭之褕絏

眇閻易以卹削便嬛嫳屑與俗殊服芬芳漚鬱酷烈淑郁皓齒粲爛宜笑的皪長眉連娟微睇緜藐色授魂與心愉於側（以上置酒張樂）於是酒中樂酣天子芒然而思似若有亡曰嗟乎此大奢侈朕以覽聽餘閒無事棄日順天道以殺伐時休息於此恐後葉靡麗遂往而不返非所以爲繼嗣創業垂統也於是乎乃解酒罷獵而命有司曰地可墾闢悉爲農郊以贍萌隸隤牆填塹使山澤之人得至焉實陂池而勿禁虛宮館而勿仞發倉廩以救貧窮補不足恤鰥寡存孤獨出德號省刑罰改制度易服色革正朔與天下爲更始於是歷吉日以齋戒襲朝服乘法駕建華旗鳴玉鸞游於六藝之囿馳騖乎仁義之塗覽觀春秋之林射貍首兼騶虞弋玄鶴舞干戚（干戚疑當作干羽此處當用韻不似四句乃韻者）載雲罕揜羣雅悲伐檀樂樂胥修容乎禮園翺翔乎書圃述易道放怪獸登明堂坐清廟次羣臣奏得失四海之內靡不受獲於斯之時天下大悅鄉風而聽隨流而化芔然興道而遷義刑錯而不用德隆於三王而功羨於五帝若此故獵乃可喜也若夫終日馳騁勞神苦形罷車馬之用抗士卒之精費府庫之財而無德厚之恩務在獨

樂不顧衆庶忘國家之政貪雉兎之獲則仁者不繇也從此觀之齊楚之事豈不哀哉地方不過千里而囿居九百是草木不得墾闢而人無所食也夫以諸侯之細而樂萬乘之侈僕恐百姓被其尤也於是二子愀然改容超若自失逡巡避席曰鄙人固陋不知忌諱乃今日見教謹受命矣

司馬相如大人賦

世有大人兮在乎中州宅彌萬里兮曾不足以少留悲世俗之迫隘兮朅輕舉而遠遊乘絳幡之素蜺兮載雲氣而上浮建格澤之脩竿兮總光耀之采旄垂旬始以爲幓兮曳彗星而爲髾掉指橋以偃蹇兮又猗抳以招搖攬攙搶以爲旌兮靡屈虹而爲綢紅杳渺以眩湣兮猋風涌而雲浮駕應龍象輿之蠖略逶麗兮驂赤螭青虯之蚴蟉宛蜒低卬夭蟜据以驕驁兮詘折隆窮蠼以連卷沛艾赳螑仡以佁儗兮放散畔岸驤以孱顏跮踱輵轄容以骫麗兮綢繆偃蹇怵㚟以梁倚糾蓼叫奡踼以艐路兮蔑蒙踊躍騰而狂趭莅颯卉歙猋至電過兮煥然霧除霍然雲消邪絕少陽而登太陰兮與眞人乎相求互折窈窕以右轉

兮橫厲飛泉以正東悉徵靈圉而選之兮部署衆神於搖光使五帝先導兮反
太一而從陵陽左玄冥而右黔雷兮前長離而後潏湟廝征伯僑而役羨門兮
詔岐伯使尚方祝融驚而蹕御兮清雰氣而後行屯余車其萬乘兮綷雲蓋而
樹華旗使句芒其將行兮吾欲往乎南娭歷唐堯於崇山兮過虞舜於九疑紛
湛湛其差錯兮雜遝膠葛以方馳騷擾衝蓯其相紛拏兮滂濞泱軋灑以林離
鑽羅列聚叢以蘢茸兮衍曼流爛痑以陸離徑入靁室之砰磷鬱律兮洞出鬼
谷之崫礨崴魁徧覽八紘而觀四荒兮朅渡九江而越五河經營炎火而浮弱
水兮杭絕浮渚而涉流沙奄息總極氾濫水嬉兮使靈媧鼓瑟而舞馮夷時若
薆薆將混濁兮召屏翳誅風伯而刑雨師西望崑崙之軋沕洸忽兮直徑馳乎
三危排閶闔而入帝宮兮載玉女而與之歸登閬風而遙集兮亢鳥騰而一止
低回陰山翔以紆曲兮吾乃今目睹西王母皬然白首戴勝而穴處兮亦幸有
三足烏爲之使必長生若此而不死兮雖濟萬世不足以喜回車朅來兮絕道
不周會食幽都呼吸沆瀣兮餐朝霞噍咀芝英兮嘰瓊華嬐侵潯而高縱兮紛

濔溶而上厲•貫列缺之倒景兮•涉豐隆之滂沛•馳遊道而脩降兮•騖遺霧而遠逝•迫區中之隘陜兮•舒節出乎北垠•遺屯騎於玄闕兮•軼先驅於寒門•下崢嶸而無地兮上寥廓而無天•視眩泯而無見兮•聽惝恍而無聞•乘虛無而上假兮超無友而獨存•

司馬相如長門賦

孝武皇帝陳皇后時得幸•頗妒別在長門宮•愁悶悲思•聞蜀郡成都司馬相如天下工爲文•奉黃金百斤•爲相如文君取酒•因于解悲愁之辭•而相如爲文以悟主上•陳皇后復得親幸•其辭曰•

夫何一佳人兮•步逍遙以自虞•魂踰佚而不反兮•形枯槁而獨居•言我朝往而暮來兮•飲食樂而忘人•心慊移而不省故兮•交得意而相親•伊予志之慢愚兮•懷貞慤之懽心•願賜問而自進兮•得尙君之玉音•奉虛言而望誠兮•期城南之離宮•修薄具而自設兮•君曾不肯乎幸臨•廓獨潛而專精兮•天飄飄而疾風•登蘭臺而遙望兮•神怳怳而外淫•浮雲鬱而四塞兮•天窈窈而晝陰•雷殷殷而響

起兮。聲象君之車音。飄風迴而赳閨兮。舉帷幄之襜襜。桂樹交而相紛兮。芳酷烈之誾誾。孔雀集而相存兮。玄猿嘯而長吟。翡翠脅翼而來萃兮。鸞鳳翔而北南。心憑噫而不舒兮。邪氣壯而攻中。下蘭臺而周覽兮。步從容於深宮。正殿塊以造天兮。鬱並起而穹崇。閒徙倚於東廂兮。觀夫靡靡而無窮。擠玉戶以撼金鋪兮。聲噌吰而似鐘音。刻木蘭以爲榱兮。飾文杏以爲梁。羅丰茸之游樹兮。離樓梧而相撐。施瑰木之欂櫨兮。委參差以槺梁。時彷彿以物類兮。象積石之將將。五色炫以相曜兮。爛耀耀而成光。緻錯石之瓴甓兮。象瑇瑁之文章。張羅綺之幔帷兮。垂楚組之連綱。撫柱楣以從容兮。覽曲臺之央央。白鶴噭以哀號兮。孤雌跱於枯楊。日黃昏而望絕兮。悵獨託於空堂。懸明月以自照兮。徂清夜於洞房。援雅琴以變調兮。奏愁思之不可長。按流徵以卻轉兮。聲幼妙而復揚。貫歷覽其中操兮。意慷慨而自卬。左右悲而垂淚兮。涕流離而縱橫。舒息悒而增欷兮。蹝履起而彷徨。揄長袂以自翳兮。數昔日之諐殃。無面目之可顯兮。遂頹思而就牀。摶芬若以爲枕兮。席荃蘭而茝香。忽寢寐而夢想兮。魄若君之在旁。

惕寤覺而無見兮魂廷廷若有亡衆雞鳴而愁予兮起視月之精光觀衆星之行列兮畢昴出於東方望中庭之藹藹兮若季秋之降霜夜曼曼其若歲兮懷鬱鬱其不可再更澹偃蹇而待曙兮荒亭亭而復明妾人竊自悲兮究年歲而不敢忘

司馬相如封禪文

伊上古之初肇自昊穹兮生民歷選列辟以迄乎秦率邇者踵武逖聽者風聲紛綸葳蕤湮滅而不稱者不可勝數繼昭夏崇號謚略可道者七十有二君罔若淑而不昌疇逆失而能存軒轅之前遐哉邈乎其詳不可得聞已五三六經載籍之傳惟風可觀也以上渾言古昔書曰元首明哉股肱良哉因斯以談君莫盛於唐堯臣莫賢於后稷后稷創業於唐堯公劉發迹於西戎文王改制爰周郅隆大行越成而后陵遲衰微千載亡聲豈不善始善終哉然無異端慎所由於前謹遺教於後耳故軌迹夷易易遵也湛恩厖洪易豐也憲度著明易則也垂統理順易繼也是以業隆於繈褓而崇冠於二后揆厥所元終都攸卒未有殊尤

絶迹可考於今者也然猶躡梁甫登太山建顯號施尊名(以上言周無殊異而封禪)大漢之德逢涌原泉沕潏曼羨旁魄四塞雲布霧散上暢九垓下泝八埏懷生之類沾濡浸潤協氣橫流武節猋逝邇陜游原迥闊泳沫首惡鬱沒晻昧昭晰昆蟲闓懌回首面內然後囿騶虞之珍羣徼麋鹿之怪獸導一莖六穗於庖犧雙觡共柢之獸獲周餘放龜於岐招翠黃乘龍於沼鬼神接靈圉賓於閒館奇物譎詭俶儻窮變欽哉符瑞臻茲猶以爲德薄不敢道封禪(以上言漢多符瑞而不封禪)蓋周躍魚隕航休之以燎微夫斯之爲符也以登介丘不亦恧乎進讓之道何其爽與於是大司馬進曰陛下仁育羣生義征不憓諸夏樂貢百蠻執贄德侔往初功無與二休烈浹洽符瑞衆變期應紹至不特創見意者太山梁甫設壇場望幸蓋號以況榮上帝垂恩儲祉將以慶成陛下謙讓而弗發也挈三神之歡缺王道之儀羣臣恧焉或謂且天爲質闇示珍符固不可辭若然辭之是太山靡記而梁甫罔幾也亦各並世而榮咸濟厥世而屈說者尚何稱於後世而云七十二君哉夫修德以錫符奉命以行事不爲進越也故聖王弗替而修禮地祇謁款

天神勤功中岳以章至尊舒盛德發號榮受厚福以浸黎民皇皇哉斯天下之壯觀王者之卒業不可貶也願陛下全之而后因雜搢紳先生之略術使獲曜日月之末光絕炎以展采錯事猶兼正列其義祓飾厥文作春秋一藝將襲舊六爲七攄之無窮俾萬世得激清流揚微波蜚英聲騰茂實前聖之所以永保鴻名而常爲稱首者用此宜命掌故悉奏其儀而覽焉（以上大司馬請封禪）於是天子沛然改容曰俞乎朕其試哉乃遷思回慮總公卿之議詢封禪之事詩大澤之博廣符瑞之富遂作頌曰自我天覆雲之油油甘露時雨厥壤可游滋液滲漉何生不育嘉穀六穗我穡曷蓄匪惟雨之又潤澤之匪惟偏之氾布護之萬物熙熙懷而慕思名山顯位望君之來君兮君兮侯不邁哉（以上大澤之博）般般之獸樂我君圃白質黑章其儀可喜旼旼穆穆君子之態蓋聞其聲今視其來厥塗靡從天瑞之徵茲爾於舜虞氏以興（以上騶虞）濯濯之麟遊彼靈時孟冬十月君徂郊祀馳我君輿帝用享祉三代之前蓋未嘗有（以上麟）宛宛黃龍興德而升采色炫耀煥炳煇煌正陽顯見覺寤黎烝於傳載之云受命所乘（以上龍）厥之有章不必諄

諄依類託寓諭以封巒披蓺觀之天人之際已交上下相發允答聖王之事兢兢翼翼故曰於與必慮衰安必思危是以湯武至尊嚴不失肅祗舜在假典顧省厥遺此之謂也以上因天人符瑞而進箴規

經史百家雜鈔卷三

經史百家雜鈔卷四目錄

詞賦之屬上編二

珍傲宋版邙

經史百家雜鈔卷四

湘鄉曾國藩纂　合肥李鴻章校刊

詞賦之屬上編二

揚雄羽獵賦 竝序

孝成帝時羽獵雄從以爲昔在二帝三王宮館臺榭沼池苑囿林麓藪澤財足以奉郊廟御賓客充庖廚而已不奪百姓膏腴穀土桑柘之地女有餘布男有餘粟國家殷富上下交足故甘露零其庭醴泉流其唐鳳皇巢其樹黃龍游其沼麒麟臻其囿神爵棲其林昔者禹任益虞而上下和草木茂成湯好田而天下用足文王囿百里民以爲尚小齊宣王囿四十里民以爲大裕民之與奪民也武帝廣開上林東南至宜春鼎湖御宿昆吾旁南山西至長楊五柞北繞黃山濱渭而東周袤數百里穿昆明池象滇河營建章鳳闕神明馺娑漸臺泰液象海水周流方丈瀛洲蓬萊游觀侈靡窮妙極麗雖頗割其三垂以贍齊民然至羽獵甲車戎馬器械儲偫禁禦所營尚泰奢麗誇詡

非堯舜成湯文王三驅之意也又恐後世復修前好不折中以泉臺故聊因校獵賦以風之其辭曰

或稱羲農豈或帝王之彌文哉論者云否各以並時而得宜奚必同條而共貫則泰山之封焉得七十而有二儀是以創業垂統者俱不見其爽退邇五三孰知其是非遂作頌曰麗哉神聖處於玄宮富既與地乎侔訾貴正與天乎比崇齊桓曾不足使扶轂楚莊未足以爲驂乘狹三王之阨僻嶠高舉而大興歷五帝之寥廓涉三皇之登閎建道德以爲師友仁義與爲朋以上渾頌帝業於是玄冬季月天地隆烈萬物權輿於內徂落於外帝將惟田于靈之囿開北垠受不周之制以奉終始顓頊玄冥之統迺詔虞人典澤東延昆鄰西馳閶闔儲積共偫戍卒夾道斬叢棘夷野草禦自汧渭經營酆鎬章皇周流出入日月天與地沓爾迺虎路三嵕以爲司馬圍經百里而爲殿門外則正南極海邪界虞淵鴻濛沆茫揭以崇山營合圍會然後先置乎白楊之南昆明靈沼之東賁育之倫蒙盾負羽杖鏌邪而羅者以萬計其餘荷垂天之畢張竟壄之罘靡日月之朱竿曳

彗星之飛旗青雲爲紛虹蜺爲繯屬之乎崑崙之虛渙若天星之羅浩如濤水
之波淫淫與與前後要遮欃槍爲闉明月爲候熒惑司命天弧發射鮮扁陸離
駢衍佖路徽車輕武鴻絧緁獵殷殷軫軫被陵緣阪窮夐極遠者相與列乎高
原之上羽騎營營昈分殊事繽紛往來轠轤不絕若光若滅者布乎青林之下
（以上獵場之廣儀衛之盛）於是天子乃以陽晁始出乎玄宮撞鴻鐘建九旒六白虎載靈輿
蚩尤並轂蒙公先驅立歷天之旂曳捎星之旃霹靂列缺吐火施鞭萃傱沇溶
淋離廓落戲八鎮而開關飛廉雲師吸嚊潚率鱗羅布列攢以龍翰啾啾蹌蹌
入西園切神光望平樂徑竹林蹂蕙圃踐蘭唐（以上天子親至獵所）舉烽烈火轡者施技
方馳千駟狡騎萬帥虓虎之陳從橫膠輵猋拉雷厲驞駍駖礚洶洶旭旭天動
地岋羨漫半散蕭條數千里外若夫壯士忼慨殊鄉別趣東西南北騁者奔欲
拕蒼豨跋犀犛蹶浮麋斮巨狿搏玄猨騰空虛距連卷踔夭蟜娭澗閒莫莫紛
紛山谷爲之風猋林叢爲之生塵（以上正賦田獵）及至獲夷之徒蹶松柏掌蒺藜獵蒙
龍轔輕飛履般首帶修蛇鉤赤豹摼象犀跇巒阬超唐陂車騎雲會登降闇藹

泰華為旍熊耳為綴木仆山還漫若天外儲與乎大浦聊浪乎宇內於是天清日晏逢蒙列眥羿氏控弦皇車幽輵光純天地望舒彌轡翼乎徐至於上蘭移圍徙陣浸淫蹴部曲隊堅重各按行伍壁壘天旋神抶電擊逢之則碎近之則破鳥不及飛獸不得過軍驚師駭刮野掃地及至罕車飛揚武騎聿皇蹈飛豹羂嘄陽追天寶出一方應駍聲擊流光野盡山窮囊括其雌雄沇沇溶溶遙噱乎紘中三軍芒然窮冘閼與亶觀乎剽禽之紲踰犀兕之抵觸熊羆之拏玃虎豹之淩遽徒角搶題注蹙竦讋怖魂亡魄失觸輻關脰妄發期中進退履獲創淫輪夷邱累陵聚以上獲鈔之多於是禽殫中衰相與集於靖冥之館以臨珍池灌以岐梁溢以江河東瞰目盡西暢無崖隨珠和氏焯爍其陂玉石嶜崟眩燿青熒漢女水潛怪物暗冥不可殫形玄鸞孔雀翡翠垂榮王雎關關鴻雁嚶嚶羣娛乎其中噍噍昆鳴鳧鷖振鷺上下砰磕聲若雷霆乃使文身之技水格鱗蟲淩堅冰犯嚴淵探巖排碕薄索蛟螭蹈獱獺據黿鼉抾靈蠵入洞穴出蒼梧乘巨鱗騎京魚浮彭蠡目有虞方椎夜光之流離剖明月之珠胎鞭洛水之宓妃餉

屈原與彭胥（以上水嬉）於茲乎鴻生鉅儒俄軒冕雜衣裳修唐典匡雅頌揖讓於前昭光震燿蠁曶如神仁聲惠於北狄武誼動於南鄰是以旃裘之王胡貉之長移珍來享抗手稱臣前入圍口後陳盧山羣公常伯楊朱墨翟之徒喟然並稱曰崇哉乎德雖有唐虞大夏成周之隆何以侈茲夫古之覲東嶽禪梁基舍此世也其誰與哉上猶謙讓而未俞也方將上獵三靈之流下決醴泉之滋發黃龍之穴窺鳳皇之巢臨麒麟之囿幸神雀之林奢雲夢侈孟諸非章華是靈臺罕徂離宮而輟觀游土事不飾木功不彫丞民乎農桑勸之以弗怠儕男女使莫違恐貧窮者不徧被洋溢之饒開禁苑散公儲創道德之囿弘仁惠之虞馳弋乎神明之囿覽觀乎羣臣之有亡放雉菟收罝罘麋鹿芻蕘與百姓共之蓋所以臻茲也於是醇洪鬯之德豐茂世之規加勞三皇勗勤五帝不亦至乎乃祇莊雍穆之徒立君臣之節崇賢聖之業未遑苑囿之麗游獵之靡也因回軫還衡背阿房反未央（以上諷諫反之於道德）

揚雄長楊賦 并序

明年上將大誇胡人以多禽獸秋命右扶風發民入南山西自褒斜東至弘農南歐漢中張羅網罝罘捕熊羆豪豬虎豹狖玃狐兔麋鹿載以檻車輸長楊射熊館以網爲周阹縱禽獸其中令胡人手搏之自取其獲上親臨觀焉是時農民不得收斂雄從至射熊館還上長楊賦聊因筆墨之成文章故藉翰林以爲主人子墨爲客卿以諷其辭曰

子墨客卿問於翰林主人曰蓋聞聖主之養民也仁霑而恩洽動不爲身今年獵長楊先命右扶風左太華而右褒斜椓嶻嶭而爲弋紆南山以爲罝羅千乘於林莽列萬騎於山隅帥軍踤阹錫戎獲胡搤熊羆拖豪豬木擁槍纍以爲儲胥此天下之窮覽極觀也雖然亦頗擾於農人三旬有餘其廑至矣而功不圖恐不識者外之則以爲娛樂之游內之則不以爲乾豆之事豈爲民乎哉且人君以玄默爲神澹泊爲德今樂遠出以露威靈數搖動以罷車甲本非人主之急務也蒙竊惑焉翰林主人曰吁客何謂茲耶若客所謂知其一未覩其二見其外不識其內也僕嘗倦談不能一二其詳請略舉其凡而客自覽其切焉客

曰唯唯主人曰昔有彊秦封豕其土窫窳其民鑿齒之徒相與磨牙而爭之豪俊麋沸雲擾羣黎爲之不康於是上帝眷顧高祖高祖奉命順斗極運天關橫鉅海漂崑崙提劍而叱之所過麾城摲邑下將降旗一日之戰不可殫記當此之勤頭蓬不暇梳飢不及餐鞮鍪生蟣蝨介冑被霑汗以爲萬姓請命乎皇天迺展人之所詘振人之所乏規億載恢帝業七年之閒而天下密如也以上高祖武功逮至聖文隨風乘流方垂意於至寧躬服節儉綈衣不弊革鞜不穿大廈不居木器無文於是後宮賤瑇瑁而疏珠璣卻翡翠之飾除雕琢之巧惡麗靡而不近斥芬芳而不御抑止絲竹宴衍之樂憎聞鄭衛幼眇之聲是以玉衡正而太階平也以上孝文儉約其後熏鬻作虐東夷橫畔羌戎睚眥閩越相亂遐甿爲之不安中國蒙被其難於是聖武勃怒爰整其旅迺命驃衛汾沄沸渭雲合電發猋騰波流機駭蠭軼疾如奔星擊如震霆碎轒轀破穹廬腦沙幕髓余吾遂躐乎王庭毆橐駝燒熐蠡分剺單于磔裂屬國夷阬谷拔鹵莽刊山石蹂屍輿廝係累老弱吮鋋瘢耆金鏃淫夷者數十萬人皆稽顙樹領扶服蛾伏二十餘年矣尚

不敢惕息夫天兵四臨幽都先加迴戈邪指南越相夷靡節西征羌僰東馳是以遐方疏俗殊鄰絕黨之域自上仁所不化茂德所不綏莫不蹻足抗首請獻厥珍使海內澹然永亡邊城之災金革之患（以上武帝兵事）今朝廷純仁遵道顯義幷包書林聖風雲靡英華沈浮洋溢八區普天所覆莫不沾濡士有不談王道者則樵夫笑之意者以爲事罔隆而不殺物靡盛而不虧故平不肆險安不忘危迺時以有年出兵整輿竦戎振師五柞習馬長楊簡力狡獸校武票禽迺萃然登南山瞰烏弋西厭月窟東震日域（以上元成太平宴安故講武以安不忘危）又恐後代迷於一時之事常以此爲國家之大務淫荒田獵陵夷而不禦也是以車不安軔日未靡旃從者彷彿骫屬而還亦所以奉太尊之烈遵文武之度復三王之田反五帝之虞使農不輟耰工不下機婚姻以時男女莫違出愷弟行簡易矜劬勞休力役見百年存孤弱帥與之同苦樂然後陳鐘鼓之樂鳴鞀磬之和建碣磍之虡拮隔鳴球掉八列之舞酌允鑠肴樂胥聽廟中之雍雍受神人之福祜歌投頌吹合雅其勤若此故真神之所勞也（以上諷諫）方將俟元符以禪梁甫之基增泰山

之高延光於將來比榮乎往號豈徒欲淫覽浮觀馳騁秔稻之地周流棃栗之林蹂踐芻蕘誇詡衆庶盛狖玃之收多麋鹿之獲哉且盲者不見咫尺而離婁燭千里之隅客徒愛胡人之獲我禽獸曾不知我亦已獲其王侯言未卒墨客降席再拜稽首曰大哉體乎允非小人之所能及也迺今日發矇廓然已昭矣

揚雄甘泉賦并序

孝成帝時客有薦雄文似相如者上方郊祀甘泉泰畤汾陰后土以求繼嗣召雄待詔承明之庭正月從上甘泉還奏甘泉賦以諷其辭曰

惟漢十世將郊上玄定泰畤雍神休尊明號同符三皇錄功五帝卹胤錫羨拓迹開統於是乃命羣僚歷吉日協靈辰星陳而天行詔招搖與太陰兮伏鉤陳使當兵屬堪輿以壁壘兮捎夔魖而抶獝狂八神奔而警蹕兮振殷轔而軍裝蚩尤之倫帶干將而秉玉戚兮飛蒙茸而走陸梁齊總總以撙撙其相膠轕兮猋駭雲迅奮以方攘駢羅列布鱗以雜沓兮柴虒參差魚頡而鳥䀏翕赫曶霍霧集而蒙合兮半散昭爛粲以成章於是乘輿迺登夫鳳皇兮而翳華芝駟蒼

螭兮六素蚪蠖略蕤綏灕虖襂纚帥爾陰閉霅然陽開騰清霄而軼浮景兮夫何旟旐郅偈之旖旎也流星旄以電爥兮咸翠蓋而鸞旗敦萬騎於中營兮方玉車之千乘聲駍隱以陸離兮輕先疾雷而馺遺風凌高衍之嵱嵸兮超紆譎之清澄登椽欒而狃天門兮馳閶闔而入凌兢是時未轃夫甘泉也迺望通天之繹繹下陰潛以慘廩兮上洪紛而相錯直嶢嶢以造天兮厥高慶而不可乎彌度平原唐其壇曼兮列新雉於林薄攢并閭與茇葀兮紛被麗其亡鄂崇邱陵之駊騀兮深溝嶔巖而爲谷迣迣離宮般以相爥兮封巒石關施靡乎延屬於是大廈雲譎波詭摧嗺而成觀仰撟首曰高視兮目冥眴而亡見正瀏濫以宏惝兮指東西之漫漫徒徊徊以徨徨兮魂眇眇而昏亂據軨軒而周流兮忽坱圠而亡垠翠玉樹之青蔥兮璧馬犀之瞵瑞金人仡仡其承鐘虡兮嵌巖巖其龍鱗揚光曜之燎爥兮垂景炎之炘炘配帝居之縣圃兮象泰壹之威神洪臺掘其獨出兮㯄北極之嶟嶟列宿迺施於上榮兮日月纔經於柍桭雷鬱律於巖窔兮電儵忽於牆藩鬼魅不能自逮兮半長途而下顛歷倒景而絕飛梁

兮浮蠛蠓而撇天左欃槍而右玄冥兮前熛闕而後應門蔭西海與幽都兮涌醴汨以生川蛟龍連蜷於東厓兮白虎敦圉乎崑崙覽樛流於高光兮溶方皇於西清前殿崔巍兮和氏玲瓏炕浮柱之飛榱兮神莫莫而扶傾閌閬閬其寥廓兮似紫宮之崢嶸駢交錯而曼衍兮㠑嵔隗乎其相嬰乘雲閣而上下兮紛蒙籠以棍成曳紅采之流離兮颺翠氣之宛延襲琁室與傾宮兮若登高眇遠肅乎臨淵回猋肆其碭駭兮披桂椒而鬱栘楊香芬茀以穹隆兮擊欂櫨而將榮薌呹肸以棍批兮聲駍隱而歷鍾排玉戶而颺金鋪兮發蘭蕙與芎藭帷弸彋其拂汨兮稍暗暗而靚深陰陽清濁穆羽相和兮若夔牙之調琴般倕棄其剞劂兮王爾投其鉤繩雖方征僑與偓佺兮猶彷彿其若夢於是事變物化目駭耳回蓋天子穆然珍臺閒館琁題玉英蜵蜎蠖濩之中惟夫所以澄心清魂儲精垂恩感動天地逆釐三神者迺搜逑索偶皋伊之徒冠倫魁能函甘棠之惠挾東征之意相與齊乎陽靈之宮靡薜荔而為席兮折瓊枝以為芳吸清雲之流瑕兮飲若木之露英集乎禮神之囿登乎頌祇之堂建光燿之長旓兮昭

華覆之威威攀琁璣而下視兮行游目乎三危陳衆車於東阬兮肆玉軑而下
馳漂龍淵而還九垠兮窺地底而上回風漎漎而扶轄兮鸞鳳紛其銜蕤梁弱
水之濎濙兮躡不周之逶蛇想西王母欣然而上壽兮屏玉女而卻宓妃玉女
亡所眺其清矑兮宓妃曾不得施其蛾眉方攬道德之精剛兮侔神明與之爲
資於是欽柴宗祈燎薰皇天皐搖泰一舉洪頤樹靈旗樵蒸昆上配藜四施東
燭滄海西燿流沙北熿幽都南煬丹厓玄瓚觩醪秬鬯泔淡肸蠁豐融懿懿芬
芬炎感黃龍兮熛訛碩麟選巫咸兮叫帝閽開天庭兮延羣神儐暗藹兮降清
壇瑞穰穰兮委如山於是事畢功弘迴車而歸度三巒兮偈棠黎天閫決兮地
垠開八荒協兮萬國諧登長平兮雷鼓磕天聲起兮勇士厲雲飛揚兮雨滂沛
于胥德兮麗萬世亂曰崇崇圜丘隆隱天兮登降峛崺單埢垣兮增宮嵾差駢
嵯峨兮岭巆嶙峋洞無厓兮上天之縡杳旭卉兮聖皇穆穆信厥對兮徠祇郊
禋神所依兮徘徊招搖靈迟迡兮光輝眩燿降厥福兮子子孫孫長無極兮

揚雄河東賦

伊年暮春將瘞后土禮靈祇謁汾陰於東郊因茲以勤崇垂鴻發祥隤祉欽若神明者盛哉鑠乎越不可載已於是命羣臣齊法服整靈輿迺撫翠鳳之駕六先景之乘掉奔星之流旃彏天狼之威弧張燿日之玄旄揚左纛被雲梢奮電鞭驂雷輜鳴洪鐘建五旗羲和司日顏倫奉輿風發飆拂神騰鬼趡千乘霆亂萬騎屈橋嘻嘻旭旭天地稠嶅巀邱跳巒涌渭躍涇秦神下讋跖魂負沴河靈矍踢爪華蹈襄遂臻陰宮穆穆肅肅蹲蹲如也靈祇既鄉五位時敘絪縕玄黃將紹厥後於是靈輿安步周流容與以覽乎介山嗟文公而愍推兮勤大禹於龍門灑沈菑於豁瀆兮播九河於東瀕登歷觀而遙望兮聊浮游以經營樂往昔之遺風兮喜虞氏之所耕瞰帝唐之嵩高兮脈隆周之大寧汩低回而不能去兮行睨陔下與彭城濊南巢之坎坷兮易豳岐之夷平乘翠龍而超河兮陟西岳之嶢崝雲霏霏而來迎兮澤滲灕而下降鬱蕭條其幽藹兮滃汎沛以豐隆叱風伯於南北兮呵雨師於西東參天地而獨立兮廓盪盪其無雙遵逝乎歸來以函夏之大漢兮彼曾何足與比功建乾坤之貞兆兮將悉總之以羣龍

麗鉤芒與驂蓐收兮服玄冥及祝融敦衆神使式道兮奮六經以攄頌隃於穆之緝熙兮過清廟之雝雝軼五帝之遐迹兮躡三皇之高蹤既發軔於平盈兮誰謂路遠而不能從

揚雄反離騷

有周氏之蟬嫣兮或鼻祖於汾隅靈宗初諜伯僑兮流于末之揚侯淑周楚之豐烈兮超既離虖皇波因江潭而淮記兮欽弔楚之湘纍惟天軌之不辟兮何純絜而離紛紛纍以其淟涊兮暗纍以其繽紛漢十世之陽朔兮招搖紀於周正正皇天之清則兮度后土之方貞圖纍承彼洪族兮又覽纍之昌辭帶鉤矩而佩衡兮履欃槍以爲綦素初貯厥麗服兮何文肆而質䶂資娵娃之珍髢兮鬻九戎而索賴鳳皇翔於蓬陼兮豈鴐鵝之能捷騁驊騮以曲囏兮驢騾連蹇而齊足枳棘之榛榛兮蝯貁擬而不敢下靈修既信椒蘭之唼佞兮吾纍忽焉而不蚤睹衿芰茄之綠衣兮被芙蓉之朱裳芳酷烈而莫聞兮固不如襞而幽之離房閨中容競淖約兮相態以麗佳知衆嫭之嫉妒兮何必颺纍之蛾眉懿

神龍之淵潛兮竢慶雲而將舉亡春風之被離兮孰焉知龍之所處愍吾纍之衆芬兮颺燁燁之芳苓遭季夏之凝霜兮慶夭顇而喪榮橫江湘㠯南泝兮云走乎彼蒼吾馳江潭之汎溢兮將折衷乎重華舒中情之煩或兮恐重華之不纍與陵陽侯之素波兮豈吾纍之獨見許精瓊靡與秋菊兮將㠯延夫天年臨汨羅而自隕兮恐日薄於西山解扶桑之總轡兮縱令之遂奔馳鸞皇騰而不屬兮豈獨飛廉與雲師卷薜芷與若蕙兮臨湘淵而投之棍申椒與菌桂兮赴江湖而漚之費椒稰㠯要神兮又勤索彼瓊茅違靈氛而不從兮反湛身於江皋纍既氶夫傅說兮奚不信而遂行徒恐鷤鴂之將鳴兮顧先百草爲不芳初纍棄彼虙妃兮更思瑤臺之逸女抨雄鴆㠯作媒兮何百離而曾不壹耦乘雲蜺之旖旎兮望昆侖㠯樛流覽四荒而顧懷兮奚必云女彼高邱既亡鸞車之幽藹兮焉駕八龍之委蛇臨江瀕而掩涕兮何有九招與九歌夫聖哲之不遭兮固時命之所有雖增欷㠯於邑兮吾恐靈修之不纍改昔仲尼之去魯兮斐斐遲遲而周邁終回復於舊都兮何必湘淵與濤瀨溷漁父之餔歠兮絜沐浴

之振衣弃由聃之所珍兮蹠彭咸之所遺

揚雄解嘲 并序

哀帝時丁傅董賢用事諸附離之者起家至二千石時雄方草創太玄有以自守泊如也人有嘲雄以玄之尙白雄解之號曰解嘲其辭曰

客有嘲揚子曰吾聞上世之士人綱人紀不生則已生必上尊人君下榮父母析人之珪儋人之爵懷人之符分人之祿紆青拖紫朱丹其轂今吾子幸得遭明盛之世處不諱之朝與羣賢同行歷金門上玉堂有日矣曾不能畫一奇出一策上說人主下談公卿目如耀星舌如電光一從一橫論者莫當顧默而作太玄五千文枝葉扶疏獨說數十餘萬言深者入黃泉高者出蒼天大者含元氣細者入無閒然而位不過侍郎擢纔給事黃門意者玄得無尙白乎何爲官之拓落也揚子笑而應之曰客徒朱丹吾轂不知一跌將赤吾之族也往者周綱解結羣鹿爭逸離爲十二合爲六七四分五剖并爲戰國士無常君國無定臣得士者富失士者貧矯翼厲翮恣意所存故士或自盛以橐或鑿坏以遁是

故鄒衍以頡頏而取世資孟軻雖連蹇猶爲萬乘師今大漢左東海右渠搜前番禺後椒塗東南一尉西北一候徽以糾墨制以鑕鈇散以禮樂風以詩書曠以歲月結以倚廬天下之士雷動雲合魚鱗雜襲咸營於八區家家自以爲稷契人人自以爲皋陶戴縰垂纓而談者皆擬於阿衡五尺童子羞比晏嬰與夷吾當塗者升青雲失路者委溝渠旦握權則爲卿相夕失勢則爲匹夫譬若江湖之崖渤澥之島乘雁集不爲之多雙鳧飛不爲之少昔三仁去而殷墟二老歸而周熾子胥死而吳亡種蠡存而越霸五羖入而秦喜樂毅出而燕懼范雎以折摺而危穰侯蔡澤以噤吟而笑唐舉故當其有事也非蕭曹子房平勃樊霍則不能安當其無事也章句之徒相與坐而守之亦無所患故世亂則聖哲馳騖而不足世治則庸夫高枕而有餘夫上世之士或解縛而相或釋褐而傅或倚夷門而笑或橫江潭而漁或七十說而不遇或立談而封侯或枉千乘於陋巷或擁篲而先驅是以士頗得信其舌而奮其筆窒隙蹈瑕而無所詘也當今縣令不請士郡守不迎師羣卿不揖客將相不俛眉言奇者見疑行殊者得

辟是以欲談者卷舌而同聲欲步者擬足而投跡鄉使上世之士處乎今世策非甲科行非孝廉舉非方正獨可抗疏時道是非高得待詔下觸聞罷又安得青紫且吾聞之炎炎者滅隆隆者絕觀雷觀火爲盈爲實天收其聲地藏其熱高明之家鬼瞰其室攫挐者亡默默者存位極者宗危自守者身全是故知玄知默守道之極爰清爰靜游神之庭惟寂惟漠守德之宅世異事變人道不殊彼我易時未知何如今子乃以鴟梟而笑鳳皇執蝘蜓而嘲龜龍不亦病乎子之笑我玄之尚白吾亦笑子病甚不遇俞跗與扁鵲也悲夫客曰然則靡玄無所成名乎范蔡以下何必玄哉揚子曰范雎魏之亡命也折脅摺髂免於徽索翕肩蹈背扶服入橐激卬萬乘之主介涇陽抵穰侯而代之當也蔡澤山東之匹夫也顩頤折頞涕唾流沫西揖彊秦之相搤其咽而亢其氣拊其背而奪其位時也天下已定金革已平都於洛陽婁敬委輅脫輓掉三寸之舌建不拔之策舉中國徙之長安適也五帝垂典三王傳禮百世不易叔孫通起於枹鼓之閒解甲投戈遂作君臣之儀得也呂刑靡敝秦法酷烈聖漢權制而蕭何造律

宜也故有造蕭何之律於唐虞之世則悖矣有作叔孫通儀於夏殷之時則惑矣有建婁敬之策於成周之世則繆矣有談范蔡之說於金張許史之間則狂矣夫蕭規曹隨留侯畫策陳平出奇功若泰山嚮若坻隤雖其人之贍智哉亦會其時之可爲也故爲可爲於可爲之時則從爲不可爲於不可爲之時則凶若夫藺生收功於章臺四皓采榮於南山公孫創業於金馬驃騎發跡於祁連司馬長卿竊資於卓氏東方朔割炙於細君僕誠不能與此數子並故默然獨守吾太玄

揚雄解難

客難揚子曰凡著書者爲衆人之所好也美味期於合口工聲調於比耳今吾子乃抗辭幽說閎意眇指獨馳騁於有亡之際而陶冶大鑪旁薄羣生歷覽者茲年矣而殊不寤亶費精神於此而煩學者於彼譬畫者畫於無形弦者放於無聲殆不可乎揚子曰俞若夫閎言崇議幽微之塗蓋難與覽者同也昔人有觀象於天視度於地察法於人者天麗且彌地普而深昔人之辭迺玉迺金彼

豈好爲艱難哉勢不得已也獨不見夫翠虯絳螭之將登乎天必聳身於蒼梧之淵不階浮雲翼疾風虛舉而上升則不能擸膠葛騰九閎日月之經不千里則不能燭六合燿八紘泰山之高不嶕嶢則不能浡滃雲而散歊烝是以宓犧氏之作易也綿絡天地經以八卦文王附六爻孔子錯其象而彖其辭然後發天地之藏定萬物之基典謨之篇雅頌之聲不温純深潤則不足以揚鴻烈而章緝熙蓋胥靡爲宰寂寞爲尸大味必淡大音必希大語叫叫大道低回是以聲之眇者不可同於衆人之耳形之美者不可棍於世俗之目辭之衍者不可齊於庸人之聽今夫弦者高張急徽追趨逐耆則坐者不期而附矣試爲之施咸池揄六莖發簫韶詠九成則莫有和也是故鍾期死伯牙絕弦破琴而不肯與衆鼓獿人亡則匠石輟斤而不敢妄斲師曠之調鍾竢知音者之在後也孔子作春秋幾君子之前睹也老聃有遺言貴知我者希此非其操與

班固兩都賦序

或曰賦者古詩之流也昔成康沒而頌聲寢王澤竭而詩不作大漢初定日

不暇給至於武宣之世乃崇禮官考文章內設金馬石渠之署外興樂府協律之事以興廢繼絕潤色鴻業是以衆庶悅豫福應尤盛白麟赤雁芝房寶鼎之歌薦於郊廟神雀五鳳甘露黃龍之瑞以爲年紀故言語侍從之臣若司馬相如虞丘壽王東方朔枚皋王褒劉向之屬朝夕論思日月獻納而公卿大臣御史大夫倪寬太常孔臧大中大夫董仲舒宗正劉德太子太傅蕭望之等時時間作或以抒下情而通諷諭或以宣上德而盡忠孝雍容揄揚著於後嗣抑亦雅頌之亞也故孝成之世論而錄之蓋奏御者千有餘篇而後大漢之文章炳焉與三代同風且夫道有夷隆學有麤密因時而建德者不以遠近易則故皋陶歌虞奚斯頌魯同見采於孔氏列於詩書其義一也稽之上古則如彼考之漢室又如此斯事雖細然先臣之舊式國家之遺美不可闕也臣竊見海內清平朝廷無事京師修宮室浚城隍而起苑囿以備制度西土耆老咸懷怨思冀上之睠顧而盛稱長安舊制有陋雒邑之議故臣作兩都賦以極衆人之所眩曜折以今之法度其詞曰

西都賦

有西都賓問於東都主人曰蓋聞皇漢之初經營也嘗有意乎都河洛矣輟而弗康實用西遷作我上都主人聞其故而覩其制乎主人曰未也願賓攄懷舊之蓄念發思古之幽情博我以皇道宏我以漢京賓曰唯唯漢之西都在於雍州實曰長安左據函谷二崤之阻表以太華終南之山右界褒斜隴首之險帶以洪河涇渭之川衆流之隈汧涌其西華實之毛則九州之上腴焉防禦之阻則天地之隩區焉是故橫被六合三成帝畿周以龍興秦以虎視及至大漢受命而都之也仰悟東井之精俯協河圖之靈奉春建策留侯演成天人合應以發皇明乃眷西顧實惟作京於是睎秦嶺睋北阜挾灃灞據龍首圖皇基於億載度宏規而大起肇自高而終平世增飾以崇麗歷十二之延祚故窮泰而極侈建金城而萬雉呀周池而成淵披三條之廣路立十二之通門內則街衢洞達閭閻且千九市開場貨別隧分人不得顧車不得旋闐城溢郭旁流百廛紅塵四合煙雲相連於是既庶且富娛樂無疆都人士女殊異乎五方游士擬於

公侯列肆侈於姬姜鄉曲豪舉游俠之雄節慕原嘗名亞春陵連交合衆騁騖
乎其中以上總寫若乃觀其四郊浮游近縣則南望杜霸北眺五陵名都對郭邑居
相承英俊之域紱冕所興冠蓋如雲七相五公與乎州郡之豪傑五都之貨殖
三選七遷充奉陵邑蓋以強幹弱枝隆上都而觀萬國也封畿之內厥土千里
逴躒諸夏兼其所有其陽則崇山隱天幽林穹谷陸海珍藏藍田美玉商洛緣
其隈鄠杜濱其足源泉灌注陂池交屬竹林果園芳草甘木郊野之富號爲近
蜀其陰則冠以九嵕陪以甘泉乃有靈宮起乎其中秦漢之所極觀淵雲之所
頌歎於是乎存焉下有鄭白之沃衣食之源提封五萬疆埸綺分溝塍刻鏤原
隰龍鱗決渠降雨荷插成雲五穀垂穎桑麻鋪棻東郊則有通溝大漕潰渭洞
河汎舟山東控引淮湖與海通波西郊則有上囿禁苑林麓藪澤陂池連乎蜀
漢繚以周牆四百餘里離宮別館三十六所神池靈沼往往而在其中乃有九
真之麟大宛之馬黃支之犀條枝之鳥踰崑崙越巨海殊方異類至於三萬里
以上郊畿其宮室也體象乎天地經緯乎陰陽據坤靈之正位倣太紫之圓方樹中

天之華闕豐冠山之朱堂因瓌材而究奇抗應龍之虹梁列棼橑以布翼荷棟桴而高驤雕玉瑱以居楹裁金壁以飾璫發五色之渥彩光爛朗以景彰於是左城右平重軒三階閨房周通門闥洞開列鐘虡於中庭立金人於端闈仍增崖而衡閾臨峻路而啓扉徇以離宮別寢承以崇臺閒館煥若列宿紫宮是環清涼宣溫神仙長年金華玉堂白虎麒麟區宇若茲不可殫論增盤崔嵬登降炤爛殊形詭制每各異觀乘茵步輦惟所息宴(以上渾言宮室)後宮則有掖庭椒房后妃之室合歡增城安處常寧茝若椒風披香發越蘭林蕙草鴛鸞飛翔之列昭陽特盛隆乎孝成屋不呈材牆不露形裛以藻繡絡以綸連隨侯明月錯落其閒金釭銜璧是為列錢翡翠火齊流耀含英懸黎垂棘夜光在焉於是玄墀釦砌玉階彤庭碝磩綵緻琳珉青熒珊瑚碧樹周阿而生紅羅颯纚綺組繽紛精曜華燭俯仰如神後宮之號十有四位窈窕繁華更盛迭貴處乎斯列者蓋以百數(以上宮室中之後宮)左右庭中朝堂百僚之位蕭曹魏邴謀謨乎其上佐命則垂統輔翼則成化流大漢之愷悌盪亡秦之毒螫故令斯人揚樂和之聲作畫一之

歌功德著乎祖宗膏澤洽乎黎庶又有天祿石渠典籍之府命夫惇誨故老名儒師傅講論乎六藝稽合乎同異又有承明金馬著作之庭大雅宏達於茲爲羣元元本本殫見洽聞啓發篇章校理祕文周以鉤陳之位衞以嚴更之署總禮官之甲科羣百郡之廉孝虎賁贅衣閹尹閽寺陛戟百重各有典司（以上宮室中之官寺）周廬千列徼道綺錯輦路經營修除飛閣自未央而連桂宮北彌明光而亙長樂凌隥道而超西墉掍建章而連外屬設璧門之鳳闕上觚棱而棲金爵內則別風嶕嶢眇麗巧而聳擢張千門而立萬戶順陰陽以開闔爾乃正殿崔嵬層構厥高臨乎未央經駘盪而出馺娑洞枍詣以與天梁上反宇以蓋戴激日景而納光神明鬱其特起遂偃蹇而上躋軼雲雨於太半虹霓迴帶於棼楣雖輕迅與僄狡猶愕眙而不能階攀井幹而未半目眴轉而意迷舍櫺檻而卻倚若顛墜而復稽魂怳怳以失度巡迴塗而下低既懲懼於登望降周流以徬徨步甬道以縈紆又杳篠而不見陽排飛闥而上出若遊目於天表似無依而洋洋前唐中而後太液覽滄海之湯湯揚波濤於碣石激神岳之嶈嶈濫瀛洲與

方壺蓬萊起乎中央於是靈草冬榮神木叢生巖峻嶒崒金石崢嶸抗仙掌以承露擢雙立之金莖軼埃堨之混濁鮮顥氣之清英騁文成之丕誕馳五利之所刑庶松喬之羣類時游從乎斯庭實列仙之攸館非吾人之所寧以上宮室中之離宮

苑囿爾乃盛娛游之壯觀奮泰武乎上囿因茲以威戎夸狄耀威靈而講武事命荊州使起鳥詔梁野而驅獸毛羣內闐飛羽上覆接翼側足集禁林而屯聚水衡虞人修其營表種別羣分部曲有署罘網連紘籠山絡野列卒周帀星羅雲布於是乘鑾輿備法駕帥羣臣披飛廉入苑門遂繞酆鄗歷上蘭六師發逐百獸駭殫震震爚爚雷奔電激草木塗地山淵反覆蹂躪其十二三乃拗怒而少息爾乃期門佽飛列刃鑽鍭要趹追蹤鳥驚觸絲獸駭值鋒機不虛掎弦不再控矢不單殺中必疊雙颮颮紛紛矰繳相纏風毛雨血灑野蔽天平原赤勇士厲猨狖失木豺狼懾竄爾乃移師趨險並蹈潛穢窮虎奔突狂兕觸蹶許少施巧秦成力折掎僄狡扼猛噬脫角挫脰徒搏獨殺挾師豹拖熊螭曳犀犛頓象羆超洞壑越峻崖蹶嶄巖鉅石隤松柏仆叢林摧草木無餘禽獸殄夷於是天

子乃登屬玉之館歷長楊之榭覽山川之體勢觀三軍之殺獲原野蕭條目極四裔禽相鎮壓獸相枕藉然後收禽會衆論功賜胙陳輕騎以行炰騰酒車以斟酌割鮮野食舉烽命釂（以上田獵）饗賜畢勞逸齊大輅鳴鑾容與徘徊集乎豫章之宇臨乎昆明之池左牽牛而右織女似雲漢之無涯茂樹蔭蔚芳草被隄蘭茝發色曄曄猗猗若摛錦布繡爥燿乎其陂鳥則玄鶴白鷺黃鵠鵁鸛鶬鴰鴇鶂鳧鷖鴻雁朝發河海夕宿江漢沈浮往來雲集霧散於是後宮乘輚輅登龍舟張鳳蓋建華旗袪黼帷鏡清流靡微風澹淡浮櫂女謳鼓吹震聲激越謍厲天鳥羣翔魚窺淵招白鷳下雙鵠揄文竿出比目撫鴻罿御矰繳方舟並騖俛仰極樂（以上水嬉）遂乃風舉雲搖浮游溥覽前乘秦嶺後越九嵕東薄河華西涉岐雍宮館所歷百有餘區行所朝夕儲不改供禮上下而接山川究休祐之所用采遊童之讙謠第從臣之嘉頌於斯之時都都相望邑邑相屬國藉十世之基家承百年之業士食舊德之名氏農服先疇之畎畝商修族世之所鬻工用高曾之規矩粲乎隱隱各得其所若臣者徒觀迹於舊墟聞之乎故老十分而未

得其一端故不能徧舉也

東都賦

東都主人喟然而歎曰痛乎風俗之移人也子實秦人矜夸館室保界山河信識昭襄而知始皇矣烏覩大漢之云爲乎夫大漢之開元也奮布衣以登皇位繇數期而創萬代蓋六籍所不能談前聖靡得而言焉當此之時功有橫而當天討有逆而順民故婁敬度勢而獻其說蕭公權宜而拓其制時豈泰而安之哉計不得以已也吾子曾不是覩顧曜後嗣之末造不亦暗乎今將語子以建武之治永平之事監於太清以變子之惑志往者王莽作逆漢祚中缺天人致誅六合相滅于時之亂生人幾亡鬼神泯絶壑無完柩郛罔遺室原野厭人之肉川谷流人之血秦項之災猶不克半書契以來未之或紀故下人號而上訴上帝懷而降監乃致命乎聖皇於是聖皇乃握乾符闡坤珍披皇圖稽帝文赫然發憤應若興雲霆擊昆陽憑怒雷震遂超大河跨北嶽立號高邑建都河洛紹百王之荒屯因造化之蕩滌體元立制繼天而作系唐統接漢緒茂育羣生

恢復疆宇，勳兼乎在昔，事勤乎三五，豈特方軌並跡，紛綸后辟，治近古之所務蹈一聖之險易云爾哉，且夫建武之元，天地革命，四海之內，更造夫婦，肇有父子，君臣初建，人倫寔始，斯乃伏犧氏之所以基皇德也，分州土，立市朝，作舟輿造器械，斯乃軒轅氏之所以開帝功也，龔行天罰，應天順人，斯乃湯武之所以昭王業也，遷都改邑，有殷宗中興之則焉，即土之中，有周成隆平之制焉，不階尺土一人之柄，同符乎高祖，克己復禮以奉終始，允恭乎孝文，憲章稽古，封岱勒成，儀炳乎世宗，案六經而校德，眇古昔而論功，仁聖之事既該，而帝王之道備矣，（以上光武）至於永平之際，重熙而累洽，盛三雍之上儀，修袞龍之法服，鋪鴻藻信景鑠，揚世廟，正予樂，人神之和允洽，羣臣之序既肅，乃動大輅，遵皇衢，省方巡狩，躬覽萬國之有無，考聲教之所被，散皇明以燭幽，然後增周舊，修洛邑，扁巍巍，顯翼翼，光漢京於諸夏，總八方而為之極，（以上明帝）是以皇城之內，宮室光明闕庭神麗，奢不可踰，儉不能侈，外則因原野以作苑，順流泉而為沼，發蘋藻以潛魚，豐圃草以毓獸，制同乎梁騶，誼合乎靈囿，（以上宮室）若乃順時節而蒐狩，簡車徒以講武則必臨之以王制考之以風雅歷騶虞覽駟鐵嘉車攻采吉日禮官整儀乘輿乃出於是發鯨魚鏗華鐘登玉輅乘時龍鳳蓋棽麗龢鑾玲瓏天官景從寢威盛容山靈護野屬御方神雨師汎灑風伯清塵千乘雷起萬騎紛紜元戎竟野戈鋋彗雲羽旄掃霓旌旗拂天焱焱炎炎揚光飛文吐燭生風欲野歕山日月為之奪明邱陵為之搖震遂集乎中囿陳師按屯駢部曲列校隊勒三軍誓將帥然後舉烽伐鼓申令三驅輶車霆激驍騎電騖由基發射范氏施御弦不睼禽轡不詭遇飛者不及翔走者不及去指顧倏忽獲車已實樂不極盤殺不盡物馬踠餘足士怒未淥先驅復路屬車按節（以上田獵）於是薦三犧效五牲禮神祇懷百靈覲明堂臨辟雍揚緝熙宣皇風登靈臺考休徵俯仰乎乾坤參象乎聖躬目中夏而布德瞰四裔而抗稜西盪河源東澹海漘北動幽崖南燿朱垠殊方別區界絕而不鄰自孝武之所不征孝宣之所未臣莫不陸讋水慄奔走而來賓遂綏哀牢開永昌春王三朝會同漢京是日也天子受四海之圖籍膺萬國之貢珍內撫諸夏外綏百蠻爾乃盛禮興樂供帳置乎雲龍之庭

陳百寮而贊羣后究皇儀而展帝容於是庭實千品旨酒萬鍾列金罍班玉觴嘉珍御太牢饗爾乃食舉雍徹太師奏樂陳金石布絲竹鐘鼓鏗鍧管絃曄煜抗五聲極六律歌九功舞八佾韶武備泰古畢四夷閒奏德廣所及僸佅兜離罔不具集萬樂備百禮暨皇歡浹羣臣醉降烟熅調元氣然後撞鐘告罷百寮遂退（以上四夷來賓）於是聖上覩萬方之歡娛又沐浴於膏澤懼其後心之將萌而怠於東作也乃申舊章下明詔命有司班憲度昭節儉示太素去後宮之麗飾損乘輿之服御抑工商之淫業興農桑之盛務遂令海內棄末而反本背偽而歸真女修織紝男務耕耘器用陶匏服尚素玄恥纖靡而不服賤奇麗而弗珍捐金於山沈珠於淵於是百姓滌瑕盪穢而鏡至清形神寂漠耳目弗營嗜慾之源滅廉恥之心生莫不優游而自得玉潤而金聲是以四海之內學校如林庠序盈門獻酬交錯俎豆莘莘下舞上歌蹈德詠仁登降飫宴之禮既畢因相與嗟歎玄德讜言弘說咸含和而吐氣頌曰盛哉乎斯世（以上歸真返樸）今論者但知誦虞夏之書詠殷周之詩講羲文之易論孔氏之春秋罕能精古今之清濁究漢

德之所由唯子頗識舊典又徒馳騁乎末流溫故知新已難而知德者鮮矣且夫僻界西戎險阻四塞修其防禦孰與處乎土中平夷洞達萬方輻湊秦嶺九嵕涇渭之川曷若四瀆五嶽帶河泝洛圖書之淵建章甘泉館御列仙孰與靈臺明堂統和天人太液昆明鳥獸之囿曷若辟雍海流道德之富游俠踰侈犯義侵禮孰與同履法度翼翼濟濟也子徒習秦阿房之造天而不知京洛之有制也識函谷之可關而不知王者之無外也（以上較論東西之長短）主人之辭未終西都賓矍然失容逡巡降階惵然意下捧手欲辭主人曰復位今將授子以五篇之詩賓既卒業乃稱曰美哉乎斯詩義正乎揚雄事實乎相如匪唯主人之好學蓋乃遭遇乎斯時也小子狂簡不知所裁既聞正道請終身而誦之其詩曰

明堂詩

於昭明堂明堂孔陽聖皇宗祀穆穆煌煌上帝宴饗五位時序誰其配之世祖光武普天率土各以其職猗歟緝熙允懷多福

辟雍詩

乃流辟雍辟雍湯湯聖皇莅止造舟爲梁皤皤國老乃父乃兄抑抑威儀孝友光明於赫太上示我漢行洪化惟神永觀厥成

靈臺詩

乃經靈臺靈臺既崇帝勤時登爰考休徵三光宣精五行布序習習祥風祁祁甘雨百穀蓁蓁庶草蕃廡屢惟豐年於皇樂胥

寶鼎詩

嶽修貢兮川效珍吐金景兮歊浮雲寶鼎見兮色紛緼煥其炳兮被龍文登祖廟兮享聖神昭靈德兮彌億年

白雉詩

啓靈篇兮披瑞圖獲白雉兮效素烏嘉祥阜兮集皇都發皓羽兮奮翹英容潔朗兮於純精彰皇德兮侔周成永延長兮膺天慶

班固幽通賦

系高頊之玄胄兮氏中葉之炳靈飄颻風而蟬蛻兮雄朔野以颺聲皇十紀而

鴻漸兮有羽儀於上京巨滔天而泯夏兮考遘愍以行謠終保己而貽則兮里上仁之所廬懿前烈之純淑兮窮與達其必濟咨孤蒙之眇眇兮將圮絕而罔階豈余身之足殉兮違世業之可懷靖潛處以永思兮經日月而彌遠匪黨人之敢拾兮庶斯言之不玷魂煢煢與神交兮精誠發於宵寐夢登山而迥眺兮覿幽人之髣髴攬葛藟而授余兮眷峻谷曰勿墜昒昕寤而仰思兮心矇矇猶未察黃神邈而靡質兮儀遺讖以臆對曰乘高而遌神兮道遐通而不迷葛緜緜於樛木兮詠南風以爲綏蓋惴惴之臨深兮乃二雅之所祇既訊爾以吉象兮又申之以炯戒盍孟晉以迨羣兮辰倏忽其不再承靈訓其虛徐兮竚盤桓而且俟惟天地之無窮兮鮮生民之晦在紛屯邅與蹇連兮何艱多而智寡上聖迕而後拔兮豈羣黎之所禦昔衞叔之御昆兮昆爲寇而喪予管彎弧欲斃讎兮讎作后而成己變化故而相詭兮孰云預其終始雍造怨而先賞兮丁繇惠而被戮栗取弔於逌吉兮王膺慶於所慼叛迴穴其若茲兮北叟頗識其倚伏單治裏而外凋兮張修襮而內逼聿中龢爲庶幾兮顏與冉又不得溺招路

以從己兮謂孔氏猶未可安慆慆而不萉兮卒隕身乎世禍遊聖門而靡救兮雖覆醢其何補固行行其必凶兮免盜亂爲賴道形氣發於根柢兮柯葉彙而零茂恐魍魎之責景兮羌未得其云已黎淳耀於高辛兮芈彊大於南汜嬴取威於伯儀兮姜本支乎三趾既仁得其信然兮仰天路而同軌東鄰虐而殲仁兮王合位乎三五戎女烈而喪孝兮伯徂歸於龍虎發還師以成命兮重醉行而自耦震鱗漦於夏庭兮匝三正而滅姬巽羽化於宣宮兮彌五辟而成災道修長而世短兮敻冥默而不周胥仍物而鬼諏兮乃窮宙而達幽嬀巢姜於孺筮兮旦算祀於契龜宣曹興敗於下夢兮魯衛名謚於銘謠姚聆呱而劾石兮許相理而鞫條道混成而自然兮術同原而分流神先心以定命兮命隨行以消息斡流遷其不濟兮故遭罹而嬴縮三變同於一體兮雖移易而不忒洞參差其紛錯兮斯衆兆之所惑周賈盪而貢憤兮齊死生與禍福抗爽言以矯情兮信畏犧而忌鵩所貴聖人至論兮順天性而斷誼物有欲而不居兮亦有惡而不避守孔約而不貳兮乃輶德而無累三仁殊於一致兮夷惠舛而齊聲木

偃息以蕃魏兮申重繭以存荊紀焚躬以衛上兮皓頤志而弗傾侯草木之區別兮苟能實其必榮要沒世而不朽兮乃先民之所程觀天網之紘覆兮實棐諶而相訓謨先聖之大猷兮亦鄰德而助信虞韶美而儀鳳兮孔忘味於千載素文信而底麟兮漢賓祚於異代精通靈而感物兮神動氣而入微養流睇而猨號兮李虎發而石開非精誠其焉通兮苟無實其孰信操末技猶必然兮矧耽躬於道真登孔昊而上下兮緯羣龍之所經朝貞觀而夕化兮猶諠己而遺形若胤彭而偕老兮訴來哲而通情亂曰天造草昧立性命兮復心弘道惟聖賢兮渾元運物流不處兮保身遺名民之表兮舍生取誼以道用兮憂傷夭物忝莫痛兮皓爾太素曷渝色兮尙越其幾淪神域兮

班固答賓戲 並序

永平中爲郎典校祕書專篤志於儒學以著述爲業或譏以無功又感東方朔揚雄自喻以不遭蘇張范蔡之時曾不折之以正道明君子之所守故聊復應焉其辭曰

賓戲主人曰蓋聞聖人有一定之論烈士有不易之分亦云名而已矣故太上有立德其次有立功夫德不得後身而特盛功不得背時而獨彰是以聖哲之治棲棲遑遑孔席不暖墨突不黔由此言之取舍者昔人之上務著作者前列之餘事耳今吾子幸遊帝王之世躬帶紱冕之服浮英華湛道德矕龍虎之文舊矣卒不能攄首尾奮翼鱗振拔洿塗跨騰風雲使見之者影駭聞之者響震徒樂枕經籍書紆體衡門上無所蒂下無所根獨攄意乎宇宙之外銳思於毫芒之內潛神默記緪以年歲然而器不賈於當己用不効於一世雖馳辯如濤波摛藻如春華猶無益於殿最也意者且運朝夕之策定合會之計使存有顯號亡有美謚不亦優乎主人逌爾而笑曰若賓之言所謂見世利之華闇道德之實守窔奧之熒燭未仰天庭而覩白日也曩者王塗蕪穢周失其馭侯伯方軌戰國橫騖於是七雄虓闞分裂諸夏龍戰虎爭遊說之徒風颮電激並起而救之其餘猋飛景附霅煜其閒者蓋不可勝載當此之時搦朽摩鈍鉛刀皆能一斷是故魯連飛一矢而蹶千金虞卿以顧眄而捐相印夫啾發投曲感耳之

聲。合之律度。淫𪗋而不可聽者。非韶夏之樂也。因勢合變。遇時之容。移風易俗。乖迕而不可通者。非君子之法也。及至從人合之。衡人散之。亡命漂說。羇旅騁辭。商鞅挾三術以鑽孝公。李斯奮時務而要始皇。彼皆躡風塵之會。履顛沛之勢。據徼乘邪以求一日之富貴。朝為榮華。夕為顦顇。福不盈眥。禍溢於世。凶人且以自悔。況吉士而是賴乎。且功不可以虛成。名不可以偽立。韓設辨以激君。呂行詐以賈國。說難既遒。其身乃囚。秦貨既貴。厥宗亦墜。是以仲尼抗浮雲之志。孟軻養浩然之氣。彼豈樂為迂闊哉。道不可以貳也。方今大漢洒埽羣穢。夷險芟荒。廓帝紘。恢皇綱。基隆於羲農。規廣於黃唐。其君天下也。炎之如日。威之如神。函之如海。養之如春。是以六合之內。莫不同源共流。沐浴玄德。稟仰太龢。枝附葉著。譬猶草木之植山林。鳥魚之毓川澤。得氣者蕃滋。失時者零落。參天地而施化。豈云人事之厚薄哉。今吾子處皇代而論戰國。曜所聞而疑所覿。欲從嫯敦而度高乎泰山。懷氿濫而測深乎重淵。亦未至也。賓曰。若夫鞅斯之倫。衰周之凶人。既聞命矣。敢問上古之士。處身行道。輔世成名。可述於後者。默而已乎主人曰何爲其然也昔者咎繇謨虞箕子訪周言通帝王謀合神聖殷說夢發於傅巖周望兆動於渭濱齊甯激聲於康衢漢良受書於邳垠皆俟命而神交匪詞言之所信故能建必然之策展無窮之勳也近者陸子優游新語以興董生下帷發藻儒林劉向司籍辯章舊聞揚雄譚思法言太玄皆及時君之門闈究先聖之壺奧婆娑乎術藝之場休息乎篇籍之囿以全其質而發其文用納乎聖德烈炳乎後人斯非亞與若乃伯夷抗行於首陽柳惠降志於辱仕顏潛樂於簞瓢孔終篇於西狩聲盈塞於天淵眞吾徒之師表也且吾聞之一陰一陽天地之方乃文乃質王道之綱有同有異聖哲之常故曰愼修所志守爾天符委命供己味道之腴神之聽之名其舍諸賓又不聞和氏之璧韞於荊石隋侯之珠藏於蚌蛤乎歷世莫眂不知其將含景曜吐英精曠千載而流光也應龍潛於潢汙魚黿媟之不覩其能奮靈德合風雲超忽荒而躆昊蒼也故夫泥蟠而天飛者應龍之神也先賤而後貴者和隋之珍也時暗而久章者君子之眞也若乃牙曠清耳於管絃離婁眇目於毫分逢蒙絕技於弧矢般輸搉

巧於斧斤良樂軼能於相馭烏獲抗力於千鈞和鵲發精於鍼石研桑心計於無垠走亦不任廁技於彼列故密爾自娛於斯文

張衡兩京賦

西京賦

有憑虛公子者心奓體忲雅好博古學乎舊史氏是以多識前代之載言於安處先生曰夫人在陽時則舒在陰時則慘此牽乎天者也處沃土則逸處瘠土則勞此繫乎地者也慘則尠於驩勞則褊於惠能違之者寡矣小必有之大亦宜然故帝者因天地以致化兆民承上教以成俗化俗之本有與推移何以覈諸秦據雍而彊周即豫而弱高祖都西而泰光武處東而約政之興衰恆由此作先生獨不見西京之事歟請為吾子陳之漢氏初都在渭之涘秦里其朔實為咸陽左有崤函重險桃林之塞綴以二華巨靈贔屭高掌遠蹠以流河曲厥跡猶存右有隴坻之隘隔閡華戎岐梁汧雍陳寶鳴雞在焉於前則終南太一隆崛崔崒隱轔鬱律連岡乎嶓冢抱杜含鄠欱灃吐鎬爰有藍田珍玉是之自

出於後則高陵平原據渭踞涇澶漫靡迤作鎮於近其遠則九嵕甘泉涸陰冱寒日北至而含凍此焉清暑爾乃廣衍沃野厥田上上實惟地之奧區神皋昔者大帝說秦繆公而覲之饗以鈞天廣樂帝有醉焉乃爲金策錫用此土而翦諸鶉首是時也並爲彊國者有六然而四海同宅西秦豈不詭哉自我高祖之始入也五緯相汁以旅于東井婁敬委輅榦非其議天啓其心人惎之謀及帝圖時意亦有慮乎神祇宜其可定以爲天邑豈伊不虔思於天衢豈伊不懷歸於枌榆天命不滔疇敢以渝以上建都之地勢於是量徑輪考廣袤經城洫營郭郛取殊裁於八都豈啓度於往舊乃覽秦制跨周法狹百堵之側陋增九筵之迫脅正紫宮於未央表嶢闕於閶闔疏龍首以抗殿狀巍峨以岌嶪亙雄虹之長梁結棼橑以相接蔕倒茄於藻井披紅葩之狎獵飾華榱與璧璫流景曜之韡曄雕楹玉磶繡栭雲楣三階重軒鏤檻文㮰右平左墄青瑣丹墀刊層平堂設切厓隒坻崿鱗眴棧齴巉嶮襄岸夷塗修路陵險重門襲固姦宄是防仰福帝居陽曜陰藏洪鐘萬鈞猛虡趪趪負筍業而餘怒乃奮翅而騰驤朝堂承東溫調

延北西有玉臺聯以昆德嵯峨崨嶫罔識所則若夫長年神僊宣室玉堂麒麟朱鳥龍興含章譬衆星之環極叛赫戲以煇煌正殿路寢用朝羣辟大夏耽耽九戶開闢嘉木樹庭芳草如積高門有閌列坐金狄（以上宮室）內有常侍謁者奉命當御蘭臺金馬遞宿迭居次有天祿石渠校文之處重以虎威章溝嚴更之署徼道外周千廬內附衛尉八屯警夜巡晝植鎩懸瞂用戒不虞（以上官寺）後宮則昭陽飛翔增城合驩蘭林披香鳳皇鴛鸞羣窈窕之華麗嗟內顧之所觀故其館室次舍采飾纖縟裹以藻繡文以朱綠翡翠火齊絡以美玉流懸黎之夜光綴隨珠以爲燭金戺玉階彤庭煇煇珊瑚琳碧瓀珉璘彬珍物羅生煥若崑崙雖厥裁之不廣侈靡踰乎至尊於是鉤陳之外閣道穹隆屬長樂與明光徑北通乎桂宮命般爾之巧匠盡變態乎其中後宮不移樂不徙懸門衛供帳官以物辨恣意所幸下輦成燕窮年忘歸猶弗能徧瓌異日新殫所未見（以上後宮）惟帝王之神麗懼尊卑之不殊雖斯宇之既坦心猶憑而未攄思比象於紫微恨阿房之不可廬覜往昔之遺館獲林光於秦餘處甘泉之爽塏乃隆崇而弘敷既新

作於迎風增露寒與儲胥託喬基於山岡直墆霓以高居通天訬以竦峙徑百常而莖擢上辮華以交紛下刻陗其若削翔鶤仰而不逮況青鳥與黃雀伏櫺檻而頫聽聞雷霆之相激柏梁既災越巫陳方建章是經用厭火祥營宇之制事兼未央圜闕竦以造天若雙碣之相望鳳騫翥於甍標咸遡風而欲翔閶闔之內別風嶕嶢何工巧之瑰瑋交綺豁以疏寮干雲霧而上達狀亭亭以苕苕神明崛其特起井幹疊而百增跱遊極於浮柱結重欒以相承累層構而遂隮望北辰而高興消雰埃於中宸集重陽之清瀓瞰宛虹之長鬐察雲師之所憑上飛闥而仰眺正睹瑤光與玉繩將乍往而未半怵悼慄而慫兢非都盧之輕趫孰能超而究升馺娑駘盪燾奡桔桀枍栺承光睽罛庨豁橧桴重棼鍔鍔列列反宇業業飛檐巘巘流景內照引曜日月天梁之宮實開高闥旗不脫扃結駟方蘄轢輻輕騖容於一扉長廊廣廡途閣雲蔓閈庭詭異門千戶萬重闥幽闥轉相踰延望窈窱以徑廷眇不知其所返既乃珍臺蹇產以極壯墱道邐倚以正東似閬風之遐坂橫西洫而絕金墉城尉不弛柝而內外潛通前開唐中

彌望廣潒顧臨太液滄池漭沆漸臺立於中央赫昈昈以弘敞清淵洋洋神山峨峨列瀛洲與方丈夾蓬萊而駢羅上林岑以壘嵬下嶄巖以嵒齬長風激於別隯起洪濤而揚波浸石菌於重涯濯靈芝以朱柯海若游於玄渚鯨魚失流而蹉跎於是采少君之端信庶欒大之貞固立修莖之仙掌承雲表之清露屑瓊蘂以朝飧必性命之可度美往昔之松喬要羨門乎天路想升龍於鼎湖豈時俗之足慕若歷世而長存何遽營乎陵墓以上離宮徒觀其城郭之制則旁開三門參塗夷庭方軌十二街衢相經廛里端直甍宇齊平北闕甲第當道直啓程巧致功期不陁陊木衣綈錦土被朱紫武庫禁兵設在蘭錡匪石匪董疇能宅此爾乃廓開九市通闤帶闠旗亭五重俯察百隧周制大胥今也惟尉瓌貨方至鳥集鱗萃鬻者兼贏求者不匱爾乃商賈百族裨販夫婦鬻良雜苦蚩眩邊鄙何必昏於作勞邪贏優而足恃彼肆人之男女麗美奢乎許史以上市肆若夫翁伯濁質張里之家擊鐘鼎食連騎相過東京公侯壯何能加都邑游俠張趙之倫齊志無忌擬跡田文輕死重氣結黨連羣寔蕃有徒其從如雲茂陵之原陽

陵之朱趨悍虓豁如虎如貙睚眦蠆芥屍僵路隅丞相欲以贖子罪陽石汙而公孫誅若其五縣遊麗辯論之士街談巷議彈射臧否剖析毫氂擘肌分理所好生毛羽所惡成創痏以上遊俠郊甸之內鄉邑殷賑五都貨殖既遷既引商旅聯槅隱隱展展冠帶交錯方轅接軫封畿千里統以京尹郡國宮館百四十五右極盩厔并卷酆鄠左暨河華遂至虢土上林禁苑跨谷彌阜東至鼎湖邪界細柳掩長楊而聯五柞繞黃山而款牛首繚垣緜聯四百餘里植物斯生動物斯止衆鳥翩翻羣獸駓騃散似驚波聚似京峙伯益不能名隸首不能紀林麓之饒于何不有木則樅栝椶柟梓棫楩楓嘉卉灌叢蔚若鄧林鬱蓊薆薱橚爽櫹槮吐葩颺榮布葉垂陰草則葴莎菅蒯薇蕨荔苀王芻莔臺戎葵懷羊苯蓴蓬茸彌皋被岡篠簜敷衍編町成篁山谷原隰泱漭無疆以上郊藪迺有昆明靈沼黑水玄阯周以金堤樹以柳杞豫章珍館揭焉中峙牽牛立其左織女處其右日月於是乎出入象扶桑與濛汜其中則有黿鼉巨鼇鱣鯉鱮鮦鮪鯢鱨鯊修額短項大口折鼻詭類殊種鳥則鸘鷞鴰鴇鴐鵝鴻鶤上春候來季秋就溫南翔

衡陽北棲鴈門奮隼歸鳧沸卉軿訇衆形殊聲不可勝論以上昆明池於是孟冬作
陰寒風蕭殺雨雪飄飄冰霜慘烈百卉具零剛蟲搏摯爾乃振天維衍地絡蕩
川瀆簸林薄鳥畢駭獸咸作草伏木棲寓居穴託起彼集此霍繹紛泊在彼靈
囿之中前後無有垠鍔虞人掌焉爲之營域焚萊平場柞木翦棘結罝百里迒
杜蹊塞麀鹿麌麌駢田偪仄天子乃駕彫軫六駿駮戴翠帽倚金較璿弁玉纓
遺光儵爚建玄弋樹招搖棲鳴鳶曳雲梢弧旌枉矢虹旃蜺旄華蓋承辰天畢
前驅千乘雷動萬騎龍趨屬車之簉載獫獥獢匪惟翫好乃有祕書小說九百
本自虞初從容之求實俟實儲於是蚩尤秉鉞奮鬣被般禁禦不若以知神姦
螭魅魍魎莫能逢旃陳虎旅於飛廉正壘壁乎上蘭結部曲整行伍燎京薪駴
雷鼓縱獵徒赴長莽迾卒清候武士赫怒緹衣韎韐睢盱拔扈光炎燭天庭囂
聲震海浦河渭爲之波盪吳嶽爲之陁堵百禽㥄遽騤瞿奔觸喪精亡魂失歸
忘趨投輪關輻不邀自遇飛罕潚箾流鏑擂㩧矢不虛舍鋌不苟躍當足見蹍
值輪被轢僵禽斃獸爛若磧礫但觀罝羅之所羂結竿殳之所揘畢叉蔟之所

攙捔徒搏之所撞挌。白日未及移其晷已獮其什七八若夫遊鷸高翬絶阬踰斥毚兎聯猭陵巒超壑比諸東郭莫之能獲乃有迅羽輕足尋景追括鳥不暇舉獸不得發青骹摯於韝下韓盧噬於緤末及其猛毅髬髵隅目高匡威懾兕虎莫之敢伉迺使中黄之士育獲之儔朱鬉䰅髽植髮如竿袒裼戟手奎踽盤桓鼻赤象圈巨狿摣狒猬批窳狻揩枳落突棘藩梗林爲之靡拉樸叢爲之摧殘輕銳僄狡趫捷之徒赴洞穴探封狐陵重巘獵昆駼杪木末擭獑猢超殊榛摕飛鼯。以上田獵

是時後宮嬖人昭儀之倫常亞於乘輿慕賈氏之如皋樂北風之同車盤于游畋其樂只且於是烏獸殫目觀窮遷延邪睨集乎長楊之宮息行夫展車馬收禽舉胔數課衆寡置互擺牲頒賜獲鹵割鮮野饗犒勤賞功五軍六師千列百重酒車酌醴方駕授饔升觴舉燧既釂鳴鐘膳夫馳騎察貳廉空炙炰夥清酤鈘皇恩溥洪德施徒御悅士忘罷巾車命駕迴旆右移相羊乎五柞之館旋憩乎昆明之池登豫章簡矰紅蒲且發弋高鴻挂白鵠聯飛龍磻不特絓往必加雙。以上宴饗

於是命舟牧爲水嬉浮鷁首翳雲芝垂翟葆建羽旗齊栧

女縱櫂歌發引和校鳴葭奏淮南度陽阿感河馮懷湘娥驚蝄蜽憚蛟蛇然後
釣魴鱧纚鰋鮋摭紫貝搏耆龜搤水豹馽潛牛澤虞是濫何有春秋擿漻澥搜
川瀆布九罭設罜䍡摷鯤鮞殄水族蘧藕拔蜃蛤剝逞欲畋魰效獲麑麌摎蓼
浶浪乾池滌藪上無逸飛下無遺走擭胎拾卵蚳蝝盡取取樂今日遑恤我後
以上水嬉 既定且寧焉知傾陁大駕幸乎平樂張甲乙而襲翠被攢珍寶之玩好紛
瑰麗以奓靡臨迥望之廣場程角觝之妙戲烏獲扛鼎都盧尋橦衝狹鷰濯胸
突銛鋒跳丸劍之揮霍走索上而相逢華嶽峨峨岡巒參差神木靈草朱實離
離總會僊倡戲豹舞羆白虎鼓瑟蒼龍吹篪女娥坐而長歌聲清暢而蜲蛇洪
涯立而指麾被毛羽之襳襹度曲未終雲起雪飛初若飄飄後遂霏霏複陸重
閣轉石成雷礔礰激而增響磅磕象乎天威巨獸百尋是爲曼延神山崔巍欻
從背見熊虎升而拏攫猨狖超而高援怪獸陸梁大雀踆踆白象行孕垂鼻轔
囷海鱗變而成龍狀蜿蜿以蝹蝹含利颬颬化爲仙車驪駕四鹿芝蓋九葩蟾
蜍與龜水人弄蛇奇幻儵忽易貌分形吞刀吐火雲霧杳冥畫地成川流渭通

珍倣宋版印

逕東海黃公赤刀粵祝冀厭白虎卒不能救挾邪作蠱於是不售爾乃建戲車樹修旃偵僮程材上下翩翻突倒投而跟絓譬隕絕而復聯百馬同轡騁足並馳橦末之伎態不可彌彎弓射乎西羌又顧發乎鮮卑（以上百戲）於是衆變盡心醒醉盤樂極悵懷萃陰戒期門微行要屈降尊就卑懷璽藏紱便旋閭閻周觀郊遂若神龍之變化章后皇之爲貴然後歷掖庭適驩館捐衰色從嬿婉促中堂之陿坐羽觴行而無算祕舞更奏妙材騁伎妖蠱豔夫夏姬美聲暢於虞氏始徐進而羸形似不任乎羅綺嚼清商而卻轉增嬋娟以此豸紛縱體而迅赴若驚鶴之羣罷振朱屣於盤樽奮長袖之颯纚要紹修態麗服颺菁眳藐流眄一顧傾城展季桑門誰能不營列爵十四競媚取榮盛衰無常惟愛所丁衞后興於鬒髮飛燕寵於體輕爾乃逞志究欲窮身極娛鑒戒唐詩他人是媮自君作故何禮之拘增昭儀於婕妤賢既公而又侯許趙氏以無上思致董於有虞王閎爭於坐側漢載安而不渝（以上微行淫樂）高祖創業繼體承基暫勞永逸無爲而治耽樂是從何慮何思多歷年所二百餘期徒以地沃野豐百物殷阜巖險周固

衿帶易守得之者強據之者久流長則難竭柢深則難朽故奢泰肆情馨烈彌茂鄙生生乎三百之外傳聞於末聞之者曾髣髴其若夢未一隅之能睹此何與於殷人屢遷前八而後五居相圮耿不常厥土盤庚作誥帥人以苦方今聖上同天號於帝皇掩四海而爲家富有之業莫我大也徒恨不能以靡麗爲國華獨儉嗇以齷齪忘蟋蟀之謂何豈欲之而不能將能之而不欲歟蒙竊惑焉願聞所以辯之之說也

東京賦

安處先生於是似不能言憮然有閒乃莞爾而笑曰若客所謂末學膚受貴耳而賤目者也苟有胸而無心不能節之以禮宜其陋今而榮古矣由余以西戎孤臣而悝繆公於宮室如之何其以溫故知新研覈是非近於此惑周姬之末不能厥政政用多僻始於宮鄰卒於金虎嬴氏搏翼擇肉西邑是時也七雄並爭競相高以奢麗楚築章華於前趙建叢臺於後秦政利觜長距終得擅場思專其後以莫己若迺構阿房起甘泉結雲閣冠南山征稅盡人力殫然後收以

太半之賦。威以參夷之刑。其遇民也。若薙氏之芟草。既蘊崇之。又行火焉。惵惵黔首。豈徒跼高天蹐厚地而已哉。乃救死於其頸。毆以就役。唯力是視。百姓弗能忍。是用息肩於大漢而欣戴高祖。高祖膺籙受圖。順天行誅。杖朱旗而建大號。所推必亡。所存必固。掃項軍於垓下。紲子嬰於軹塗。因秦宮室。據其府庫。作洛之制。我則未暇。是以西匠營宮。目翫阿房。規摹踰溢。不度不臧。損之又損之。然尚過於周堂。觀者狹而謂之陋。帝已譏其泰而弗康。且高既受命建家。造我區夏矣。文又躬自菲薄。治致升平之德。武有大啟土宇。紀禪肅然之功。宣重威以撫和戎狄。呼韓來享。咸用紀宗存主。饗祀不輟。銘勳彝器。歷世彌光。今捨純懿而論爽德。以春秋所諱而為美談。宜無嫌於往初。故蔽善而揚惡。祇吾子之不知言也。必以肆奢為賢。則是黃帝合宮。有虞總期。固不如夏癸之瑤臺。殷辛之瓊室也。湯武誰革而用師哉。盍亦覽東京之事。以自寤乎。以上言西京奢麗乃秦之舊非漢之制甚不足法

且天子有道。守在海外。守位以仁。不恃隘害。苟民志之不諒。何云巖險與襟帶。秦負阻於二關。卒開項而受沛。彼偏據而規小。豈如宅中而圖大。昔先

王之經邑也。掩觀九隩。靡地不營。土圭測景。不縮不盈。總風雨之所交。然後以
建王城。審曲面勢。泝洛背河。左伊右瀍。西阻九阿。東門于旋。盟津達其後。太谷
通其前。迴行道乎伊闕。邪徑捷乎轘轅。太室作鎮。揭以熊耳。底柱輟流。鐔以大
岯。溫液湯泉。黑丹石緇。王鮪岫居。能鼈三趾。宓妃攸館。神用挺紀。龍圖授羲。龜
書畀姒。召伯相宅。卜惟洛食。周公初基。其繩則直。萇弘魏舒。是廓是極。經途九
軌。城隅九雉。度堂以筵。度室以几。京邑翼翼。四方所視。漢初弗之宅。故宗緒中
圮。巨猾閒舋。竊弄神器。歷載三六。偷安天位。于時蒸民。罔敢或貳。其取威也重
矣。我世祖忿之。乃龍飛白水。鳳翔參墟。授鉞四七。共工是除。欃槍旬始。羣凶靡
餘。區宇乂寧。思和求中。睿哲玄覽。都茲洛宮。曰止曰時。昭明有融。既光厥武。仁
洽道豐。登岱勒封。與黃比崇。以上光武都洛逮至顯宗。六合殷昌。乃新崇德。遂作德陽。
啓南端之特闈。立應門之將將。昭仁惠於崇賢。抗義聲於金商。飛雲龍於春路。
屯神虎於秋方。建象魏之兩觀。旌六典之舊章。其內則含德章臺。天祿宣明。溫
飭迎春。壽安永寧。飛閣神行。莫我能形。濯龍芳林。九谷八溪。芙蓉覆水。秋蘭被

涯。渚戲躍魚。淵游龜蠵。永安離宮。修竹冬青。陰池幽流。玄泉洌清。鵯鶋秋棲。鶻鳩春鳴。鴡鳩麗黃。關關嚶嚶。於南則前殿雲臺。龢驩安福。謻門曲榭。邪阻城洫。奇樹珍果。鉤盾所職。西登少華。亭候修敕。九龍之內。實曰嘉德。西南其戶。匪雕匪刻。我后好約。乃宴斯息。於東則洪池清籞。淥水澹澹。內阜川禽。外豐葭菼。獻鼈蜃與龜魚。供蝸䗍與菱芡。其西則有平樂都場。示遠之觀。龍雀蟠蜿。天馬半漢。瑰異譎詭。燦爛炳煥。奢未及侈。儉而不陋。規遵王度。動中得趣。於是觀禮。禮舉儀具。經始勿亟。成之不日。猶謂爲之者勞。居之者逸。慕唐虞之茅茨。思夏后之卑室。乃營三宮。布教頒常。複廟重屋。八達九房。規天矩地。授時順鄉。造舟清池。惟水泱泱。左制辟雍。右立靈臺。因進距衰。表賢簡能。馮相觀祲。祈褫禳災。（以上洛陽宮殿）

於是孟春元日。羣后旁戾。百僚師師。于斯胥洎。藩國奉聘。要荒來質。具惟帝臣。獻琛執贄。當覲乎殿下者。蓋數萬以二。爾乃九賓重。臚人列。崇牙張。鏞鼓設。郎將司階。虎戟交鎩。龍輅充庭。雲旗拂霓。夏正三朝。庭燎哲哲。撞洪鐘。伐靈鼓。旁震八鄙。軯磕隱訇。若疾霆轉雷而激迅風也。是時稱警蹕已下。雕輦於東

廂冠通天佩玉璽紆皇組要干將負斧扆次席紛純左右玉几而南面以聽矣
然後百辟乃入司儀辨等尊卑以班璧羔皮帛之贄既奠天子乃以三揖之禮
禮之穆穆焉皇皇焉濟濟焉將將焉信天下之壯觀也乃羨公侯卿士登自東
除訪萬機詢朝政勤恤民隱而除其眚人或不得其所若己納之於隍荷天下
之重任匪怠皇以寧靜發京倉散禁財賚皇寮逮輿臺命膳夫以大饗饔餼浹
乎家酺春醴惟醇燔炙芬芬君臣歡康具醉熏熏千品萬官已事而踆勤屢省
懋乾乾清風協於玄德淳化通於自然憲先靈而齊軌必三思以顧愆招有道
於側陋開敢諫之直言聘邱園之耿絜旅束帛之戔戔上下通情式宴且盤以上
朝會宴饗及將祀天郊報地功祈福乎上玄思所以為虔肅肅之儀盡穆穆之禮殫
然後以獻精誠奉禋祀曰允矣天子者也乃整法服正冕帶珩紞紘綖玉笄綦
會火龍黼黻藻繂鞶厲結飛雲之袷輅樹翠羽之高蓋建辰旒之太常紛焱悠
以容裔六玄虯之弈弈齊騰驤而沛艾龍輈華轙金鍐鏤錫方釳左纛鉤膺玉
瓖鑾聲噦噦和鈴鉠鉠重輪貳轄疏轂飛軨羽蓋威蕤葩瑵曲莖順時服而設

副。咸龍旂而繁纓。立戈迤戞。農輿輅木。屬車九九。乘軒並轂。琟弩重旃。朱旄青屋。奉引既畢。先輅乃發。鸞旗皮軒。通帛綪旆。雲罕九斿。闟戟轇輵。髶髦被繡。虎夫戴鶡。駙承華之蒲梢。飛流蘇之騷殺。總輕武於後陳。奏嚴鼓之嘈囋。戎士介而揚揮。戴金鉦而建黃鉞。清道案列。天行星陳。肅肅習習。隱隱轔轔。殿未出乎城闕。旆已反乎郊畛。盛夏后之致美。爰敬恭於明神。（以上郊廟輿服）爾乃孤竹之管。雲和之瑟。雷鼓𪔵𪔵。六變既畢。冠華秉翟。列舞八佾。元祀惟稱。羣望咸秩。颺槱燎之炎煬。致高煙乎太一。神歆馨而顧德。祚靈主以元吉。然後宗上帝於明堂。推光武以作配。辨方位而正則。五精帥而來摧。尊赤氏之朱光。四靈懋而允懷。於是春秋改節。四時迭代。蒸蒸之心。感物增思。躬追養於廟祧。奉蒸嘗與禴祠。物牲辯省。設其楅衡。毛炰豚胉。亦有和羹。滌濯靜嘉。禮儀孔明。萬舞奕奕。鐘鼓喤喤。靈祖皇考。來顧來饗。神具醉止。降福穰穰。（以上郊廟諸祀）及至農祥晨正。土膏脈起。乘鑾輅而駕蒼龍。介馭閒以剡耜。躬三推於天田。修帝籍之千畝。供禘郊之粢盛。必致思乎勤己。兆民勸於疆埸。感懋力以耘耔。（以上省耕）春日載陽。合射辟雍。設

業設虡宮懸金鏞鼖鼓路鼗樹羽幢幢於是備物物有其容伯夷起而相儀后
夔坐而爲工張大侯制五正設三乏厞司旌并夾既設儲乎廣庭於是皇輿夙
駕䡴於東階以須消啓明掃朝霞登天光於扶桑天子乃撫玉輅時乘六龍發
鯨魚鏗華鐘大丙弭節風后陪乘攝提運衡徐至於射宮禮事展樂物具王夏
闋騶虞奏決拾既次彫弓斯彀達餘萌於暮春昭誠心以遠喻進明德而崇業
滌饕餮之貪欲仁風衍而外流誼方激而遐騖日月會於龍狵恤民事之勞疚
因休力以息勤致歡忻於春酒執鑾刀以袒割奉觴豆於國叟降至尊以訓恭
送迎拜乎三壽敬慎威儀示民不偷我有嘉賓其樂愉愉聲教布濩盈溢天區
以上大射養老文德既昭武節是宣三農之隙曜威中原歲惟仲冬大閱西園虞人掌
焉先期戒事悉率百禽鳩諸靈囿獸之所同是謂告備乃御小戎撫輕軒中畋
四牡既佶且閑戈矛若林牙旗繽紛迄上林結徒營次和樹表司鐸授鉦坐作
進退節以軍聲三令五申示戮斬牲陳師鞠旅教達禁成火列具舉武士星敷
鵝鸛魚麗箕張翼舒軌塵掩迒匪疾匪徐馭不詭遇射不翦毛升獻六禽時膳

四膏●馬足未極●輿徒不勞●成禮三毆●解罘放麟●不窮樂以訓儉●不殫物以昭仁●
慕天乙之弛罟因教祝以懷民儀姬伯之渭陽失熊羆而獲人●澤浸昆蟲●威振
八寓●好樂無荒●允文允武●薄狩于敖既璅璅焉●岐陽之蒐又何足數（以上大閱）爾乃
卒歲大儺●毆除羣厲●方相秉鉞●巫覡操茢●侲子萬童●丹首玄製●桃弧棘矢●所發
無臬○飛礫雨散○剛癉必斃○煌火馳而星流○逐赤疫於四裔○然後凌天池○絕飛梁○
捎魑魅○斮獝狂○斬蜲蛇○腦方良○囚耕父於清泠○溺女魃於神潢○殘夔魖與罔象○
殪野仲而殲游光○八靈為之震慴○況鬾蜮與畢方○度朔作梗○守以鬱壘○神荼副
焉○對操索葦○目察區陬○司執遺鬼○京室密清○罔有不韙（以上大儺）於是陰陽交和●庶
物時育●卜征考祥●終然允淑●乘輿巡乎岱嶽●勸稼穡於原陸●同衡律而壹軌量●
齊急舒於寒燠●省幽明以黜陟●乃反旆而迴復●望先帝之舊墟●慨長思而懷古●
俟閶風而西遐●致恭祀乎高祖●既春游以發生●啓諸蟄於潛戶●度秋豫以收成●
觀豐年之多稌●嘉田畯之匪懈●行致賚於九扈●左瞰暘谷●右睨玄圃●眇天末以
遠期●規萬世而大摹●且歸來以釋勞●膺多福以安念●（以上省方）總集瑞命●備致嘉祥●

囿林氏之騶虞擾澤馬與騰黃鳴女牀之鸞鳥舞丹穴之鳳皇植華平於春圃豐朱草於中唐惠風廣被澤洎幽荒北變丁令南諧越裳西包大秦東過樂浪重舌之人九譯僉稽首而來王是以論其遷邑易京則同規乎殷盤改奢卽儉則合美乎斯干登封降禪則齊德乎黃軒爲無爲事無事永有民以孔安遵節儉尚素樸思仲尼之克己履老氏之常足將使心不亂其所在目不見其可欲賤犀象簡珠玉藏金於山抵璧於谷翡翠不裂瑇瑁不蔟所貴惟賢所寶惟穀民去末而反本咸懷忠而抱慤于斯之時海內同悅曰吁漢帝之德侯其褘而蓋蓂莢爲難蒔也故曠世而不覩惟我后能殖之以至和平方將數諸朝階然則道胡不懷化胡不柔聲與風翔澤從雲游萬物我賴亦又何求德寓天覆輝烈光燭狹三王之趢趗軼五帝之長驅踵二皇之遐武誰謂駕遲而不能屬以上嘉祥懿德東京之懿未罄值余有犬馬之疾不能究其精詳故粗爲賓言其梗槪如此若乃流遁忘反放心不覺樂而無節後離其戚一言幾於喪國我未之學也且夫挈缾之智守不假器況纂帝業而輕天位瞻仰二祖厥庸孔肆常翹翹以

危懼。若乘奔而無轡。白龍魚服。見困豫且。雖萬乘之無懼。猶怵惕於一夫。終日不離其輜重。獨微行其焉如。夫君人者。黈纊塞耳。車中不內顧。珮以制容。鑾以節塗。行不變玉。駕不亂步。卻走馬以糞車。何惜騕褭與飛兔。方其用財取物。常畏生類之殄也。賦政任役。常畏人力之盡也。取之以道。用之以時。山無槎枿。畋不麑胎。草木蕃廡。鳥獸阜滋。民忘其勞。樂輸其財。百姓同於饒衍。上下共其雍熙。洪恩素蓄。民心固結。執誼顧主。夫懷貞節。忿姦慝之干命。怨皇統之見替。玄謀設而陰行。合二九而成譎。登聖皇於天階。章漢祚之有秩。若此故王業可樂焉。今公子苟好勦民以媮樂。忘民怨之爲仇也。好殫物以窮寵。忽下叛而生憂也。夫水所以載舟。亦所以覆舟。堅冰作於履霜。尋木起於蘖栽。昧旦丕顯。後世猶怠。況初制於甚泰。服者焉能改裁。故相如壯上林之觀。揚雄騁羽獵之辭。雖系以隤牆填壍。亂以收罝解罘。卒無補於風規。祗以昭其愆尤。臣濟奓以陵君。忘經國之長基。故函谷擊柝於東。西朝顛覆而莫持。凡人心是所學。體安所習。鮑肆不知其臰。翫其所以先入。咸池不齊度於蠅咬。而衆聽或疑。能不惑者。其惟子野乎•以上譏西京公子之失客既醉於大道•飽於文義•勸德畏戒•喜懼交爭•罔然若酲•朝罷夕倦•奪氣褫魄之爲者•忘其所以爲談•失其所以爲夸•良久乃言曰•鄙哉予乎•習非而遂迷也•幸見指南於吾子•若僕所聞•華而不實•先生之言•信而有徵•鄙夫寡識•而今而後•乃知大漢之德馨•咸在於此•昔常恨三墳五典•既泯仰不睹炎帝帝魁之美•得聞先生之餘論•則大庭氏何以尚茲•走雖不敏•庶斯達矣•

張衡思玄賦

仰先哲之玄訓兮•雖彌高而弗違•匪仁里其焉宅兮•匪義迹其焉追•潛服膺以永靖兮•緜日月而不衰•伊中情之信修兮•慕古人之貞節•竦余身而順止兮•遵繩墨而不跌•志摶摶以應懸兮•誠心固其如結•旌性行以製佩兮•佩夜光與瓊枝•纗幽蘭之秋華兮•又綴之以江蘺•美襞積以酷烈兮•允塵邈而難虧•既姱麗而鮮雙兮•非是時之攸珍•奮余榮而莫見兮•播余香而莫聞•幽獨守此仄陋兮•敢怠皇而舍勤•幸二八之遻虞兮•嘉傅說之生殷•尚前良之遺風兮•恫後辰而

無及何孤行之煢煢兮。子不羣而介立。感鸞鷖之特棲兮。悲淑人之希合。彼無合而何傷兮。患衆僞之冒眞。旦獲讟於羣弟兮。啓金縢而後信。覽烝民之多辟兮。畏立辟以危身。增煩毒以迷惑兮。羌孰可爲言己。私湛憂而深懷兮。思繽紛而不理。願竭力以守誼兮。雖貧窮而不改。執彫虎而試象兮。阽焦原而跟趾。庶斯奉以周旋兮。要旣死而後已。以上自傷 俗遷渝而事化兮。泯規矩之員方。寶蕭艾於重笥兮。謂蕙芷之不香。斥西施而弗御兮。縶騕褭以服箱。行頗僻而獲志兮。循法度而離殃。惟天地之無窮兮。何遭遇之無常。不抑操而苟容兮。譬臨河而無航。欲巧笑以干媚兮。非余心之所嘗。襲溫恭之黻衣兮。被禮義之繡裳。辮貞亮以爲鞶兮。雜伎藝以爲珩。昭綵藻與琱琭兮。璜聲遠而彌長。淹棲遲以恣欲兮。耀靈忽其西藏。恃己知而華予兮。鶗鴂鳴而不芳。冀一年之三秀兮。遒白露之爲霜。時亹亹而代序兮。疇可與乎比伉。咨姤嫭之難並兮。想依韓以流亡。恐漸冉而無成兮。留則蔽而不彰。以上傷不遇 心猶豫而狐疑兮。卽岐阯而臚情。文君爲我端蓍兮。利飛遯以保名。歷衆山以周流兮。翼迅風以揚聲。二女感於崇嶽兮或冰折而不營天蓋高而爲澤兮誰云路之不平勔自強而不息兮蹈玉階之嶢崢懼筮氏之長短兮鑽東龜以觀禎遇九皐之介鳥兮怨素意之不逞遊塵外而瞥天兮據冥翳而哀鳴鵰鶚競於貪婪兮我脩絜以逸榮子有故於玄鳥兮歸母氏而後寗以上卜占既吉而無悔兮簡元辰而俶裝旦余沐於清源兮晞余髮於朝陽漱飛泉之瀝液兮咀石菌之流英翾鳥舉而魚躍兮將往走乎八荒過少皞之窮野兮問三邱於句芒何道貞之淳粹兮去穢累而飄輕登蓬萊而容與兮鼇雖抃而不傾留瀛洲而采芝兮聊且以乎長生馮歸雲而遐逝兮夕余宿乎扶桑飲青岑之玉醴兮餐沆瀣以爲粻發昔夢於木禾兮穀崑崙之高岡朝吾行於暘谷兮從伯禹乎稽山嘉羣神之執玉兮疾防風之食言以上東方指長沙之邪徑兮存重華乎南鄰哀二妃之未從兮翩繽處彼湘濵流目眺夫衡阿兮覩有黎之圮墳痛火正之無懷兮託山阪以孤魂愁鬱鬱以慕遠兮越卭州而遊遨躋日中於昆吾兮憩炎火之所陶揚芒熛而絳天兮水泫沄而涌濤溫風翕其增熱兮惄鬱悒其難聊以上南方顓頊旅而無友兮余安能乎留茲

顧金天而歎息兮吾欲往乎西嬉前祝融使舉麾兮纚朱鳥以承旗躔建木於廣都兮摭若華而躊躇超軒轅於西海兮跨汪氏之龍魚聞此國之千歲兮曾焉足以娛余思九土之殊風兮從蓐收而遂徂欻神化而蟬蛻兮朋精粹而爲徒⿰酉以⿰方上蹶白門而東馳兮云台行乎中野亂弱水之潺湲兮逗華陰之湍渚號馮夷俾清津兮權龍舟以濟予會帝軒之未歸兮悵徜徉而延佇怬河林之蓁蓁兮偉關雎之戒女黃靈詹而訪命兮摎天道其焉如曰近信而遠疑兮六籍闕而不書神逵昧其難覆兮疇克謀而從諸牛哀病而成虎兮雖逢昆其必噬鼈令殪而尸亡兮取蜀禪而引世死生錯其不齊兮雖司命其不嘳嘳後漢書作斷竇號行於代路兮後膺祚而繁廡王肆侈於漢庭兮卒銜恤而絕緒尉厖眉而郎潛兮逮三葉而遘武董弱冠而司衮兮設王隧而弗處夫吉凶之相仍兮恆反仄而靡所穋居天以悅牛兮居後漢書作負豎亂叔而幽主文斷袪而忌伯兮閹謁賊而甯后通人闇於好惡兮豈昏惑而能剖嬴擿讖而戒胡兮備諸外而發內或輦賄而違車兮孕行產而爲對愼竈顯以言天兮占水火而妄訊梁叟患夫黎

邱兮丁厥子而剸刃親所睼而弗識兮矧幽冥之可信毋緜攣以涬己兮思百憂以自疹彼天監之孔明兮用棐忱而祐仁湯蠲體以禱祈兮蒙厖褫以拯民景三慮以營國兮熒惑次於他辰魏顆亮以從治兮鬼亢回以斃秦咎緐禰而種德兮樹德懋於英六桑末寄夫根生兮卉既凋而已育有無言而不酬兮又何往而不復盍遠迹以飛聲兮孰謂時之可蓄以上中央國藩按自近信遠以疑至此皆黃靈之詞百憂自疹以上言天道難測天監孔明以下言人事可憑仰矯首以遙望兮魂懺惘而無儔逼區中之隘陋兮將北度而宣遊行積冰之磑磑兮清泉沍而不流寒風淒其永至兮拂穹岫之騷騷玄武縮於殼中兮騰蛇蜿而自糾魚矜鱗而并凌兮鳥登木而失條坐太陰之屏室兮慨含欷而增愁怨高陽之相寓兮伷顓頊而宅幽庸織路於四裔兮斯與彼其何瘳望寒門之絕垠兮縱余緤乎不周以上北方迅猋瀟其勝我兮鶩翩飄而不禁越谽嘲之洞穴兮漂通川之砯砯經重瘖乎寂寞兮愍墳羊之深潛追荒忽於地底兮軼無形而上浮出石密之闇野兮不識蹊之所由速燭龍令執炬兮過鍾山而中休瞰瑤谿之赤岸兮弔祖江之見劉聘王母於銀臺兮羞

玉芝以療飢。戴勝慭其既歡兮。又誚余之行遲。載太華之玉女兮。召洛浦之宓妃。咸姣麗以蠱媚兮。增嫮眼而蛾眉。舒訬婧之纖腰兮。揚雜錯之袿徽。離朱脣而微笑兮。顏的礫以遺光。獻環琨與琛縭兮。申厥好以玄黃。雖色豔而賂美兮。志浩蕩而不嘉。雙材悲於不納兮。並詠詩而清歌。歌曰。天地烟熅。百卉含蘤。鳴鶴交頸。雎鳩相和。處子懷春。精魂回移。如何淑明。忘我實多。將答賦而不暇兮。爰整駕而亟行。瞻崑崙之巍巍兮。臨縈河之洋洋。伏靈龜以負坻兮。亙螭龍之飛梁。登閬風之層城兮。構不死而為牀。屑瑤蘂以為糇兮。𣵀白水以為漿。抨巫咸使占夢兮。乃貞吉之元符。滋令德於正中兮。含嘉秀以為敷。既垂穎而顧本兮。亦要思乎故居。安和靜而隨時兮。姑純懿之所廬。以上入地戒庶僚以夙會兮。僉供職而並迓。豐隆軯其震霆兮。列缺曄其照夜。雲師黮以交集兮。涷雨沛其灑途。轙琱輿而樹葩兮。擾應龍以服輅。百神森其備從兮。屯騎羅而星布。振余袂而就車兮。修劍揭以低昂。冠咢咢其映蓋兮。佩綝纚以煇煌。僕夫儼其正策兮。八乘騰而超驤。氛旄溶以天旋兮。蜺旌飄以飛揚。撫軨軹而還睨兮。心勺濼其若湯蕤上都之赫戲兮何迷故而不忘左青琱之揵芝兮右素威以司鉦前長離使拂羽兮後委衡乎玄冥屬箕伯以函風兮澂澒涊而爲清曳雲旗之離離兮鳴玉鸞之譻譻涉清霄而升遐兮浮蠛蠓而上征紛翼翼以徐戾兮焱回回其揚靈叫帝閽使闢扉兮覿天皇於瓊宮聆廣樂之九奏兮展洩洩以彤彤考治亂於律均兮意建始而思終惟般逸之無斁兮懼樂往而哀來素女撫絃而餘音兮太容吟曰念哉既防溢而靖志兮迨我暇以翺翔出紫宮之肅肅兮集太微之閬閬命王良掌策駟兮踰高閣之將將建罔車之幕幕兮獵青林之芒芒彎威弧之拔刺兮射嶓冢之封狼觀壁壘於北落兮伐河鼓之磅硠乘天潢之汎汎兮浮雲漢之湯湯倚招搖攝提以低徊劉流兮察二紀五緯之綢繆遹皇偃蹇夭矯娩以連卷兮雜沓叢顇颯以方驤戫汩飂淚沛以罔象兮爛漫麗靡藐以迭逿凌驚雷之砊磕兮弄狂電之淫裔踰庬鴻於宕冥兮貫倒景而高厲廓盪盪其無涯兮乃今窺乎天外據開陽而頫眡兮臨舊鄉之暗藹悲離居之勞心兮情悁悁而思歸魂眷眷而屢顧兮馬倚輈而徘徊雖遊娛以媮樂兮

豈愁慕之可懷出閶闔兮降天途乘猋忽兮馳虛無雲菲菲兮繞余輪風眇眇兮震余旗繽連翩兮紛暗曖儵眩眃兮反常閭以上升天收疇昔之逸豫兮卷淫放之遐心修初服之娑娑兮長余佩之參參文章煥以燦爛兮美紛紜以從風御六藝之珍駕兮遊道德之平林結典籍而為罟兮敺儒墨以為禽玩陰陽之變化兮詠雅頌之徽音嘉曾氏之歸耕兮慕歷阪之嶔崟恭夙夜而不貳兮固終始之所服夕惕若厲以省諐兮懼余身之未勑苟中情之端直兮莫吾知而不恧默無為以凝志兮與仁義乎逍遙不出戶而知天下兮何必歷遠以劬勞系曰天長地久歲不留俟河之清秖懷憂願得遠度以自娛上下無常窮六區超踰騰躍絕世俗飄遙神舉逞所欲天不可階仙夫稀柏舟悄悄吝不飛松喬高跱孰能離結精遠遊使心攜迴志朅來從玄謀獲我所求夫何思以上反本自修

王粲登樓賦

登茲樓以四望兮聊暇日以銷憂覽斯宇之所處兮實顯敞而寡仇挾清漳之通浦兮倚曲沮之長洲背墳衍之廣陸兮臨皋隰之沃流北彌陶牧西接昭邱

華實蔽野黍稷盈疇雖信美而非吾土兮曾何足以少留以上因樓中景而生感遭紛濁而遷逝兮漫踰紀以迄今情眷眷而懷歸兮孰憂思之可任憑軒檻以遙望兮向北風而開襟平原遠而極目兮蔽荊山之高岑路逶迤而修迥兮川既漾而濟深悲舊鄉之壅隔兮涕橫墜而弗禁昔尼父之在陳兮有歸與之歎音鍾儀幽而楚奏兮莊舃顯而越吟人情同於懷土兮豈窮達而異心以上懷歸唯日月之逾邁兮俟河清其未極冀王道之一平兮假高衢而騁力懼匏瓜之徒懸兮畏井渫之莫食步棲遲以徙倚兮白日忽其將匿風蕭瑟而並興兮天慘慘而無色獸狂顧以求羣兮鳥相鳴而舉翼原野闃其無人兮征夫行而未息心悽愴以感發兮意忉怛而憯惻循階除而下降兮氣交憤於胸臆夜參半而不寐兮悵盤桓以反側以上悲世亂而不得所藉手

劉伶酒德頌

有大人先生以天地爲一朝萬期爲須臾日月爲扃牖八荒爲庭衢行無轍迹居無室廬幕天席地縱意所如止則操卮執觚動則挈榼提壺惟酒是務焉知

其餘有貴介公子搢紳處士聞吾風聲議其所以乃奮袂攘襟怒目切齒陳說禮法是非鋒起先生於是方捧甖承槽銜杯漱醪奮髯踑踞枕麴藉糟無思無慮其樂陶陶兀然而醉豁爾而醒靜聽不聞雷霆之聲熟視不覩泰山之形不覺寒暑之切肌利欲之感情俯觀萬物擾擾焉如江漢之載浮萍二豪侍側焉如蜾蠃之與螟蛉

經史百家雜鈔卷四

經史百家雜鈔卷五目錄

詞賦之屬上編三

經史百家雜鈔卷五

湘鄉曾國藩纂　合肥李鴻章校刊

詞賦之屬上編三

左思三都賦并序

蓋詩有六義焉。其二曰賦。揚雄曰。詩人之賦麗以則。班固曰。賦者古詩之流也。先王采焉。以觀土風。見綠竹猗猗。則知衞地淇澳之產。見在其版屋。則知秦野西戎之宅。故能居然而辨八方。然相如賦上林而引盧橘夏熟。揚雄賦甘泉而陳玉樹青葱。班固賦西都而歎以出比目。張衡賦西京而述以遊海若。假稱珍怪。以爲潤色。若斯之類。匪啻于茲。考之果木。則生非其壤。校之神物。則出非其所。於辭則易爲藻飾。於義則虛而無徵。且夫玉卮無當。雖寶非用。侈言無驗。雖麗非經。而論者莫不詆訐其研精。作者大氐舉爲憲章。積習生常。有自來矣。余既思摹二京而賦三都。其山川城邑。則稽之地圖。其鳥獸草木。則驗之方志。風謠歌舞。各附其俗。魁梧長者。莫非其舊。何則。發言爲詩者詠其所志也升高能賦者頌其所見也美物者貴依其本讚事者宜本其實匪本匪實覽者奚信且夫任土作貢虞書所著辯物居方周易所愼聊舉其一隅攝其體統歸諸詁訓焉

蜀都賦

有西蜀公子者言於東吳王孫曰蓋聞天以日月爲綱地以四海爲紀九土星分萬國錯跱崤函有帝皇之宅河洛爲王者之里吾子豈亦曾聞蜀都之事歟請爲左右揚搉而陳之夫蜀都者蓋兆基於上世開國於中古廓靈關以爲門包玉壘而爲宇帶二江之雙流抗峨眉之重阻水陸所湊兼六合而交會焉豐蔚所盛茂八區而菴藹焉以上總舉大綱於前則跨躡犍牂枕輢交趾經途所亙五千餘里山阜相屬含谿懷谷岡巒糺紛觸石吐雲鬱葐蒀以翠微崛巍巍以峩峩干青霄而秀出舒丹氣而爲霞龍池瀥瀑濆其隈漏江伏流潰其阿汩若湯谷之揚濤沛若濛汜之涌波於是乎邛竹緣嶺菌桂臨崖旁挺龍目側生荔枝布綠葉之萋萋結朱實之離離迎隆冬而不凋常曄曄以猗猗孔翠羣翔犀象競

馳白雉朝雊猩猩夜嗁金馬騁光而絕景碧雞儵忽而曜儀火井沈熒於幽泉高爓飛煽於天垂其閒則有虎珀丹青江珠瑕英金沙銀礫符采彪炳暉麗灼爍（以上蜀前即南也）於後則卻背華容北指崑崙緣以劍閣阻以石門流漢湯湯驚浪雷奔望之天迴即之雲昏水物殊品鱗介異族或藏蛟螭或隱碧玉嘉魚出於丙穴良木攢於褒谷其樹則有木蘭梫桂杞櫹椅桐椶枒楔樅楩柟幽藹於谷底松柏蓊鬱於山峯擢修幹竦長條扇飛雲拂輕霄羲和假道於峻岐陽烏迴翼乎高標巢居棲翔聿兼鄧林穴宅奇獸窠宿異禽熊羆咆其陽鵰鶚鴥其陰猨狖騰希而競捷虎豹長嘯而永吟（以上蜀後即北也）於東則左緜巴中百濮所充外負銅梁於宕渠內函要害於膏腴其中則有巴菽巴戟靈壽桃枝樊以葅圃濱以鹽池蜒蛦山棲黿龜水處潛龍蟠於沮澤應鳴鼓而興雨丹砂赩熾出其坂蜜房郁毓被其阜山圖采而得道赤斧服而不朽若乃剛悍生其方風謠尚其武奮之則賨旅翫之則渝舞銳氣剽於中葉蹻容世於樂府（以上蜀東即左也）於西則右挾岷山涌瀆發川陪以白狼夷歌成章坰野草昧林麓黝儵交讓所植蹲鴟所伏百

藥灌叢寒卉冬馥異類衆夥于何不育其中則有青珠黃環碧砮芒消或豐綠荑或蕃丹椒麋蕪布濩於中阿風連莚蔓於蘭皐紅葩紫飾柯葉漸苞敷蘂葳蕤落英飄颻神農是嘗盧跗是料芳追氣邪味蠲癘痟其封域之內則有原隰墳衍通望彌博演以潛沫浸以緜雒溝洫脈散疆里綺錯黍稷油油粳稻莫莫指渠口以為雲門灑滮池而為陸澤雖星畢之滂沲尚未齊其膏液爾乃邑居隱賑夾江傍山棟宇相望桑梓接連家有鹽泉之井戶有橘柚之園其園則有林檎枇杷橙柹梬楟樝桃函列梅李羅生百果甲宅異色同榮朱櫻春熟素柰夏成以上酉郎右也若乃大火流涼風厲白露凝微霜結紫梨津潤樼栗罅發蒲陶亂潰若榴競裂甘至自零芬芬酷烈其園則有蒟蒻茱萸瓜疇芋區甘蔗辛薑陽藍陰敷日往菲微月來扶疏任土所麗衆獻而儲其沃瀛則有攢蔣叢蒲綠菱紅蓮雜以蘊藻糅以蘋蘩總莖柅柅裊葉蓁蓁蕡實時味王公羞焉其中則有鴻儔鵠侶鶩鷺鷁鶂晨鳧旦至候鴈銜蘆木落南翔冰泮北徂雲飛水宿哢吭清渠其深則有白黿命鼈玄獺上祭鱣鮪鱒魴鮷鱧鮻鱨差鱗次色錦質報章

躍濤戲瀨中流相忘以上都鐵植物動物卽中也於是乎金城石郭兼帀中區既麗且崇實號成都闢二九之通門畫方軌之廣塗營新宮於爽塏擬承明而起廬結陽城之延閣飛觀榭乎雲中開高軒以臨山列綺窗而瞰江內則議殿爵堂武義虎威宣化之闥崇禮之闈華闕雙邈重門洞開金鋪交映玉題相暉外則軌躅八達里閈對出比屋連甍千廡萬室亦有甲第當衢向術壇宇顯敞高門納駟庭扣鐘磬堂撫琴瑟匪葛匪姜疇能是恤亞以少城接乎其西市廛所會萬商之淵列隧百重羅肆巨千賄貨山積纖麗星繁都人士女袨服靚粧賈貿墆鬻舛錯縱橫異物崛詭奇於八方布有橦華麪有桄榔邛杖傳節於大夏之邑蒟醬流味於番禺之鄉輿輦雜沓冠帶混并累轂疊跡叛衍相傾諠譁鼎沸則哤聒宇宙囂塵張天則埃壒曜靈闤闠之裏伎巧之家百室離房機杼相和貝錦斐成濯色江波黃潤比筒籯金所過侈侈隆富卓鄭埒名公擅山川貨殖私庭藏鏹巨萬鈲摫兼呈亦以財雄翕習邊城以上城市貨殖三蜀之豪時來時往養交都邑結儔附黨劇談戲論扼腕抵掌出則連騎歸從百兩若其舊俗終冬始春吉日

良辰置酒高堂以御嘉賓金罍中坐肴槅四陳觴以清醥鮮以紫鱗羽爵執競絲竹乃發巴姬彈弦漢女擊節起西音於促柱歌江上之飉厲紆長袖而屢舞翩躚躚以裔裔合樽促席引滿相罰樂飲今夕一醉累月（以上豪俠宴飲）若夫王孫之屬郤公之倫從禽於外巷無居人並乘驥子俱服魚文玄黄異校結駟繽紛西踰金隄東越玉津朔別期晦匪日匪旬蹴蹈蒙蘢涉躐寥廓鷹犬倏眒罻羅絡幕毛羣陸離羽族紛泊翕響揮霍中網林薄屠麖麋翦旄麈帶文蛇跨彫虎志未騁時欲晚追輕翼赴絶遠出彭門之闕馳九折之坂經三峽之崢嶸躡五屼之蹇滻戟食鐵之獸射噬毒之鹿皛貙氓於葽草彈言鳥於森木拔象齒戾犀角鳥鍛翮獸廢足（以上田獵山阜）殆而朅來相與第如滇池集於江洲試水客艤輕舟娉江斐與神遊罨翡翠釣鰋鮋下高鵠出潛虯吹洞簫發櫂謳感鱏魚動陽侯騰波沸涌珠貝氾浮若雲漢含星而光耀洪流將饗獠者張帟幕會平原酌清酤割芳鮮飲御酣賓旅旋車馬雷駭轟轟闐闐若風流雨散漫乎數百里閒斯蓋宅土之所安樂觀聽之所踴躍也焉獨山川爲世朝市（以上水嬉及獵罷而宴）若乃卓

犖奇譎詭儻罔已一經神怪一緯人理遠則岷山之精上爲井絡天帝運期而會昌景福肸蠁而興作碧出萇弘之血鳥生杜宇之魄妄變化而非常羌見偉於疇昔近則江漢炳靈世載其英蔚若相如皭若君平王褒韡曄而秀發揚雄含章而挺生幽思絢道德摛藻掞天庭考四海而爲儁當中葉而擅名是故遊談者以爲譽造作者以爲程也（以上人神奇偉）至乎臨谷爲塞因山爲障峻岨塍埒長城豁險吞若巨防一人守隘萬夫莫向公孫躍馬而稱帝劉宗下輦而自王由此言之天下孰尙故雖兼諸夏之富有猶未若茲都之無量也

吳都賦

東吳王孫囅然而咍曰夫上圖景宿辨於天文者也下料物土析於地理者也古先帝代曾覽八紘之洪緒一六合而光宅翔集遐宇鳥策篆素玉牒石記烏聞梁岷有陟方之館行宮之基歟而吾子言蜀都之富禺同之有瑋其區域美其林藪矜巴漢之阻則以爲襲險之右徇蹲鴟之沃則以爲世濟陽九齷齪而算顧亦曲士之所歎也旁魄而論都抑非大人之壯觀也何則土壤不足以攝

生山川不足以周衛公孫國之而破諸葛家之而滅茲乃喪亂之丘墟顛覆之軌轍安可以儷王公而著風烈也翫其磧礫而不窺玉淵者未知驪龍之所蟠也習其敝邑而不覩上邦者未知英雄之所躔也子獨未聞大吳之巨麗乎且有吳之開國也造自太伯宣於延陵蓋端委之所彰高節之所興建至德以刱洪業世無得而顯稱由克讓以立風俗輕脫躧於千乘若率土而論都則非列國之所觖望也（以上抑蜀伸吳）故其經略上當星紀拓土畫疆卓犖兼并包括于越跨躡蠻荆婺女寄其曜翼軫寓其精指衡岳以鎮野目龍川而帶坰爾其山澤則嵬嶷嶢屼巊冥鬱岪潰渱泮汗滇㳽淼漫或涌川而開瀆或吞江而納漢磈磈巍巍滮滮涆涆磝碒乎數州之閒灌注乎天下之半（以上略指星躔山川）百川派別歸海而會控清引濁混濤并瀨濆薄沸騰寂寥長邁濞焉洶洶隱焉礚礚出乎大荒之中行乎東極之外經扶桑之中林包湯谷之滂沛潮波汨起迴復萬里歊霧漨浡雲蒸昏昧泓澄奫潫頹溶沆瀁莫測其深莫究其廣澶湉漠而無涯總有流而爲長瓌異之所叢育鱗甲之所集往（以上水）於是乎長鯨吞航修鯢吐浪躍

龍騰蛇鮫鯔琵琶王鮪鯸鮐鯽龜鱕䱜烏賊擁劍鼅鼊鯖鰐涵泳乎其中葺鱗
鏤甲詭類舛錯泝洄順流噞喁沈浮水中之魚鳥則鷗鷄鸀鳿鸐鶂鷺鴻鶢鶋避風
候鴈造江鸂鶒鷛鷉鶴鶖鶬鸛鷗鶂鸕氾濫乎其上湛淡羽儀隨波參差理
翮整翰容與自翫彫琢蔓藻刷盪漪瀾水中之鳥魚鳥聱耴萬物蠢生芒芒慌慌
罔奄欻神化翕忽函幽育明窮性極形盈虛自然蚌蛤珠胎與月虧全巨鼇贔
屓首冠靈山大鵬繽翻翼若垂天振盪汪流雷抃重淵殷動宇宙胡可勝原島
嶼緜邈洲渚馮隆曠瞻迢遞迴眺冥蒙珍怪麗奇隙充徑路絕風雲通洪桃屈
盤丹桂灌叢瓊枝抗莖而敷蕤珊瑚幽茂而玲瓏增岡重阻列真之宇玉堂對
霤石室相距藹藹翠幄嫋嫋素女江斐於是往來海童於是宴語斯實神妙之
響象嗟難得而覼縷水中之珍物靈異爾乃地勢坱圠卉木镺蔓遭藪爲圃值林爲苑
異荂蓲蘛夏曄冬蒨方志所辨中州所羨草則藿蒳豆蔻薑彙非一江蘺之屬
海苔之類綸組紫絳食葛香茅石帆水松東風扶留布濩皋澤蟬聯陵邱貟緣
山嶽之岊冪歷江海之流扢白蔕銜朱蕤鬱兮蓶茂曄兮菲菲光色炫晃芬馥

肸蠁職貢納其包匭離騷詠其宿莽（以上草）木則楓柙櫲樟栟櫚枸根緜杬杶櫨文欀楨橿平仲桾櫏松梓古度楠榴之木相思之樹宗生高岡族茂幽阜擢本千尋垂蔭萬畝攢柯拏莖重葩殗葉輪囷虯蟠垢壜鱗接榮色雜糅綢繆縟繡宵露霮䨴旭日晻時與風飆颺颲瀏颼飀鳴條律暢飛音響亮蓋象琴筑并奏笙竽俱唱（以上木）其上則猨父哀吟貚子長嘯狖鼯猓然騰趠飛超爭接縣垂競游遠枝驚透沸亂牢落翬散其下則有梟羊麡狼猰貐䝲象烏菟之族犀兕之黨鉤爪鋸牙自成鋒穎精若爥星聲若震霆名載於山經形鏤於夏鼎（以上動物）其竹則篔簹箖箊桂箭射筒柚梧有篁篻簩有叢苞筍抽節往往縈結綠葉翠莖冒霜停雪橚矗森萃蓊茸蕭瑟檀欒蟬蜎玉潤碧鮮梢雲無以踰嶰谷弗能連鸑鷟食其實鵷鶵擾其閑（以上竹）其果則丹橘餘甘荔枝之林檳榔無柯椰葉無陰龍眼橄欖棎榴禦霜結根比景之陰列挺衡山之陽素華斐丹秀芳臨青壁系紫房鷓鴣南翥而中留孔雀綷羽以翱翔山雞歸飛而來棲翡翠列巢以重行（以上果）其琛賂則琨瑤之阜銅鍇之垠火齊之寶駭雞之珍賴丹明璣金華銀

樸。紫貝流黃。縹碧素玉。隱賑崴𡼥。雜插幽屏。精曜潛穎。硩陊山谷。碕岸爲之不枯。林木爲之潤黷。隋侯於是鄙其夜光。宋王於是陋其結綠。以上珍寶 其荒阪譎詭。則有龍穴內蒸。雲雨所儲。陵鯉若獸。浮石若桴。雙則比目。片則王餘。窮陸飲木。極沈水居。泉室潛織而卷綃。淵客慷慨而泣珠。開北戶以向日。齊南冥於幽都。其四野則畛畷無數。膏腴兼倍。原隰殊品。窊隆異等。象耕鳥耘。此之自與。穱秀菰穗。於是乎在。煮海爲鹽。採山鑄錢。國稅再熟之稻。鄉貢八蠶之緜。以上荒阪異物郊野物產 徒觀其郊隧之內奧。都邑之綱紀。霸王之所根柢。開國之所基趾。郛郭周帀。重城結隅。通門二八。水道陸衢。所以經始。用累千祀。憲紫宮以營室。廓廣庭之漫漫。寒暑隔閡於邃宇。虹蜺回帶於雲館。所以跨跱煥炳萬里也。造姑蘇之高臺。臨四遠而特建。帶朝夕之濬池。佩長洲之茂苑。窺東山之府。則瓌寶溢目。䚕海陵之倉。則紅粟流衍。起寢廟於武昌。作離宮於建業。闡闔閭之所營。采夫差之遺法。抗神龍之華殿。施榮楯而捷獵。崇臨海之崔巍。飾赤烏之韡曄。東西膠葛。南北崢嶸。房櫳對櫎。連閣相經。閽闥譎詭。異出奇名。左稱彎碕。右號臨硎。彫欒鏤楶青瑣丹楹圖以雲氣畫以仙靈雖茲宅之夸麗曾未足以少寧思比屋於傾宮畢結瑤而構瓊高闈有閌洞門方軌朱闕雙立馳道如砥樹以青槐亙以綠水玄蔭耽耽清流亹亹列寺七里俠棟陽路屯營櫛比解署棋布橫塘查下邑屋隆夸長干延屬飛甍舛互以上宮室其居則高門鼎貴魁岸豪傑虞魏之昆顧陸之裔岐嶷繼體老成奕世躍馬疊跡朱輪累轍陳兵而歸蘭錡內設冠蓋雲蔭閭閻闐噎其鄰則有任俠之靡輕訬之客締交翩翩儐從奕奕出躡珠履動以千百里讌巷飲飛觴舉白翹關扛鼎拚射壺博鄱陽暴謔中酒而作以上人材

於是樂只衎而歡飫無匱都輦殷而四奧來暨水浮陸行方舟結駟唱櫂轉轂昧旦永日開市朝而並納橫闤闠而流溢混品物而同廛并都鄙而為一士女佇眙商賈駢坒紵衣絺服雜沓傱萃輕輿按轡以經隧樓船舉颿而過肆果布輻湊而常然致遠流離與珂珬緂賄紛紜器用萬端金鎰磊砢珠琲闌干桃笙象簟韜於筒中蕉葛升越弱於羅紈儠譶澩獿交貿相競諠譁喤呷芬葩蔭映揮袖風飄而紅塵晝昏流汗霡霂而中逵泥濘富中之甿貨殖之選乘時射利

財豐巨萬競其區宇則并疆兼巷矜其宴居則珠服玉饌以上市廛財貨趫材悍壯此焉比廬捷若慶忌勇若專諸危冠而出竦劍而趨扈帶鮫函扶揄屬鏤藏鍦於人去㦸自閭家有鶴膝戶有犀渠軍容蓄用器械兼儲吳鉤越棘純鈞湛盧戎車盈於石城戈船掩乎江湖露往霜來日月其除草木節解鳥獸腯膚觀鷹隼誡征夫坐組甲建祀姑命官帥而擁鐸將校獵乎具區烏滸狼慌夫南西屠儋耳黑齒之酋金鄰象郡之渠驫駥飍矞靸霅警捷先驅前塗俞騎騁路指南司方出車檻檻被練鏘鏘吳王乃巾玉輅軺驌驦旂魚須常重光攝烏號佩干將羽旄揚蕤雄戟耀芒貝冑象弭織文鳥章六軍袀服四騏龍驤峭格周施罿罻普張罼罕瑣結罠蹏連綱阹以九疑禦以沅湘輶軒蓼擾彀騎煒煌袒裼徒搏拔距投石之部猨臂骿脅狂趭獷猤鷹瞵鶚視趁趯䟃踝若離若合者相與騰躍乎莽罠之野干鹵殳鋋暘夷勃盧之旅長殺短兵直髮馳騁儇佻坌並銜枚無聲悠悠旆旌者相與聊浪乎昧莫之坰鉦鼓疊山火烈熛林飛爓浮煙載霞載陰菈擸雷硠崩巒弛岑鳥不擇木獸不擇音虣甝䝙縎麖麑驀六駮追飛生

彈鸞鵲射猱挺白雉落黑鴆零陵絕嶛嶕聿越巉險跐踰竹柏獮猭杞柟封狶

䝅神螭掩剛鏃潤霜刃染於是弭節頓轡齊鑣駐蹕徘徊倘佯寓目幽蔚覽將

帥之拳勇與士卒之抑揚羽族以觜距爲刀鈹毛羣以齒角爲矛鋏皆體著而

應卒所以挂扢而爲創痏衝踤而斷筋骨莫不衄銳挫芒拉捭摧藏雖有石林

之岝㟧請攘臂而靡之雖有雄虺之九首將抗足而跐之顛覆巢居剖破窟宅

仰攀鵕鸃俯蹴豺獏刲剖熊羆之室剽掠虎豹之落猩猩啼而就禽狒狒笑而

被格屠巴蛇出象骼斬鵬翼掩廣澤輕禽狡獸周章夷猶狼跋乎紭中忘其所

以睽瞁失其所以去就魂褫氣懾而自踢跌者應弦而飮羽形僨景僵者累積

而增益雜襲錯繆傾藪薄倒岬岫巖穴無豜豵翳薈無麢鷚思假道於豐隆披

重霄而高狩籠烏兔於日月窮飛走之栖宿以上田獵嶰澗闃岡岵童罾罘滿效獲

衆迴靶乎行睨觀魚乎三江汎舟航於彭蠡渾萬艘而既同弘舸連舳巨檻接

艫飛雲蓋海制非常模疊華樓而島跱時髣髴於方壺比鷁首而有裕邁餘皇

於往初張組幃構流蘇開軒幌鏡水區篙工楫師選自閩禺習御長風狎翫靈

胥責千里於寸陰聊先期而須臾櫂謳唱簫籟鳴洪流響渚禽驚弋磻放稽鶴鶂虞機發留鵁鶄鉤餌縱橫網罟接緒術兼詹公巧傾任父筌魱鱛鱺鰽魦罩兩魪罺鰝鰕乘鼊鼀鼉同罛共羅沈虎潛鹿犀⿰牛龍儵束徽鯨輩中於羣犗攙搶暴出而相屬雖復臨河而釣鯉無異射鮒於井谷結輕舟而競逐迎潮水而振緡想萍實之復形訪靈夔於鮫人精衞銜石而遇繳文鰩夜飛而觸綸北山亡其翔翼西海失其遊鱗雕題之士鏤身之卒比飾虬龍蛟螭與對簡其華質則虣費錦纘料其虓勇則鵰悍狼戾相與昧潛險搜瓌奇摸⿰虫壽蝐捫觜蠵剖巨蚌於回淵濯明月於漣漪畢天下之至異訖無索而不臻谿壑爲之一罄川瀆爲之中貧哂澮臺之見謀聊襲海而徇珍載漢女於後舟追晉賈而同塵汩乘流以砰宕翼颸風之颱颶直衝濤而上瀨常沛沛以悠悠汔可休而凱歸揖天吳與陽侯（以上水嬉）指包山而爲期集洞庭而淹留數軍實乎桂林之苑饗戎旅乎落星之樓置酒若淮泗積肴若山邱飛輕軒而酌綠酃方雙轡而賦珍羞飲烽起釂鼓震士遺倦衆懷欣幸乎館娃之宮張女樂而娛羣臣羅金石與絲竹若鈞

天之下陳登東歌操南音胤陽阿詠韎任荊豔楚舞吳愉越吟翕習容裔靡靡愔愔若此者與夫唱和之隆響動鐘鼓之鏗耾有殷坻頹於前曲度難勝皆與謠俗汁協律呂相應其奏樂也則木石潤色其吐哀也則淒風暴興或超延露而駕辯或躡綠水而采菱軍馬弭髦而仰秣淵魚竦鱗而上升酣湑半八音幷歡情留良辰征魯陽揮戈而高麾迴曜靈於太清將轉西日而再中齊既往之精誠（以上置酒作樂）昔者夏后氏朝羣臣於茲土而執玉帛者以萬國蓋亦先王之所高會而四方之所軌則春秋之際要盟之主闔閭信其威夫差窮其武內果伍員之謀外騁孫子之奇勝彊楚於柏舉棲勁越於會稽闕溝乎商魯爭長於黃池徒以江湖嶮陂物產殷充繞霤未足言其固鄭白未足語其豐士有陷堅之銳俗有節槪之風睚眦則挺劍喑嗚則彎弓擁之者龍騰據之者虎視麾城若振槁搴旗若顧指雖帶甲一朝而元功遠致雖累葉百疊而富彊相繼樂湑衎其方域列仙集其土地桂父練形而易色赤須蟬蛻而附麗中夏比焉畢世而罕見丹青圖其珍瑋貴其寶利也舜禹游焉沒齒而忘歸精靈留其山阿翫其

奇麗也剖判庶士商搉萬俗國有鬱鞅而顯敞邦有湫阨而蹐踽伊茲都之函弘傾神州而韞櫝仰南斗以斟酌兼二儀之優渥繇此而揆之西蜀之於東吳小大之相絕也亦猶棘林螢燿而與夫桪木龍燭也否泰之相背也亦猶帝之懸解而與桎梏疏屬也庸可共世而論巨細同年而議豐确乎暨其幽遐獨邃寥廓閑奧耳目之所不該足趾之所不蹈倜儻之極異譎詭之殊事藏理於終古而未寤於前覺也若吾子之所傳孟浪之遺言略舉其梗概而未得其要妙也

魏都賦

魏國先生有睟其容乃盱衡而誥曰異乎交益之士蓋音有楚夏者土風之乖也情有險易者習俗之殊也雖則生常固非自得之謂也昔市南宜僚弄丸而兩家之難解聊爲吾子復翫德音以釋二客競于辯囿者也夫泰極剖判造化權輿體兼晝夜理包清濁流而爲江海結而爲山嶽列宿分其野荒裔帶其隅巖岡潭淵限蠻隔夷峻危之竅也蠻陬夷落譯導而通鳥獸之氓也正位居體

者以中夏爲喉不以邊垂爲襟也長世字甿者以道德爲藩不以襲險爲屏也而子大夫之賢者尚弗曾庶翼等威附麗皇極思稟正朔樂率貢職而徒務於詭隨匪人宴安於絕域榮其文身驕其險棘繆默語之常倫牽膠言而踰侈飾華離以矜然假倔彊而攘臂非醇粹之方壯謀蹐駮於王義孰愈尋靡蓱於中逵造沐猴於棘刺劍閣雖嶛憑之者蹶非所以深根固蔕也洞庭雖濬負之者北非所以愛人治國也彼桑榆之末光踰長庚之初輝況河冀之爽塏與江介之湫湄故將語子以神州之略赤縣之畿魏都之卓犖六合之樞機以上嘲吳蜀二客

於時運距陽九漢網絕維姦回內贔兵纏紫微翼翼京室眈眈帝宇巢焚原燎變爲煨燼故荊棘旅庭也殷殷寰內繩繩八區鋒鏑縱橫化爲戰場故麋鹿寓城也伊洛榛曠崤函荒蕪臨菑牢落鄢郢丘墟而是有魏開國之日締構之初萬邑譬焉亦猶犨麋之與子都培塿之與方壺也且魏地者畢昴之所應虞夏之餘人先王之桑梓列聖之遺塵考之四隈則八埏之中測之寒暑則霜露所均卜偃前識而賞其隆吳札聽歌而美其風雖則衰世而盛德形於管絃雖踰

千祀而懷舊蘊於遐年（以上渾言魏都）爾其疆域則旁極齊秦結湊冀道開胸殷衞跨躡燕趙山林幽峽川澤迴繚恆碣碪礴於青霄河汾浩涆而皓溔南瞻淇澳則綠竹純茂北臨漳滏則冬夏異沼神鉦迢遰於高巒靈響時驚於四表温泉毖涌而自浪華清蕩邪而難老墨井鹽池玄滋素液厥田惟中厥壤惟白原隰畇畇墳衍斥斥或嵬罍而複陸或黋朗而拓落乾坤交泰而絪縕嘉祥徽顯而豫作是以兆朕振古萌柢疇昔藏氣讖緯閟象竹帛迴時世而淵默應期運而光赫暨聖武之龍飛肇受命而光宅（以上山川相宅）爰初自臻言占其良謀龜謀筮亦既允臧修其郛郭繕其城隍經始之制牢籠百王畫雍豫之居寫八都之宇鑒茅茨於陶唐察卑宮於夏禹古公草創而高門有閌宣王中興而築室百堵兼聖哲之軌并文質之狀商豐約而折中准當年而爲量思重爻摹大壯覽荀卿采蕭相僝拱木於林衡授全模於梓匠遐邇悅豫而子來工徒擬議而騁巧闡鉤繩之筌緒承二分之正要揆日晷考星耀建社稷作清廟築曾宮以迴匝比岡隒而無陂造文昌之廣殿極棟宇之弘規巋若崇山崛起以崔嵬髟若玄雲舒

蜿以高垂。瓌材巨世。𡐦壒參差。枌橑複結。欒櫨疊施。丹梁虹申以並亙。朱桷森布而支離。綺井列疏以懸蔕。華蓮重葩而倒披。齊龍首而涌霤。時梗概於滮池。旅楹閑列。暉鑒挾振。榱題黮䨴。階㽂嶙峋。長庭砥平。鍾虡夾陳。風無纖埃。雨無微津。巖巖北闕。南端逌遵。竦峭雙碣。方駕比輪。西闢延秋。東啓長春。用覲羣后。觀享頤賓。左則中朝有赩。聽政作寢。匪樸匪斲。去泰去甚。木無彫鎪。土無綈錦。玄化所甄。國風所稟。以上建都作室 於前則宣明顯揚。順德崇禮。重闈洞出。鏘鏘濟濟。珍樹猗猗。奇卉萋萋。蕙風如薰。甘露如醴。禁臺省中。連闥對廊。直事所繇。典刑所藏。藹藹列侍。金蜩齊光。詰朝陪幄。納言有章。亞以柱後。執法內侍。符節謁者。典璽儲吏。膳夫有官。藥劑有司。肴醳順時。腠理則治。於後則椒鶴文石。永巷壼術。楸梓木蘭。次舍甲乙。西南其戶。成之匪日。丹青煥炳。特有溫室。儀形宇宙。歷像賢聖。圖以百瑞。綷以藻詠。芒芒終古。此焉則鏡。有虞作繪。茲亦等競。右則疏圃曲池。下畹高堂。蘭渚莓莓。石瀨湯湯。弱葼係實。輕葉振芳。奔龜躍魚。有䁖呂梁。馳道周屈於果下。延閣胤宇以經營。飛陛方輦而徑西。三臺列峙以崢嶸。亢陽臺於陰基擬華山之削成上累棟而重霤下冰室而沍冥周軒中天丹墀臨猋增構峩峩清塵彯彯雲雀踶甍而矯首壯翼摛鏤於青霄雷雨窈冥而未半皦日籠光於綺寮習步頓以升降御春服而逍遙八極可圍於寸眸萬物可齊於一朝長塗牟首豪徼互經晝漏肅唱明宵有程附以蘭錡宿以禁兵司衞閑邪鉤陳罔驚（以上宮殿前後左右）於是崇墉濬洫嬰堞帶涘四門⿰車獻⿰車獻隆廈重起憑太清以混成越埃壒而資始藐藐標危亭亭峻趾臨焦原而不怳誰勁捷而无⿰犭思與岡岑而永固非有期乎世祀陽靈停曜於其表陰祇濛霧於其裏菀以玄武陪以幽林繚垣開囿觀宇相臨碩果灌叢圍木竦尋篁篠懷風蒲陶結陰回淵漼積水深蒹葭𧄍雚蒻森丹藕淩波而的皪綠芰泛濤而浸潭羽翮頡頏鱗介浮沈棲者擇木雊者擇音若咆渤澥與姑餘常鳴鶴而在陰表清籞勤虞箴思國卹忘從禽樵蘇往而無忌即鹿縱而匪禁（以上城郭苑囿）膴膴坰野奕奕菑畝甘荼伊蠢芒種斯阜西門溉其前史起灌其後墱流十二同源異口畜爲屯雲泄爲行雨水澍稉稌陸蒔稷黍黝黝桑柘油油麻紵均田畫疇蕃廬錯列薑芋充茂桃

李蔭翳。家安其所而服美自悅。邑屋相望而隔踰奕世。（以上郊野）內則街衢輻輳。朱闕結隅。石杠飛梁。出控漳渠。疏通溝以濱路。羅青槐以蔭塗。比滄浪而可濯。方步櫩而有踰。習習冠蓋。莘莘蒸徒。班白不提。行旅讓衢。設官分職。營處署居。夾之以府寺。班之以里閭。其府寺則位副三事。官踰六卿。奉常之號。大理之名。廈屋一揆。華屏齊榮。肅肅階闥。重門再扃。師尹爰止。毗代作楨。其閭閻則長壽吉陽。永平思忠。亦有戚里。寘宮之東。閈出長者。巷苞諸公。都護之堂。殿居綺窗。輿騎朝猥。蹀䠯其中。（以上城內官寺及閭里）營客館以周坊。飭賓侶之所集。瑋豐樓之閈閎。起建安而首立。葺牆冪室。房廡雜襲。剞劂罔掇。匠斲積習。廣成之傳無以疇。稾街之邸不能及。（以上賓館）廓三市而開廛。籍平逵而九達。班列肆以兼羅。設闤闠以襟帶。濟有無之常偏。距日中而畢會。抗旗亭之嶢嶭。侈所頫之博大。百隧轂擊。連軫萬貫。憑軾捶馬。袖幕紛半。壹八方而混同。極風采之異觀。質劑平而交易。刀布貿而無筭。財以工化。賄以商通。難得之貨。此則弗容。器周用而長務。物背窳而就攻。不鬻邪而豫賈。著馴風之醇醲。白藏之藏。富有無隄。同賑大內。控引

世資賨幏積㻍琛幣充牣關石之所和鈞財賦之所底慎燕弧盈庫而委勁箕
馬填廄而駔駿以上敘塵物產至乎勍敵糾紛庶士罔窜聖武興言將曜威靈介冑重
襲旍旗躍莖弓珧解檠矛鋋飄英三屬之甲縵胡之纓控弦簡發妙擬更羸齊
被練而銛戈襲偏縏以讃列畢出征而中律執奇正以四伐碩畫精通目無匪
制推鋒積紀銼氣彌銳三接三捷既晝亦月剋翦方命吞滅咆烋雲撤叛換席
卷虔劉祲威八紘荒阻率由洗兵海島刷馬江洲振旅輷輷反旆悠悠凱歸同
飲疏爵普疇朝無刓印國無費留喪亂既弭而能宴武人歸獸而去戰蕭斧戢
柯以柙刃虹旍攝麾以就卷斟洪範酌典憲覿所恆通其變上垂拱而司契下
緣督而自勸道來斯貴利往則賤囹圄寂寥京庾流衍以上削平禍亂息馬論道於時東鯷
卽序西傾順軌荆南懷憓朔北思韙緜緜迥塗驟山驟水襁負贄贄重譯貢篚
髽首之豪鐻耳之傑服其荒服斂衽魏闕置酒文昌高張宿設其夜未遽庭燎
晣晣有客祁祁載華載裔岌岌冠縰纍纍辮髮清酤如濟濁醪如河凍醴流澌
温酎躍波豐肴衍衍行庖皤皤愔愔醧讌酣湑無譁延廣樂奏九成冠韶夏冒

六莖僭響起凝震霆天宇駭地廬驚億若大帝之所興作二嬴之所曾聆金石絲竹之恆韻匏土革木之常調干戚羽旄之飾妤清謳微吟之要妙世業之所日用耳目之所聞覺雜糅紛錯兼該泛博鞮鞻所掌之音韎昧任禁之曲以娛四夷之君以睦八荒之俗（以上外藩燕樂）既苗既狩爰遊爰豫藉田以禮動大閱以義舉備法駕理秋御顯文武之壯觀邁梁騶之所著林不槎栟澤不伐夭斧斨以時罶罟以道德運太理仁挺芝草皓獸爲之育藪丹魚爲之生沼矞雲翔龍澤馬亍阜山圖其石川形其寶莫黑匪烏三趾而來儀莫赤匪狐九尾而自擾嘉穎離合以蕁蕁醴泉涌流而浩浩顯禎祥以曲成固觸物而兼造蓋亦明靈之所酬酢休徵之所偉兆旼旼率土遷善囹圄沐浴福應宅心醇粹餘糧棲畝而弗收頌聲載路而洋溢河洛開奧符命用出翩翩黃鳥銜書來訊人謀所尊鬼謀所秩劉宗委馭巽其神器闢玉策於金縢案圖籙於石室考歷數之所在察五德之所涖量寸旬涓吉日陟中壇即帝位改正朔易服色繼絕世修廢職徽幟以變器械以革顯仁翌明藏用玄默非言厚行陶化染學雠校篆籀篇章畢

覿優賢著於揚歷匪孽形於親戚以上嘉祥畢集遂受漢禪本枝別幹蕃屏皇家勇若任城才若東阿抗旍則威喚秋霜摛翰則華縱春葩英喆雄豪佐命帝室相兼二八將猛四七赫赫震震開務有謚故令斯民覩泰階之平可比屋而爲一以上人才之盛

算祀有紀天祿有終傳業禪祚高謝萬邦皇恩綽矣帝德沖矣讓其天下臣至公矣榮操行之獨得超百王之庸庸追亙卷領與結繩睠留重華而比蹤尊盧赫胥羲農有雄雖自以爲道洪化以爲隆世篤玄同奚遽不能與之踵武而齊其風以上禪位於晉

是故料其建國析其法度諮其考室議其舉厝復之而無斁申之而有裕非疏糲之士所能精非鄙俚之言所能具此八句作一結束

至於山川之倬詭物產之魁殊或名奇而見稱或實異而可書生生之所常厚洵美之所不渝其中則有鴛鴦交谷虎澗龍山掘鯉之淀蓋節之淵𦐊𦐊精衛銜木償怨常山平干鉅鹿河閒列真非一往往出焉昌容練色犢配眉連玄俗無影木羽偶仙琴高沈水而不濡時乘赤鯉而周旋師門使火以驗術故將去而林燔易陽壯容衞之稚質邯鄲躧步趙之鳴瑟真定之棃故安之栗醇酎中山流湎千日淇洹

之筍信都之棗雍邱之粱清流之稻錦繡襄邑羅綺朝歌緜纊房子縑緫清河若此之屬繁富夥夠非可單究是以抑而未罄也(以上山川人物之異)蓋比物以錯辭述清都之閑麗雖選言以簡章徒九復而遺旨覽大易與春秋判殊隱而一致末上林之隤牆本前修以作系(八句言此賦不貴麗而貴則)其軍容弗犯信其果毅糾華綏戎以戴公室元勳配管敬之績歌鍾析邦君之肆則魏絳之賢有令聞也閑居隘巷室邇心遐富仁寵義職競弗羅千乘爲之軾廬諸侯爲之止戈則干木之德自解紛也貴非吾尊重士踰山親御監門嗛同軒搊秦起趙威振八蕃則信陵之名若蘭芬也英辯榮枯能濟其厄位加將相窒隙之策四海齊鋒一口所敵張儀張祿亦足云也(以上數魏之五傑)搉惟庸蜀與鴝鵲同窠句吳與鼃黽同穴一自以爲禽鳥一自以爲魚鼈山阜猥積而踦驅泉流迸集而咉咽隰壤瀸漏而沮洳林藪石留而蕪穢窮岫泄雲日月恆翳宅土熇暑封疆障癘蔡莽螫刺昆蟲毒噬漢罪流禦秦餘徙帑宵貌蕞陋稟質遳脆巷無杼首里罕耆耋或魋髻而左言或鏤膚而鑽髮或明發而嬥歌或浮泳而卒歲風俗以韰果爲嫿人物

以戕害爲藝。威儀所不攝。憲章所不綴。由重山之束阨。因長川之裾勢。距遠關以闚闟時高櫟而陛制。薄戍綿冪。無異蛛蝥之網。弱卒瑣甲。無異螳蜋之衞。與先世而常然。雖信險而剿絕。揆既往之前迹。即將來之後轍。成都迄已傾覆。建鄴則亦顛沛。顧非累卵於疊碁。焉至觀形而懷怛。權假日以餘榮。比朝華而菴藹。覽麥秀與黍離。可作謠於吳會。（以上譏蜀吳之陋）先生之言未卒。吳蜀二客矍焉相顧。瞭焉失所。有靦瞢容。神惢形茹。弛氣離坐。慙墨而謝曰。僕黨清狂。怵迫閩濮習蓼蟲之忘辛。翫進退之維谷。非常寐而無覺。不覩皇輿之軌躅。過以仍剽之單慧。歷執古之醇聽。兼重惵以䞇繆。偭辰光而罔定。先生玄識深頌。靡測得聞上德之至盛。匪同憂於有聖。抑若春霆發響而驚蟄飛競。潛龍浮景而幽泉高鏡。雖星有風雨之好。人有異同之性。庶覲蔀家與剝廬。非蘇世而居正。且夫寒谷豐黍。吹律暖之也。昏情爽曙。箴規顯之也。雖明珠兼寸。尺璧有盈。曜車二六三傾五城。未若申錫典章之爲遠也。堯曰日不雙麗。世不兩帝。天經地緯。理有大歸。安得齊給守其小辯也哉。

潘岳西征賦

歲次玄枵月旅蕤賓丙丁統日乙未御辰潘子憑軾西征自京徂秦迺喟然歎曰古往今來邈矣悠哉寥廓惚恍化一氣而甄三才此三才者天地人道惟生與位謂之大寶生有修短之命位有通塞之遇鬼神莫能要聖智弗能豫當休明之盛世託菲薄之陋質納旌弓於鉉台讚庶績於帝室嗟鄙夫之常累固既得而患失無柳季之直道佐士師而一黜武皇忽其升遐八音遏於四海天子寢於諒闇百官聽於冢宰彼負荷之殊重雖伊周其猶殆窺七貴於漢庭譸一姓之或在無危明以安位祗居逼以示專陷亂逆以受戮匪禍降之自天孔隨時以行藏遽與國而舒卷苟蔽微以繆章患過辟之未遠悟山潛之逸士卓長往而不反陋吾人之拘攣飄萍浮而蓬轉寮位儡其隆替名節漼以隳落危素卵之累殼甚元鷰之巢幕心戰懼以兢悚如臨深而履薄夕獲歸於都外宵未中而難作匪擇木以棲集尠林焚而鳥存（以上言遭楊駿之難）遭千載之嘉會皇合德於乾坤弛秋霜之嚴威流春澤之渥恩甄大義以明責反初服於私門皇鑒揆余

之忠誠。俄命余以末班。牧疲人於西夏。攜老幼而入關。邱去魯而顧歎。季過沛而涕零。伊故鄉之可懷。疚聖達之幽情。矧匹夫之安土。邈投身於鎬京。猶犬馬之戀主。竊託慕於闕庭。眷鞏洛而掩涕。思纏緜於墳塋。以上言投長安令將西征而戀闕爾乃越平樂。過街郵。秣馬皐門。稅駕西周。對洛陽之東周言則長安爲西周對鞏縣之東周言則洛邑爲西周遠矣姬德。興自高辛。思文后稷。厥初生民。率西水滸。化流岐豳。祚隆昌發。舊邦維新。旋牧野而歷茲。愈守柔以執競。夜申旦而不寐。憂天保之未定。惟泰山其猶危。祀八百而餘慶。鑒亡王之驕淫。竄南巢以投命。坐積薪以待然。方指日而比盛。人度量之乖舛。何相越之遼迥。考土中於斯邑。成建都而營築。既定鼎於郟鄏。遂鑽龜而啓繇。平失道而來遷。緊二國而是祐。豈時王之無僻。賴先哲以長懋。以上洛陽望圉北之兩門。感虢鄭之納惠。討子頹之樂禍。尤闕西之効戾。重戮帶以定襄。宏大順以霸世。靈壅川以止鬬。晉演義以獻說。咨景悼以迄丏。政淩遲而彌季。俾庶朝之構逆。歷兩王而干位。踰十葉以逮赧。邦分崩而爲二。竟橫噬於虎口。輸文武之神器。澡孝水而濯纓。嘉美名之在茲。夭赤子於新安。坎路側而瘞之亭有千秋之號子無七旬之期雖勉厲於延吳實潸慟乎余慈眄山川以懷古悵攬轡於中塗虐項氏之肆暴坑降卒之無辜激秦人以歸德成劉后之來蘇事回泬而好還卒宗滅而身屠以上新安經澠池而長想停余車而不進秦虎狼之彊國趙侵弱之餘燼超入險而高會杖命世之英藺恥東瑟之偏鼓提西缶而接刃辱十城之虛壽奄咸陽以取儁出申威於河外何猛氣之咆勃入屈節於廉公若四體之無骨處智勇之淵偉方鄙吝之忿悁雖改日而易歲無等級以寄言當光武之蒙塵致王誅於赤眉異奉辭以伐罪初垂翅於迴谿不尤眚以掩德終奮翼而高揮建佐命之元勳振皇綱而更維以上澠池登崤坂之威夷仰崇嶺之嵯峨皋託墳於南陵文違風於北阿蹇哭孟以審敗襄墨縗以授戈曾隻輪之不返縶三帥以濟河值庸主之矜愎殆肆叔於朝市任好綽其餘裕獨引過以歸己明三敗而不黜卒陵晉以雪恥豈虛名之可立良致霸其有以降曲崤而憐虢託與國於亡虞貪誘賂以賣鄰不及臘而就拘垂棘反於故府屈產服於晉輿德不建而民無援仲雍之祀忽諸以上崤坂我徂安陽言陟陝郛行乎

漫瀆之口。憩乎曹陽之墟。美哉邈乎茲土之舊也。固乃周邵之所分。二南之所交。麟趾信於關雎。騶虞應乎鵲巢。愍漢氏之剝亂。朝流亡以離析。卓滔天以大滌。劫宮廟而遷迹。俾萬乘之威尊。降遙思於征役。顧請旋於僵汎。既獲許而中惕。追皇駕而驟戰。望玉輅而縱鏑。痛百寮之勤王。咸畢力以致死。分身首於鋒刃。洞胸腋以流矢。有褰裳以投岸。或攘袂以赴水。傷桴檝之褊小。撮舟中而掬指。（以上陝州）升曲沃而惆悵。惜兆亂而兄替。枝末大而本披。都偶國而禍結。臧札飄其高厲。委曹吳而成節。何莊武之無恥。徒利開而義閉。（以上曲沃誤用）躡函谷之重阻。看天險之襟帶。迹諸侯之勇怯。算嬴氏之利害。或開關以延敵。競遯逃以奔竄。有噤門而莫啓。不窺兵於山外。連雞互而不棲。小國合而成大。豈地勢之安危。信人事之否泰。漢六葉而拓畿。縣弘農而遠關。厭紫極之閑敞。甘微行以遊盤。長傲賓於柏谷。妻覩貌而獻餐。疇匹婦其已泰。胡厥夫之繆官。昔明王之巡幸。固清道而後往。懼銜橜之或變。峻徒御以誅賞。彼白龍之魚服。挂豫且之密網。輕帝重於天下。奚斯瀬之可長。（以上函谷弘農）弔戾園於湖邑。諒遭世之巫蠱。探隱伏於難明委讒賊之趙虜加顯戮於儲貳絕肌膚而不顧作歸來之悲臺徒望思其何補(以上湖邑)紛吾既邁此全節又繼之以盤桓問休牛之故林感徵名於桃園發閿鄉而警策愬黃巷以濟潼眺華嶽之陰崖覿高掌之遺蹤憶江使之反璧告亡期於祖龍不語怪以徵異我聞之於孔公慍韓馬之大憝阻關谷以稱亂魏武赫以霆震奉義辭以伐叛彼雖衆其焉用故制勝於妙算砰揚桴以振塵纖瓦解而冰泮超遂遁而奔狄甲卒化為京觀(以上潼關華陰)倦狹路之迫隘軌踦驅以低仰蹈秦郊而始闢豁爽塏以宏壯黃壤千里沃野彌望華實紛敷桑麻條暢邪界褒斜右濱汧隴寶雞前鳴甘泉後涌面終南而背雲陽跨平原而連嶓冢九嵕巀嶭太一巃嵸吐清風之飂戾納歸雲之鬱蓊南有玄灞素滻湯井溫谷北有清渭濁涇蘭池周曲浸決鄭白之渠漕引淮海之粟林茂有鄠之竹山挺藍田之玉班述陸海珍藏張敘神皋隩區此西賓所以言於東主安處所以聽於憑虛也可不謂然乎(以上通寫關中氣象)勁松彰於歲寒貞臣見於國危入鄭都而抵掌義桓友之忠規竭股肱於昏主赴塗炭而不移世善職於司徒緇衣敝而

改爲履犬戎之侵地疾幽后之詭惑舉僞烽以沮衆淫嬖褒以縱慝軍敗戲水之上身死驪山之北赫赫宗周威爲亡國又有繼於此者異哉秦始皇之爲君也傾天下以厚葬自開闢而未聞匠人勞而弗圖俾生埋以報勤外罹西楚之禍內受牧豎之焚語曰行無禮必自及此非其效與（以上驪山）乾坤以有親可久君子以厚德載物觀夫漢高之興也非徒聰明神武豁達大度而已也乃實慎終追舊篤誠款愛澤靡不漸恩無不逮率土且弗遺而況於鄰里乎況於卿士乎于斯時也乃摹寫舊豐制造新邑故社易置枌榆遷立街衢如一庭宇相襲渾雞犬而亂放各識家而競入籍含怒於鴻門沛跼蹐而來王范謀害而弗許陰授劍以約莊擁白刃以萬舞危冬葉之待霜履虎尾而不噬實要伯於子房樊抗憤以巵酒咀彘肩以激揚忽蛇變而龍攄雄霸上而高驤增還怒而橫撞碎玉斗其何傷（以上新豐）嬰罥組於軹塗投素車而肉袒疏飲餞於東都畏極位之盛滿金墉鬱其萬雉峻嶒峭以繩直戾飲馬之陽橋踐宣平之清闕都中雜遝戶千人億華夷士女駢田逼側展名京之初儀即新館而涖職勵疲鈍以臨朝

勖自彊而不息（以上入長安）於是孟秋爰謝聽覽餘日巡省農功周行廬室街里蕭
條邑居散逸營宇寺署肆廛管庫蕞芮於城隅者百不處一所謂尙冠修成黃
棘宣明建陽昌陰北煥南平皆夷漫滌蕩亡其處而有其名爾乃階長樂登未
央汎太液淩建章縈駁娑而款駘盪轥枍詣而轢承光徘徊桂宮惆悵柏梁鷰
雉雊於臺陂狐兎窟於殿傍何黍苗之離離而余思之芒芒洪鐘頓於毀廟乘
風廢而弗縣禁省鞠爲茂草金狄遷於霸川（以上數故宮之蕪廢）懷夫蕭曹魏邴之相辛
李衞霍之將銜使則蘇屬國震遠則張博望教敷而彝倫敘兵舉而皇威暢臨
危而智勇奮投命而高節亮暨乎秺侯之忠孝淳深陸賈之優游宴喜長卿淵
雲之文子長政駿之史趙張三王之尹京定國釋之之聽理汲長孺之正直鄭
當時之推士終童山東之英妙賈生洛陽之才子飛翠緌拖鳴玉以出入禁門
者衆矣或被髮左衽奮迅泥滓或從容傅會望表知裏或著顯績而嬰時戮或
有大才而無貴仕皆揚清風於上烈垂令聞而不已想珮聲之遺響若鏗鏘之
在耳當音鳳恭顯之任勢也乃熏灼四方震耀都鄙而死之日曾不得與夫十

餘公之徒隸齒才難不其然乎（以上懷漢世之人才以下周覽長安城郭郊原古迹弔古傷懷）望漸臺而扼腕梟巨猾而餘怒揖不疑於北闕軾樗里於武庫酒池鑒於商辛追覆車而不寤曲陽僭於白虎化奢淫而無度命有始而必終孰長生而久視武雄略其焉在近惑文成而溺五利倖造化以制作窮山海之奧秘靈若翔於神島奔鯨浪而失水爆鱗骼於漫沙隕明月以雙墜擢仙掌以承露干雲漢而上至致邛蒟其奚難惟余欲而是恣縱逸遊於角觝絡甲乙以珠翠忍生民之減半勤東嶽以虛美超長懷以退念若循環之無賜（以上弔漢武帝）較面朝之煥炳次後庭之猗靡壯當熊之忠勇深辭輦之明智衛鬒髮以光鑒趙輕體之纖麗咸善立而聲流亦寵極而禍侈（以上弔后妃四人）律便門以右轉究吾境之所暨掩細柳而撫劍快孝文之命帥周受命以忘身明戎政之果毅距華蓋於壘和案乘輿之尊變肅天威之臨顏率軍禮以長揖輕棘霸之兒戲重條侯之倨貴（以上弔周亞夫）索杜郵其焉在云孝里之前號惘輟駕而容與哀武安以興悼爭伐趙以徇國定廟算之勝負扞矢言而不納反推怨以歸咎末十里於還路尋賜劍以刎首嗟主闇而臣嫉

禍於何而不有，(以上弔白起)窺秦墟於渭城，冀闕緬其堙盡，覓陛殿之餘基，裁岐岮以隱嶙，想趙使之抱璧，劉睨楹以抗憤，燕圖窮而荆發，紛絶袖而自引，筑聲厲而高奮，狙潛鉛以脫臏，據天位其若茲，亦狠狽而可愍，簡良人以自輔，謂斯忠而鞅賢，寄苛制於捐灰，矯扶蘇於朔邊，儒林填於坑穽，詩書煬而爲煙，國滅亡以斷後，身刑轘以啓前，商法焉得以宿，黃犬何可復牽，野蒲變而成脯，苑鹿化以爲馬，假讒逆以天權，鉗衆口而寄坐，兵在頸而顧問，何不早而告我，願黔黎其誰聽，惟請死而獲可，健子嬰之果決，敢討賊以紓禍，勢土崩而莫振，作降王於路左，(以上弔秦之君臣)蕭收圖以相劉，料險易與衆寡，羽天與而弗取，冠沐猴而縱火貫三光而洞九泉曾未足以喻其高下也。(以上弔項羽)感市閭之蔽井，歎尸韓之舊處，丞屬號而守關，人百身以納贖，豈生命之易投，誠惠愛之洽著，許望之以求直，亦余心之所惡，思夫人之政術，實幹時之良具，苟明法以釋憾，不愛才以成務，弘大體以高貴，非所望於蕭傅，(以上弔韓延壽)造長山而慷慨。偉龍顏之英主。胸中豁其洞開。羣善湊而必舉。存威格乎天區。亡壙掘而莫禦。臨拚坎而累扑。步毁垣以延佇越安陵而無譏諒惠聲之寂寞弔爰絲之正義伏梁劍於東郭訊景皇於陽邱奚信譖而矜謔隕吳嗣於局下蓋發怒於一博成七國之稱亂翻助逆以誅錯恨過聽而無討茲沮善而勸惡皆孝元於渭塋執奄尹以明貶褒夫君之善行廢園邑以崇儉過延門而責成忠何辜而爲戮陷社稷之王章俾幽死而莫鞠忲淫嬖之匈忍勦皇統之孕育張舅氏之姦漸貽漢宗以傾覆刺哀主於義域僭天爵於高安欲法堯而承羞永終古而不刊瞰康園之孤墳悲平后之專潔殃厥父之篡逆蒙漢恥而不雪激義誠而引決赴丹爓以明節投宮火而焦糜從灰燼而俱滅（以上弔漢七陵）

鶩橫橋而旋軫歷敝邑之南垂門磁石而梁木蘭兮構阿房之屈奇疏南山以表闕倬樊川以激池役鬼傭其猶否矧人力之所爲工徒斲而未息義兵紛以交馳宗祧汙而爲沼豈斯宇之獨隳由僞新之九廟夸宗虞而祖黃驅吁嗟而妖臨搜佞哀以拜郎誦六藝以飾姦焚詩書而面牆心不則於德義雖異術而同亡（以上弔秦始皇王莽）

宗孝宣於樂游紹衰緒以中興不獲事於敬養盡加隆於園陵兆惟奉明邑號千人訊諸故老造自帝

詢隱王母之非命縱聲樂以娛神雖靡率於舊典亦觀過而知仁(以上弔孝宣帝)憑高望之陽隈體川陸之汙隆開襟乎清暑之館游目乎五柞之宮交渠引漕激湍生風乃有昆明池乎其中其池則湯湯汗汗滉瀁瀰漫浩如河漢日月麗天出入乎東西旦似暘谷夕類虞淵昔豫章之名宇披玄流而特起儀景星於天漢列牛女以雙峙圖萬載而不傾奄摧落於十紀擢百尋之層觀今數仞之餘趾(以上弔漢武昆明池)振鷺于飛鳧躍鴻漸乘雲頡頏隨波澹淡瀺灂驚波唼喋菱芡華蓮爛於淥沼青蕃蔚乎翠瀲伊茲池之肇穿肄水戰於荒服志勤遠以極武良無要於後福而菜蔬芼實水物惟錯乃有贍乎原陸在皇代而物土故毀之而又復(以上池上風景)凡厥寮師既富而教咸帥貧惰同整檝櫂收罟課獲引繳舉效鮮夫有室愁民以樂徒觀其鼓枻迴輪灑鉤投網垂餌出入挺叉來往纖經連白鳴根厲響貫腮䱇尾掣三牽兩於是弛青鯤於網鉅解頳鯉於黏徽華魴躍鱗素鱮揚鬐雍人縷切鸞刀若飛應刃落俎靃靃霏霏紅鮮紛其初載賓旅竦而遲御既餮服以屬厭泊恬靜以無欲迴小人之腹爲君子之慮(以上池上觀魚)爾乃端策

拂茵彈冠振衣徘徊鄷鎬如渴如飢心翹勤以仰止不加敬而自祗豈三聖之敢夢竊十亂之或希經始靈臺成之不日惟鄷及鄗仍京其室庶人子來神降之吉積德延祚莫二其一永惟此邦云誰之識越可略聞而難臻其極子嬴鋤以借父訓秦法而著色耕讓畔以閑田沾姬化而生棘蘇張喜而詐騁虞芮愧而訟息由此觀之士無常俗而教有定式上之遷下均之埏埴五方雜會風流溷淆惰農好利不昏作勞密邇獫狁戎馬生郊而制者必割實存操刀人之升降與政隆替杖信則莫不用情無欲則賞之不竊雖智弗能理明弗能察信此心也庶免夫戾如其禮樂以俟來哲以上周與秦並舉明俗隨教爲轉移

潘岳秋興賦並序

晉十有四年余春秋三十有二始見二毛以太尉掾兼虎賁中郎將寓直于散騎之省高閣連雲陽景罕曜珥蟬冕而襲紈綺之士此焉遊處僕野人也偃息不過茅屋茂林之下談話不過農夫田父之客攝官承乏猥廁朝列夙興晏寢匪遑底寧譬猶池魚籠鳥有江湖山藪之思於是染翰操紙慨然而

賦。於時秋也。故以秋興命篇。其辭曰。

四運忽其代序兮萬物紛以迴薄覽花蒔之時育兮。察盛衰之所託感冬索而春敷兮。嗟夏茂而秋落。雖末士之榮悴兮。伊人情之美惡。善乎宋玉之言曰。悲哉秋之爲氣也。蕭瑟兮草木搖落而變衰憀慄兮若在遠行登山臨水送將歸。夫送歸懷慕徒之戀兮。遠行有羈旅之憤臨川感流以歎逝兮。登山懷遠而悼近彼四感之疚心兮。遭一塗而難忍。嗟秋日之可哀兮。諒無愁而不盡。（以上引宋玉之言自寫秋懷）

野有歸燕隰有翔隼游氛朝興槁葉夕隕於是乃屏輕箑釋纖絺藉莞蒻。御袷衣。庭樹槭以灑落兮。勁風戾而吹帷。蟬嘒嘒以寒吟兮。鴈飄飄而南飛。天晃朗以彌高兮。日悠揚而浸微。（以上言秋日之景）

何微陽之短晷。覺涼夜之方永。月朣朧以含光兮。露淒清以凝冷。熠燿粲於階闥兮。蟋蟀鳴乎軒屏。聽離鴻之晨吟兮。望流火之餘景。宵耿介而不寐兮。獨展轉於華省。悟時歲之遒盡兮。慨俛首而自省。斑鬢髟以承弁兮。素髮颯以垂領。仰羣儁之逸軌兮。攀雲漢以遊騁。登春臺之熙熙兮。珥金貂之炯炯。苟趣舍之殊途兮。庸詎識其躁靜。（以上歷夜景而自傷）

聞至人之休風兮齊天地於一指彼知安而忘危兮固出生而入死行投趾於容跡兮殆不踐而獲底闕側足以及泉兮雖猴猨而不履龜祀骨於宗祧兮思反身於綠水且斂衽以歸來兮忽投紱以高厲耕東皋之沃壤兮輸黍稷之餘稅泉涌湍於石閒兮菊揚芳於崖澨澡秋水之涓涓兮玩遊鯈之潎潎逍遙乎山川之阿放曠乎人閒之世優哉游哉聊以卒歲（以上因世途危險思欲投紱歸去）

潘岳笙賦

河汾之寶有曲沃之懸匏焉鄒魯之珍有汶陽之孤篠焉若乃緜蔓紛敷之麗浸潤靈液之滋隅隈夷險之勢禽鳥翔集之嬉固衆作者之所詳余可得而略之也徒觀其制器也則審洪纖面短長剛生簳裁熟簧設宮分羽經徵列商泄之反謐厭焉乃揚管攢羅而表列音要妙而含清各守一以司應統大魁以爲笙（以上制笙之要）基黄鐘以舉韻望儀鳳以擢形寫皇翼以插羽摹鸞音以厲聲如鳥斯企翾翾岐岐明珠在咮若銜若垂修樋內辟餘簫外逶駢田獵攦鲱鯠參差（以上笙之異音）於是乃有始泰終約前榮後悴激憤於今賤永懷乎故貴衆滿堂而飲

酒。獨向隅而掩淚。援鳴笙而將吹。先嗢噦以理氣。初雍容以安暇。中佛鬱以怫
愲。終嵬峩以蹇愕。又颯遝而繁沸。罔孟浪以惆悵。若欲絕而復肆。瀏檄糴以奔
邀。似將放而中匱。以上始貴後賤者吹笙之象 愀愴惻淢。虺韡煜熠。汎淫氾豔。霅爗岌岌。或
案衍夷靡。或竦勇剽急。或既往不返。或已出復入。徘徊布濩。渙衍葺襲。舞既蹈
而中輟。節將撫而不及。樂聲發而盡室歡。悲音奏而列坐泣。以上笙韻之變 攡纖翮以
震幽簧。越上筩而通下管。應吹噏以往來。隨抑揚以虛滿。勃慷慨以憀亮。顧蹢
躇以舒緩。輟張女之哀彈。流廣陵之名散。詠園桃之夭夭。歌棗下之纂纂。歌曰。
棗下纂纂。朱實離離。宛其死矣。化為枯枝。人生不能行樂。死何以虛謚為。以上由悲
轉樂 爾乃引飛龍。鳴鵾雞。雙鴻翔。白鶴飛。子喬輕舉。明君懷歸。荊王喟其長吟。楚
妃歎而增悲。夫其悽唳辛酸。嚶嚶關關。若離鴻之鳴子也。含胡嘽諧。雍雍喈喈。
若羣雛之從母也。郁捋劫悟。泓宏融裔。哇咬嘲嘈。壹何察惠。訣厲悄切。又何磬
折。以上音之最極變態 若夫時陽初暖。臨川送離。酒酣徒擾。樂闋日移。疏客始闌。主人微
疲。弛絃韜籥。徹塤屏篪。爾乃促中筵。攜友生。解嚴顏。擢幽情。披黃包以授甘。傾

縹瓷以酌醽光歧儼其偕列雙鳳嘈以和鳴晉野悚而投琴況齊瑟與秦箏（以上送別）新聲變曲奇韻橫逸縈纏歌鼓網羅鐘律爛熠爚以放豔鬱蓬勃以氣出秋風詠於燕路天光重於朝日大不踰宮細不過羽唱發章夏導揚韶武協和陳宋混一齊楚邇不逼而遠無攜聲成文而節有敘彼政有失得而化以醇薄樂所以移風於善亦所以易俗於惡故絲竹之器未改而桑濮之流已作惟簧也能研羣聲之清惟笙也能總衆清之林衛無所措其邪鄭無所容其淫非天下之和樂不易之德音其孰能與於此乎（以上言聲音與政通）

陶潛歸去來辭

歸去來兮田園將蕪胡不歸既自以心爲形役奚惆悵而獨悲悟已往之不諫知來者之可追實迷途其未遠覺今是而昨非舟遙遙以輕颺風飄飄而吹衣問征夫以前路恨晨光之熹微（以上悔悟思歸）乃瞻衡宇載欣載奔僮僕歡迎稚子候門三徑就荒松菊猶存攜幼入室有酒盈樽引壺觴以自酌眄庭柯以怡顏倚南窗以寄傲審容膝之易安園日涉以成趣門雖設而常關策扶老以流憩時

矯首而遐觀雲無心以出岫鳥倦飛而知還景翳翳以將入撫孤松而盤桓以上初歸之景歸去來兮請息交以絕遊世與我而相遺復駕言兮焉求悅親戚之情話樂琴書以消憂農人告余以春及將有事於西疇或命巾車或棹孤舟既窈窕以尋壑亦崎嶇而經邱木欣欣以向榮泉涓涓而始流善萬物之得時感吾生之行休以上謝絕交遊流連林壑已矣乎寓形宇內復幾時曷不委心任去留胡爲遑遑欲何之富貴非吾願帝鄉不可期懷良辰以孤往或植杖而耘耔登東皐以舒嘯臨清流而賦詩聊乘化以歸盡樂夫天命復奚疑以上委心任命

鮑照蕪城賦

瀰迆平原南馳蒼梧漲海北走紫塞鴈門柂以漕渠軸以崑岡重江複關之隩四會五達之莊首七句言地勢雄闊當昔全盛之時車挂轊人駕肩廛閈撲地歌吹沸天孳貨鹽田鏟利銅山才力雄富士馬精妍故能侈秦法佚周令劃崇墉刳濬洫圖修世以休命是以板築雉堞之殷井幹烽櫓之勤格高五嶽袤廣三墳崪若斷岸矗似長雲製磁石以禦衝糊赬壤以飛文觀基扃之固護將萬祀而一君

出入三代五百餘載竟瓜剖而豆分（以上言昔時之盛）澤葵依井荒葛罥塗壇羅虺蜮階鬬麏鼯木魅山鬼野鼠城狐風嘷雨嘯昏見晨趨饑鷹厲吻寒鴟嚇雛伏虣藏虎乳血餐膚崩榛塞路崢嶸古馗白楊早落塞草前衰稜稜霜氣蔌蔌風威孤蓬自振驚砂坐飛灌莽杳而無際叢薄紛其相依通池既已夷峻隅又已頹直視千里外惟見起黄埃凝思寂聽心傷已摧（以上言近日之衰）若夫藻局黼帳歌堂舞閣之基璇淵碧樹弋林釣渚之館吳蔡齊秦之聲魚龍爵馬之玩皆薰歇燼滅光沈響絶東都妙姬南國麗人蕙心紈質玉貌絳脣莫不埋魂幽石委骨窮塵豈憶同輿之愉樂離宮之苦辛哉天道如何呑恨者多抽琴命操爲蕪城之歌歌曰邊風急兮城上寒井徑滅兮邱隴殘千齡兮萬代共盡兮何言

庾信哀江南賦

粤以戊辰之年建亥之月大盜移國金陵瓦解余乃竄身荒谷公私塗炭華陽奔命有去無歸中興道銷窮於甲戌三日哭於都亭三年囚於别館天道周星物極不反傅燮之但悲身世無處求生袁安之每念王室自然流涕（以上敘所以作賦之）

由
昔桓君山之志事杜元凱之平生並有著書咸能自敘潘岳之文彩始述家風陸機之辭賦先陳世德信年始二毛即逢喪亂藐是流離至於暮齒燕歌遠別悲不自勝楚老相逢泣將何及畏南山之雨忽踐秦庭讓東海之濱遂餐周粟下亭漂泊高橋羇旅楚歌非取樂之方魯酒無忘憂之用追爲此賦聊以紀言不無危苦之辭惟以悲哀爲主以上言己遭逢喪亂不能無記愁之作日暮途遠人間何世將軍一去大樹飄零壯士不還寒風蕭瑟荊璧睨柱受連城而見欺載書橫階捧珠槃而不定鍾儀君子入就南冠之囚季孫行人留守西河之館申包胥之頓地碎之以首蔡威公之淚盡加之以血釣臺移柳非玉關之可望華亭鶴唳豈河橋之可聞以上言己奉使被留不得生還孫策以天下爲三分衆纔一旅項籍用江東之子弟人惟八千遂乃分裂山河宰割天下豈有百萬義師一朝捲甲芟夷斬伐如草木焉江淮無涯岸之阻亭壁無藩籬之固頭會箕斂者合從締交鋤耰棘矜者因利乘便將非江表王氣終於三百年乎是知并吞六合不免軹道之災混一車書無救平陽之禍嗚呼山岳崩頹既履危亡之運春秋迭代必有去故之

悲天意人事可以悽愴傷心者矣以上追痛梁亡況復舟楫路窮星漢非乘槎可上風飇道阻蓬萊無可到之期窮者欲達其言勞者須歌其事陸士衡聞而撫掌是所甘心張平子見而陋之固其宜矣以上言己不得東歸而作賦我之掌庾承周以世功而爲族經邦佐漢用論道而當官禀嵩華之玉石潤河洛之波瀾居負洛而重世邑臨河而晏安逮永嘉之艱虞始中原之乏主民枕倚於牆壁路交橫於豺虎値五馬之南奔逢三星之東聚彼凌江而建國始播遷於吾祖分南陽而賜田裂東嶽而胙土誅茅宋玉之宅穿徑臨江之府水木交運山川崩竭家有直道人多全節訓子見於湻深事君彰於義烈新埜有生祠之廟河南有胡書之碣以上敘世德況乃少微眞人天山逸民階庭空谷門巷蒲輪移談講樹就簡書筠降生世德載誕貞臣文詞高於甲觀楷模盛於漳濱嗟有道而無鳳歎非時而有麟既奸回之釁逆終不悅於仁人以上敘信之祖父王子洛濱之歲蘭成射策之年始含香於建禮仍矯翼於崇賢游洊雷之講肆齒明離之胄筵既傾蠡而酌海遂測管以窺天方塘水白釣渚池圓侍戎韜於武帳聽雅曲於文絃乃解懸而通

籍遂崇文而會武居笠轂而掌兵出蘭池而典午論兵於江漢之君拭玉於西河之主（以上信自敘仕梁時事）於是朝野歡娛池臺鐘鼓里爲冠蓋門成鄒魯連茂苑於海陵跨橫塘於江浦東門則鞭石成橋南極則鑄銅爲柱橘則園植萬株竹則家封千戶西費浮玉南琛沒羽吳歈越吟荊豔楚舞草木之遇陽春魚龍之逢風雨五十年中江表無事王歙爲和親之侯班超爲定遠之使馬武無預於甲兵馮唐不論於將帥（以上追述梁承平之盛）豈知山嶽闇然江湖潛沸漁陽有閭左戍卒離石有將兵都尉天子方刪詩書定禮樂設重雲之講開士林之學談劫燼之灰飛辨常星之夜落地平魚齒城危獸角臥刁斗於滎陽絆龍媒於平樂宰衡以干戈爲兒戲搢紳以清談爲廟略乘漬水以膠船馭奔駒以朽索小人則將及水火君子則方成猨鶴敝箄不能救鹽池之鹹阿膠不能止黃河之濁既而魴魚赬尾四郊多壘殿狎江鷗宮鳴野雉湛盧去國艅艎失水見披髮於伊川知百年而爲戎矣（以上言侯景兵起梁君臣忽於武備）彼奸逆之熾盛久遊魂而放命大則有鯨有鯢小則爲梟爲獍負其牛羊之力凶其水草之性非玉燭之能調豈璿璣之

可正值天下之無爲尚有欲於羈縻飲其琉璃之酒賞其虎豹之皮見胡柯於大夏識鳥卵於條枝豺牙密厲虺毒潛吹輕九鼎而欲問聞三川而遂窺以上敘侯景內附始則王子召戎姦臣介胄既官政而離逷遂師言而泄漏望廷尉之逋囚反淮南之窮寇出狄泉之蒼鳥起橫江之困獸地則石鼓鳴山天則金精動宿北闕龍吟東陵麟鬬以上敘臨賀王通侯景爾乃桀黠構扇馮陵畿甸擁狼望於黃圖塡盧山於赤縣青袍如草白馬如練天子履端廢朝單于長圍高宴兩觀當戟千門受箭白虹貫日蒼鷹擊殿竟遭夏雲之禍終視堯城之變官守無奔問之人干戚非平戎之戰陶侃空爭米船顧榮虛搖羽扇以上敘景圍臺城將軍死綏路絕長圍烽隨星落書逐鳶飛遂乃韓分趙裂鼓臥旗折失羣班馬迷輪亂轍猛士嬰城謀臣卷舌昆陽之戰象走林常山之陣蛇奔穴五郡則兄弟相悲三州則父子離別以上敘援兵不至護軍慷慨忠能死節三世爲將終於此滅濟陽忠壯身參末將兄弟三人義聲俱倡主辱臣死名存身喪敵人歸元三軍悽愴尚書多算守備是長雲梯可拒地道能防有齊將之閉壁無燕師之臥牆大事去矣人之云

亡申子奮發勇氣咆勃實總元戎身先士卒胄落魚門兵塡馬窟屢犯通中頻
遭刮骨功業夭枉身名埋沒（以上敘韋江羊柳諸將）或以隼翼鷃披虎威狐假沾漬鋒鏑
脂膏原野兵弱虜強城孤氣寡聞鶴唳而心驚聽胡笳而淚下據神亭而忘戟
臨橫江而棄馬崩於鉅鹿之沙碎於長平之瓦（以上總言敗軍之狀）於是桂林顚覆長洲
麋鹿潰潰沸騰茫茫慘黷天地離阻神人慘酷晉鄭靡依魯衛不睦競動天關
爭迴地軸探雀鷇而未飽待熊蹯而詎熟乃有車側郭門筋懸廟屋鬼同曹社
之謀人有秦庭之哭（以上敘臺城昭武帝死遂言信自赴秦）爾乃假刻璽於關塞稱使者之酬對
逢鄂坂之譏嫌值耏門之征稅乘白馬而不前策青騾而轉礙吹落葉之扁舟
飄長風於上游彼鋸牙而鉤爪又循江而習流排青龍之戰艦鬬飛鷰之船樓
張遼臨於赤壁王濬下於巴邱乍風驚而射火或箭重而回舟未辨聲於黃蓋
已先沈於杜侯落帆黃鶴之浦藏船鸚鵡之洲路已分於湘漢星猶看於斗牛
（以上敘自金陵達江陵）若乃陰陵路絕釣臺斜趣望赤壁而沾衣艤烏江而不渡雷池柵
浦鵲陵焚戍旅舍無煙巢禽無樹謂荊衡之杞梓庶江漢之可恃淮海維揚三

千餘里。過漂渚而寄食。託蘆中而渡水。居於七澤。濱於十死。（以上敘途中飄泊之狀）嗟天保之未定。見殷憂之方始。本不達於危行。又無情於祿仕。謬掌衞於中軍。濫尸丞於御史。信生世等於龍門。辭親同於河洛。奉立身之遺訓。受成書之顧託。昔三世而無慙。今七葉而方落。泣風雨於梁山。惟枯魚之銜索。入欹斜之小徑。掩蓬藋之荒扉。就汀洲之杜若。待蘆葦之單衣。（以上敘復見用於元帝而憂其不終）於時西楚霸王。劍及繁陽。鏖兵金匱。校戰玉堂。蒼鷹赤雀。鐵軸牙檣。沈白馬而誓衆。負黃龍而渡江。海潮迎艦。江萍送王。戎車屯於石城。戈船掩於淮泗。諸侯則鄭伯前驅。盟主則荀罃暮至。剖巢熏穴。奔魑走魅。埋長狄於駒門。斬蚩尤於中冀。然腹為燈。飲頭為器。直虹貫壘。長星屬地。昔之虎踞龍蟠。加以黃旗紫氣。莫不隨狐兔而窟穴。與風塵而殄瘁。西瞻博望。北臨玄圃。月榭風臺。池平樹古。倚弓於玉女窗扉。繫馬於鳳凰樓柱。仁壽之鏡徒懸。茂陵之書空聚。（以上敘陳霸先滅侯景而故都終不可復）若夫立德立言。謨明寅亮。聲超於繫表。道高於河上。更不遇於浮丘。遂無言於師曠。以愛子而託人。知西陵而誰望。非無北闕之兵。猶有雲臺之仗。（以上弔簡文帝）司徒之

表裏經綸狐偃之惟王實勳橫琱戈而對霸主執金鼓而問賊臣平吳之功壯
於杜元凱王室是賴深於温太真始則地名全節終則山稱枉人南陽校書去
之已遠上蔡逐獵知之何晚（以上弔王僧辯）鎮北之負譽矜前風飈凜然水神遭箭山
靈見鞭是以蟄熊傷馬浮蛟沒鷰才子倂命俱非百年（以上弔邵陵王綸）中宗之夷凶
靖亂大雪寃恥去代邸而承基遷唐郊而纂祀反舊章於司隸歸餘風於正始
沈猜則方逞其欲藏疾則自矜於己天下之事沒焉諸侯之心搖矣既而齊交
北絕秦患西起況背關而懷楚異端委而開吳驅綠林之散卒拒驪山之叛徒
營軍梁溠蒐乘巴渝問諸淫昏之鬼求諸厭劾之巫荆門遭廪延之戮夏口濫
逵泉之誅蔑因親以教愛忍和樂於彎弧既無謀於肉食非所望於論都未深
思於五難先自擅於三端登陽城而避險臥砥柱而求安既言多於忌刻實志
勇而形殘但坐觀於時變本無情於急難地惟黑子城猶彈丸其怨則黷其盟
則寒豈寃禽之能塞海非愚叟之可移山（以上敘元帝中興之業不終）況以沴氣朝浮妖精
夜殞赤烏則三朝夾日蒼雲則七重圍軫亡吳之歲既窮入郢之年斯盡周含

鄭怒楚結秦寃有南風之不競值西鄰之責言俄而梯衝亂舞蔑馬雲屯俴秦車於暢轂沓漢鼓於雷門下陳倉而連弩渡臨晉而橫船雖復楚有七澤人稱三戶箭不麗於六麋雷無驚於九虎辭洞庭兮落木去涔陽兮極浦熾火兮焚旗貞風兮害蠹乃使玉軸揚灰龍文折柱（以上敘江陵之亡）下江餘城長林故營徒思拑馬之秣未見燒牛之兵章曼支以轂走宮之奇以族行河無冰而馬渡關未曉而雞鳴忠臣解骨君子吞聲章華望祭之所雲夢僞遊之地荒谷縊於莫敖冶父囚於羣帥硎谷摺拉鷹鸇批攢寃霜夏零憤泉秋沸城崩杞婦之哭竹染湘妃之淚（以上總敘國亡之慘）水毒秦涇山高趙陘十里五里長亭短亭飢隨蟄鷰暗逐流螢秦中水黑關上泥青於時瓦解冰泮風飛雹散渾然千里淄澠一亂雪暗如沙冰橫似岸逢赴洛之陸機見離家之王粲莫不聞隴水而掩泣向關山而長歎況復君在交河妾在青波石望夫而逾遠山望子而逾多才人之憶代郡公主之去清河栩楊亭有離別之賦臨江王有愁思之歌（以上敘梁人被擄入關之苦）別有飄颻武威羈旅金微班超生而望返溫序死而思歸李陵之雙鳧永去蘇武之一

鴈空飛（以上信自敘羈旅無家可歸）若江陵之中否乃金陵之禍始雖借人之外力實蕭牆之內起撥亂之主忽焉中興之宗不祀伯兮叔兮同見戮於猶子荊山鵲飛而玉碎隋岸蚍生而珠死鬼火亂於平林殤魂遊於新市梁故豐徙楚實秦亡不有所廢其何以昌有嬀之後將育於姜輸我神器居爲讓王（以上敘江陵之滅禪陳之勢成矣）天地之大德曰生聖人之大寶曰位用無賴之子弟舉江東而全棄惜天下之一家遭東南之反氣以鶉首而賜秦天何爲而此醉（以上進咎武帝不能豫教子弟而亂生）且夫天道迴旋生民預焉余烈祖於西晉始流播於東川洎余身而七葉又遭時而北遷提挈老幼關河累年死生契闊不可問天況復零落將盡靈光巋然日窮於紀歲將復始逼迫危慮端憂暮齒踐長樂之神皋望宣平之貴里渭水貫於天門驪山迴於地市幕府大將軍之愛客丞相平津侯之待士見鐘鼎於金張聞絃歌於許史豈知灞陵夜獵猶是故時將軍咸陽布衣非獨思歸王子（以上自傷家世）

韓愈送窮文

元和六年正月乙丑晦主人使奴星結柳作車縛草爲船載糗輿粻牛繫軛下引帆上檣三揖窮鬼而告之曰聞子行有日矣鄙人不敢問所塗竊具船與車備載糗粻日吉時良利行四方子飯一盂子啜一觴攜朋挈儔去故就新駕塵彍風與電爭先子無底滯之尤我有資送之恩子等有意於行乎屏息潛聽如聞音聲若嘯若嗁砉欻嚘嚶毛髮盡豎竦肩縮頸疑有而無久乃可明若有言者曰吾與子居四十年餘子在孩提吾不子愚子學子耕求官與名惟子之從不變於初門神戸靈我叱我呵包羞詭隨志不在他子遷南荒熱爍溼蒸我非其鄉百鬼欺陵太學四年朝齏暮鹽惟我保汝人皆汝嫌自初及終未始背汝心無異謀口絕行語於何聽聞云我當去是必夫子信讒有閒於子也我鬼非人安用車船鼻齅臭香糗粻可捐單獨一身誰爲朋儔子苟備知可數已不子能盡言可謂聖智情狀既露敢不迴避主人應之曰子以吾爲真不知也耶子之朋儔非六非四在十去五滿七除二各有主張私立名字捩手覆羹轉喉觸諱凡所以使吾面目可憎語言無味者皆子之志也其名曰智窮矯矯亢亢惡

圓喜方羞爲姦欺不忍害傷其次名曰學窮傲數與名摘抉杳微高挹羣言執神之機又其次曰文窮不專一能怪怪奇奇不可時施祇以自嬉又其次曰命窮影與形殊面醜心妍利居衆後責在人先又其次曰交窮磨肌戛骨吐出心肝企足以待寘我仇寃凡此五鬼爲吾五患飢我寒我興訛造訕能使我迷人莫能閒朝悔其行暮已復然蠅營狗苟驅去復還言未畢五鬼相與張眼吐舌跳踉偃仆抵掌頓脚失笑相顧徐謂主人曰子知我名凡我所爲驅我令去小黠大癡人生一世其久幾何吾立子名百世不磨小人君子其心不同惟乖於時乃與天通攜持琬琰易一羊皮飫於肥甘慕彼糠糜天下知子誰過於子雖遭斥逐不忍子疏謂予不信請質詩書主人於是垂頭喪氣上手稱謝燒車與船延之上座

韓愈進學解

國子先生晨入太學招諸生立館下誨之曰業精於勤荒於嬉行成於思毀於隨方今聖賢相逢治具畢張拔去兇邪登崇畯良占小善者率以錄名一藝者

無不庸爬羅剔抉刮垢磨光蓋有幸而獲選孰云多而不揚諸生業患不能精無患有司之不明行患不能成無患有司之不公言未既有笑於列者曰先生欺予哉弟子事先生於茲有年矣先生口不絶吟於六藝之文手不停披於百家之編記事者必提其要纂言者必鉤其玄貪多務得細大不捐焚膏油以繼晷恆兀兀以窮年先生之業可謂勤矣觝排異端攘斥佛老補苴罅漏張皇幽渺尋墜緒之茫茫獨旁搜而遠紹障百川而東之迴狂瀾於既倒先生之於儒可謂有勞矣沈浸醲郁含英咀華作爲文章其書滿家上窺姚似渾渾無涯周誥殷盤佶屈聱牙春秋謹嚴左氏浮誇易奇而法詩正而葩下逮莊騷太史所錄子雲相如同工異曲先生之於文可謂閎其中而肆其外矣少始知學勇於敢爲長通於方左右具宜先生之於爲人可謂成矣然而公不見信於人私不見助於友跋前躓後動輒得咎暫爲御史遂竄南夷三年博士冗不見治命與仇謀取敗幾時冬暖而兒號寒年豐而妻啼飢頭童齒豁竟死何裨不知慮此而反教人爲先生曰吁子來前夫大木爲杗細木爲桷欂櫨侏儒椳闑扂楔各

得其宜施以成室者匠氏之工也玉札丹砂赤箭青芝牛溲馬勃敗鼓之皮俱收並蓄待用無遺者醫師之良也登明選公雜進巧拙紆餘爲妍卓犖爲傑較短量長惟器是適者宰相之方也昔者孟軻好辨孔道以明轍環天下卒老於行荀卿守正大論是弘逃讒於楚廢死蘭陵是二儒者吐辭爲經舉足爲法絕類離倫優入聖域其遇於世何如也今先生學雖勤而不由其統言雖多而不要其中文雖奇而不濟於用行雖修而不顯於衆猶且月費俸錢歲靡廩粟子不知耕婦不知織乘馬從徒安坐而食踵常途之促促窺陳編以盜竊然而聖主不加誅宰臣不見斥茲非其幸歟動而得謗名亦隨之投閒置散乃分之宜若夫商財賄之有無計班資之崇卑忘己量之所稱指前人之瑕疵是所謂詰匠氏之不以杙爲楹而訾醫師以昌陽引年欲進其豨苓也

歐陽修秋聲賦

歐陽子方夜讀書聞有聲自西南來者悚然而聽之曰異哉初淅瀝以蕭颯忽奔騰而砰湃如波濤夜驚風雨驟至其觸於物也鏦鏦錚錚金鐵皆鳴又如赴

敵之兵銜枚疾走不聞號令但聞人馬之行聲余謂童子此何聲也汝出視之童子曰星月皎潔明河在天四無人聲聲在樹閒余曰噫嘻悲哉此秋聲也胡爲乎來哉蓋夫秋之爲狀也其色慘澹煙霏雲斂其容清明天高日晶其氣慄冽砭人肌骨其意蕭條山川寂寥故其爲聲也淒淒切切呼號奮發豐草綠縟而爭茂佳木葱蘢而可悅草拂之而色變木遭之而葉脫其所以摧敗零落者乃一氣之餘烈夫秋刑官也於時爲陰又兵象也於行爲金是謂天地之義氣常以肅殺而爲心天之於物春生秋實故其在樂也商聲主西方之音夷則爲七月之律商傷也物既老而悲傷夷戮也物過盛而當殺嗟乎草木無情有時飄零人爲動物惟物之靈百憂感其心萬事勞其形有動乎中必搖其精而況思其力之所不及憂其智之所不能宜其渥然丹者爲槁木黟然黑者爲星星奈何非金石之質欲與草木而爭榮念誰爲之戕賊亦何恨乎秋聲童子莫對垂頭而睡但聞四壁蟲聲唧唧如助予之歎息

蘇軾前後赤壁賦

前赤壁賦

壬戌之秋七月既望蘇子與客泛舟遊於赤壁之下清風徐來水波不興舉酒屬客誦明月之詩歌窈窕之章少焉月出於東山之上徘徊於斗牛之閒白露橫江水光接天縱一葦之所如凌萬頃之茫然浩浩乎如馮虛御風而不知其所止飄飄乎如遺世獨立羽化而登仙於是飲酒樂甚扣舷而歌之歌曰桂棹兮蘭槳擊空明兮泝流光渺渺兮予懷望美人兮天一方客有吹洞簫者倚歌而和之其聲嗚嗚然如怨如慕如泣如訴餘音嫋嫋不絕如縷舞幽壑之潛蛟泣孤舟之嫠婦蘇子愀然正襟危坐而問客曰何爲其然也客曰月明星稀烏鵲南飛此非曹孟德之詩乎西望夏口東望武昌山川相繆鬱乎蒼蒼此非孟德之困於周郎者乎方其破荊州下江陵順流而東也舳艫千里旌旗蔽空釃酒臨江橫槊賦詩固一世之雄也而今安在哉況吾與子漁樵於江渚之上侶魚鰕而友麋鹿駕一葉之扁舟舉匏尊以相屬寄蜉蝣於天地眇滄海之一粟哀吾生之須臾羨長江之無窮挾飛仙以遨遊抱明月而長終知不可乎驟得

託遺響於悲風蘇子曰客亦知夫水與月乎逝者如斯而未嘗往也盈虛者如彼而卒莫消長也蓋將自其變者而觀之則天地曾不能以一瞬自其不變者而觀之則物與我皆無盡也而又何羨乎且夫天地之閒物各有主茍非吾之所有雖一毫而莫取惟江上之清風與山閒之明月耳得之而爲聲目遇之而成色取之無禁用之不竭是造物者之無盡藏也而吾與子之所共適客喜而笑洗盞更酌肴核既盡杯盤狼籍相與枕籍乎舟中不知東方之既白

後赤壁賦

是歲十月之望步自雪堂將歸於臨皋二客從予過黃泥之坂霜露既降木葉盡脫人影在地仰見明月顧而樂之行歌相答已而歎曰有客無酒有酒無肴月白風清如此良夜何客曰今者薄暮舉網得魚巨口細鱗狀如松江之鱸顧安所得酒乎歸而謀諸婦婦曰我有斗酒藏之久矣以待子不時之需於是攜酒與魚復遊於赤壁之下江流有聲斷岸千尺山高月小水落石出曾日月之幾何而江山不可復識矣予乃攝衣而上履巉巖披蒙茸踞虎豹登虬龍攀栖

鶻之危巢俯馮夷之幽宮蓋二客不能從焉劃然長嘯草木震動山鳴谷應風起水湧予亦悄然而悲肅然而恐凜乎其不可留也反而登舟放乎中流聽其所止而休焉時夜將半四顧寂寥適有孤鶴橫江東來翅如車輪玄裳縞衣戛然長鳴掠余舟而西也須臾客去予亦就睡夢一道士羽衣翩躚過臨皋之下揖余而言曰赤壁之遊樂乎問其姓名俛而不答嗚呼噫嘻吾知之矣疇昔之夜飛鳴而過我者非子也耶道士顧笑余亦驚寤開戶視之不見其處

經史百家雜鈔卷五

珍倣宋版印

經史百家雜鈔卷六目錄

詞賦之屬下編一

王升石門頌

蔡邕祖德頌　京兆樊惠渠頌

史岑出師頌

高彪送第五永爲督軍御史箴

崔琦外戚箴

士孫瑞劒銘　漢鏡銘

經史百家雜鈔卷六

湘鄉曾國藩纂　　合肥李鴻章校刊

詞賦之屬下編一

詩閟宮

閟宮有侐。實實枚枚。赫赫姜嫄。其德不回。上帝是依。無災無害。彌月不遲。是生后稷。降之百福。黍稷重穋。稙穉菽麥。奄有下國。俾民稼穡。有稷有黍。有稻有秬。奄有下土。纘禹之緒。首章十七句 后稷之孫。實維大王。居岐之陽。實始翦商。至于文武。纘大王之緒。致天之屆。于牧之野。無貳無虞。上帝臨女。敦商之旅。克咸厥功。王曰叔父。建爾元子。俾侯于魯。大啓爾宇。爲周室輔。二章十七句 乃命魯公。俾侯于東。錫之山川。土田附庸。周公之孫。莊公之子。龍旂承祀。六轡耳耳。春秋匪解。享祀不忒。皇皇后帝。皇祖后稷。享以騂犧。是饗是宜。降福既多。周公皇祖。亦其福女。三章十七句 秋而載嘗。夏而楅衡。白牡騂剛。犧尊將將。毛炰胾羹。籩豆大房。萬舞洋洋。孝孫有慶。俾爾熾而昌。俾爾壽而臧。保彼東方。魯邦是常。四章十二句 不虧不

崩不震不騰三壽作朋如岡如陵公車千乘朱英綠縢二矛重弓公徒三萬貝
胄朱綅烝徒增增戎狄是膺荊舒是懲則莫我敢承五章十三句 俾爾昌而熾俾爾
壽而富黃髮台背壽胥與試俾爾昌而大俾爾耆而艾萬有千歲眉壽無有害
六章八句 泰山巖巖魯邦所詹奄有龜蒙遂荒大東至于海邦淮夷來同莫不率從
魯侯之功七章八句 保有鳧繹遂荒徐宅至于海邦淮夷蠻貊及彼南夷莫不率從
莫敢不諾魯侯是若八章八句 天錫公純嘏眉壽保魯居常與許復周公之宇魯侯
燕喜令妻壽母宜大夫庶士邦國是有既多受祉黃髮兒齒九章十句 徂來之松新
甫之柏是斷是度是尋是尺松桷有舄路寢孔碩新廟奕奕奚斯所作孔曼且
碩萬民是若十章十句

詩長發

濬哲維商長發其祥洪水芒芒禹敷下土方外大國是疆幅隕既長有娀方將
帝立子生商玄王桓撥受小國是達受大國是達率履不越遂視既發相土烈
烈海外有截帝命不違至于湯湯降不遲聖敬日躋昭假遲遲上帝是祗帝

命式于九圍受小球大球爲下國綴旒何天之休不競不絿不剛不柔敷政優優百祿是遒受小共大共爲下國駿厖何天之龍敷奏其勇不震不動不戁不竦百祿是總武王載旆有虔秉鉞如火烈烈則莫我敢曷苞有三櫱莫遂莫達九有有截韋顧既伐昆吾夏桀昔在中葉有震且業允也天子降于卿士實維阿衡實左右商王

詩抑

抑抑威儀維德之隅人亦有言靡哲不愚庶人之愚亦職維疾哲人之愚亦維斯戾無競維人四方其訓之有覺德行四國順之訏謨定命遠猶辰告敬慎威儀維民之則其在于今興迷亂于政顛覆厥德荒湛于酒女雖湛樂從弗念厥紹罔敷求先王克共明刑肆皇天弗尚如彼泉流無淪胥以亡夙興夜寐洒埽廷內維民之章脩爾車馬弓矢戎兵用戒戎作用逷蠻方質爾人民謹爾侯度用戒不虞慎爾出話敬爾威儀無不柔嘉白圭之玷尚可磨也斯言之玷不可爲也無易由言無曰苟矣莫捫朕舌言不可逝矣無言不讎無德不報惠于朋

友庶民小子子孫繩繩萬民靡不承視爾友君子輯柔爾顏不遐有愆相在爾室尚不愧于屋漏無曰不顯莫予云覯神之格思不可度思矧可射思辟爾爲德俾臧俾嘉淑慎爾止不愆于儀不僭不賊鮮不爲則投我以桃報之以李彼童而角實虹小子荏染柔木言緡之絲溫溫恭人維德之基其維哲人告之話言順德之行其維愚人覆謂我僭民各有心於乎小子未知臧否匪手攜之言示之事匪面命之言提其耳借曰未知亦既抱子民之靡盈誰夙知而莫成昊天孔昭我生靡樂視爾夢夢我心慘慘誨爾諄諄聽我藐藐匪用爲教覆用爲虐借曰未知亦聿既耄於乎小子告爾舊止聽用我謀庶無大悔天方艱難曰喪厥國取譬不遠昊天不忒回遹其德俾民大棘

詩賓之初筵

賓之初筵左右秩秩籩豆有楚殽核維旅酒既和旨飲酒孔偕鐘鼓既設舉醻逸逸大侯既抗弓矢斯張射夫既同獻爾發功發彼有的以祈爾爵籥舞笙鼓樂既和奏烝衎烈祖以洽百禮百禮既至有壬有林錫爾純嘏子孫其湛其湛

曰樂各奏爾能賓載手仇室人入又酌彼康爵以奏爾時賓之初筵溫溫其恭其未醉止威儀反反曰既醉止威儀幡幡舍其坐遷屢舞僊僊其未醉止威儀抑抑曰既醉止威儀怭怭是曰既醉不知其秩賓既醉止載號載呶亂我籩豆屢舞僛僛是曰既醉不知其郵側弁之俄屢舞傞傞既醉而出並受其福醉而不出是謂伐德飲酒孔嘉維其令儀凡此飲酒或醉或否既立之監或佐之史彼醉不臧不醉反恥式勿從謂無俾大怠匪言勿言匪由勿語由醉之言俾出童羖三爵不識矧敢多又

詩敬之

敬之敬之天維顯思命不易哉無曰高高在上陟降厥士日監在茲維予小子不聰敬止日就月將學有緝熙于光明佛時仔肩示我顯德行

詩小毖

予其懲而毖後患莫予荓蜂自求辛螫肇允彼桃蟲拚飛維鳥未堪家多難予又集于蓼

左傳虞箴

芒芒禹迹畫爲九州經啓九道民有寢廟獸有茂草各有攸處德用不擾在帝夷羿冒于原獸忘其國恤而思其麀牡武不可重用不恢於夏家獸臣司原敢告僕夫

李斯嶧山刻石

皇帝立國維初在昔嗣世稱王討伐亂逆威動四極武義直方戎臣奉詔經時不久滅六暴彊廿有六年上薦高號孝道顯明既獻泰成乃降專惠親巡遠方登於嶧山羣臣從者咸思攸長追念亂世分土建邦以開爭理攻戰日作流血於野自泰古始世無萬數阤及五帝莫能禁止迺今皇帝壹家天下兵不復起災害滅除黔首康定利澤長久羣臣誦略刻此樂石以著經紀

李斯泰山刻石

皇帝臨位作制明法臣下修飭二十有六年初幷天下罔不賓服親巡遠方黎民登茲泰山周覽東極從臣思迹本原事業祗誦功德治道運行諸產得宜皆

有法式。大義休明。垂於後世。順承勿革。皇帝躬聖。既平天下。不懈於治。夙興夜寐。建設長利。專隆教誨。訓經宣達。遠近畢理。咸承聖志。貴賤分明。男女禮順。慎遵職事。昭隔內外。靡不清淨。施于後嗣。化及無窮。遵奉遺詔。永承重戒。

李斯琅邪臺刻石

維二十六年。皇帝作始。端平法度。萬國之紀。以明人事。合同父子。聖智仁義。顯白道理。東撫東土。以省卒士。事已大畢。乃臨於海。皇帝之功。勤勞本事。上農除末。黔首是富。普天之下。摶心揖志。器械一量。同書文字。日月所照。舟輿所載。皆終其命。莫不得意。應時動事。是維皇帝。匡飭異俗。陵水經地。憂恤黔首。朝夕不懈。除疑定法。咸知所辟。方伯分職。諸治經易。舉錯必當。莫不如畫。皇帝之明。臨察四方。尊卑貴賤。不踰次行。姦邪不容。皆務貞良。細大盡力。莫敢怠荒。遠邇辟隱。專務肅莊。端直敦忠。事業有常。皇帝之德。存定四極。誅亂除害。興利致福。節事以時。諸產繁殖。黔首安寧。不用兵革。六親相保。終無寇賊。驩欣奉教。盡知法式。六合之內。皇帝之土。西涉流沙。南盡北戶。東有東海。北過大夏。人迹所至。無不臣者。功蓋五帝。澤及牛馬。莫不受德。各安其宇。

李斯之罘刻石

維二十九年。時在中春。陽和方起。皇帝東遊。巡登之罘。臨照于海。從臣嘉觀。原念休烈。追誦本始。大聖作治。建定法度。顯著綱紀。外教諸侯。光施文惠。明以義理。六國回辟。貪戾無厭。虐殺不已。皇帝哀衆。遂發討師。奮揚武德。義誅信行。威燀旁達。莫不賓服。烹滅彊暴。振救黔首。周定四極。普施明法。經緯天下。永爲儀則。大矣哉。宇縣之中。承順聖意。羣臣誦功。請刻于石。表垂于常式。

李斯碣石刻石

遂興師旅。誅戮無道。爲逆滅息。武殄暴逆。文復無罪。庶心咸服。惠論功勞。賞及牛馬。恩肥土域。皇帝奮威。德幷諸侯。初一泰平。墮壞城郭。決通川防。夷去險阻。地勢既定。黎庶無繇。天下咸撫。男樂其疇。女修其業。事各有序。惠被諸產。久竝來田。莫不安所。羣臣誦烈。請刻此石。垂著儀矩。

李斯會稽刻石

皇帝休烈，平一宇內，德惠脩長。三十有七年，親巡天下，周覽遠方，遂登會稽，宣省習俗，黔首齊莊。羣臣誦功，本原事迹，追道高明。秦聖臨國，始定刑名，顯陳舊章。初平法式，審別職任，以立恆常。六王專倍，貪戾慠猛，率衆自彊，暴虐恣行，負力而驕，數動甲兵。陰通閒使，以事合從，行爲辟方。內飾詐謀，外來侵邊，遂起禍殃。義威誅之，殄熄暴悖，亂賊滅亡。聖德廣密，六合之中，被澤無疆。皇帝并宇，兼聽萬事，遠近畢清。運理羣物，考驗事實，各載其名。貴賤並通，善否陳前，靡有隱情。飾省宣義，有子而嫁，倍死不貞。防隔內外，禁止淫泆，男女絜誠。夫爲寄豭，殺之無罪，男秉義程。妻爲逃嫁，子不得母，咸化廉清。大治濯俗，天下承風，蒙被休經。皆遵度軌，和安敦勉，莫不順令。黔首脩絜，人樂同則，嘉保太平。後敬奉法，常治無極，輿舟不傾。從臣誦烈，請刻此石，光垂休銘。

漢書安世房中歌（依漢書劉敞注分十七章）

大孝備矣，休德昭清。高張四縣，樂充宮廷。芬樹羽林，雲景杳冥，金支秀華，庶旄翠旌。

七始華始肅倡和聲神來宴娭庶幾是聽以上四句汲古閣入上章粥粥音送細齊人情忽

乘青玄熙事備成清思眑眑經緯冥冥

我定曆數人告其心勑身齊戒施教申申乃立祖廟敬明尊親大矣孝熙四極

爰轃

王侯秉德其鄰翼翼顯明昭式清明𠚕矣皇帝孝德竟全大功以上六句汲古閣入上章撫

安四極

海內有姦紛亂東北詔撫成師武臣承德行樂交逆簫勺羣慝肅爲濟哉蓋定

燕國

大海蕩蕩水所歸高賢愉愉民所懷大山崔百卉殖民何貴貴有德

安其所樂終產樂終產世繼緒飛龍秋游上天高賢愉樂民人以上三章汲古閣併爲一章

豐草葽女羅施善何如誰能回大莫大成教德長莫長被無極

靁震震電燿燿明德鄉治本約治本約澤弘大加被寵咸相保德施大世曼壽

都荔遂芳窅窊桂華孝奏天儀若日月光乘玄四龍回馳北行羽旄殷盛芬哉

芒芒孝道。隨世我署文章。

桂華馮馮翼翼。承天之則吾易久遠。燭明四極。慈惠所愛。美若休德。杳杳冥冥。克綽永福。

美芳磑磑。卽卽師象山則。嗚呼孝哉。案撫戎國。蠻夷竭歡。象來致福。兼臨是愛。終無兵革。

嘉薦芳矣。告靈饗矣。告靈既饗。德音孔臧。惟德之臧。建侯之常。承保天休。令問不忘。

皇皇鴻明。蕩侯休德。嘉承天和。伊樂厥福。在樂不荒。惟民之則。

浚則師德。下民咸殖。令問在舊。孔容翼翼。

孔容之常。承帝之明。下民之樂。子孫保光。承順溫良。受帝之光。嘉薦令芳。壽考不忘。

承帝明德。師象山則。雲施稱民。永受厥福。承容之常。承帝之明。下民安樂。受福無疆。

漢書郊祀歌

練時日•侯有望•焫膋蕭•延四方•九重開•靈之斿•垂惠恩•鴻祜休•靈之車•結玄雲•駕飛龍•羽旄紛•靈之下•若風馬•左倉龍•右白虎•靈之來•神哉沛•先以雨•般裔裔•靈之至•慶陰陰•相放怭•震澹心•靈已坐•五音飭•虞至旦•承靈億•牲繭栗•粢盛香•尊桂酒•賓八鄉•靈安留•吟青黃•徧觀此•眺瑤堂•衆嫭並•綽奇麗•顏如荼•兆逐靡•被華文•廁霧縠•曳阿錫•佩珠玉•俠嘉夜•茝蘭芳•澹容與•獻嘉觴（練時日一）

帝臨中壇•四方承宇•繩繩意變•備得其所•清和六合•制數以五•海內安寧•興文匽武•后土富媼•昭明三光•穆穆優游•嘉服上黃（帝臨二）

青陽開動○根荄以遂○膏潤并愛○跂行畢逮○霆聲發榮○壧處傾聽○枯槁復產○迺成厥命○衆庶熙熙○施及夭胎○羣生啿啿○惟春之祺（青陽三鄒子樂）

朱明盛長○旉與萬物○桐生茂豫○靡有所詘○敷華就實○既阜既昌○登成甫田○百鬼迪嘗○廣大建祀○肅雝不忘○神若宥之○傳世無疆（朱明四鄒子樂）

西顥沆碭○秋氣肅殺○含秀垂穎○續舊不廢○姦僞不萌○祆孽伏息○隅辟越遠○四貉

咸服既畏茲威惟慕純德附而不驕正心翊翊西顥五 鄒子樂

玄冥陵陰蟄蟲蓋藏少木零落抵冬降霜易亂除邪革正異俗兆民反本抱素懷樸條理信義望禮五嶽籍斂之時掩收嘉穀玄冥六 鄒子樂

惟泰元尊媼神蕃釐經緯天地作成四時精建日月星辰度理陰陽五行周而復始雲風靁電降甘露雨百姓蕃滋咸循厥緒繼統共勤順皇之德鸞路龍鱗罔不肸飾嘉籩列陳庶幾宴享滅除凶災烈騰八荒鐘鼓竽笙雲舞翔翔招搖靈旗九夷賓將惟泰元七 建始元年丞相匡衡奏罷鸞路龍鱗更定詩曰涓選休成

天地並況惟予有慕爰熙紫壇思求厥路恭承禋祀縕豫為紛黼繡周張承神至尊千童羅舞成八溢合好效歡虞泰一九歌畢奏斐然殊鳴琴竽瑟會軒朱璆磬金鼓靈其有喜百官濟濟各敬厥事盛牲實俎進聞膏神奄留臨須搖長麗前掞光耀明寒暑不忒況皇章展詩應律鋗玉鳴函宮吐角激徵清發梁揚羽申以商造茲新音永久長聲氣遠條鳳鳥鶂神夕奄虞蓋孔享天地八 丞相匡衡奏罷黼繡周張更定詩曰肅若舊典

日出入安窮時世不與人同故春非我春夏非我夏秋非我秋冬非我冬泊如
四海之池徧觀是邪謂何吾知所樂獨樂六龍六龍之調使我心若訾黃其何
不徠下日出入九

太一況天馬下霑赤汗沫流赭志俶儻精權奇籋浮雲晻上馳體容與迣萬里
今安匹龍爲友元狩三年馬生渥洼水中作

天馬徠從西極涉流沙九夷服天馬徠出泉水虎脊兩化若鬼天馬徠歷無草
徑千里循東道天馬徠執徐時將搖舉誰與期天馬徠開遠門竦予身逝昆侖
天馬徠龍之媒游閶闔觀玉臺天馬十太初四年誅宛王獲宛馬作

天門開詄蕩蕩穆並騁以臨饗光夜燭德信著靈寖平而鴻長生豫大朱涂廣
夷石爲堂飾玉梢以舞歌體招搖若永望星留俞塞隕光照紫幄珠熉黃幡比
翍回集貳雙飛常羊月穆穆以金波日華燿以宣明假清風軋忽激長至重觴
神裴回若留放殣冀親以肆章函蒙祉福常若期寂漻上天知厥時泛泛滇滇
從高斿殷勤此路臚所求佻正嘉吉弘以昌休嘉砰隱溢四方專精厲意逝九

閔。紛云六幕浮大海。天門十一

景星顯見。信星彪列。象載昭庭。日親以察。參侔開闔。爰推本紀。汾脽出鼎。皇祜元始。五音六律。依韋饗昭。雜變並會。雅聲遠姚。空桑琴瑟結信成。四興遞代八風生。殷殷鐘石羽籥鳴。河龍供鯉醇犧牲。百末旨酒布蘭生。泰尊柘漿析朝酲。微感心攸通修名。周流常羊思所并。穰穰復正直往寧。馮蠵切和疏寫平。上天布施后土成。穰穰豐年四時榮。景星十二元鼎五年得鼎汾陰作

齊房產草。九莖連葉。宮童效異。披圖案諜。玄氣之精。回復此都。蔓蔓日茂。芝成靈華。齊房十三元封二年芝生甘泉齊房作

后皇嘉壇。立玄黃服。物發冀州。兆蒙祉福。沇沇四塞。徦狄合處。經營萬億。咸遂厥宇。后皇十四

華爗爗。固靈根。神之斿。過天門。車千乘。敦昆侖。神之出。排玉房。周流雜。拔蘭堂。神之行。旌容容。騎沓沓。般縱縱。神之徠。泛翊翊。甘露降。慶雲集。神之揄。臨壇宇。九疑賓。夔龍舞。神安坐。鴹吉時。共翊翊。合所思。神嘉虞。申貳觴。福滂洋。邁延長。

沛施祐汾之阿揚金光橫泰河莽若雲增陽波徧臚驩騰天歌華爗爗十五

五神相包四鄰土地廣揚浮雲抲嘉壇椒蘭芳璧玉精垂華光益億年美始興

交於神若有承廣宣延咸畢觴靈輿位偃蹇驤卉汩臚析奚遺淫淥澤洼然歸

五神十六

朝隴首覽西垠雷電尞獲白麟爰五止顯黃德圖匈虐熏鬻殛闢流離抑不詳

賓百僚山河饗掩回轅鬗長馳騰雨師洒路陂流星隕感惟風籋歸雲撫懷心

朝隴首十七元狩元年行幸雍獲白麟作

登蓬萊結無極象載瑜十八太始三年行幸東海獲赤鴈作

象載瑜白集西食甘露飲榮泉赤雁集六紛員殊翁雜五采文神所見施祉福

赤蛟綏黃華蓋露夜零晝晻濭百君禮六龍位勺椒漿靈已醉靈既享錫吉祥

芒芒極降嘉觴靈殷殷爛揚光延壽命永未央杳冥冥塞六合澤汪濊輯萬國

靈禗禗象輿轙票然逝旗逶蛇禮樂成靈將歸託玄德長無衰赤蛟十九

漢書敘傳前敘及王命論幽通賦答賓戲均另錄此專錄述贊

皇矣漢祖。纂堯之緒。實天生德。聰明神武。秦人不綱。罔漏于楚。爰茲發迹。斷蛇奮旅。神母告符。朱旗迺舉。粵蹈秦郊。嬰來稽首。革命創制。三章是紀。應天順民。五星同晷。項氏畔換。黜我巴漢。西土宅心。戰士憤怨。乘釁而運。席卷三秦。割據河山。保此懷民。股肱蕭曹。社稷是經。爪牙信布。腹心良平。龔行天罰。赫赫明明。述高紀第一。

孝惠短世。高后稱制。罔顧天顯。呂宗以敗。述惠紀第二。高后紀第三。

太宗穆穆。允恭玄默。化民以躬。帥下以德。農不供貢。辠不收孥。宮不新館。陵不崇墓。我德如風。民應如草。國富刑清。登我漢道。述文紀第四。

孝景涖政。諸侯方命。克伐七國。王室以定。匪怠匪荒。務在農桑。著于甲令。民用寗康。述景紀第五。

世宗曄曄。思弘祖業。疇咨熙載。髦俊並作。厥作伊何。百蠻是攘。恢我疆宇。外博四荒。武功既抗。亦迪斯文。憲章六學。統壹聖真。封禪郊祀。登秩百神。協律改正。饗茲永年。述武紀第六。

孝昭幼沖。冢宰惟忠。燕蓋譸張。實叡實聰。辠人斯得。邦家和同。述昭紀第七。

中宗明明。寅用刑名。時舉傅納。聽斷惟精。柔遠能邇。燀燿威靈。龍荒幕朔。莫不來庭。丕顯祖烈。尚於有成。述宣紀第八。

孝元翼翼。高明柔克。賓禮故老。優繇亮直。外割禁囿。內損御服。離宮不衛。山陵不邑。閹尹之呰。穢我明德。述元紀第九。

孝成煌煌。臨朝有光。威儀之盛。如圭如璋。壼闈恣趙。朝政在王。炎炎燎火。亦允不陽。述成紀第十。

孝哀彬彬。克攬威神。彫落洪支。底剭鼎臣。婉孌董公。惟亮天功。大過之困。實橈實凶。述哀紀第十一。

孝平不造。新都作宰。不周不伊。喪我四海。述平紀第十二。

漢初受命。諸侯並政。制自項氏。十有八姓。述異姓諸侯王表第一。

太祖元勳。啓立輔臣。支庶藩屏。侯王並尊。述諸侯王表第二。

侯王之祉。祚及宗子。公族蕃滋。支葉碩茂。述王子侯表第三。

受命之初贊功剖符奕世弘業爵土迺昭述高惠高后孝文功臣侯表第四

景征吳楚武興師旅後昆承平亦有紹土述景武昭宣元成哀功臣侯表第五

亡德不報爰存二代宰相外戚昭韙見戒述外戚恩澤侯表第六

漢迪於秦有革有因觕舉僚職並列其人述百官公卿表第七

篇章博舉通於上下略差名號九品之敘述古今人表第八

元元本本數始於一產氣黃鐘造計秒忽八音七始五聲六律度量權衡曆算逌出官失學微六家分乖壹彼壹此庶研其幾述律曆志第一

上天下澤春靁奮作先王觀象爰制禮樂厥後崩壞鄭衛荒淫風流民化湎湎紛紛略存大綱以統舊文述禮樂志第二

靁電皆至天威震耀五刑之作是則是效威實輔德刑亦助教季世不詳背本爭末吳孫狙詐申商酷烈漢章九法太宗改作輕重之差世有定籍述刑法志第三

厥初生民食貨惟先割制廬井定爾土田什一供貢下富上尊商以足用茂還

有無貨自龜貝至此五銖揚搉古今監世盈虛述食貨志第四

昔在上聖昭事百神類帝禋宗望秩山川明德惟馨永世豐年季末淫祀營信巫史大夫臚岱侯伯僭時放誕之徒緣閒而起瞻前顧後正其終始述郊祀志第五

炫炫上天縣象著明日月周輝星辰垂精百官立法宮室混成降應王政景以燭形三季之後厥事放紛舉其占應覽故考新述天文志第六

河圖命庖洛書賜禹八卦成列九疇逌敘世代寶寶光演文武春秋之占咎徵是舉告往知來王事之表述五行志第七

坤作墬埶高下九則自昔黃唐經略萬國燮定東西疆理南北三代損益降及秦漢革剗五等制立郡縣略表山川彰其剖判述地理志第八

夏乘四載百川是導惟河爲艱災及後代商竭周移秦決南涯自茲距漢北亡八支文陻棗野武作瓠歌成有平年後遂滂沱爰及溝渠利我國家述溝洫志第九

虙羲畫卦書契後作虞夏商周孔纂其業籑書刪詩綴禮正樂彖系大易因史立法六學旣登遭世罔弘羣言紛亂諸子相騰秦人是滅漢修其缺劉向司籍九流以別爰著目錄略序洪烈述蓺文志第十

上嫚下暴惟盜是伐勝廣熛起梁籍扇烈赫赫炎炎遂焚咸陽宰割諸夏命立侯王誅嬰放懷詐虐以亡述陳勝項籍傳第一

張陳之交斿如父子攜手遂秦拊翼俱起據國爭權還爲豺虎耳諫甘公作漢藩輔述張耳陳餘傳第二

三枿之起本根旣朽枯楊生華曷惟其舊橫雖雄材伏于海隝沐浴尸鄉北面奉首旅人慕殉義過黃鳥述魏豹田儋韓信傳第三

信惟餓隸布實黥徒越亦狗盜芮尹江湖雲起龍襄化爲侯王割有齊楚跨制淮梁綰自同閈鎭我北疆德薄位尊非胙惟殃吳克忠信胤嗣迺長述韓彭英盧吳傳第四

賈廑從旅爲鎭淮楚澤王琅邪權激諸呂濞之受吳疆土踰矩雖戒東南終用

齊斧述荆燕吳傳第五

太上四子伯兮早夭仲氏王代斿宅于楚戊實淫䟔平陸迺紹其在于京奕世宗正劬勞王室用侯陽成子政博學三世成名述楚元王傳第六

季氏之詘辱身毀節信于上將議臣震栗欒公哭梁田叔殉趙見危授命誼動明主布歷燕齊叔亦相魯民思其政或金或社述季布欒布田叔傳第七

高祖八子二帝六王三趙不辜淮厲自亡燕靈絶嗣齊悼特昌掩有東土自岱徂海支庶分王前後九子六國誅斃適齊亡祀城陽濟北後承我國赳赳景王匡漢社稷述高五王傳第八

猗與元勳包漢舉信鎮守關中足食成軍營都立宮定制修文平陽玄默繼而弗革民用作歌化我淳德漢之宗臣是謂相國述蕭何曹參傳第九

留侯龔秦作漢腹心圖折武關解阸鴻門推齊銷印毆致越信招賓四老惟甯嗣君陳公擾攘歸漢迺安斃范亡項走狄擒韓六奇既設我罔艱難安國廷爭致仕杜門絳侯矯矯誅呂尊文亞夫守節吳楚有勳述張陳王周傳第十

舞陽鼓刀。滕公廏騶。潁陰商販。曲周庸夫。攀龍附鳳。並乘天衢。述樊酈滕灌傅靳周傳第十一。

北平志古。司秦柱下。定漢章程。律度之緒。建平質直。犯上干色。廣阿之廬。食厥舊德。故安執節。責通請錯。蹇蹇帝臣。匪躬之故。述張周趙任申屠傳第十二。

食其監門。長揖漢王。畫襲陳留。進收敖倉。塞隘杜津。王基以張。賈作行人。百越來賓。從容風議。博我以文。敬繇役夫。遷京定都。內強關中。外和匈奴。叔孫奉常。與時抑揚。稅介免冑。禮義是創。或悊或謀。觀國之光。述酈陸朱婁叔孫傳第十三。

淮南僭狂。二子受殃。安辯而邪。賜頑以荒。敢行稱亂。窘世薦亡。述淮南衡山濟北傳第十四。

蒯通壹說。三雄是敗。覆酈驕韓。田橫顛沛。被之拘係。迺成患害。充躬罔極。交亂弘大。述蒯伍江息夫傳第十五。

萬石温温。幼寤聖君。宜爾子孫。夭夭申申。慶社于齊。不言動民。衛直周張。淑慎其身。述萬石衛直周張傳第十六。

孝文三王。代孝二梁。懷折亡嗣。孝乃尊光。內爲母弟。外扞吳楚。怙寵矜功。僭欲失所。思心既霿。牛旤告妖。帝庸親親。厥國五分。德不堪寵。四支不傳。述文三王傳第十七。

賈生矯矯。弱冠登朝。遭文叡聖。屢抗其疏。暴秦之戒。三代是據。建設藩屏。以強守圉。吳楚合從。賴誼之慮。述賈誼傳第十八。

子絲慷慨。激辭納說。攬轡正席。顯陳成敗。錯之瑣材。智小謀大。旤如發機。先寇受害。述爰盎鼂錯傳第十九。

釋之典刑。國憲以平。馮公矯魏。增主之明。長孺剛直。義形于色。下折淮南。上正元服。莊之推賢。於茲爲德。述張馮汲鄭傳第二十。

榮如辱如。有機有樞。自下摩上。惟德之隅。賴依忠正。君子采諸。述賈鄒枚路傳第二十一。

魏其翩翩。好節慕聲。灌夫矜勇。武安驕盈。凶德相挻。旤敗用成。安國壯趾。王恢

兵首彼若天命此近人咎述竇田灌韓傳第二十二

景十三王承文之慶魯恭館室江都訬輕趙敬險詖中山淫醟長沙寂寞廣川亡聲膠東不亮常山驕盈四國絶祀河閒賢明禮樂是修爲漢宗英述景十三王傳第二十三

李廣恂恂實獲士心控弦貫石威動北鄰躬戰七十遂死于軍敢怨衛青見討去病陵不引決忝世滅姓蘇武信節不詘王命述李廣蘇建傳第二十四

長平桓桓上將之元薄伐獫允恢我朔邊戎車七征衝輣閑閑合圍單于北登闐顏票騎冠軍猋勇紛紜長驅六舉電擊雷震飲馬翰海封狼居山西規大河列郡祁連述衛青霍去病傳第二十五

抑抑仲舒再相諸侯身修國治致仕縣車下帷覃思論道屬書讜言訪對爲世純儒述董仲舒傳第二十六

文豔用寡子虛烏有寓言淫麗託風終始多識博物有可觀采蔚爲辭宗賦頌之首述司馬相如傳第二十七

平津斤斤．晚躋金門．旣登爵位．祿賜頤賢．布衾疏食．用儉飭身．卜式耕牧．㠯求其志．忠寤明君．迺爵迺試．兒生䨓䨓．束髮修學．偕列名臣．從政輔治．述公孫弘卜式兒寬傳第二十八．

張湯遂達．用事任職．媚茲一人。日旰忘食。旣成寵祿．亦罹咎慝．安世溫良．塞淵其德．子孫遵業．全祚保國．述張湯傳第二十九．

杜周治文．惟上淺深．用取世資．幸而免身．延年寬和．列于名臣．欽用材謀．有異厥倫．述杜周傳第三十．

博望杖節．收功大夏．貳師秉鉞．身釁胡社．致死爲福．每生作戚．述張騫李廣利傳第三十一．

嗚呼史遷．薰胥㠯刑．幽而發憤．迺思迺精．錯綜羣言．古今是經．勒成一家．大略孔明．述司馬遷傳第三十二．

孝武六子．昭齊亡嗣．燕剌謀逆．廣陵祝詛．昌邑短命．昏賀失據．戾園不幸．宣承天序．述武五子傳第三十三．

六世耽耽其欲浟浟文武方作是庸四克助偃淮南數子之德不忠其身善謀
於國述嚴朱吾邱主父徐嚴終王賈傳第三十四
東方贍辭詼諧倡優譏苑扞偃正諫舉郵懷肉污殿弛張沈浮述東方朔傳第
三十五
葛繹內寵屈釐王子千秋時發宜春舊仕儆義依霍庶幾云已弘惟政事萬年
容己咸睡厥誨執爲不子述公孫劉田楊王蔡陳鄭傳第三十六
王孫羸葬建迺斬將雲廷訐禹福逾刺鳳是謂狂狷敞近其衷述楊胡朱梅云
傳第三十七
博陸堂堂受遺武皇擁毓孝昭末命導揚遭家不造立帝廢王權定社稷配忠
阿衡懷祿耽寵漸化不詳陰妻之逆至子而亡秺侯狄孥虔恭忠信奕世載德
馳于子孫述霍光金日磾傳第三十八
兵家之策惟在不戰營平皤皤立功立論以不濟可上諭其信武賢父子虎臣
之後述趙充國辛慶忌傳第三十九

義陽樓蘭長羅昆彌安遠日逐義成郅支陳湯誕節救在三逝會宗勤事疆外之桀述傅常鄭甘陳段傳第四十

不疑膚敏應變當理辭霍不婚逡遁致仕疏克有終散金娛老定國之祚于其仁考廣德當宣近於知恥述雋疏于薛平彭傳第四十一

四皓遯秦古之逸民不營不拔嚴平鄭真吉困于賀涅而不緇禹既黃髮㠯德來仕舍惟正身勝死善道郭欽蔣詡近遯之好述王貢兩龔鮑傳第四十二

扶陽濟濟聞詩聞禮玄成退讓仍世作相漢之宗廟叔孫是謨革自孝元諸儒變度國之誕章博載其路述韋賢傳第四十三

高平師師惟辟作威圖黜凶害天子是毗博陽不伐含弘光大天誘其衷慶流苗裔述魏相丙吉傳第四十四

占往知來幽贊神明苟非其人道不虛行學微術昧或見仿佛疑殆匪闕違衆迕世淺爲尤悔深作敦害述眭兩夏侯京翼李傳第四十五

廣漢尹京克聰克明延壽作翊既和且平矜能訐上俱陷極刑翁歸承風帝揚

厥聲儆亦平平文雅自贊尊賓赳赳邦家之彥章死非辠士民所歎述趙尹韓張兩王傳第四十六

寬饒正色國之司直豐繄好剛輔亦慕直皆陷狂狷不典不式崇執言責隆持官守寶曲定陵並有立志述蓋諸葛劉鄭毋將孫何傳第四十七

長倩懊懊覲霍不舉遇宣迺拔傳元作輔不圖不慮見躓石許述蕭望之傳第四十八

子明光光發迹西疆列於禦侮厥子亦良述馮奉世傳第四十九

宣之四子淮陽聰敏舅氏蘧蒢幾陷大理楚孝惡疾東平失軌中山凶短母歸戎里元之二王孫後大宗昭而不穆大命更登述宣元六王傳第五十

樂安褎褎古之文學民具爾瞻困于二司安昌貨殖朱雲作娸博山惇慎受莽之疚述匡張孔馬傳第五十一

樂昌篤實不橈不詘遘閔既多是用廢黜武陽殷勤輔導副君既忠且謀饗茲舊勳高武守正因用濟身述王商史丹傅喜傳第五十二

高陽文法揚鄉武略政事之材道德惟薄位過厥任鮮終其祿博之翰音鼓妖先作述辥宣朱博傳第五十三

高陵修儒任刑養威用合時宜器周世資義得其勇如虎如貔進不跬步宗爲鯨鯢述翟方進傳第五十四

統微政缺災眚屢發永陳厥咎戒在三七鄴指丁傅略窺占術述谷永杜鄴傳第五十五

哀平之郵丁傅莽賢武嘉戚之乃喪厥身高樂廢黜咸列貞臣述何武王嘉師丹傳第五十六

淵哉若人實好斯文初擬相如獻賦黃門輟而覃思草法纂玄斟酌六經放易象論潛于篇籍㠯章厥身述揚雄傳第五十七

獷獷亡秦滅我聖文漢存其業六學析分是綜是理是綱是紀師徒彌散著其終始述儒林傳第五十八

誰毀誰譽譽其有試泯泯羣黎化作良吏淑人君子時同功異沒世遺愛民有

餘思述循吏傳第五十九

上替下陵姦軌不勝猛政橫作刑罰用興曾是強圉掊克爲雄報虐以威殃亦凶終述酷吏傳第六十

四民食力罔有兼業大不淫侈細不匱乏蓋均無貧遵王之法靡法靡度民肆其詐偪上并下荒殖其貨侯服玉食敗俗傷化述貨殖傳第六十一

開國承家有法有制家不臧甲國不專殺矧乃齊民作威作惠如台不匡禮法是謂述游俠傳第六十二

彼何人斯竊此富貴營損高明作戒後世述佞幸傳第六十三

於惟帝典戎夷猾夏周宣攘之亦列風雅宗幽既昏淫于褒女戎敗我驪遂亡鄷鄗大漢初定匈奴強盛圍我平城寇侵邊境至于孝武爰赫斯怒王師雷起霆擊朔野宣承其末迺施洪德震我威靈五世來服王莽竊命是傾是覆備其變理爲世典式述匈奴傳第六十四

西南外夷種別域殊南越尉佗自王番禺攸攸外寓閩越東甌爰洎朝鮮燕之

外區・漢興柔遠・與爾剖符・皆恃其岨・乍臣乍驕・孝武行師・誅滅海隅・述西南夷兩越朝鮮傳第六十五・

西戎卽序・夏后是表・周穆觀兵・荒服不旅・漢武勞神・圖遠甚勤・王師驒驒・致誅大宛・姼姼公主・迺女烏孫・使命迺通・條支之瀕・昭宣承業・都護是立・總督城郭三十有六・修奉朝貢・各以其職・述西域傳第六十六・

詭矣禍福・刑于外戚・高后首命・呂宗顛覆・薄姬碎魏・宗文產德・竇后違意・考盤于代・王氏仄微・世武作嗣・子夫旣興・扇而不終・鉤弋憂傷・孝昭胥登・上官幼尊類禡厥宗・史娣王悼・身遇不祥・及宣饗國・二族後光・恭哀產元・夭而不遂・邛成乘序・履尊三世・飛燕之妖・禍成厥妹・丁傅僭恣・自求凶害・中山無辜・乃喪馮衛惠張景薄武陳宣霍成許哀傅平王之作事雖歆羨非天所度怨咎若茲如何不恪・述外戚傳第六十七・

元后娠母・月精見表・遭成之逸・政自諸舅・陽平作威・誅加卿宰・成都煌煌○假我明光○曲陽歊歊○亦朱其堂○新都亢極○作亂以亡○述元后傳第六十八・

咨爾賊臣，篡漢滔天，行驕夏癸，虐烈商辛，僞稽黃虞，繆稱典文，衆怨神怒，惡復誅臻，百王之極，究其姦昏，述王莽傳第六十九。

凡漢書，敘帝皇，列官司，建侯王，準天地，統陰陽，闡元極，步三光，分州域，物土疆，窮人理，該萬方，緯六經，綴道綱，總百氏，贊篇章，函雅故，通古今，正文字，惟學林，述敘傳第七十。

揚雄十二州箴

冀州牧箴

洋洋冀州，鴻原大陸，嶽陽是都，島夷皮服，潺湲河流，夾以碣石，三后攸降，列爲侯伯，降周之末，趙魏是宅，冀州麋沸，炫沄如湯，更盛更衰，載縱載橫，陪臣擅命，天王是替，趙魏相反，秦拾其敝，北築長城，恢夏之場，漢興定制，改列藩王，仰覽前世，厥力孔多，初安如山，後崩如崖，故治不忘亂，安不忘危，周宗自怙，云焉有予，隳六國奮，矯渠絕其維，牧臣司冀，敢告在階。

揚州牧箴

矯矯揚州。江漢之滸。彭蠡既豬。陽鳥攸處。橘柚羽貝。瑤琨篠簜。閩越北垠。沅湘攸往。獷矣淮夷。蠢蠢荊蠻。翩彼昭王。南征不旋。人咸躓於垤。莫躓於山。咸跌於汙。莫跌於川。明哲不云。我昭童蒙。不云我昏。湯武聖而師伊呂。桀紂悖而誅逢干。蓋邇不可不察。遠不可不親。靡有孝而逆父。罔有義而忘君。泰伯遜位。基吳紹類。夫差一誤。泰伯無祚。周室不匡。句踐入霸。當周之隆。越裳重譯。春秋之末。侯甸畔逆。元首不可不思。股肱不可不孳。堯崇屢省。舜盛欽謀。牧臣司揚。敢告執籌。

荊州牧箴

幽幽巫山。在荊之陽。江漢朝宗。其流湯湯。夏君遭鴻。荊巫是調。雲夢塗泥。包匭菁茅。金玉砥礪。象齒元龜。貢篚百物。世世以饒。戰戰慄慄。至桀荒溢。曰在帝位。若天有日。不順庶國。孰敢予奪。亦有成湯。果秉其鉞。放之南巢。號之以桀。南巢茫茫。包楚與荊。風飄以悍。氣銳以剛。有道後服。無道先強。世雖安平。無敢逸豫。牧臣司荊。敢告執御。

青州牧箴

茫茫青州海岱是極鹽鐵之地鉛松怪石羣水攸歸萊夷作牧貢篚以時莫怠莫違昔在文武封呂於齊厥土塗泥在邱之營五侯九伯是討是征馬殆其銜御失其度周室荒亂小白以霸諸侯僉服復尊京師小白既沒周卒陵遲嗟茲天王附命下土失其法度喪其文武牧臣司青敢告執矩

徐州牧箴

海岱伊淮東海是渚徐州之土邑於海宇大野既瀦有羽有蒙孤桐蠙珠泗沂攸同寶列藩蔽侯衛東方民好農蠶大野以康帝癸及辛不祗不恪沈湎于酒而忘其東作天命湯武勦絕其緒祚降周任姜鎮於琅邪姜氏絕苗田氏攸都事由細微不慮不圖禍如邱山本在萌芽牧臣司徐敢告僕夫

兗州牧箴

悠悠濟河兗州之寓九河既道雷夏攸處草繇木條漆絲絺紵濟漯既通降邱宅土成湯五徙卒都於亳盤庚北渡牧野是宅丁感雊雉祖己伊忠爰正厥事

遂緒高宗厥後陵遲顛覆厥緒西伯戡黎祖伊奔走致天威命不恐不震婦言是用牝雞是晨三仁既知武果戎殷牧野之禽豈復能耽甲子之朝豈復能笑有國雖久必畏天咎有民雖長必懼人殃箕子欷歔厥居爲墟牧臣司兗敢告執書

豫州牧箴

郁郁荊山伊河是經滎播枲漆惟用攸成田田相拏廬廬相距夏殷不都成周攸處豫野所居爰在鶉墟四隩咸宅寓內莫如陪臣執命不慮不圖王室陵遲喪其爪牙靡哲靡聖捐失其正方伯不維韓卒擅命文武孔純至厲作昏成康孔甯至幽作傾故有天下者毋曰我大莫或余敗毋曰我強靡克余亡夏宅九州至於季世放於南巢成康太平降及周微帶僘屏營屏營不起施於孫子王赧爲極實絕周祀牧臣司豫敢告柱史

雍州牧箴

黑水西河橫截崑崙邪指閶闔畫爲雍垠上侵積石下礙龍門自彼氐羌莫敢

不來庭莫敢不來臣每在季王常失厥緒侯紀不貢荒侵其宇陵遲衰微秦據以戻興兵山東六國顛沛上帝不甯命漢作京隴山以徂列爲西荒南排勁越北啓彊胡并連屬國一護攸都蓋安不忘危盛不諱衰牧臣司雍敢告綴衣

益州牧箴

巖巖岷山古曰梁州華陽西極黑水南流茫茫洪波鯀堙降陸於時八都厥民不陝禹導江沱岷嶓啓乾遠近底貢磬錯砮丹絲麻條暢有粳有稻自京徂畛民攸溫飽帝有桀紂湎沈頗僻遏絶苗民滅夏殷績爰周受命復古之常幽厲夷業破絶爲荒秦作無道三方潰叛義兵征暴遂國於漢拓開疆宇恢梁之野列爲十二光羡虞夏牧臣司梁是職是圖經營盛衰敢告士夫

幽州牧箴

蕩蕩平川惟冀之别北阨幽州戎夏交逼伊昔唐虞實爲平陸周末薦臻迫於獯鬻晉失其陪周使不徂六國擅權燕趙本都東限獩貊羡及東胡強秦北排蒙公城壃大漢初定介狄之荒元戎屢征如風之騰義兵涉漠偃我邊萌既定

且康復古虞唐臧不可不圖衰不可或忘隄潰蟻穴器漏鍼芒牧臣司幽敢告侍旁

幷州牧箴

雍別朔方河水悠悠北辟獯鬻南界涇流畫兹朔土正直幽方自昔何爲莫敢不來貢莫敢不來王周穆遐征犬戎不享爰貊伊德侵玩上國宣王命將攘之涇北宗周罔職日用爽蹉旣不俎豆又不干戈犬戎作難斃於驪阿太上曜德其次曜兵德兵俱顛靡不悴荒牧臣司幷敢告執綱

交州牧箴

交州荒裔水與天際越裳是南荒國之外爰自開闢不羈不絆周公攝祚白雉是獻昭王陵遲周室是亂越裳絕貢荆楚逆叛四國內侵蠶食宗周臻於季赧遂入滅亡大漢受命中國兼該南海之宇聖武是恢稍稍受羈遂臻黃支杭海三萬來牽其犀臧不可不憂隆不可不懼顧瞻陵遲而忘其規摹亡國多逸豫而存國多難泉竭中虛池竭瀕乾牧臣司交敢告執憲

揚雄趙充國頌

明靈惟宣戎有先零先零猖狂侵漢西疆漢命虎臣惟後將軍整我六師是討是震既臨其域諭以威德有守矜功謂之弗克請奮其旅於罕之羌天子命我從之鮮陽營平守節屢奏封章料敵制勝威謀靡亢遂克西戎還師於京鬼方賓服罔有不庭昔周之宣有方有虎詩人歌功乃列於雅在漢中興充國作武赳赳桓桓亦紹厥後

揚雄酒箴

子猶瓶矣觀瓶之居居井之眉處高臨深動常近危酒醪不入口藏水滿懷不得左右牽於纆徽一旦叀礙為瓽所轠身提黃泉骨肉為泥自用如此不如鴟夷鴟夷滑稽腹大如壺盡日盛酒人復借酤常為國器託於屬車出入兩宮經營公家繇是言之酒何過乎

班固封燕然山銘

惟永元元年秋七月有漢元舅曰車騎將軍竇憲寅亮聖皇登翼王室納於大

麓惟清緝熙乃與執金吾耿秉述職巡禦治兵於朔方鷹揚之校螭虎之士爰該六師暨南單于東胡烏桓西戎氐羌侯王君長之羣驍騎十萬元戎輕武長轂四分雷輜蔽路萬有三千餘乘勒以八陣涖以威神玄甲耀日朱旗絳天遂淩高闕下雞鹿經磧鹵絕大漠斬温禺以釁鼓血尸逐以染鍔然後四校橫徂星流彗埽蕭條萬里野無遺寇於是域滅區殫反旆而旋考傳驗圖窮覽其山川遂踰涿邪跨安侯乘燕然躡冒頓之區落焚老上之龍庭將上以攄高文之宿憤光祖宗之元靈下以安固後嗣恢拓境宇振大漢之天聲茲可謂一勞而久逸暫費而永寧也乃遂封山刊石昭銘盛德其辭曰

鑠王師兮征荒裔勦凶虐兮截海外夐其邈兮亙地界封神邱兮建隆嵑熙帝載兮振萬世

班固高祖泗水亭碑銘

皇皇聖漢兆自沛豐乾降著符精感赤龍承魁流裔襲唐末風寸天尺土無竢斯亭建號宣基維以沛公揚威斬蛇金精摧傷涉關陵郊係獲秦王應門造勢

斗璧納忠。天期乘祚。受爵漢中。勤陳東征。劉擒三秦。靈威神佑。鴻溝是乘。漢軍改歌。楚衆易心。誅項討羽。諸夏以康。陳張畫策。蕭勃翼終。出爵褒賢。裂土封功。炎火之德。彌光以明。源清流潔。本盛末榮。敘將十八。贊述股肱。休勳顯祚。永永無疆。國寧家安。我君是升。根生葉茂。舊邑是仍。於皇舊亭。苗嗣是承。天之福祐。萬年是與。

班固十八侯銘

駪駪相國。宏策不追。御國維綱。秉統樞機。文昌四友。漢有蕭何。序功第一。受封於酇。右酇侯蕭何

敱敱將軍。威蓋不當。操盾千鈞。拔主項堂。與漢破楚。蹻蹻忠良。卒爲丞相。帝室以康。右將軍舞陽侯樊噲

赫赫將軍。受兵黃石。規圖勝負。不出帷幄。命惠瞻仰。安全正朔。國師是封。光榮舊宅。右將軍留侯張良

懿懿太尉。惇厚樸誠。輔翼受命。應節御營。歷位卿相。土國兼并。見危致命。社稷以寧。右太尉絳侯周勃

蹇蹇相國。允忠克誠。臨危處險。安而匡傾。與代之際。濟主立名。身履國士。秉御乾楨。右將軍平陽侯曹參

洋洋丞相。勢譎師旅。擾攘楚魏。爲漢謀主。六奇解阨。揚名於後。右丞相戶牖侯陳平

堂堂張

敎耳之遺萌以誠佐國序迹建忠功成德立襲封南宮垂號萬春永保無疆右南
宮侯張敖衎衎衛尉德行循規遭兄食其隕歿於齊橫恥愧景刎頸自獻金紫褒表
萬世不刊右衛尉曲陽侯酈商煌煌將軍輔漢久長威震呂氏姦惡不揚寇攘殄盡躬迎
代王功顯帝室萬世益章右將軍潁陰侯灌嬰斌斌將軍鷹武是揚內康王室外鎭四方
諸夏乂安流及要荒聲騁海內苗嗣紀功右將軍汝陰侯夏侯嬰休休將軍如虎如羆御
師勤陳破敵以威靈金曜楚火流烏飛將命仗節功績永垂右將軍陽陵侯傅寬斤斤將
軍忠信孔雅出身六師十二四旅折衝扞難遂寧天下金龜章德建號傳後右將
軍信武侯靳歙明明丞相天賦挺直剛德正行不枉不曲功業成著榮顯食邑距呂奉
主昭然不惑右丞相安國侯王陵桓桓將軍輔主克征奉使全璧身詘項營序功差德履
讓以平轉北而遊雲中以傾右將軍襄平侯韓信巖巖將軍帶武佩威御雄乘險難困不
違仇滅主定四海是楨功成食土德被遐邇右將軍棘津侯陳武晏晏曲成與從龍騰安
危從主赤曜以升赫赫皇皇道彌光明惟德御國流及後萌右曲成侯蟲達肅肅御史
以武以文相趙距呂志安君身徵詣行所如意不全天秩邑土勳乃永存右御史大

（夫汾陰侯周昌）邑邑將軍。育養烝徒。建謀正直。行不匿邪。入軍討敵。項定天都。佩雀雙印。百里爲家。（右將軍青陽侯王吸）

張衡綬笥銘

南陽太守鮑德。有詔所賜先公綬笥。傳世用之。時德更理笥。衡時爲德主簿。作銘曰。

懿矣茲笥。爰藏寶珍。冠纓組履。文章日信。皇用我賜。俾作帝臣。服其令服。鸞封艾綪。天祚明德。大賚福仁。垂光厥世。子孫克神。厥器維舊。中寶維新。周公惟事七涓有鄰。

崔駰官箴三首

太尉箴

天官冢宰。庶僚之率。師錫有帝。命虞作尉。爰叶臺極。鋄平國域。制軍詰禁。王旅惟式。九州用綏。羣公咸治。干戈載戢。宿纏其紀。上之云據。下之云戴。苟非其人斁我帝載。昔周人思文公。而召南詠甘棠。昆吾隆夏。伊摯盛商。季世頗僻。禮用

不匡、無曰我強。莫余敢喪。無曰我大。輕戰好殺。紂師百萬。卒以不艾。宰臣司馬、
敢告在際、

司徒箴

天監在下、仁德是與、乃立司徒、亂茲黎烝、茫茫庶域、率土祁祁、民具爾瞻、四方是維、乾乾夕惕、靡怠靡違、恪恭爾職、以勤王機、敬敷五教、九德咸事、嗇人用章、黔甿是富、無曰余恃。忘余爾輔。無曰余聖。以忽執政。匪用其良。乃荒厥命。庶績不怡、疚于爾祿、豐其折右、而鼎覆其餗、書歌股肱、詩刺南山、尹氏不堪、國度斯斁、徒臣司衆、敢告執藩、

大理箴

邈矣皋陶、翊唐作士、設爲犴狴、九刑允理、如石之平、如淵之清、三槐九棘、以質以聽、罪人斯殛。凶旅斯并、熙乂帝載、旁施作明、昔在仲尼、哀矜聖人、子罕禮刑、衛人釋艱、釋之其忠、勳亮孝文、于公哀寡、定國廣門、敻哉邈矣、舊訓不遵、主慢臣驕、虐用其民、賞以崇欲。刑以肆忿。紂作炮烙。周人滅殷。夏用淫刑。湯誓其軍。

衛鞅酷烈。卒殞于秦。不疑加害。禍不反身。嗟茲大理。慎于爾官。賞不可不思。斷不可不虔。或有忠而被害。或有孝而見殘。吳沈伍胥。殷割比干。莫遂爾情。是截是刑。無遂爾心。以速以殛。天鑒在顏。無細不錄。福善災惡。其傚甚速。理臣思律。敢告執獄。

崔瑗座右銘

無道人之短。無說己之長。施人慎勿念。受施慎勿忘。世譽不足慕。惟仁爲紀綱。隱心而後動。謗議容何傷。無使名過實。守愚聖所臧。在涅貴不淄。曖曖內含光。柔弱生之徒。老氏誡剛強。行行鄙夫志。悠悠故難量。慎言節飲食。知足勝不祥。行之苟有恆。久久自芬芳。

鞏璋光武濟陽宮碑

惟漢再受命。曰世祖光武皇帝。考南頓君。初爲濟陽令。濟陽有武帝行過宮。常封閉。帝將生。考以令舍下溼。開宮後殿居之。建平元年十二月甲子夜。帝生時。有赤光。室中皆明。使卜者王長卜之。長曰。此善事不可言。歲有嘉禾一莖生九穗長於凡禾因爲尊諱王室中微哀平短祚姦臣王莽偷有神器十有八年罪盈惡熟天人致誅帝乃龍見白水淵躍昆滍破前隊之衆殄二公之師收兵略地經營河朔戮力戎功翼戴更始義不即命帝位闕焉於是羣公諸將據河洛之文叶符瑞之珍僉曰曆數在帝踐阼允宜乃以建武元年六月乙未卽位鄗縣之陽五成之陌祀漢配天不失舊物享國三十六年方內乂安蠻夷率服巡狩泰山禪梁父皇代之遐迹帝者之上儀罔不畢舉道德餘慶延於無窮先民有言樂樂其所自生而禮不忘其本是以虞稱嬀汭姬美周原皇天乃眷神宮實始於此厥迹邈哉所謂神麗顯融越不可尙小臣河南尹鞏瑋先祖銀艾封侯歷世卿尹受漢厚恩瑋以商箕餘烈郡舉孝廉爲大官丞來在濟陽顧見神宮追維桑梓褒述之義用敢作頌頌曰赫矣炎光爰耀其輝篤生聖皇貳漢之微稽度虔則誕育靈姿黄孽作慝篡握天機帝赫斯怒爰整其師應期潛見扶陽而飛禍亂克定羣兇殄夷匡復帝載萬國以綏巡於四嶽展義省方登封降禪升於中皇爰茲初基天命孔彰子子孫孫保之無疆

王升石門頌

惟巛靈定位川澤股躬澤有所注川有所通余谷之川其澤南隆八方所達益域爲充高祖受命興於漢中道由子午出散入秦建定帝位以漢詆焉後以子午塗路歮難更隨圍谷復通堂先凡此四道垓鬲尤艱至於永平其有四年詔書開余鑿通石門中遭元二西夷虐殘橋梁斷絕子午復循上則縣峻屈曲流顛下則入冥廎寫輸淵平阿泉泥常蔭鮮晏木石相距利磨确盤臨危槍碭履尾心寒空輿輕騎遰㝵弗前惡蟲蔽狩蛇蛭毒蟃未秋截霜稼苗夭殘終年不登匱餧之患卑者楚惡尊者弗安愁苦之難焉可具言於是明知故司隸校尉犍爲武陽楊君厥字孟文深執忠伉數上奏請有司議駮君遂執爭百僚咸從帝用是聽廢子由斯得其度經功飭爾要敞而晏平清涼調和烝烝艾寧至建和二年仲冬上旬漢中太守犍爲武陽王升字稚紀涉歷山道推序本原嘉君明知美其仁賢勒石頌德以明厥勳其辭曰

君德明明炳煥彌光刺過拾遺厲清八荒奉魁承杓綏億衙彊春宣聖日秋貶

若霜。無偏蕩蕩真雅。以方甯靜烝庶。政與乾通。輔主匡君。循禮有常。咸曉地理。知世紀綱。言必忠義。匪石厥章。恢宏大節。讜而益明。援往卓今。謀合朝情。釋艱即安。有勳有榮。禹鑿龍門。君其繼蹤。上順斗極。下荅巛皇。自南自北。四海攸通。君子安樂。庶士悅雍。商人咸憘。農夫永同。春秋記異。今而紀功。垂流億載。世世歎誦。

蔡邕祖德頌

昔文王始受命。武王定禍亂。至於成王。太平乃洽。祥瑞畢降。夫豈后德熙隆漸浸之所通也。是以易嘉積善有餘慶。詩稱子孫保之。非特王道然也。賢人君子。修仁履德者。亦其有焉。昔我烈祖。暨于予考。世載孝友。重以明德。率禮莫違。是以靈祇降之休瑞。兔擾馴以昭其仁。木連理以象其義。斯乃祖禰之遺靈。盛德之所貺也。豈我童蒙孤稚所克任哉。乃爲頌曰。

穆穆我祖。世篤其仁。其德克明。惟懿惟醇。宣慈惠和。無競伊人。巖巖我考。涖之以莊。增崇丕顯。克構其堂。是用祚之。休徵惟光。厥徵伊何。於昭于今。園有甘棠。

別榦同心墳有擾兔宅我柏林神不可誣僞不可加析薪之業畏不克荷矧貪靈貺以爲己華惟予小子豈不是欲于有先功匪榮伊辱

蔡邕京兆樊惠渠頌

洪範八政一曰食周禮九職一曰農有生之本於是乎出貨殖財用於是乎在九土上沃爲大田多稔然而地有埆塉川有墊下溉灌之便行趨不至明哲君子創業農事因高卑之宜驅自行之勢以盡水利而富國饒人自古有焉若夫西門起鄴鄭國行秦李冰在蜀信臣治穰皆此道也陽陵縣東其地衍隩土氣辛螫嘉穀不植草萊焦枯而涇水長流溉灌維首編戶齊氓庸力不供牧人之吏謀不暇給蓋常興役猶不克成光和五年京兆尹樊君諱陵字德雲勤恤人隱悉心政事苟有可以惠斯人者無聞而不行焉遂諮之郡吏申於政府僉以爲因其所利之事者不可已者也乃命方略大吏麴遂令伍瓊揣度計慮揆程經用以事上聞副在三府司農遂取財於豪富借力於黎元樹柱累石委薪積土基跂工堅體勢強壯折湍流款曠陂會之於新渠疏水門通窬瀆灑之於畎

畝。清流浸潤。泥潦浮游。昔日鹵田。化爲甘壤。秔黍稼穡之所入不可勝算農民熙怡悅豫相與謳談疆畔。斐然成章謂之樊惠渠云其歌曰。

我有長流。莫或遏之。我有溝澮。莫或達之。田疇斥鹵。莫修莫釐。饑饉困悴。莫恤莫思。乃有樊君。作人父母。立我畎畝。黃潦膏凝。多稼茂止。惠乃無疆。如何弗喜。我壤既營。我疆斯成。泯泯我人。既富且盈。爲酒爲醴。烝彼祖靈。貽福惠君。壽考且寧。

史岑出師頌

茫茫上天，降祚有漢，兆基開業，人神攸贊，五曜霄映，素靈夜歎，皇運來授，萬寶增煥，歷紀十二，天命中易，西零不順，東夷構逆，乃命上將，授以雄戟，桓桓上將，實天所啓，允文允武，明詩說禮，憲章百揆，爲世作楷，昔在孟津，惟師尚父，素旄一麾，渾一區宇，蒼生更始，朔風變楚，薄伐獫狁，至于太原，詩人歌之，猶歎其艱，況我將軍，窮城極邊，鼓無停響，旗不蹔褰，澤霑遐荒，功銘鼎鉉，我出我師，于彼西疆，天子餞我，路車乘黃，言念伯舅，恩深渭陽，介珪既削，列壤酬勳，今我將軍，啓土上郡。傳子傳孫。顯顯令問。

高彪送第五永爲督軍御史箴

文武將墜。乃俾俊臣。整我皇綱。董此不虔。古之君子。卽戎忘身。明其果毅。尙其桓桓。呂尙七十。氣冠三軍。詩人作歌。如鷹如鸇。天有太一。五將三門。地有九變。邱陵山川。人有計策。六奇五閒。總茲三事。謀則諮詢。無曰己能。務在求賢。淮陰之勇。廣野是尊。周公大聖。石碏純臣。以威克愛。以義滅親。勿謂時險。不正其身。勿謂無人。莫識己眞。忘富遺貴。福祿乃存。枉道依合。復無所觀。先公高節。越可永遵。佩藏斯戒。以厲終身。

崔琦外戚箴

赫赫外戚。華寵煌煌。昔在帝舜。德隆英皇。周興三母。有莘崇湯。宣王晏起。姜后脫簪。齊王好樂。衛姬不音。皆輔主以禮。扶君以仁。達才進善。以義濟身。爰曁末葉。漸已頽虧。貫魚不敍。九御差池。晉國之難。禍起於麗。惟家之索。牝雞之晨。專權擅愛。顯己蔽人。陵長閒舊。圯剝至親。並后匹嫡。淫女斃陳。匪賢是上。番爲司徒荷爵負乘采食名都詩人是刺德用不憮暴辛惑婦拒諫自孤蝠蛇其心縱毒不辜諸父是殺孕子是刳天怒地忿人謀鬼圖甲子昧爽身首分離初爲天子後爲人螭非但耽色母后尤然不相率以禮而競奬以權先笑後號卒以辱殘家國泯絕宗廟燒燔末嬉喪夏褒姒斃周妲己亡殷趙靈沙邱戚姬人豕呂宗以敗陳后作巫卒死於外霍欲鴆子身乃罹廢故曰無謂我貴天將爾摧無恃常好色有歇微無怙常幸愛有陵遲無曰我能天人爾違患生不德福有愼機日不常中月盈有虧履道者固仗勢者危微臣司戚敢告在斯

士孫瑞劍銘

天生五才金德惟剛從革作辛含景吐商辨物利用勛伐彌章暨彼良工歐冶干將爰造寶劍巨闕墨陽上通皓靈獲茲休祥剖山竭川虹蜺消亡昭威耀武震動遐荒楚以定霸越以取強

士孫瑞漢鏡銘

尚方御鏡大無傷巧工刻之成文章左龍右虎辟不祥朱雀玄武順陰陽子孫

備具居中央。鍊冶銀錫清而明。長保二親樂富昌。壽敝金石如侯王。

又

許氏作竟自有紀。青龍白虎居左右。聖人周公魯孔子。作吏高遷車生耳。郡舉孝廉州博士。少不努力老乃悔。吉。

經史百家雜鈔卷六

經史百家雜鈔卷七目錄

詞賦之屬下編二

經史百家雜鈔卷七

湘鄉曾國藩纂　　合肥李鴻章校刊

詞賦之屬下編二

曹植制命宗聖侯孔羨奉家祀碑

維黃初元年。大魏受命。胤軒轅之高蹤。紹虞氏之遐統。應曆數以改物。揚仁風以作教。於是輯五瑞。班宗彝。鈞衡石。同度量。秩羣祀於無文。順天時以布化。既乃緝熙聖緒。紹顯上世。追存三代之禮。兼紹宣尼之後。以魯縣百戶。命孔子二十一世孫議郎孔羨爲宗聖侯。以奉孔子之祀。制詔三公曰。昔仲尼負大聖之才。懷帝王之器。當衰周之末。而無受命之運。在魯衛之朝。教化洙泗之上。栖栖焉皇皇焉。欲屈己以存道。貶身以救世。於是王公終莫能用之。乃退考五代之禮。修素王之事。因魯史而制春秋。就太史而正雅頌。俾千載之後。莫不宗其文以述作。仰其聖以謀咨。可謂命世大聖。億載之師表者也。遭天下大亂。百祀墮壞。舊居之廟。毀而不修。褒成之後。絕而莫繼。闕里不聞講誦之聲。四時不睹烝嘗之位。斯豈所謂崇禮報功。盛德必百世祀者哉。嗟乎。朕甚憫焉。其以議郎孔羨爲宗聖侯。邑百戶。奉孔子之祀。令魯郡修起舊廟。置百戶卒史以守衞之。又於其外廣爲屋宇。以居學者。於是魯之父老諸生游士。睹廟堂之始復。觀俎豆之初設。嘉聖靈於髣髴。想禎祥之來集。乃慨然而歎曰。大道衰廢。禮樂絕滅。三十餘年。皇上懷仁聖之懿德。兼二儀之化育。廣大包於無方。淵深淪於不測。故自受命以來。天人咸和。神氣氤氳。嘉瑞踵武。休徵屢臻。殊俗解編髮而慕義。遐夷越險阻而來賓。雖太皞遊龍以君世。虞氏儀鳳以臨民。伯禹命元宮而爲夏后。西伯由岐社而爲周。文尚何足稱於大魏哉。若乃紹繼微絕。興修廢官。疇咨稽古。崇配乾坤。況神明之所福。作宇宙之所觀。欣欣之色。豈徒魯邦而已哉。爾乃感殷人路寢之義。嘉先民泮宮之事。以爲高宗僖公蓋嗣世之王。諸侯之國耳。猶著德於三代。騰聲於千載。況今聖王肇造區夏。創業垂統。受命之日。曾未下輿而褒美大聖。隆化如此。能無頌乎。乃作頌曰。

煌煌大魏。受命溥將。繼體黃唐。包夏含商。降釐下土。廓清三光。羣祀咸秩。靡事不綱。嘉彼元聖。有赫其靈。遭世罹亂。莫顯其榮。褒成既絕。寢廟斯傾。闕里蕭條。靡紹靡馨。我皇悼之。尋其世武。乃建宗聖。以紹厥後。修復舊堂。豐其甍宇。莘莘學徒。爰居爰處。王教既新。羣小遄沮。魯道以興。永作憲矩。洪聲豈遐。神祇來和。休徵雜遝。瑞我邦家。內光區域。外被荒遐。殊方慕義。搏拊揚歌。於赫四聖。運世應期。仲尼既沒。文亦在茲。彬彬我后。越而五之。垂於億載。如山之基。

陸機漢高祖功臣頌

相國酇文終侯沛蕭何。相國平陽懿侯沛曹參。太子少傅留文成侯韓張良。丞相曲逆獻侯陽武陳平。楚王淮陰韓信。梁王昌邑彭越。淮南王六黥布。趙景王大梁張耳。韓王韓信。燕王豐盧綰。長沙文王吳芮。荆王沛劉賈。太傅安國懿侯王陵。左丞相絳武侯沛周勃。相國舞陽侯沛樊噲。右丞相曲周景侯高陽酈商。太僕汝陰文侯沛夏侯嬰。丞相潁陰懿侯睢陽灌嬰。代丞相陽陵景侯魏傅寬。車騎將軍信武肅侯靳歙。大行廣野君高陽酈食其。中郎建信侯齊劉敬。太中大夫楚陸賈。太子太傅稷嗣君薛叔孫通。魏無知。護軍中尉隨何。新城三老董

公轅生將軍紀信御史大夫沛周苛平國君侯公右三十一人與定天下安社稷者也頌曰

芒芒宇宙上墋下黷波振四海塵飛五岳九服徘徊三靈改卜赫矣高祖肇載天祿沈迹中鄉飛名帝錄慶雲應輝皇階授木龍興泗濱虎嘯豐谷彤雲晝聚素靈夜哭金精仍頹朱光以渥萬邦宅心駿民效足堂堂蕭公王迹是因綢繆叡后無競維人外濟六師內撫三秦拔奇夷難邁德振民體國垂制上穆下親名蓋羣后是謂宗臣平陽樂道在變則通爰淵爰嘿有此武功長驅河朔電擊壤東協策淮陰亞迹蕭公文成作師通幽洞冥永言配命因心則靈窮神觀化望影揣情鬼無隱謀物無遯形武關是闢鴻門是寗隨難滎陽卽謀下邑銷印惎廢推齊勸立運籌固陵定策東襲三王從風五侯允集霸楚實喪皇漢凱入怡顏高覽彌翼鳳戢託迹黃老辭世卻粒曲逆宏達好謀能深遊精杳漠神迹是尋重玄匪奧九地匪沈伐謀先兆擒嚮于音奇謀六奮嘉慮四迴規主於足離項于懷格人乃謝楚翼實摧韓王窘執胡馬洞開迎文以謀哭高以哀灼灼

淮陰靈武冠世策出無方思入神契奮臂雲興騰迹虎噬凌險必夷摧剛則脆肇謀漢濱還定渭表京索既扼引師北討濟河夷魏登山滅趙威亮火烈勢踰風埽拾代如遺偃齊猶草二州肅清四邦咸舉乃眷北燕遂表東海克滅龍且爰取其旅劉項懸命人謀是與念功惟德辭通絶楚彭越觀時弢迹匿光人具爾瞻翼爾鷹揚威凌楚域質委漢王靖難河濟卽宮舊梁烈烈黥布眈眈其眄名冠彊楚鋒猶駭電覩幾蟬蛻悟主革面肇彼梟風翻爲我扇天命方輯王在東夏矯矯三雄至于垓下元凶既夷寵祿來假保大全祚非德孰可謀之不臧舍福取禍張耳之賢有聲梁魏士也罔極自詒伊愧俯思舊恩仰察五緯脫迹違難披榛來洎改策西秦報辱北冀悴葉更輝枯條以肄王信韓孽宅土開疆我圖爾才越遷晉陽盧綰自微婉孌我皇跨功踰德祚爾輝章人之貪禍寧爲亂亡吳芮之王祚由梅鋗功微勢弱世載忠賢肅肅荆王董我三軍我圖四方殷薦其勳庸親作勞舊楚是分往踐厥宇大啓淮壤安國違親悠悠我思依依哲母既明且慈引身伏劍永言固之淑人君子實邦之基義形於色憤發于辭

主亡與亡末命是期絳侯質木多略寡言曾是忠勇惟帝攸歎雲鶩靈邱景逸
上蘭平代禽豨奄有燕韓甯亂以武獎呂以權滌穢紫宮徵帝太原實惟太尉
劉宗以安挾功震主自古所難勳耀上代身終下藩舞陽道迎延帝幽藪宣力
王室匪惟厥武總干鴻門披闥帝宇聳顏誚項掩淚悟主曲周之進于其哲兄
俾率爾徒從王于征振威龍蜺攄武庸城六師寔因克荼禽豨猗歟汝陰綽綽
有裕戎軒肇迹荷策來附馬煩轡殆不釋擁樹皇儲時乂平城有謀頼陰銳敏
屢爲軍鋒奮戈東城禽項定功乘風藉響高步長江收吳引淮光啓于東陽陵
之勳元帥是承信武薄伐揚節江陵夷王殄國俾亂作懲恢恢廣野誕節令圖
進謁嘉謀退守名都東窺白馬北距飛狐卽倉敖庾據險三塗轄軒東踐漢風
載徂身死于齊非說之辜我皇實念言祚爾孤建信委輅被褐獻寶指明周漢
銓時論道移帝伊洛定都酆鎬柔遠鎮邇實敬攸考抑抑陸生知言之貫往制
勁越來訪皇漢附會平勃夷凶翦亂所謂伊人邦家之彥百王之極舊章靡存
漢德雖朗朝儀則昏稷嗣制禮下肅上尊穆穆帝典煥其盈門風睎三代憲流

後昆、無知叡敏、獨昭奇迹、察倖蕭相、貺同師錫、隨何辯達、因資於敵、紓漢披楚、唯生之績、皤皤董叟、謀我平陰、三軍縞素、天下歸心、袁生秀朗、沈心善照、漢旆南振、楚威自撓、大略淵回、元功響効、邈哉惟人、何識之妙、紀信誑項、軺軒是乘、攝齊赴節、用死孰懲、身與煙銷、名與風興、周苛慷慨、心若懷冰、刑可以暴、志不可凌。貞軌偕沒。亮迹雙升。帝疇爾庸。後嗣是膺。天地雖順。王心有違。懷親望楚、永言長悲、侯公伏軾、皇媼來歸、是謂平國、寵命有輝。震風過物。清濁効響。大人于興。利在攸往。弘海者川。崇山惟壤。韶濩錯音。袞龍比象。明明衆哲。同濟天綱、劍宣其利。鑒獻其朗。文武四充。漢祚克廣。悠悠遐風。千載是仰。

陸雲榮啓期贊

榮啓期者、周時人也、值衰世之季末、當王道之頹凌、遂隱居窮處、遺物求己、泝懷玄妙之門、求意希微之域、天子不得而臣、諸侯不得而友、行年九十、被裘鼓琴而歌、孔子過之問曰、先生何樂、答曰、吾樂甚多、天生萬物、惟人爲貴、吾得爲人矣、是一樂也、以男爲貴、吾又得爲男矣、是二樂也、或不免於襁褓、而吾行年九十是三樂也夫貧者士之常也死固命之終也居常待終當何憂乎孔子聽其音爲之三日悲常披裘帶索行吟於路曰吾著裘者何求帶索者何索遂放志一邱滅景榛藪居真思樂之林利涉忘憂之沼以卒其天年榮華溢世不足以盈其心萬物兼陳不足以易其樂絶景雲霄之表濯志北溟之津豈非天真至素體正含和者哉友人有圖其象者命爲之贊其辭曰

芒芒至道天啓德心自昔逸民遁志山林邈矣先生如龍之潛夷明收察滅迹在陰傲世求己遺物自欽景遯瓊煇響和絶音戀彼邱園硏道之微思樂寒泉薄採春蕤鳴絃清泛撫節高徽有聖戾止永言傷悲天造草昧負道是嘉於鑠先生旣體斯和熊羆作祥黃髮皤皤耽此三樂遺彼世華翼翼彼路行吟以遊的的歘冕陋我輕裘永脫亂世受言一邱媚茲常道聊以忘憂

張華女史箴

茫茫造化兩儀始分散氣流形旣陶旣甄在帝庖犧肇經天人爰始夫婦以及君臣家道以正而王猷有倫婦德尚柔含章貞吉婉娩淑慎正位居室樊姬感

莊不食鮮禽衞女矯桓耳忘和音志厲義高而二主易心元熊攀檻馮媛趨進夫豈無畏知死不恡班妾有辭割歡同輦夫豈不懷防微慮遠道罔隆而不殺物無盛而不衰日中則昃月滿則微崇猶塵積替若駭機人咸知飾其容而莫知飾其性性之不飾或愆禮正斧之藻之克念作聖出其言善千里應之苟違斯義同衾以疑出言如微而榮辱由茲勿謂幽昧靈鑒無象勿謂元漠神聽無響無矜爾榮天道惡盈無恃爾貴隆隆者墜鑒於小星戒彼攸遂比心螽斯則繁爾類懽不可以瀆寵不可以專專實生慢愛極則遷致盈必損理有固然美者自美翩以取尤冶容求好君子所仇結恩而絕職此之由故曰翼翼矜矜福所以興靖恭自思榮顯所期女史司箴敢告庶姬

張載劍閣銘

巖巖梁山積石峨峨遠屬荆衡近綴岷嶓南通邛僰北達褒斜狹過彭碣高踰嵩華惟蜀之門作固作鎮是曰劍閣壁立千仞窮地之險極路之峻世濁則逆道清斯順閉由往漢開自有晉秦得百二并吞諸侯齊得十二田生獻籌矧茲

狹隘土之外區一人荷戟萬夫赼趄形勝之地匪親勿居昔在武侯中流而喜山河之固見屈吳起興實在德險亦難恃洞庭孟門二國不祀自古迄今天命匪易憑阻作昏鮮不敗績公孫既滅劉氏銜璧覆車之軌無或重迹勒銘山阿敢告梁益

嵇康太師箴

浩浩太素陽曜陰凝二儀陶化人倫肇興厥初冥昧不慮不營欲以物開患以事成犯機觸害智不救生宗長歸仁自然之情故君道自然必託賢明茫茫在昔罔或不寧赫胥既往紹以皇羲默靜無文太樸未虧萬物熙熙不夭不離爰及唐虞猶篤其緒體資易簡應天順矩絺褐其裳土木其宇物或失性懼若在予疇咨熙載終禪舜禹夫統之者勞仰之者逸至人重身棄而不恤故子州稱疚石戶乘桴許由鞠躬辭長九州先王仁愛愍世憂時哀萬物之將頹然後涖之下逮德衰大道沈淪智慧日用漸私其親懼物乖離 缺 擘仁利巧愈競繁禮屢陳刑教爭施天性喪真季世陵遲繼體承資憑尊恃勢不友不師宰割天

下以奉其私故君位益侈臣路生心竭智謀國不吝灰沈賞罰之存莫勸莫禁若乃驕盈肆志阻兵擅權矜威縱虐禍蒙邱山刑本懲暴今以脅賢昔爲天下今爲一身下疾其上君猜其臣喪亂宏多國乃殞顛故殷辛不道首綴素旗周朝敗度彘人是謀楚靈極暴乾谿潰叛晉厲殘虐欒書作難主父棄禮鷇胎不宰秦皇荼毒禍流四海是以亡國繼踵今古相承醜彼摧滅而襲其亡徵初安若山後敗如崩臨刃振鋒悔何所增故居帝王者無曰我尊慢爾德音無曰我彊肆于驕淫棄彼佞倖納此遌顏諛言順耳染德生患悠悠庶類我控我告唯賢是授何必親戚順乃造好民實胥效治亂之原豈無昌教穆穆天子思聞其愆虛心導人允求讜言師臣司訓敢告在前

潘尼乘輿箴

易稱有天地然後有人倫有父子然後有君臣傳曰大者天地其次君臣然君臣父子之道天地人倫之本未有以先之者也故天生蒸人而樹之君使司牧之將以導羣生之性而理萬物之情豈以寵一人之身極無量之欲如斯而已

哉、夫古之爲君者、無欲而至公、故有茅茨土階之儉、而後之爲君、有欲而自利、故有瑤臺瓊室之侈、無欲者天下共推之、有欲者天下共爭之、推之之極、雖禪代猶脫屣、爭之之極、雖劫殺而不避、故曰天下非一人之天下、乃天下之天下、安可求而得辭而已者乎、夫修諸己而化諸人、出乎邇而見乎遠者、言行之謂也、故人主所患、莫甚於不知其過、而所美莫美於好聞其過、若有君於此、而曰予必無過、惟其言而莫之違、斯孔子所謂其庶幾乎一言而喪國者也、蓋君子之過、如日月之蝕、過也人皆見之、更也人皆仰之、雖以堯舜湯武之盛、必有誹謗之木、敢諫之鼓、盤杅之銘、無諱之史、所以閑其邪僻、而納諸正道、其自維持如此之備、故箴規之興、將以補過教闕、然猶依違諷喻、使言之者無罪、聞之者足以自誡、先儒既援古義、舉內外之殊、而高祖亦序六官、論成敗之要、義正辭約、又盡善矣、自虞人箴以至于百官、非唯規其所司、誠欲人主斟酌其得失焉、春秋傳曰、命百官箴王闕、則亦天子之事也、尼以爲王者膺受命之期、當神器之運、總萬機而撫四海、簡羣才而審所授、孜孜於得人、汲汲於聞過、雖廷爭面析。猶將祈請而求焉。至於箴規諫之順者。曷爲獨闕之哉。是以不量其學陋思淺。因負擔之餘。嘗試撰而述之。不敢斥至尊之號。故以乘輿目篇。蓋帝王之事至大。而古今之變至衆。文繁而義詭。意局而辭野。將欲希企前賢。髣髴崇軌。譬猶邱坻之望華岱。恆星之繫日月也。其不逮明矣。頌曰。

元元遂初。茫茫太始。清濁同流。玄黃錯跱。上下弗形。尊卑靡紀。赫胥悠哉。大庭尙矣。皇極啓建。兩儀既分。彝倫永序。萬邦已紛。國事明王。家奉嚴君。各有攸尊。德用不勤。羲農已降。暨于夏殷。或禪或傳。乃質乃文。太上無名。下知有之。仁義不存。而人歸孝慈。無爲無執。何欲何思。忠信之薄。禮刑實滋。既譽既畏。以侮以欺。作誓作盟。而人始叛疑。煌煌四海。藹藹萬乘。匪誓焉憑。左輔右弼。前疑後丞。一日萬機。業業兢兢。夫出其言善。則千里是應。而莫余違。亦喪邦有徵。樞機之動。式以廢興。殷監不遠。若之何勿懲。且厚味腊毒。豐屋生災。辛作璇室。而夏興瑤臺。糟邱酒池。象筯玉杯。厥肴伊何。龍肝豹胎。惟此哲婦。職爲亂階。殷用喪師。夏亦不恢。是以帝堯在位。茅茨不翦。周文日昃。昧旦丕顯。夫德輶如毛。而或舉之者鮮故湯有慙德武未盡善下世道衰末俗化淺耽樂逸遊荒淫沈湎不式古訓而好是佞辯不遵王路而覆車是踐成敗之效載在先典匪惟陵夷厥世用殄故曰樹君如之何將人是司牧視之猶傷而知其寒燠故能撫之斯柔而敦之斯睦無遠不懷靡思不服夫豈厭縱一人而玩其耳目內迷聲色外荒馳逐不修政事而終於顛覆昔唐氏授舜舜亦命禹受終納祖丕承天序放桀惟湯剋殷伊武故禪代非一姓社稷無常主四嶽三塗九州之阻彭蠡洞庭殷商之旅虞夏之隆非由尺土而紂之百剋卒於絶緒故王者無親唯在擇人傾蓋惟舊白首乃新望由釣夫伊起有莘負鼎鼓刀而謀合聖神夫豈借官左右而取介近臣蓋有國有家者莫云我聽或此面從莫謂我智聽受未易甘言美疢尠不爲累由夷逃寵遠於脫屣桀何人主位極則侈知人則哲惟帝所難唐朝既泰四族作奸周室既隆而管蔡不虔匪我二聖孰弭斯患若九德咸受儁乂在官君非臣莫治臣非君莫安故書美康哉而易貴金蘭有皇司國敢告納言

潘尼釋奠頌

元康元年冬十二月。上以皇太子富於春秋。而人道之始。莫先於孝悌。初命講孝經於崇政殿。實應天縱生知之量。微言奧義。發自聖問。業終而體達。至三年春閏月。將有事於上庠。釋奠于先師。禮也。越二十四日景申。侍祠者旣齊。輿駕次于太學。太傅在前。少傅在後。恂恂乎宏保訓之道。宮臣畢從。三率備衞。濟濟乎肅翼贊之敬。乃埽壇爲殿。懸幕爲宮。夫子位于西序。顏回侍于北墉。宗伯掌禮。司儀辨位。二學儒官。搢紳先生之徒。垂纓佩玉。規行矩步者。皆端委而陪於堂下。以待執事之命。設樽篚於兩楹之閒。陳罍洗於阼階之左。几筵旣布。鐘懸旣列。我后乃躬拜俯之勤。資在三之義。謙光之美彌劭。闕里之教克崇。穆穆焉邕邕焉。真先王之徽典。不刊之美業。允不可替已。於是牲饋之事旣終。享獻之禮已畢。釋玄衣。御春服。弛齋禁。反故式。天子乃命內外羣司。百辟卿士。蕃王三事。至于學徒國子。咸來觀禮。我后皆延而與之燕。金石簫管之音。八佾六代之舞。鏗鏘閶闔。般辟俛仰。可以澂神滌欲。移風易俗者。罔不畢奏。抑淫哇。屏鄭衞遠佞邪。釋巧辯。是日也。人無愚智。路無遠邇。離鄉越國。扶老攜幼。不期而俱萃皆延頸以視傾耳以聽希道慕業洗心革志想洙泗之風歌來蘇之惠然後知居室之善著應乎千里之外不言之化洋溢于九有之內於熙乎若典固皇代之壯觀萬載之一會也尼昔忝禮官嘗聞俎豆今廁末列親覩盛美瀸漬徽猷沐浴芳潤不知手舞口詠竊作頌一篇義近辭陋不足測盛德之形容光聖明之遐度其辭曰

二元迭運五德代徽黃精既亢素靈乃暉有皇承天造我晉畿祚以大寶登以龍飛宣基誕命景熙遐緒三分自文受終惟武席卷要蠻蕩定荒阻道濟羣生化流率土後帝承式丕隆會構奄有萬方光宅宇宙篤生上嗣繼期挺秀聖敬日躋濬哲閎茂留精儒術敦閱古訓遵道讓齒降心下問鋪以金聲光以玉潤如日之升如乾之運乃延台保乃命學臣聖容穆穆侍講誾誾抽演微言啓發道真探幽窮賾温故知新講業既終精義既研崇聖重師卜日告奠陳其三牢引其四縣既戒既式乃盥乃薦恂恂孔聖百王攸希亹亹顏生好學無違曰皇儲后體神合機兆吉先見知來洞微濟濟二宮藹藹庶寮俊乂鱗萃髦士盈朝

如彼和肆莫匪瓊瑤如彼儀鳳樂我雲韶瓊瑤誰剖四門洞開雲韶奚樂神人允諧蟬冕耀庭細佩振階德以謙光仁以恩懷我酒惟清我肴惟馨舞以六代歌以九成莘莘冑子祁祁學生洗心自百觀國之榮學猶時苗化若偃草博我以文宏我以道萬邦蟬蜎矧乃俊造鑽蚌瑩珠剖石摛藻絲匪玄黃水罔方圓引之斯流染之斯鮮若金受範若埴在甄上好如雲下效如川昔在周興王化之始曰文曰武時惟世子今我皇儲濟聖通理緝熙重光於穆不已於穆伊何思文哲后媚茲一人實副元首孝洽家邦光照九有純嘏自晉永世昌阜徽徽下臣過充近侍猥躡風雲鸞龍是廁身藻芳流目玩盛事竭誠作頌祇詠聖志

摯虞太康頌

於休上古人之資始四隩咸宅萬國同軌有漢不競喪亂靡紀畿服外叛侯衞內圮天難既降時惟鞠凶龍戰虎爭分裂遐邦備僭岷蜀度逆海東權乃緣閒割據三江明明上帝臨下有赫乃宣皇威致天之辟奮武遼隧罪人斯獲撫定朝鮮奄征韓貊文既應期席卷梁益元憝委命九夷重譯邛冉哀牢是焉底績

我皇之登。二國既平。靡適不懷。以育羣生。吳乃負固。放命南冥。聲教未曁。弗及王靈。皇震其威。赫如雷霆。截彼江沔。荊舒以清。邈矣聖皇。參乾兩離。陶化以正。取亂以奇。耀武六旬。輿徒不疲。飲至數實。干旄無虧。洋洋四海。率禮和樂。穆穆宮廟。歌雍詠鑠。光天之下。莫匪帝略。窮髮反景。承正受朔。龍馬騤騤。風于華陽。弓矢櫜服。干戈戢藏。嚴嚴南金。業業餘皇。雄劍班朝。造舟爲梁。聖明有造。實代天工。天地不違。黎元時邕。三務斯協。用底厥庸。既遠其迹。將明其蹤。喬山惟嶽。望帝之封。猗歟聖帝。胡不封哉。

摯虞尚書令箴

明明先王。開國承家。作制垂憲。仰觀列曜。俯令百官。政用罔僭。昔舜納大麓。七政以齊。內成外平。而風雨不迷。山甫翼周。靡剛靡柔。補我袞闕。闡我王猷。王猷允塞。而四海咸休。雖聖雖明。必資良材。毋曰我智。官不任能。發言如綵。其出成綸。千里之應。樞機在身。三季道缺。天綱縱替。既無老成。改舊法制。法制不循。不長厥裔。尚臣司臺。敢告侍衛。

郭璞山海經圖贊

桂生南裔拔萃岑嶺廣莫熙葩凌霜津穎氣王百藥森然雲挺桂

爰有奇樹產自招搖厥華流光上映垂霄佩之不惑潛有靈標迷穀

彗星橫天鯨魚死浪鵹鶘鳴于邑賢士見放厥理至微言之無況鵹鶘

華嶽靈峻削成四方爰有神女是挹玉漿其誰遊之龍駕雲裳太華山

鸞翔女牀鳳出丹穴拊翼相和以應聖哲擊石靡詠韶音其絕鸞鳥

鍾山之寶爰有玉華光彩流映氣如虹霞君子是佩象德閑邪瑾瑜玉

櫰惟靈樹爰生若木重根增駕流光旁燭食之靈化榮名仙錄櫰木

崑崙月精水之靈府惟帝下都西老之宇槃然中峙號曰天柱崑崙邱

肩吾得一以處崑崙開明是封司帝之門吐納靈氣熊熊魂魂神陸吾

安得沙棠制爲龍舟汎彼滄海眇然遐遊聊以逍遙任波去留沙棠

天帝之女蓬髮虎顏穆王執贄賦詩交歡韻外之事難以具言西王母

先民有作龜貝爲貨貴以文彩賈以小大簡則易資犯而不過文貝

質則混沌神則旁通自然靈照聽不以聰強爲之名曰惟帝江（帝江）

烏飛以翼當扈則鬚廢多任少沛然有餘輪運于轂至用在無（當扈）

駮惟馬類實畜之英騰髦驤首嘘天雷鳴氣無不凌吞虎辟兵（駮）

物以感應亦不數動壯士挺劍氣激白虹鰠魚潛淵出則邑悚（鰠魚）

涸和損平莫慘於憂詩詠萱草帶山則鯈壑焉遺岱聊以盤遊（鯈魚）

蹠實以足排虛以羽翹尾翻飛奇哉耳鼠厥皮惟良百毒是禦（耳鼠）

幽頞似猴俾愚作智觸物則笑見人佯睡好用小慧終是嬰繫（幽頞）

磁石吸鐵瑇瑁取芥氣有潛感數亦冥會物之相投出乎意外（磁石）

狍鴞貪惏其目在腋食人未盡還自齦割圖形妙鼎是謂不若（狍鴞）

龍憑雲遊騰蛇假霧未若天馬自然凌翥有理懸運天機潛御（天馬）

蚌則含珠獸胡不可狪狪如豚被褐懷禍患難無繇招之自我（狪狪）

犰狳之獸見人佯眠與災協氣出則無年此豈能爲歸之於天（犰狳）

治在得賢亡由失人峳峳之來乃致狡賓歸之冥應誰見其津（峳峳）

水圜四十。潛源溢沸。靈黿爰處。掉尾養氣。莊生是感。揮竿傲貴。瀵黿

茫茫帝臺。維靈之貴。爰有石棋。五彩煥蔚。觴禱百神。以和天氣。帝臺棋

山膏好豚。厥性如罵。黄棘是食。匪子匪化。雖無貞操。理同不嫁。山膏獸 黄棘

爰有嘉樹。厥名曰栯。薄言采之。窈窕是服。君子維歡。家無反目。栯木

荀草赤實。厥狀如菅。婦人服之。練色易顏。夏姬是豔。厥媚三遷。荀草

厥苞橘櫾。奇者維甘。朱實金鮮。葉蒨翠藍。靈均是詠。以爲美談。橘櫾

大騩之山。爰有苹草。青華白實。食之無夭。雖不增齡。可以窮老。蒗

蝮維毒魁。鴆鳥是噉。拂翼鳴林。草瘁木慘。羽行隱戮。厥罰難犯。鴆鳥

岷山之精。上絡東井。始出一勺。終致淼冥。作紀南夏。天清地靜。岷山

青耕禦疫。跂踵降災。物之相反。各以氣來。見則民咨。實爲病媒。跂踵

清泠之水。在乎山頂。耕父是游。流光灑景。黔首祀禜。以弭災眚。神耕父

帝臺之水。飲蠲心病。靈府是滌。和神養性。食可逍遙。濯髮浴泳。帝臺漿

賤無定貢。貴無常珍。物不自物。自物由人。萬事皆然。豈伊蛇鱗。自此山來蟲爲蛇蛇號爲魚

三珠所生。赤水之際。翹葉柏竦。美壯若彗。濯彩丹波。自相霞映。三珠樹

有人爰處。員丘之上。赤泉駐年。神木養命。稟此遐齡。悠悠無竟。不死國

雖云一氣。呼吸異道。觀則俱見。食則皆飽。物形自周。造化非巧。三首國

羣籟舛吹。氣有萬殊。大人三丈。焦僥尺餘。混之一歸。此亦僑如。焦僥國

聖德廣被。物無不懷。爰乃殂落。封墓表哀。異類猶然。矧乃華黎。狄山帝堯葬于陽帝嚳葬于陰

聚肉有眼。而無腸胃。與彼馬勃。頗相髣髴。奇在不盡。食之薄味。視肉

筵御飛龍。果儛九代。雲融是揮。玉璜是佩。對揚帝德。稟天靈誨。夏后啓

品物流行。以散混沌。增不爲多。減不爲損。厥變難原。請尋其本。三身國一臂國

彼姝者子。誰氏二女。曷爲水閒。操魚持俎。厥儷安在。離羣逸處。女祭女戚

十日並熯。女丑以斃。暴於山阿。揮袖自翳。彼美誰子。逢天之厲。女丑尸

軒轅之人。承天之祜。冬不襲衣。夏不扇暑。猶氣之和。家爲彭祖。軒轅國

飛黃奇駿。乘之難老。揣角輕騰。忽若龍矯。實鑒有德。乃集厥皁。乘黃

萬物相傳。非子則根。無脊因心。構肉生魂。所以能然。尊形者存。無脊國

蒼四不多。此一不少。于野冥瞽。洞見無表。形遊逆旅。所貴維眇。（一目國）

神哉夸父，難以理尋，傾沙逐日，遯形鄧林，觸類而化，應無常心。（夸父）

女子鮫人，體近蠶蚌，出珠匪甲，吐絲匪蛹，化出無方，物豈有種。（歐絲野）

牢悲海鳥，西子駭麋，或貴穴倮，或尊裳衣，物我相傾，孰了是非。（毛民國）

狌狌之狀，形乍如犬，厥性識往，爲物警辨，以酒招災，自貽纓胥。（狌狌）

崑崙之陽，鴻鷺之阿，爰有嘉穀，號曰木禾，匪植匪藝，自然靈播。（木禾）

萬物暫見，人生如寄，不死之樹，壽蔽天地，請藥西姥，烏得如羿。（不死樹）

醴泉睿木，養齡盡性，增氣之和，祛神之冥，何必生知，然後爲聖。（甘水聖木）

金精朱鬣，龍行駿跱，拾節鴻鶩，塵不及起，是謂吉黃，釋聖牖里。（吉良）

怪獸五彩，尾參于身，矯足千里，儵忽若神，是謂騶虞，詩歎其仁。（騶虞）

子夜之尸，體分成七，離不爲疏，合不爲密，苟以神御，形歸於一。（王子夜尸）

都廣之野，珍怪所聚，爰有羔穀，鸞歌鳳舞，后稷託終，樂哉斯土。（都廣之野）

吹萬不同。陽煦陰蒸。款冬之生。擢穎堅冰。物休所安。焉知渙凝。（款冬）

車前之草。別名芣苢。王會之云。其實如李。名之相亂。在乎疑似。芣苢

草皮之良。莫貴於麻。用無不給。服無不加。至物在邇。求之好遐。麻

萍之在水。猶卉植地。靡見其布。漠爾鱗被。物無常託。孰知所寄。萍

夏侯湛東方朔畫贊

大夫諱朔。字曼倩。平原厭次人也。魏建安中。分厭次以為樂陵郡。故又為郡人焉。事漢武帝。漢書具載其事。先生瓌瑋博達。思周變通。以為濁世不可以富貴也。故薄游以取位。苟出不可以直道也。故頡頏以傲世。傲世不可以垂訓也。故正諫以明節。明節不可以久安也。故詼諧以取容。潔其道而穢其迹。清其質而濁其文。弛張而不為邪。進退而不離羣。若乃遠心曠度。贍智宏材。倜儻博物。觸類多能。合變以明筭。幽贊以知來。自三墳五典。八索九邱。陰陽圖緯之學。百家衆流之論。周給敏捷之辯。支離覆逆之數。經脈藥石之藝。射御書計之術。乃研精而究其理。不習而盡其功。經目而諷於口。過耳而闇於心。夫其明濟開豁。包含弘大。凌轢卿相。嘲哂豪桀。籠罩靡前。跆籍貴勢。出不休顯。賤不憂戚。戲萬乘

若寮友視儔列如草芥雄節邁倫高氣蓋世可謂拔乎其萃遊方之外者已談者又以先生噓吸沖和吐故納新蟬蛻龍變棄俗登仙神交造化靈爲星辰此又奇怪惚恍不可備論者也大人來守此國僕自京都言歸定省覩先生之縣邑想先生之高風徘徊路寢見先生之遺像逍遙城郭觀先生之祠宇慨然有懷乃作頌焉其辭曰

矯矯先生肥遯居貞退不終否進亦避榮臨世濯足希古振纓涅而無滓既濁能清無滓伊何高明克柔能清伊何視污若浮樂在必行處淪罔憂跨世淩時遠蹈獨遊瞻望往代爰想遐蹤邈邈先生其道猶龍染迹朝隱和而不同棲遲下位聊以從容我來自東言適茲邑敬問墟壙企佇原隰墟墓徒存精靈永戢民思其軌祠宇斯立徘徊寺寢遺像在圖周旋祠宇庭序荒蕪榱棟傾落草萊弗除肅肅先生豈焉是居是居弗形悠悠我情昔在有德罔不遺靈天秩有禮神監孔明彷彿風塵用垂頌聲

袁宏三國名臣序贊

夫百姓不能自治故立君以治之明君不能獨治則爲臣以佐之然則三五迭隆歷世承基揖讓之與干戈文德之與武功莫不宗匠陶鈞而羣才緝熙元首經略而股肱肆力遭離不同迹有優劣至於體分冥固道契不墜風美所扇訓革千載其揆一也故二八升而唐朝盛伊呂用而湯武寧三賢進而小白興五臣顯而重耳霸中古凌遲斯道替矣居上者不以至公理物爲下者必以私路期榮御圓者不以信誠率衆執方者必以權謀自顯於是君臣離而名教薄世多亂而時不治故蘧甯以之卷舒柳下以之三黜接輿以之行歌魯連以之赴海衰世之中保持名節君臣相體若合符契則燕昭樂毅古之流也夫未遇伯樂則千載無一驥時值龍顏則當年控三傑漢之得材於斯爲貴高祖雖不以道勝御物羣下得盡其忠蕭曹雖不以三代事主百姓不失其業靜亂庇人抑亦其次夫時方顛沛則顯不如隱萬物思治則默不如語是以古之君子不患弘道難遭時難遭時匪難遇君難故有道無時孟子所以咨嗟有時無君賈生所以垂泣夫萬歲一期有生之通塗千載一遇賢智之嘉會遇之不能無欣喪

之何能無慨古人之言信有情哉余以暇日常覽國志考其君臣比其行事雖
道謝先代亦異世一時也文若懷獨見之明而有救世之心論時則民方塗炭
計能則莫出魏武故委面霸朝豫議世事舉才不以標鑒故久之而後顯籌畫
不以要功故事至而後定雖亡身明順識亦高矣董卓之亂神器遷逼公達慨
然志在致命由斯而談故以大存名節至如身爲漢隸而迹入魏幕源流趣舍
其亦文若之謂所以存亡殊致始終不同將以文若既明名教有寄乎夫仁義
不可不明則時宗舉其致生理不可不全故達識攝其契相與弘道豈不遠哉
崔生高朗折而不撓所以策名魏武執笏霸朝者蓋以漢主當陽魏后北面者
哉若乃一旦進璽君臣易位則崔子所不與魏武所不容夫江湖所以濟舟亦
所以覆舟仁義所以全身亦所以亡身然而先賢玉摧於前來哲攘袂於後豈
非天懷發中而名教束物者乎孔明盤桓俟時而動遐想管樂遠明風流治國
以禮民無怨聲刑罰不濫沒有餘泣雖古之遺愛何以加茲及其臨終顧託受
遺作相劉后授之無疑心武侯處之無懼色繼體納之無貳情百姓信之無異

辭君臣之際。良可詠矣。公瑾卓爾。逸志不羣。總角料主。則素契於伯符。晚節曜奇。則參分於赤壁。惜其齡促。志未可量。子布佐策。致延譽之美。輟哭止哀。有翼戴之功。神情所涉。豈徒蹇愕而已哉。然而杜門不用。登壇受譏。夫一人之身。所照未異。而用舍之閒。俄有不同。況沈迹溝壑。遇與不遇者乎。夫詩頌之作。有自來矣。或以吟詠情性。或以述德顯功。雖大旨同歸。所託或乖。若夫出處有道。名體不滯。風軌德音。爲世作範。不可廢也。故復撰序所懷。以爲之讚云。魏志九人。蜀志四人。吳志七人。荀彧字文若。諸葛亮字孔明。周瑜字公瑾。荀攸字公達。龐統字士元。張昭字子布。袁煥字曜卿。蔣琬字公琰。魯肅字子敬。崔琰字季珪。黃權字公衡。諸葛瑾字子瑜。徐邈字景山。陸遜字伯言。陳羣字長文。顧雍字元歎。夏侯玄字泰初。虞翻字仲翔。王經字承宗。陳泰字玄伯。

火德既微。運纏大過。洪飆扇海。二溟揚波。虯虎雖驚。風雲未和。潛魚擇淵。高鳥候柯。赫赫三雄。並迴乾軸。競收杞梓。爭采松竹。鳳不及棲。龍不暇伏。谷無幽蘭。嶺無亭菊。英英文若。臨鑒洞照。應變知微。探賾賞要。日月在躬。隱之彌曜。文明映心鑽之愈妙滄海橫流玉石同碎達人兼善廢己存愛謀解時紛功濟宇內始救生人終明風槩荀彧 公達潛朗思同蓍蔡運用無方動攝羣會爰初發迹遘此顛沛神情玄定處之彌泰愔愔幕裏算無不經亹亹通韻迹不暫停雖懷尺璧顧哂連城知能拯物愚足全生荀攸 郎中溫雅器識純素貞而不諒通而能固恂恂德心汪汪軌度志成弱冠道敷歲暮仁者必勇德亦有言雖遇履虎神氣恬然行不修飾名迹無愆操不激切素風愈鮮袁渙 邈哉崔生體正心直天骨疏朗牆宇高嶷忠存軌迹義形風色思樹芳蘭翦除荊棘民惡其上時不容哲琅琅先生雅杖名節雖遇塵霧猶振霜雪運極道消碎此明月崔琰 景山恢誕韻與道合形器不存方寸海納和而不同通而不雜遇醉忘辭在醒貽答徐邈 長文通雅義格終始思戴元首擬伊同恥民未知德懼若在己嘉謀肆庭讜言盈耳玉生雖麗光不踰把德積雖微道映天下陳羣 淵哉泰初宇量高雅器範自然標準無假全身由直迹洿必僞處死匪難理存則易萬物波蕩孰任其累六合徒廣容身靡寄夏侯玄 君親自然匪由名教敬授既同情禮兼到烈烈王生知死不撓

求仁不遠期在忠孝王經 玄伯剛簡大存名體志在高構增堂及陛端委虎門正言彌啓臨危致命盡其心禮陳泰 堂堂孔明基宇宏邈器同生民獨稟先覺標牓風流遠明管樂初九龍盤雅志彌確百六道喪干戈迭用苟非命世孰埽雰雺宗子思寧薄言解控釋褐中林鬱爲時棟諸葛亮 士元弘長雅性內融崇善愛物觀始知終喪亂備矣勝塗未隆先生標之振起清風綢繆哲后無妄惟時夙夜匪懈義在緝熙三略既陳霸業已基龐統 公琰殖根不忘中正豈曰摸擬實在雅性亦既羈勒負荷時命推賢恭己久而可敬蔣琬 公衡沖達秉心淵塞媚茲一人臨難不惑疇昔不造假翮鄰國進能徽音退不失德黃權 六合紛紜民心將變鳥擇高梧臣須顧盼公瑾英達朗心獨見披草求君定交一面桓桓魏武外託霸迹志掩衡霍恃戰忘敵卓卓若人曜奇赤壁三光參分宇宙暫隔周瑜 子布擅名遭世方擾撫翼桑梓息肩江表王略威夷吳魏同寶遂獻宏謨匡此霸道桓王之薨大業未純把臂託孤惟賢與親輟哭止哀臨難忘身成此南面實由老臣張昭 才爲世出世亦須才得而能任貴在無猜昂昂子敬拔迹草萊荷擔吐奇乃

構雲臺。魯肅子瑜都長。體性純懿。諫而不犯。正而不毅。將命公庭。退忘私位。豈無鶺鴒。固慎名器。諸葛瑾伯言蹇蹇。以道佐世。出能勤功。入能獻替。謀寧社稷。解紛挫銳。正以招疑。忠而獲戾。陸遜元歎穆遠。神和形檢。如彼白珪。質無塵玷。立上以恆。匡上以漸。清不增潔。濁不加染。顧雍仲翔高亮。性不和物。好是不羣。折而不屈。屢摧逆鱗。直道受黜。歎過孫陽。放同賈屈。虞翻詵詵衆賢。千載一遇。整轡高衢。驤首天路。仰挹玄流。俯弘時務。名節殊塗。雅致同趣。日月麗天。瞻之不墜。仁義在躬。用之不匱。尚想重暉。載挹載味。後生擊節。懦夫增氣。

孫綽聘士徐君墓頌

晉南昌相太原縣君。白漢故聘士徐君之靈。惟君風軌英邈。音徽遠播。餐仰芳流。宗揖在昔。古人有言。聞伯夷之風者。懦夫有立志。仰先生之道。豈無青雲之懷哉。余以不才。忝宰茲邑。遐宗有道。思揖遠風。乃與友人殷浩等。束帶靈墳。奉瞻祠宇。雖玉質幽潛。而目想令儀。雅音永寂。而心存高範。徘徊墟壠。仰眄松林。哀有形之短化。悼令德之長泯。憮然有感。悽然增傷。夫諷謠生於情。託雅頌與乎所欽。匪於詠述。孰寄斯懷。頌曰。

巖巖先生。邁此英風。含真獨暢。心夷體沖。高蹈域表。淑問顯融。昂昂五賢。赫赫八俊。雖曰休明。或嬰險忝。豈若先生。保茲玉潤。超世作範。流光遐振。墳塋磊落。松竹蕭森。薈叢蔚蔚。虛宇愔愔。遊獸戲阿。嚶鳥鳴林。嗟乎徐君。不聞其音。徘徊邱側。悽焉流襟。何以舒蘊。援翰託心。

陶潛讀史述

余讀史記有所感而述之

二子讓國。相將海隅。天人革命。絕景窮居。采薇高歌。慨想黃虞。貞風淩俗。爰感懦夫。 夷齊

去鄉之感。猶有遲遲。矧伊代謝。觸物皆非。哀哀箕子。云胡能夷。狡童之歌。悽矣其悲。 箕子

知人未易。相知實難。淡美初交。利乖歲寒。管生稱心。鮑叔必安。奇情雙亮。令名俱完。 管鮑

遺生實難士爲知己望義如歸允伊二子程生揮劍懼茲餘恥令德永聞百代見紀程杵

恂恂舞雩莫曰匪賢俱映日月共餐至言慟由才難感爲情牽回也早夭賜獨長年七十二弟子

進德修業將以及時如彼稷契孰不願之嗟乎二賢逢世多疑候詹寫志感鵩獻辭屈賈

豐狐隱穴以文自殘君子失時白首抱關巧行居災枝辨召患哀矣韓生竟死說難韓非

易代隨時迷變則愚介介若人特爲貞夫德不百年汚我詩書逝然不顧被褐幽居魯二儒

遠哉長公蕭然何事世路多端皆爲我異斂轡揭來獨養其志寢跡窮年誰知其意張長公

傅玄擬金人銘作口銘

神以感通。心繇口宣。福生有兆。禍來有端。情莫多妄。口莫多言。蟻孔潰河。溜穴傾山。病從口入。禍從口出。存亡之機。開闔之術。口與心謀。安危之源。樞機之發。榮辱存焉。

裴子野女史箴

膏不厭鮮。水不厭清。玉不厭潔。蘭不厭馨。爾形信直。影亦不曲。爾聲信清。響亦不濁。綠衣雖多。無貴於色。邪徑雖利。無尚於直。春華雖美。期於秋實。冰璧雖澤。期於見日。浴者振衣。沐者彈冠。人知正服。莫知行端。服美動目。行美動神。天道祐順。常與吉人。

卞蘭座右銘

重階連棟。必濁汝真。金寶滿堂。將亂汝神。厚味來殃。豔色危身。求高反墜。務厚更貧。閉情塞欲。老氏所珍。周廟之銘。仲尼是遵。審慎汝口。戒無失人。從容順時。和光同塵。無謂冥漠。人不汝聞。無謂幽窅。處獨若羣。不爲福先。不與禍鄰。守玄執素。無亂大倫。常若臨深。終始爲純。

王褒皇太子箴

臣聞教化爰始詠歌不足政俗既移風雅斯變伏惟皇明御宇功均造物改文爲質斲雕成素皇太子洊雷居震明兩作離春夏干戈秋冬羽籥叔譽慙五稱之對師曠降四馬之恩竊以太史官箴虞書所誡永樹芳烈丞相所以垂文深覩安危太傅以之陳訓敢自斯義獻箴云爾

天生蒸民司牧斯樹咸熙庶績式昭王度惠民垂統元良繼體麗正離暉惟機天啓令問令望聞詩聞禮從曰撫軍守曰監國秋坊通夢春宮養德桓榮獻書荀攸觀則元子爲士齒卿命秩朝服寢門迴車作室正陽君位喬枝父道臣子所崇忠孝爲寶勿謂居尊禍福無門勿謂親賢王道無偏無爲慮始無爲事先損之又損全之亦全無往不復無平不陂美疢甘言鮮不爲累則哲惟難知人未易居室爲善分陰無棄亡保其存危安其位神聽不惑天妖斯忌文昌著於前星秬鬯由於守器庶僚司箴敢告閽寺

高允徵士頌

昔歲同徵零落將盡感逝懷人作徵士頌蓋止於應命者其有命而不至則闕焉羣賢之行舉其梗概矣今著之於左夫百王之御世也莫不資仗羣才以隆治道故周文以多士克甯漢武以得賢為盛此載籍之所記由來之常義魏自神䴥以後宇內平定誅赫連積世之僭埽窮髮不羈之寇南推江楚西盪涼域殊方之外慕義而至於是偃兵息甲修立文學登延儁造酬咨政事夢想賢哲思遇其人訪諸有司以求明士咸稱范陽盧元等四十二人皆冠冕之胄著聞州邦有羽儀之用親發明詔以徵元等乃曠官以待之懸爵以縻之其就命三十五人自餘依例州郡所遣者不可稱記爾乃髦士盈朝而濟濟之美興焉昔與之俱蒙斯舉或從容廊廟或遊集私門上談公務下盡忻娛以為千載一時始於此矣日月推移吉凶代謝同徵之人凋殲殆盡在者數子然復分張往昔之忻變為悲戚張仲業東臨營州遲其還反一敘於懷齊衿於垂殁之年寫情於桑榆之末其人不幸復至殞殁在朝者皆後進之士居里者非疇昔之人進涉無寄心之所出入無解顏之地顧省形骸所以永歎而不已夫頌者美盛德

之形容亦可以長言寄意不爲文二十年矣然詞切於心豈可默乎遂爲之頌

詞曰

紫氣干霄羣雄亂夏王龔徂征戎車屢駕埽盪游氛克翦妖霸四海從風八垠漸化政教無外既甯且一偃武甯兵惟文是恤帝乃旁求搜賢舉逸巖隱投竿異人並出疊疊盧生量遠思純鑽道據德游藝依仁旌弓既招釋褐投巾攝齊升堂嘉謀日陳自東徂南躍馬馳輪僣憑影附劉以和親茂祖煢單夙罹不造克己勉躬聿隆家道敦心六經遊思文藻終辭寵命以之自保燕常篤信百行靡遺位不苟進任理栖遲居沖守約好讓舍推思賢樂古如渴如飢孑翼致遠道賜悟深相期以義相和若琴並參幕府俱發德音優游卒歲聊以寄心祖根運會克光厥猷仰緣朝恩俯因德友功雖後建祿實先受班同舊臣位並羣后士衡孤立內省靡疚言不崇華交不遺舊以產則貧論道則富所謂伊人實邦之秀卓矣友規秉茲淑量存彼大方擯此細讓神與理冥形隨流浪雖屈王侯莫廢其尚趙實名區世多奇士山嶽所鍾挺生三李矯矯清風抑抑容止初九

而潛望雲而起詵尹西都靈惟作傅垂訓王宮載理雲霧熙雖中天迹階郎署
餘塵可挹終亦顯著仲業淵長雅性清到憲章古式綢繆典誥時值險難常一
其操納衆以仁訓下以孝化彼龍川民歸其教邁則英賢侃亦稱選聞達邦家
名行素顯志在兼濟豈伊獨善繩匠弗顧功不獲展劉許履忠竭力致躬出能
騁說入獻其功輶軒一舉撓燕下崇名彰魏世享業亦隆道茂夙成弱冠播名
與朋以信行物以誠怡怡昆弟穆穆家庭發響九舉翰飛紫冥頻在省闥亦司
於京刑以之中政以之平猗歟彥鑒思參文雅率性任真器成非假靡矜於高
莫恥於下乃謝朱門歸迹林野宗敬延譽號爲四儁華藻雲飛金聲夙振中遇
沈痾賦詩以訊忠顯於辭理出於韻高滄朗達默識淵通領新悟異發自心胸
質侔和璧文炳雕龍燿姿天邑衣錦舊邦士元先覺介焉不惑振袂來庭始賓
王國蹈方履正好是繩墨淑人君子其儀不忒孔稱游夏漢美淵雲越哉伯度
出類踰羣司言秘閣作牧河汾移風易俗理亂解紛融彼滯義渙此潛文儒道
以析九流以分崔宋二賢誕性英偉擢穎閭閻聞名象魏謇謇儀形邈邈風氣

達而不矜。素而能賁。潘符標尚。杜熙好和。清不潔流。渾不同波。絕希龍津。止分上科。幽而逾顯。損而逾多。張綱柔謙。叔述正直。道雅洽聞。弼爲兼識。拔萃衡門。俱漸鴻翼。發憤忘餐。豈要斗食。率禮從仁。罔愆於式。失不繫心。得不形色。郎苗始舉。用均已試。智足周身。言足爲治。性協於時。情敏於事。與今而同。與古曷異。物以利移。人以酒昏。侯生潔己。惟義是敦。日縱醇醪。逾敬逾温。其在私室。如涉公門。季才之性。柔而執競。居彼南秦。申威致命。誘之以權。矯之以正。帝道用光。邊士納慶。羣賢遭世。顯名有代。志竭其忠。才盡其概。體襲朱裳。腰紐雙佩。榮曜當時。風高千載。君臣相遇。理實難偕。昔因朝命。與之克諧。披衿散想。解帶舒懷。此昕如昨。存亡奄乖。靜言思之。中心九摧。揮毫頌德。潸爾增哀。

元結中興頌

天寶十四載。安祿山陷洛陽。明年陷長安。天子幸蜀。太子即位於靈武。明年皇帝移軍鳳翔。其年復兩京。上皇還京師。於戲。前代帝王有盛德大業者。必見於歌頌。若今歌頌大業。刻之金石。非老於文學。其誰宜爲頌曰。

嘻嘻前朝孽臣姦驕爲昏爲妖邊將騁兵毒亂國經羣生失寧大駕南巡百寮竄身奉賊稱臣天將昌唐繄睨我皇匹馬北方獨立一呼千麾萬旗我卒前驅我師其東儲皇撫戎蕩攘羣兇復服指期曾不踰時有國無之事有至難宗廟再安二聖重歡地闢天開蠲除祆災瑞慶大來兇徒逆儔涵濡天休死生堪羞功勞位尊忠烈名存澤流子孫盛德之興由高日昇萬福是膺能令大君聲容沄沄不在斯文湘江東西中直浯溪石崖天齊可磨可鐫刊此頌焉何千萬年

韓愈五箴 並序

人患不知其過既知之不能改是無勇也余生三十有八年髮之短者日益白齒之搖者日益脫聰明不及於前時道德日負於初心其不至於君子而卒爲小人也昭昭矣作五箴以訟其惡云

游箴

余少之時將求多能蚤夜以孜孜余今之時既飽而嬉蚤夜以無爲嗚呼余乎其無知乎君子之棄而小人之歸乎

言箴

不知言之人烏可與言知言之人默焉而其意已傳幕中之辯人反以汝爲叛臺中之評人反以汝爲傾汝不懲邪而呶呶以害其生邪

行箴

行與義乖言與法違後雖無害汝可以悔行也無邪言也無頗死而不死汝悔而何宜悔而休汝惡曷瘳宜休而悔汝善安在悔不可追悔不可爲思而斯得汝則弗思

好惡箴

無善而好不觀其道無悖而惡不詳其故前之所好今見其尤從也爲比捨也爲讎前之所惡今見其臧從也爲愧捨也爲狂維讎維比維狂維愧於身不祥於德不義不義不祥維惡之大幾如是爲而不顛沛齒之尚少庸有不思今其老矣不慎胡爲

知名箴

內不足者急於人知霈焉有餘厥聞四馳今日告汝知名之法勿病無聞病其曄曄昔者子路惟恐有聞赫然千載德譽愈尊矜汝文章負汝言語乘人不能揜以自取汝非其父汝非其師不請而教誰云不欺欺以賈憎揜以媒怨汝曾不寤以及於難小人在辱亦克知悔及其既寤終莫能戒既出汝心又銘汝前汝如不顧禍亦宜然

韓愈後漢三賢贊

王充者何會稽上虞本自元城爰來徙居師事班彪家貧無書閱書於肆市肆是遊一見誦憶遂通衆流閉門潛思論衡以修爲州治中自免歸歟同郡友人謝姓夷吾上書薦之待詔公車以病不行年七十餘乃作養性一十六篇肅宗之時終於永元王符節信安定臨涇好學有志爲鄉人所輕憤世著論潛夫是名述赦之篇以赦爲賊良民之甚其旨甚明皇甫度遼聞至乃驚衣不及帶屣履出迎豈若雁門問雁呼卿不仕終家吁嗟先生

仲長統公理山陽高平謂高幹有雄志而無雄才其後果敗以此有聲俶儻敢

言語默無常人以爲狂生州郡會召稱疾不就著論見情初舉尚書郎後參丞相軍事卒不至於榮論說古今發憤著書昌言是名友人繆襲稱其文章足繼西京四十一終何其短耶嗚呼先生三句用韻略仿秦碑

柳宗元伊尹五就桀贊

伊尹五就桀或疑曰湯之仁聞且見矣桀之不仁聞且見矣夫胡去就之亟也柳子曰惡是吾所以見伊尹之大者也彼伊尹聖人也聖人出於天下不夏商其心心乎生民而已曰孰能由吾言由吾言者爲堯舜而吾生人堯舜人矣退而思曰湯誠仁其功遲桀誠不仁朝吾從而暮及於天下可也於是就桀桀果不可得反而從湯既而又思曰尚可十一乎使斯人蚤被其澤也又往就桀桀不可而又從湯以至於百一千一萬一卒不可乃相湯伐桀俾湯爲堯舜而人爲堯舜之人是吾所以見伊尹之大者也仁至於湯矣四去之不仁至於桀矣五就之大人之欲速其功如此不然湯桀之辨一恆人盡之矣又奚以憧憧聖人之足觀乎吾觀聖人之急生人莫若伊尹伊尹之大莫若於五就桀作伊尹

五就桀贊

聖有伊尹思德於民往歸湯之仁曰仁則仁矣非久不親退思其速之道宜夏是因就焉不可復反亳殷猶不忍其遲亟往以觀庶狂作聖一日勝殘至千萬冀一卒無其端五往不疲其心乃安遂升自陑黜桀尊湯遺民以完大人無形與道爲偶道之爲大爲民父母大矣伊尹惟聖之首既得其仁猶病其久恆人所疑我之所大嗚乎遠哉志以爲誨

柳宗元平淮夷雅

皇武命丞相度董師集大功也　皇耆其武於溵於淮既巾乃車環蔡其來狡衆昏囂甚毒於酲狂奔叫呶以干大刑　皇咨於度惟汝一德曠誅四紀其徯汝克錫汝斧鉞其往視師師是蔡人以宥以釐　度拜稽首廟於元龜既禡既類於社是宜金節煌煌錫盾雕戈犀甲熊旗威命是荷　度拜稽首出次於東天子餞之罍斝是崇鼎臑組胾五獻百籩凡百卿士班以周旋　既涉於瀍乃翼乃前孰圖厥猶其佐多賢苑苑周道於山於川遠揚邇昭陟降連連　我旆

我旂於道於陌訓於羣帥拳勇來格公曰徐之無恃頷頷式和爾容惟義之宅
進次於鄖彼昏卒狂㝠兇鞠頑鋒蝟斧螗赤子匍匐厥父是亢怒其萌芽以
悖太陽 王旅渾渾是佚是怗既獲敵師若飢得餔蔡兇伊窘悉起來聚左擣
其虛靡愆厥慮 載闢載祓丞相是臨弛其武刑諭我德心其危既安有長如
林曾是讙譊化爲謳吟 皇曰來歸汝復相予爵之成國胙以夏墟度拜稽首
天子聖神度拜稽首皇祐下人 淮夷既平震是朔南宜廟宜郊以告德音歸
牛休馬豐稼於野我武惟皇永保無疆 右皇武
方城命愬守也卒入蔡得其大醜以平淮右 方城臨臨王卒峙之匪徼匪競
皇有正命皇命於愬往舒余仁踣彼艱頑柔惠是馴 愬拜即命於皇之訓既
礪既攻以後厥刃王師嶷嶷熊羆是式衒勇韜力日思予殛 寇昏以狂敢蹈
愬疆士獲厥心大袒高驤長戟酋矛粲其綏章右翦左屠聿禽其良 其良既
宥告以父母恩柔於肌卒貢爾有維彼攸恃乃偵乃誘維彼攸宅乃發乃守
其恃爰獲我功我多陰謀厥圖以究爾訛雨雪洋洋大風來加於燠其寒於邇

其退汝陰之茫懸瓠之峨是震是拔大殲厥家狡虜既縻輸於國都示之市人即社行誅　乃諭乃止蔡有厚喜完其室家仰父俯子汝水沄沄既淸而瀰蔡人行歌我步逶遲　蔡人歌矣蔡風和矣孰顙蔡初胡甄爾居式慕以康爲愿有餘是究是咨皇德既舒　皇曰咨𢘅裕乃父功昔我文祖惟西平是庸內誨於家外刑於邦孰是蔡人而不率從　蔡人率止惟西平有子西平有子惟我有臣疇允大邦俾惠我人於廟告功以顧萬方右城方

程子四箴

視箴

心兮本虛應物無迹操之有要視爲之則蔽交於前其中則遷制之於外以安其內克己復禮久而誠矣

聽箴

人有秉彝本乎天性知誘物化遂亡其正卓彼先覺知止有定閑邪存誠非禮勿聽

言箴

人心之動因言以宣發禁躁妄內斯靜專矧是樞機興戎出好吉凶榮辱惟其所召傷易則誕傷煩則支己肆物忤出悖來違非法不道欽哉訓辭

動箴

哲人知幾誠之於思志士勵行守之於爲順理則裕從欲惟危造次克念戰兢自持習與性成聖賢同歸

范浚心箴

茫茫堪輿俯仰無垠人於其閒眇然有身是身之微太倉稊米參爲三才曰惟心爾往古來今孰無此心心爲形役乃獸乃禽惟口耳目手足動靜投閒抵隙爲厥心病一心之微衆欲攻之其與存者嗚呼幾希君子存誠克念克敬天君泰然百體從令

朱子六先生畫像贊

濂溪先生

道喪千載。聖遠言湮。不有先覺。孰開我人。書不盡言。圖不盡意。風月無邊。庭草
交翠。

明道先生

揚休山立。玉色金聲。元氣之會。渾然天成。瑞日祥雲。和風甘雨。龍德正中。厥施
斯普。

伊川先生

規員矩方。繩直準平。允矣君子。展也大成。布帛之文。菽粟之味。知德者希。孰識
其貴。

康節先生

天挺人豪。英邁蓋世。駕風鞭霆。歷覽無際。手探月窟。足躡天根。閑中今古。靜裏
乾坤。

橫渠先生

蚤悅孫吳。晚逃佛老。勇撤皐比。一變至道。精思力踐。妙契疾書。訂頑之訓。示我

廣居

涑水先生

篤學力行清修苦節有德有言有功有烈深衣大帶張拱徐趨遺像凜然可肅

薄夫

經史百家雜鈔卷七

西元二〇二二年一月一日重製一版

經史百家雜鈔 冊一 （清曾國藩輯）

平裝四冊基本定價貳仟陸佰元正
（郵運匯費另加）

發行人 張敏君
發行處 中華書局
臺北市內湖區舊宗路二段一八一巷八號五樓（5FL., No. 8, Lane 181, JIOU-TZUNG Rd., Sec 2, NEI HU, TAIPEI, 11494, TAIWAN）
客服電話：886-8797-8396
公司傳真：886-8797-8909
匯款帳戶：華南商業銀行西湖分行
179100026931
印　刷：經典數位印刷有限公司
海瑞印刷品有限公司

No. N3103-1

國家圖書館出版品預行編目(CIP)資料

經史百家雜鈔/(清)曾國藩輯. -- 重製一版. -- 臺北市 :
中華書局, 2022.01
冊 ; 公分
ISBN 978-986-5512-70-5(全套 : 平裝)

830 110021464